홍성원 장편소설 연구

# 홍성원 장편소설 연구

이승준

역락

# 머리말


홍성원은 김승옥, 이청준과 더불어 1960년대를 대표하는 작가이다. 김승옥이 감성적 문체를 특징으로, 이청준이 지성적 관념을 바탕으로 창작을 했다면, 홍성원은 사실주의를 바탕으로 당대 우리 사회를 정직하게 보고 그리려고 했던 작가라고 할 수 있다. 이 세 작가는 각기 다른 방향에서 우리 사회를 조명하고 있다. 필자는 김승옥 소설을 대상으로 석사논문을 썼고, 이청준 소설을 박사논문의 연구대상으로 삼았다. 필자의 홍성원 소설에 대한 관심은 김승옥, 이청준 소설에 대한 관심과 관련 깊다. 우리 소설사를 더듬어 볼 때, 이들의 소설로부터 동시대 우리 사회의 문제가 제기된다고 생각하기 때문이다.

필자가 처음 홍성원 소설에 대해 쓴 논문이 2000년 『현대소설연구』에 실린 「홍성원의 <디·데이의 병촌> 연구」이니, 홍성원에 대한 연구를 시작한 지도 17년이 되는 셈이다. 그동안 단편소설과 장편소설, 대하소설 등에 대한 십여 편의 논문을 써왔다. 홍성원 소설 전체에 대한 연구로는 부족하기 짝이 없지만, 그의 대표적인 장편소설과 대하소설에 대한 연구는 일별한 셈이다. 그리하여 그 동안 써온 장편소설과 대하소설에 대한 논문을 수정 보완하고 새로 덧붙여서 전체 체재를 맞추어 이 책을 엮는다. 대하소설에 대한 연구가 상당 부분 차지하지만, 대하소설도 장편소설의 한 형태로 보는 견해를 받아들여 제목은 『홍성원 장편소설 연구』로 삼는다.

이 책의 체재는 크게 네 부분으로 나누어진다. 1부에서는 홍성원의 삶과 문학을 정리하였다. 2부에는 홍성원의 초기 소설에 대한 연구를 담았

다. 3부는 그의 대하역사소설에 대한 연구로 엮었다. 4부에는 홍성원 장편
소설 중 문제적인 작품을 다룬 논문을 실었다. 2부의 경우, 소설의 발표순
서가 『남과 북』, 『달과 칼』, 『먼동』이지만 역사적 사건의 순을 기준으로
『달과 칼』, 『먼동』, 『남과 북』에 대한 연구의 순으로 실었다. 이들 소설에
는, 임진왜란 이후 우리 근대사를 문학적으로 재구성해보겠다는 작가의
의도가 숨어있다고 판단되기 때문이다. 작가의 의도와는 상관없이 연재
중단된 대하소설 『수적(水賊)』에 대해서는 다른 연구에서 부분적으로 다
루었다.

  아직 홍성원 소설에 대한 본격적인 연구서는 발간된 바 없다. 그러니
이 책이 홍성원 소설에 대한 첫 연구서인 셈이다. 그 동안 홍성원 소설 연
구의 기초를 다지는 마음으로 이 연구에 임했다. 홍성원 소설 세계는 워
낙 방대해서 부족하기 짝이 없는 연구서임을 스스로 안다. 하지만 그에
대한 모든 연구를 마치고 책을 엮으려 한다면, 그것은 저 언덕을 넘어갈
때까지도 이루지 못할지도 모르는 작업이다. 그렇다고 하더라도 그 작업
을 마칠 때까지 필자의 홍성원 소설에 대한 연구는 계속될 것이다. 이 책
이 향후 홍성원 연구의 바탕이 되길 바란다.

2017년 6월 30일
이 승 준 씀

# 차 례

:

# 홍성원의 삶과 문학

# 홍성원의 삶과 문학

홍성원(1937~2008)은 1937년 12월 26일 경상남도 합천군 삼가면(三嘉面) 외가에서 태어나 2008년 1일 새벽 0시께 지병인 위암으로 별세했다. 그의 아버지는 남양 홍(洪)씨이며, 어머니는 인동 장(張)씨이다. 그의 아버지는 동경 수의전문학교를 졸업하여 공수의(公獸醫)가 된다. 그가 두 돌도 되기 전에, 그의 부모는 그를 데리고 강원도 금화군(金化郡)으로 옮긴다.

홍성원은 금화군에서 유치원을 마치고, '대동아 전쟁'이 한창일 때 강원도 고성군(高城郡)으로 이사하여 소학교에 입학한다. 여기에서 본 해금강의 바다는 그의 기억에 깊이 남는다. 그는 "소년에게 그러나 이 아름다운 소도시는 머릿속에 오래도록 물(水)에 관한 특이한 정서와 심리적 부채로 자리 잡는다. 그 소도시에서 처음 만난 아름다운 바다 때문에 소년은 평생 물(水)에 사로잡혀 일 년 내내 물을 찾는 목마른 낚시꾼이 된 것이다"[1]라고 술회하고 있다. 그의 소설에 나타나는 '바다'의 원형은 바로 이 해금강의 바다라고 할 수 있다.

1946년 초겨울 고성에 살던 홍성원 일가는 38선을 몰래 넘어 월남한다. 서울에 살던 그는 떠돌이 유랑 극단이 동네 천막 극장에서 상연하는 「이순신 장군」이라는 연극을 관람하게 된다. 그가 이때까지 보던 모든 연극과 활동사진에서 일본 사무라이들은 불패의 주인공이었다. 하지만 이 연극에서 사무라이들은 조선 장군들과 군사들에 쫓겨 대포와 화살을

---

1) 홍성원, 「열린 세상으로 뚫린 좁고 긴 터널」, 『홍성원 깊이 읽기』, 문학과지성사, 1997, 54쪽.

맞으며 무참히 죽어간다. 그는 "일본 군국주의 교육에 철저히 세뇌당한 소년에게 적과 동지가 뒤바뀌어 나타난 이 연극은 한동안 큰 충격과 혼란으로 남았다"[2]고 한다. 『달과 칼』이나 「남도 기행」에서 이순신 장군에 대해 각별한 애정을 보이는 데는 이 연극의 영향이 크게 작용한 것으로 보인다.

1946년 후반 아버지가 시흥군청에 직장을 옮겨 그의 일가는 경기도 안양(安養)으로 이사한다. 해방의 혼란으로 1년을 쉬었던 홍성원은 안양에서 국민학교 3학년으로 복학하여, 5학년까지 다닌다. 당시 시골이었던 안양에서 그는 산과 개천을 뛰놀며 자란다. 고성에서 그는 부모님의 과잉보호 아래 모범적으로 자랐다고 한다. 1949년 아버지가 수원시청으로 전근 발령을 받아, 홍성원은 수원시 매교동 136번지로 이사하고 매산국민학교에 6학년으로 입학한다. 이후 그의 삶에서 수원은 가장 중요한 도시가 된다. 안양까지의 삶이 소년시절이었다면, 수원에서의 삶은 몸과 마음이 소년에서 청년으로 성장하여 어른이 되는 시간이라 할 수 있다.

> 수원은 내게 첫인상부터가 숨막히게 아름다운 환상적인 모습으로 다가왔다. 안양에서 수원으로 옛날 구도로를 따라가자면 양쪽 도로변에 노송(老松)들이 총총히 박힌 지지대 고개라는 운치 있는 고갯길을 만난다. 이삿짐을 가득 실은 목탄차(木炭車) 트럭 위에서 나는 이 고갯길을 내려오다가 눈앞에 우뚝 막아선 거대한 성루와 성곽을 보게 된 것이다. 성과 성루를 처음 본 나는 첫눈에 수원이라는 도시에 숨이 막히는 감동과 흥분을 느꼈다. 동화 속에 있음직한 그 환상적인 우람한 성곽이 내가 앞으로 살게 될 도시를 병풍처럼 둘러싸고 있었기 때문이다.[3]

---

2) 위의 글, 54쪽.
   이에 대해서는 홍성원의 「소리 내지 않고 울기-나의 문학수업기」, 『홍성원-우리시대 우리작가 3』, 동아출판사, 1987, 414쪽.)에서도 언급하고 있다.
3) 홍성원, 「소리 내지 않고 울기-나의 문학수업기」, 415쪽.

　　엄밀한 의미에서 나에게 고향이라는 느낌이 드는 곳은 출생지인 합천이
아니고 성장지인 수원이다. 사람의 인격이 형성되는 가장 중요한 유년기와
소년기를 나는 바로 수원에서 보냈다. 중고등학생으로 지냈기 때문이다.4)

　　수원은 홍성원에게 처음부터 깊은 인상을 남긴다. 위의 첫 번째 인용문
은 수원에 대한 그의 첫인상을 술회한 대목이다. '지지대 고개를 넘어 첫
눈에 그를 감동과 흥분으로 몰아넣은 '거대한 성루와 성곽'5)이 수원성의
북문인 장안문(長安門)임을 그는 나중에야 알았다고 한다. 그의 중고등학
교의 등굣길에 이 성문이 버티고 있어, 이후 6년 동안 아침저녁으로 이
성문을 보게 되었다고 한다.6) 그날 이후 그는 이 성문을 6년 동안이나 아
침저녁으로 보며 중고등학교를 다니게 된다.

　　두 번째 인용문에서 보듯이, 홍성원에게 수원은 실질적인 고향이다. 비
록 그는 합천에서 태어났지만 인격이 형성되는 가장 중요한 유년기와 소
년기를 나는 바로 수원에서 보냈기 때문이다. 그는 1950년 수원매산초등
학교, 1955년 수원북중학교, 1956년 수원농림고등학교 축산과를 졸업하고
고려대학교 영문과에 입학한다. 수원에서 그는 청년이 되고 성인이 되었

---

4) 홍성원, 「쌕쌕이의 기억 담긴 팔달산」, 『작가가 쓴 작가의 고향』, 조선일보사, 1987,
　92쪽.
5) 홍성원은 지지대 고개의 노송에 대해서도 깊은 인상을 받았음을 고백한 바 있다. "그
　날도 역시 내 눈에 신비롭게 보인 것이 고개길 좌우에 시립한 묽은 몸뚱이의 아름드
　리 노송들이었다. 지금은 많은 나무가 고사해서 겨우 몇 그루가 그 명맥을 유지하고
　있지만 내가 대학에 다닐 때(1856년경)만해도 지지대 고개길에는 노송들이 울창했다.
　특히 이 고개의 노송들이 명물로 칭송되는 것은 나무들 하나하나가 몇 백 년씩의 수
　령을 지닌데다, 저마다 독특한 풍모를 지니고 있다는 것이다. 북구나 북미의 수림지
　대를 보노라면 그쪽 나무들은 자로 잰 듯한 획일적인 모습을 하고 있다. 어딘가 사람
　의 접근을 거부하는 차갑고 오만한 느낌이다. 그러나 우리나라의 구불렁한 노송들은
　용재로서는 어떨지 모르지만 품위로 따져서는 나무 자체가 하나의 그림이다. 바로 그
　그림 같은 나무들이 수원의 길목인 지지대 고개에는 무리지어 늘어섰던 것이다." 하
　고 썼다.(위의 글, 93쪽.)
6) 위의 글, 94쪽.

다. 그에게 수원은 문학적 연상의 근원이 된다.[7] 『먼동』의 주요 공간적 배경이 경기 지방인데, 수원에서의 그의 삶이 이 소설의 배경에 깊이 배어 있는 것으로 보인다.

홍성원은 수원농림학교(당시는 5년제로 중고등학교가 분리되지 않았다) 1학년 당시 만성 맹장염으로 휴학을 하고 있던 중 한국전쟁을 맞이한다. "일상의 모든 일들이 한꺼번에 뒤죽박죽이 되었다. 학교가 문을 닫고, 시장이 철시를 했다. 신작로에는 병정을 태운 차가 달렸고, 시골로 가는 들길에는 피난민이 줄지어 남으로 내려갔다. 그러나 이때까지도 내 눈에 전쟁은 보이지 않았다. 전쟁이 실제로 눈에 보인 것은 그로부터 이삼 일 후였다"[8]고 한다. 처음에 열다섯 살 소년의 눈에 비친 전쟁의 모습은 '즐거운 잔치' 같은 것이었다. 하지만 그것은 곧 '무서운 꿈'으로 변하고 만다. 그는 감수성이 예민한 십대 후반 3년 동안 잔인하고 참혹한 전쟁을 목격한다. 그는 "언제나 배가 고파 허덕허덕하던 굶주림의 연속이었고, 시체를 늘 가까운 곳에 둔 채 죽음의 공포에 짓눌려 지낸 악몽의 시기였다"[9]고 한국전쟁을 회고한다.

홍성원은 1·4후퇴 때, 경남 밀양으로 피난을 간다. 그는 거기에서 같은 피난민이었던 신현옥이라는 열네 살짜리 소녀와 첫사랑에 빠진다. 그는 그 소녀에게 옛날이야기도 들려주고 뒷산 대밭에서 소녀의 손을 잡고 함께 동요를 부르기도 했다. 이때 그는 동네 실권을 장악하기 위해 본토

---

7) 홍성원은 "고정된 이미지를 지니지 않는 햇빛이나 바람, 추위 등에 이르기까지 그 모든 연상의 근원은 수원에 있었는지도 모른다. 작은 동산을 작품 속에 그리려 할 때 가장 먼저 떠오르는 산은 수원의 팔달산이었다. 중소 도시의 깔끔한 거리를 묘사할 때 나는 우선 팔달문(수원성의 남문) 근처의 수원 중심가를 떠올린다. 내가 그리는 학교 교사는 모교인 수원북중과 수원농고이기가 십상이고, 그 외의 무수한 작품 속의 소도구들 역시 대부분은 수원에서의 삶이 늘 일차적인 이미지로 떠오르는 것이다." 하고 기술한 바 있다.(위의 글, 96쪽.)
8) 위의 글, 95쪽.
9) 홍성원, 「열린 세상 쪽으로 뚫린 좁고 긴 터널」, 55쪽.

박이 우두머리 소년과 세 차례에 걸쳐 대판으로 결투를 벌인다.10) 그 소녀가 자신의 편을 들어 눈물을 흘리고, 싸움을 돕기까지 했다고 한다. 1·4후퇴를 배경으로 하는 청소년소설 『기찻길』의 여주인공 민소연이 신현옥과 관계가 있지 않을까 추측된다.

1956년 고려대학교 영문과에 입학하지만,11) 이때부터 8남매의 장남인 홍성원은 가장으로서 가난에 시달리는 고통에 빠지게 된다. 아버지가 사무착오로 부정 사건에 연루되어 교도소에 수감되어, 이렇다 할 생계수단이 없게 되자, 그의 가정은 경제적 몰락의 길을 걷게 되기 때문이다. 그의 집은 서울로 이사하고, 아버지가 출옥했으나 궁핍은 해결되지 않는다. 그는 가정교사를 해서 번 돈으로 겨우 가정 경제를 꾸려나간다.

1960년 홍성원은 대학생으로서 4·19 혁명을 맞이한다. 그는 "알싸한 라일락 향기 속에 그 사건은 우리 시대의 미래며 희망이며 불꽃이었다"12)고 이 역사적 사건을 표현한다. "그토록 힘 좋고 완강하던 자유당의 아성이 민중의 거센 분노 앞에 굉음도 없이 허물어지던 모습을 보기 위해",13) 당시 그는 아우들과 함께 매일 거리를 쏘다녔다고 한다. 하지만 혁명의 감격이 채 가시지도 않은 이듬해에 5·16 군사 쿠데타가 일어나고, 이로 인하여 그는 병역기피자로 몰려 강제로 군에 입대하게 된다.

1961년 8월, '미친 듯이', '주워 모은' 원서를 팔아 얼마간의 양식을 집

---

10) 홍성원은 어린 시절 일본인 동급생과 골목대장의 헤게모니를 놓고 매일 싸운 적도 있다. 이러한 승부욕은, 홍성원의 소설에 나타나는 대결의 양상과 어느 정도 연관이 있다고 생각된다. 그의 이러한 기질은 아버지로부터 물려받은 듯하다. 그의 아버지는 동경 유학 시절 도장에서 정식으로 권투를 익혀 전 일본 학생 패더급 챔피언까지 차지했다. 홍성원이 일본인 동급생에게 연패한 사실을 알고, 그의 아버지는 그에게 주먹으로 치는 법을 누누이 교습했다고 한다.(홍성원, 「소리 내지 않고 울기」, 424쪽.)

11) 홍성원은, 1958년 고려대학교 영문과를 3학년까지 다니고 중퇴하고, 1998년 고려대학교 영문과에서 명예졸업장을 받는다.

12) 홍성원, 「열린 세상으로 뚫린 좁고 긴 터널」, 56쪽.

13) 홍성원, 「소리 내지 않고 울기」, 424쪽.

에 마련한 후 그는 군대에 입대한다. 이때의 심정을 그는 "눈물이라고는 좀체로 모르던 내 눈에서도 책들이 밖으로 실려 나갈 때는 목이 메이고 눈앞이 흐려졌다"[14]고 고백한 바 있다.[15] 군대에서 홍성원은 인간의 폭력을 적나라하게 경험하게 된다. 그는 "집단이 개인에게 행사하는 온갖 물리적 · 정신적인 폭력들을 벌판에서 소낙비 맞듯 고스란히 얻어맞으며 3년간의 병역 의무를 마"[16]쳤다고 한다. 군대에서의 이러한 경험은 그의 초기 소설을 대표하는 병영소설의 기초가 되며, 군대에서 깨달은 인간 폭력의 문제는 그의 소설의 밑바탕이 된다.

1964년 홍성원은, 동아일보 50만원 고료 장편 모집에 『디 · 데이의 병촌』을 투고하여 당선된다. 그는 이미 1961년 동아일보 신춘문예에 「전쟁」이 당선작 없는 입선으로 뽑힌 적이 있으며, 1964년 한국일보 신춘문예에 「빙점지대(氷點地帶)」로 당선되고, 1964년 『세대』 창간 일주년 기념 문예 공모에 「기관차와 송아지」가 당선된 바 있지만, 특히 『디 · 데이의 병촌』의 동아일보 장편 모집 당선은 작가 홍성원에게는 일대 사건이다. 이 당선은 그로 하여금 전업 작가의 길을 걷게 만드는 결정적인 계기가 되기 때문이다.

아이러니하게도 홍성원을 문학으로 이끈 표면적 이유는, 가난이었다. 1964년 군대를 제대한 홍성원을 기다리고 있던 것은 군대의 물리적 폭력보다 더 무서운 중압으로 정신을 핍박해 온 절박한 가난이었다. 8남매 중 장남으로 태어난 그는 아우들의 끼니를 책임져야 했다. 그는, "나는 허기

14) 위의 글, 425쪽.
15) 홍성원은 "대학에 입학하고 난 뒤부터 돈만 생기면 세익스피어 전집 등 당시 청계천에 나돌던 무수히 많은 원서들을 사모았기 때문에 입대하기 전에는 책을 2천 권가량 가지고 있었습니다. 군대 가기 직전에 그 중 한 리어카 분량을 팔아서 식구들의 양식을 마련하고는 우울하게 입대했지요."(홍성원 · 손영목 · 김외곤, 「대담-문학적 상상력을 통한 현실: 역사의 내면 탐구에의 도정」, 『문학정신』, 1992. 11, 13쪽.) 하고 말한 바 있다.
16) 홍성원, 「열린 세상으로 뚫린 좁고 긴 터널」, 56-57쪽.

진 아우들의 얼굴에서 굶주린 인간들만이 낼 수 있는 마지막 광기를 읽을
수 있었다. 이 광기는 이해하기가 쉽지 않다"[17]고 당시 상황을 회고한다.
이때 '동아일보 50만원 고료 장편 모집' 광고가 그의 눈에 들어온 것이다.
홍성원에 의하면 현상금 50만원은 당시에 집 한 채 값과 맞먹는 거금이었
다. 그러니 50만원이라는 현상금은 그에게 구원과 같은 돈이었다고 할 수
있다.

　홍성원은 1964년 이에 공모의 당선소감을 다음과 같이 피력한 바 있다.

　　懸賞小說에 당선된다는 것은 二重의 기쁨을 낳는다. 더구나 이런 類의
　　大金이 걸린 현상소설은 단순한 文壇登壇의 기쁨뿐만은 아니다. 사실 나는
　　요즈음 꼭 50萬원쯤 돈이 필요했다. 이 돈이 適時에 나를 찾아준 것은 나
　　의 가난을 아는 모든 분들, 스승들과 先輩들과 벗들의 정신적인 支援이 奏
　　效한 것 같다. 이분들의 期待를 背反치 않기 위해서 나는 당분간 우울한 操
　　心性을 지녀야할 것 같다.[18]

　홍성원은, 『디·데이의 병촌』의 당선이 자신에게 문단 등단과 돈이라
는 이중의 기쁨을 가져다주었다고 한다. 그는 이제 글을 써서 먹고 살 수
있었고, 먹고 살아야 했다. 하지만 그것은 어떤 면에서 그의 삶에 족쇄가
된다. 그는, "이 푸짐한 가외의 목돈으로 나는 비로소 사람의 품위를 위협
하던 적빈의 궁핍으로부터 아슬아슬하게 놓여난다. 그때 이후 나는 그러
나 어느 평론가의 야유처럼 소설공장이라는 부끄러운 별명으로 지긋지긋
한 글의 노예가 되고 만다. 의도하지도 않았고 희망한다고 될 일도 아니

---

17) 홍성원, 「소리 내지 않고 울기」, 306쪽.
　　그런데 『홍성원 깊이 읽기』에 실린 같은 제목의 글에서, 홍성원은 이 대목을 "나는
　　허기진 아우들의 얼굴에서 굶주림이 주는 고통이 얼마나 절망적이며 잔인한가를
　　읽을 수 있었다. 이 고통은 설명만으로는 이해하기가 쉽지 않다"(홍성원, 「소리 내
　　지 않고 울기」, 『홍성원 깊이 읽기』, 267쪽.)로 완화해 표현한다. 원래의 표현이 자
　　기의 아우들을 욕되게 하고 있다고 여겼는지도 모른다.
18) 홍성원, 「당선자의 말-쭕壇·돈의 二重기쁨」, 『동아일보』, 동아일보사, 1964. 12. 24.

건만 그 후로 나는 34년 동안 오로지 글 쓰는 일 하나로 힘겹게 밥벌이를
해 온 것이다"[19]라고 쓰고 있다.

물론 이 사건이 홍성원에게 가난의 문제를 해결한 데만 의미 있는 것은
아니다. 더 중요한 것은, 이 사건을 통해서 그가 자기의 내면에서 진정한
소설가적 자질을 발견했다는 데 있다.

> 지금 곰곰이 생각해 보면 나에게는 그때 내 자신도 잘 몰랐던 강력한
> 충동 하나가 숨어 있었던 게 아닌가 싶습니다. 글쓰기의 창작 생활을 하는
> 데에는 세 가지의 절대적인 요인이 필요합니다. 첫째는 문학예술을 할 수
> 있는 타고난 기질이고, 두 번째는 그에 상응하는, 창작을 하기 위한 피나
> 는 노력입니다. 그리고, 세 번째가 가장 중요한 대목인데, 바로 글을 쓰고
> 싶다는 욕구가 글을 내 몸 밖으로 밀어내는 강력한 드라이브로 작용해야
> 한다는 것입니다.[20]

홍성원은 『디·데이의 병촌』의 쓰면서 글을 쓰고 싶다는 욕구가 글을
몸 밖으로 밀어내고 있다는 사실을 깨닫게 된 것이다. 가난을 타계하고자
하는 현실적인 목적으로 시작한 일이라고 하지만, 그의 무의식 속에는 글
을 쓰고자 하는 강력한 욕구가 현실적인 목적보다 더 크게 충동하고 있었
던 것이다. 그는 대학 재학시절에 없는 자가 지니는 있는 자에 대한 증오
를 키우며 손에 잡히는 대로 많은 책들을 남독하였다고 한다. "내가 그즈
음 도스토프스키에 깊이 빠졌던 건 배가 고파서 며칠 동안 휘청휘청 걸어
다니던 내 모습이 『죄와 벌』의 라스콜리니코프와 너무 닮았기 때문이었
죠."[21] 하고 말한다. 그는 도스토예프스키의 소설에서 깊은 위로를 받았
던 것이다. 그의 내면에는 가난과 소설이 묘하게 얽혀 있는 것이 아닌가

---

19) 홍성원, 「열린 세상 쪽으로 뚫린 좁고 긴 터널」, 57쪽.
20) 홍성원, 「자신과 세상을 향하여 던지는 '그러나'라는 질문」, 『홍성원 깊이 읽기』, 문
   학과지성사, 1997, 25쪽.
21) 위의 글, 24쪽.

생각된다.

　홍성원은 1964년 「빙점지대」로 한국일보 신춘문예에 당선하여, 2008년 5월 1일 작고하기까지 전업 작가로 활동하면서, 5권의 단편소설집과 20여 편의 장편소설 그리고 3편의 대하소설을 발표하였다. 그가 발표한 소설의 양은 엄청나서, 김병익은 그를 일러 '소설공장'이라고 칭하기도 하였다. 하지만 그가 단지 다작의 작가에 머무는 것은 아니다. 김병익은, 홍성원의 "'소설공장적' 성격은 그 양에서보다, 어떤 소재와 의도, 어떤 장르의 수법이든 소설로서 가능한 것, 소설로 표현되어야 할 것 모두를 하나하나의 완벽성과 문제성을 지니고 소설로 만들어질 수 있다는 그 능력과 질에서 발휘된다"[22]고 말한다. 홍성원은, 그 다작에도 불구하고 '완벽성과 문제성'을 두루 갖추고 있는 작가라고 평가할 수 있다.[23]

　홍성원은 김승옥(金承鈺)을 제외한 동시대의 다른 작가에 비해 일찍 문단에 나와 가장 오랜 세월을 창작 활동에 바쳤으며 그에 따른 문학적 성과 또한 이에 뒤지지 않음에도 불구하고, 동시대 다른 작가들에 비해 덜 주목받아 왔다. 이러한 점에서 '서사 장르의 모범이라 할 만한 구성과 문체를 가지고 진지하게 세상과 맞서면서 의미심장한 이야기를 만들어내

---

22) 김병익, 「70년대의 최대 작가─작가 홍성원을 말한다」, 『낮과 밤의 경주』, 재판, 태창문화사, 1981, 11쪽.

23) 김치수는 "1964년 「빙점지대」라는 작품으로 한국일보 신춘문예와 「디데이의 병촌」으로 동아일보 장편소설 현상모집에 당선하여 문단에 데뷔한 이후 최근의 『먼동』에 이르기까지 그가 발표한 작품의 수는 대하소설 3편, 장편소설 20여 편이며 단편소설은 그 수를 헤아릴 수 없다. 그러나 이렇게 많은 작품을 발표했음에도 불구하고 그에게는 태작이 없다. 그뿐만 아니라 30년 동안 그의 작품 연보를 보면 어느 해에 작품이 치중되어 발표된 것이 아니라 거의 매해 골고루 발표되고 있다. 이처럼 30년을 거의 동일한 리듬으로 작품을 발표한다는 것은 그에게는 직업작가로서 투철한 의식이 있었음을 의미한다. 이처럼 긴 세월을 이렇게 한결같이 작품을 써온 경우는 그 예를 찾아보기 힘들다. 그것은 그에게 아직도 문제의식이 식을 줄을 모른다. 그가 다루어 온 세계는 초기의 군대와 전쟁 문제로부터, 도시적 삶의 고통과 좌절, 조직과 폭력의 문제를 거쳐, 최근의 역사 문제에 이르기까지 대단히 방대한 것이다"(김치수, 「남성문학의 세계」, 『작가세계』, 세계사, 1993 가을, 44-45쪽.)

는 작가에 대하여 너무 홀대했'[24]다는 홍정선의 반성적 고백은 공감할 만하다.

홍성원의 소설이 그의 문학적 성과에 비해 덜 평가된 데 대해 몇 가지 이유를 들 수 있는데[25], 그가 특정 문학 그룹에 소속되거나 특정의 문학적 이념을 지지하지 않았다는 점은 특히 중요한 이유로 꼽을 수 있다. 홍성원은, 60년대 문학의 주류를 형성한 문학동인지 『산문시대(散文時代)』에 참여한 바 없고, 그 방계에 속하는 문학동인지 『68문학』에 참여한 작가였으며,[26] 평단이 크게 양분되었던 70년대의 상황에서 그는 어느 쪽의 전폭적인 지지도 받기 힘든 작가였다. 민중문학이 위세를 떨치던 80년대에 민

---

24) 홍정선, 「대담-자신과 세상을 향해 던지는 '그러나'라는 질문」, 21쪽.

25) 이광훈은 이에 대해 다음과 같이 말한다. "그이 엄청난 작품 量에 비해 작가론이나 作品論이 그렇게 많지 않았던 것도 한 가지 뚜렷한 주제나 경향을 갖지 않았던 데에도 원인이 있었을 것이다. 특히 70년대처럼 평단이 두 갈래의 흐름으로 갈라져 있던 상황에서 그 어느 쪽의 전폭적인 지지도 받기 힘든 작가였다. 또한 홍성원의 작가론이나 작품론이 비평가들에 의해 기피되는 또 다른 이유는 너무 여러 갈래로 퍼져나간 傾向때문에 그 방대한 量의 작품을 일일이 읽어야하는 부담 때문이기도 했다."(이광훈, 「조직의 힘과 개인의 해체」, 『문예중앙』, 1982, 가을, 291쪽.)

26) 『산문시대』는 1962년 6월 김승옥, 김현, 최하림(崔夏林)에 의해 창간되어 1964년 9월까지 3년에 걸쳐 5호까지 발간된 문학동인지이다. 세 명으로 시작한 이 동인지의 동인은 5호 때에 강호무(姜好武), 곽광수(郭光秀), 김산숙(金山淑), 김성일(金成一), 김승옥(金承鈺), 김치수(金治洙), 김현, 서정인(徐廷仁), 염무웅(廉武雄), 최하림(崔夏林)으로 늘었다.(김승옥, 「散文時代 이야기」, 『뜬 세상 살기에』, 지식산업사, 1977, 205쪽.) 『68문학』은 1969년 1월 1집을 발간하고 해체되어, 『산문시대』와 더불어 『문학과지성』 창간의 발판이 된 문학동인지이다. 여기에 참여한 문인은 박상륭(朴常隆), 박태순(朴泰洵), 이청준(李淸俊), 홍성원(洪盛原), 김화영(金華榮, 김화영은 시인으로 참여하였다.), 박이도(朴利道), 이성부(李盛夫), 이승훈(李昇勳), 정현종(鄭玄宗), 최하림(崔夏林), 황동규(黃東奎), 김병익(金炳翼), 김주연(金柱演), 김치수(金治洙), 김현, 염무웅(廉武雄) 등이 있다.(박상륭 외, 「차례」, 『68문학』, 1, 한명문화사, 1969. 1, 4쪽.) 이후 『문학과지성』과 『창작과비평』으로 양분되는 문단에서, 홍성원은 굳이 따지자면 전자에 속하는 소설가이다. 하지만 외국문학을 전공한 서울대 인문대 출신의 문인들이 주류를 이루던 『문학과지성』에서도 그는 방계에 속하는 문인이었다고 할 수 있다. 김병익은 홍성원 소설을 적극적으로 지원한 비평가인데, 『68문학』을 창간하면서, 인연을 맺은 것으로 보인다.

중문학론과는 일정한 거리를 두고 현실비판의 문학을 펼치는 작가였기에, 그는 항상 평단의 쟁점에서 조금 물러난 자리에 있었다.27)

이 점은 어쩌면 홍성원 문학의 중요한 특징이라고까지 말할 수 있는 것이다. 홍성원의 소설세계가 방대하고 다양하기 때문에 그것을 단적으로 표현하기 쉽지 않지만, 그것은 대체로 리얼리즘의 범주에서 이해할 수 있다. 홍성원의 리얼리즘이 추구하는 가치는 한마디로 말하면, '인간'이다.

> 내가 끊임없이 추구해 온 문학의 기초를 사람에 두고 있지 않았나 생각해요. 바꾸어 말하면 사람을 사람답게 지키는 일이 내 문학의 출발점이다라고 말입니다. 세상은 우리 사람들에게 끊임없이 사람답지 않은 일을 강요하고, 사람답지 않게 살기를 강요하고, 사람으로서는 견딜 수 없는 일을 강요하고, 끝내는 사람이 아니기를 강요합니다. 온갖 억압적인 장치들, 예를 들면 폭력·기만·권위·독선·제도·이기주의·권력 따위들이 우리 사람들을 사람이 아니게 사람답지 않게 만들거나 강요하는데, 이 부당한 억압 장치와 기제들로부터 사람을 지키는 것이 문학의 소임이 아닌가 하는 것입니다. 그래서 나는 역사소설에도 개인이 그 시대가 행사하는 온갖 폭압이나 시련 속에서 어떻게 자기 자신의 인간다움을 지켜가는가에 주목합니다. 영웅이나 어떤 특정 집단이 잘못된 혹은 부패한 사회를 어떻게 변혁시키는가 등에는 별로 흥미도 없고 관심도 없어요. 그 속에는 이데올로기뿐 사람의 얼굴이 보이지 않지 않습니까?28)

27) 1970년대 이후 우리 분단을 크게 양분 했던 '문학과지성'과 '창작과비평'사 사이에서도 홍성원은 약간 애매한 위치에 서 있었다. 엄격히 말하면 홍성원은 '문학과지성'의 문인이었다. 하지만 그는 스스로 "오히려 나는 체질적으로 창비 쪽에 더 가까운 편이에요. 몇 개의 작품도 그렇고 또 내 취미 생활이나 체질도 그래요" 하고 말한다. '문학과지성'에 대해서는, "유일하게 창간 멤버 비슷하게 참가했으면서도 나는 엄격하게 '문학과지성' 쪽에 선을 그었어요. 너희들 창간하는데 가장 가까운 자리에서 지켜보긴 했지만 나는 창작하는 작가로 너희들 편집진과는 무관하다. 뿐만 아니라 너희들이 잘못되었다고 생각되면 가까운 친구와 작가로서 너희들에게 바른 소리와 잔소리를 할 거라고 했죠."하고 말한 바 있다.(홍성원·강진호, 「삶과 역사의 진실을 향한 우보(牛步)」, 『작가연구』, 새미, 2004. 5, 236-237쪽 참조.)
28) 홍성원, 「대담-자신과 세상을 향해 던지는 '그러나'라는 질문」, 31-32쪽.

홍성원은, 이념이 인간의 가치보다 우위를 차지하는 것을 경계한다. 인간의 자유와 평등의 확대를 도모하기 위해서, 때로 이념은 문학 창작의 바탕으로 삼을 수도 있다. 하지만 그것이 지나치게 노출되면 문학성을 훼손할 수도 있다. 이는 문학 창작의 오랜 숙제이다. 홍성원은 이념으로부터 벗어남으로써 인간 본연의 가치를 추구한다는 장점을 지닌 작가이다. 이는 매우 중요한 가치이다. 그럼에도 불구하고 이념에서 벗어남으로서 도리어 의도와 다르게 어떤 이념으로 흐르기도 하고, 그러한 문제로 인하여 때때로 그는 반동적 역사를 옹호하는 것으로 오해받거나, 그러한 것을 추구하는 이로부터 이용당하기도 하였다.29)

홍성원은 특별한 인간이 아니라 평범한 인간을 옹호한다. 다른 소설에서도 그러하지만, 특히 그의 대하역사소설에는 영웅이 등장하지 않는다. 가령 『달과 칼』에는 임진왜란에 활약했던 권율, 신립 등의 장수나 유성룡, 이덕형 등과 같은 문신들도 등장하지 않는다. 역사적 인물 중 오직 이순신만이 사건에 참여하는데, 그 역시 후경화되어 있어 부차적 인물의 역할을 담당할 뿐이다. 이 소설에 양반으로부터 중인 평민 그리고 천민까지 다양한 계급이 등장하지만, 그들은 모두 역사의 이면에 자리하는 평범한 인물들이다. 특히 이 소설은, 가장 밑바닥에서 전투에 참가한 노군이야말로 수군 승리의 기초였음을 여러 차례에 걸쳐 강조한다. 『먼동』에서 중인 계층의 박승학을 주인공으로 삼는 이유도 여기에 있다.30)

---

29) 그 대표적인 예로 「육이오」(후에 『남과 북』으로 개작)를 들 수 있다. 이 작품은 1977년 제2회 반공문학상 대통령상을 받게 된다. 홍성원은 이 상의 수상으로 이 작품이 비평계의 홀대를 받게 되었으며, 은연중에 반공물로 매도되었다고 한다.(홍성원·홍정선, 「자신과 세상을 향해 던지는 '그러나'라는 질문」, 59쪽.) 이 작품은 근본적으로 휴머니즘의 입장을 견지하고 있지만, 여기에서 반공적 성격이 드러나는 것도 사실이다. 홍성원은 발표 당시의 정치적 상황 때문에 어쩔 수 없었음을 인정하고, 이러한 문제를 해소하기 위해, 홍성원은 이 작품을 전폭적으로 개작한다.(홍성원, 「보완과 개작에 대한 짧은 해명」, 『남과 북』, 1, 문학과지성사, 2000, 5-6쪽.)

30) 이러한 점에서 다음과 같은 홍성원의 진술은 의미 있다. 그는 "안중근이 이등박문을 쏘아죽인 사건을 소설화해 보려고 자료를 수집한 적이 있어요. 그런데 결국 이건

　평범한 인간을 옹호하는 홍성원은 인간과 인간 사이의 억압에 반대한
다. 군대를 배경으로 하는 병영소설 혹은 전쟁소설에서부터 도시의 비인
간적 상황을 고발하는 소설 그리고 대하역사소설에 이르기까지 그의 모
든 소설에는 인간의 억압을 고발하여 일소하고자 하는 목소리가 담겨 있
다. 가령 『남과 북』에서 최완식의 비열하고 야비한 한 개인 이기적 폭력
성을 드러내거나, 여인들의 수난을 통해 전쟁이라는 상황이 불러오는 인
간 본연의 폭력성을 고발한다. 인간으로서 인간다움을 지키기 위해서는
무엇보다 인간 사이의 억압을 없애야한다는 것이 그의 문학의 가장 밑바
닥에 자리 잡고 있는 문학정신이다.

　이러한 점에서 홍성원은 보편적 휴머니즘을 바탕으로 한 리얼리즘 소
설을 추구했다고 할 수 있다. 그렇다고 그가 현실을 있는 그대로 수락하
고 그리려고 했다고 말할 수는 없다. 그는 늘 현실을 뒤집어 보임으로써
거기서 진실을 드러내고자 한다. 그는 현실을 단순한 구도에서 바라보지
않는다. 그는 늘 표면과 이면을 동시에 조명하고자 노력한다. 이러한 점은
그가 강조하는 '그러나'라는 접속부사에 잘 나타난다. "'그러나'라는 반
어는 사람이 사람답게 사는 길을 방해하는 권력이나 폭력, 제도 등에 맞
서기 위한 내 나름의 화두입니다" 하고 그는 말한다. 그는 '그러나'를 우
리 시대 가장 민감한 역사적인 문제인 친일/반일의 문제를 다룬 장편소설
『그러나』의 소설의 제목으로 삼기도 하였다.

---

　아니다 소설이 될 수 없다 하는 생각이 들었어요 왜냐하면 안중근이라는 이 양반은
아주 특이한 담력을 가진 분이에요 그 삼엄함 경계 속에서 아무리 명사수라도 작은
권총으로 움직이는 목표를 맞추기는 대단히 어려워요 떨려서 말이지요. 그런데 그
분은 담력이 대단한 양반이라 조금도 동요하지 않고 목표물을 정확히 맞췄어요 그
다음 재판장에서도 자기주장을 당당히 펴 할 말을 다한 것을 보면, 이런 분을 소설
화하는 것은 결국 아주 특출한 영웅을 그린 것으로 끝나버려요. 보통 사람들보다 아
주 담력이 큰 영웅, 그건 소설이 아니죠. 소설이란 것은 평범한 사람이 있는 용기를
모두 긁어모아 큰일을 해 냈을 때 위대한 것이지, 워낙 특출한 인물이 특출한 일을
한 것은 문학적으로 부적합한 소재예요." 하고 말한다.(홍성원·강진호, 「삶과 역사의
진실을 향한 우보(牛步)」, 239-240쪽 참조)

하지만 더 나아가, 홍성원은 현실을 뒤집어 보임으로써 풀리지 않는 인생에 대한 수수께끼를 전달하려고 하였다. 『남과 북』의 마지막 장면에서, 전쟁이라는 죽음의 복마전에서 살아난 한상혁 대위가 백발백중의 명사수 박노익의 오발에 의해 죽음을 맞이한다. 홍성원이 강조하는 '그러나'의 의미는 그의 전체 작품 속에 나타난다. 그는 전 작품을 통해서 인생은 이렇게 아이러니하다고 말하고 있다. 그는 전 작품을 통해서 "그러나 인생은 알 수 없는 것이다" 하고 말하고자 있다.31)

홍성원 리얼리즘의 바탕에는 그의 간결한 문체가 받치고 있다. 이는 그의 소설을 특징적 스타일로 만든다. 그의 소설 문체를 헤밍웨이의 하드보일드 스타일과 비교하는 경우가 많다. 하지만 그는 자신의 문체가 헤밍웨이의 문체와 유사한 점도 있지만, 일치되는 것처럼 여기는 데에는 거부감을 드러낸다. 수식어를 배제하고 상황과 행동의 묘사를 간결한 문장 속에 담아낸다는 점에서 그의 문체는 헤밍웨이의 문체와 유사하지만, 의외로 인물의 생각을 담아내는 부분도 많기 때문이다.32)

홍성원은 행동이나 심리의 움직임이 지닌 고유의 민첩성과 현장성을 훼손하지 않기 위해 간접화법을 꺼린다고 밝힌 바 있다.33) 이에 대해 김경수는 "행동이나 상황묘사가 두드러지고 가능하면 수식어를 배제한 단

---

31) 김병익이 그의 소설을 '진실 발견적 리얼리즘'이라고 명명하는 것도 이러한 특징에서 연유된다. 김병익은 다음과 같이 서술하고 있다. "단순히 사회의 보고서를 작성한다는 명제를 넘어선다는 점에서 발자크류의 고전적 사실주의와 다르고 강령으로 요구하는 이상주의를, 바로 그 이상주의가 인간을 각질화 시킨다고 판단하기 때문에 역시 거부함으로써, 그는 사회주의적 리얼리즘을 거부한다. 그의 리얼리즘은 그러니까 진실 발견적 리얼리즘이다. 그에게 중요한 것은 함몰되어서는 안 될 진정한 실재의 발현이며, 그 리얼리티를 표현해 내는 것이 문학이 결코 양보할 수 없는 사명이고 작가는 그것을 운명으로 실천해야 할 소명을 지닌 존재이다."(김병익, 「진실의 발견술과 장인정신」, 『현대문학』, 1994. 11, 322쪽.) 이는 홍성원이 어떤 문학 이념을 추구하기보다는 끊임없이 현실의 진정한 의미와 가치를 추구하는 작가라는 점을 강조한 말로 받아들일 수 있다.

32) 이경호, 「움직임의 미학을 찾는 항해일지」, 『작가세계』, 세계사, 1993 가을, 37-38쪽.

33) 홍성원, 「작가서문」, 『서울, 즐거운 지옥』, 나남, 1984, 11쪽.

문이나 대화가 이어지는 특징이", 그의 문체를 '비정한 문체'로 보이게 만든다고 한다.[34] 이러한 그의 문체는 남성들 사이에 벌어지는 냉정한 대결의 긴장 상황을 보여주기에 적절하다. 흔히 홍성원의 비정한 문체의 예로『디데이의 병촌』을 꼽는다.『역조』에도 그에 못지않게 이러한 문체가 살아있다.

하지만 홍성원의 문학 세계가 방대하기 때문에, 이러한 문체 특성이 그의 소설 모두에 적용되는 것은 아니다.

> 작년 가을에 죽은 김대감댁 노복(奴僕) 장쇠의 말은, 외거노비(外居奴婢) 송근술에게는 하늘이 내려앉은 듯한 엄청난 비밀이었다. 근술은 그제야 그의 상전인 김대감댁에서 왜 자기만을 집 박으로 내어보내 따로 살게 했는지 알 것 같았다. 그에게 마산포 마름을 시키고 당두리 짐배까지 부리도록 내준 것도 실은 모두 따지고 보면 그 엄청난 김대감의 젊은 날의 비밀 탓이었다. 그러나 지금껏 종으로만 알고 살아온 지난 세월이 근술에게는 너무나 억울하고 원통했다. 그 원통함을 조금이라도 풀기 위해 근술은 지난 겨울에 김대감댁 도조벼 오백 섬을 감쪽같이 떼어먹고 도망친 것이다.[35]

위 인용문은『먼동』의 한 대목이다. 이는 수식어를 남발하거나 인물의 감정을 지나치게 노출시키고 있지 않다는 점에서 그의 비정한 문체와 통하는 바가 있지만, 그렇다고 이를 비정한 문제라고 말하기는 어렵다. 약간 절제된 문체로 인물의 심리와 사건을 적절하게 제시하고 있을 따름이다. 홍성원의 비정한 문제와 직접화법의 구사는 초기에 창작한 소설일수록 그 특징이 강하게 나타난다.『디·데이의 병촌』과 같은 병영소설이나,『역조』와 같이 남성들 사이에 벌어지는 대결의 긴장 상황을 보여주는 작품에 특징적으로 드러난다. 이는 대하소설 중에는『남과 북』에서 적절하

---

34) 김경수,「움직임의 미학을 찾는 항해일지」,『작가세계』, 세계사, 1993 가을, 38쪽.
35) 홍성원,『먼동』, 2, 문학과지성사, 1993, 19쪽.

게 활용되고 있다.[36]

홍성원이 『남과 북』이래로 뚝심 있게 대하소설들을 써내려갈 수 있었던 것은 그의 새로운 소설 구성 방법에 기인한다. 그것은 '균등한 화소의 배열'이다. 이는 그의 대부분의 대하소설의 창작 방법이기도 하지만 『남과 북』 이후의 장편소설 전반에 해당하는 방법이기도 하다. 홍성원은 한국전쟁을 총체적으로 보여주기에 위해 수많은 모티프(motif) 즉 화소(話素)들을 균등하게 배열한다. 이것은 시퀀스의 배열에 의해 형성되는 영화의 구성과 흡사하다. 이 소설은 전후 관계의 설명을 생략한 채 수많은 화소들을 배열하여 독자에게 제시한다.

여기서 특히 '균등하다'는 말에 주목할 필요가 있다. 화소들은 대체로 비슷한 분량으로 이루어져있기 때문에 양적으로 균등하다고 할 수 있지만, 질적인 면에서도 그렇다. 이것은 근간화소와 자유화소의 구분이 모호하다는 것을 의미한다. 즉 의미상으로도 화소들의 중요성은 거의 균등하다. 이 소설은 수많은 균등한 화소의 그물코들로 짜여진 그물에 비유될 수 있다. 이 소설은 화소라는 그물코들이 모여서 한국전쟁이란 거대한 그물을 짜고 있는 것이다. 이와 같은 방식으로 『달과 칼』에서는 임진왜란의 전체상을, 『먼동』에서는 조선후기 우리 사회를 다면적으로 그릴 수 있었다.

이러한 구성적 특징은 인물에도 영향을 미친다. 『남과 북』에 등장하는 30여명의 주요 인물들은 대체로 균등한 중요성을 지니며 자기 목소리를

---

36) 홍성원은 자신의 문체가 헤밍웨이의 영향이라고 정식으로 인정한 바 있다. 하지만 영어와 한국어의 차이로 인하여 그것을 그대로 수용할 수는 없다는 점도 강조한다. 그는 "영어의 그런 스피디한 점을 어떻게 하면 우리말로 옮겨 볼 수 있을까 하고 고민한 끝에 나온 것이 초기 작품의 문체입니다" 하고 말한다.(홍성원·손영목·김외곤, 앞의 글, 14-15쪽.) 작품에 따라 차이가 있지만, 그의 작품에서 문장의 속도감은 후기로 갈수록 저하된다. 그럼에도 불구하고 이러한 경향은 그의 작품 전반에 걸쳐 문체적 특징으로 남아 있다.

낸다. 물론 모두 완전히 같은 정도의 중요성을 지닌다고 할 수는 없지만, 적어도 누가 주인공이라고 잘라 말하기는 어렵다. 여기서 인물들은 모두 제각각 자기의 역할을 담당하면서, 사건에 참여한다. 그들의 성격은 비교적 단순하며, 변화가 적다. 이 소설은 한 명, 혹은 몇 명의 성격파의 인물을 요구하는 것이 아니라 일정한 역할을 담당할 다양한 인물들에 의존한다. 이 소설은 각각의 인물들의 목소리와 행동이 모여 전체의 의미망을 형성한다.

여기서 주목할 점은, 인물들의 목소리가 독립성을 유지하며 굴곡 없이 독자에게 전달된다는 점이다. 그러기 위해서 작가 자신의 설명보다는 수많은 대화가 활용된다. 이 소설은 인물이 직접 말하게 함으로써 인물들의 생각을 직접 드러내는 것이다. 이때 서로 상이한 생각들은 충돌을 일으키고 그 사이에서 의미는 발생한다. 모든 말들은 동등한 지위로 충돌하기 때문에 판단은 독자에게 맡겨지지만, 은연중에 어떤 말들이 우위를 점하기도 한다.

더욱 주목할 점은 작가의 서술에서도 이러한 인물의 목소리가 어느 정도 독립성을 유지한다는 점이다. 이 소설은 전지적 작가 시점으로 되어 있으면서도, 작가의 개입 없이 객관적 서술을 유지한다. 이것은 어떤 인물에 의해 초점화(focalization)[37]된 서술을 활용함으로써 가능해 진다. 작가는 인물의 내면에서 일어나는 모든 일들을 알고 있지만 그들의 생각이나 감정을 그들의 입장에서 서술함으로써, 작가의 개입을 최소화하고 인물의 목소리를 대신 전달한다. 물론 인물의 목소리 속에 작가의 목소리가 아주 미묘하게 개입되거나 누구의 목소리인지 모르는 모호한 경우도 있다.

---

37) 제라르 쥬네트, 「초점화」, 『서사담론』, 권택영 역, 교보문고, 1992, 177-182쪽 참조.

# 참고문헌

홍성원, 「열린 세상으로 뚫린 좁고 긴 터널」, 『홍성원 깊이 읽기』, 문학과지성사, 1997.

홍성원, 「소리 내지 않고 울기-나의 문학수업기」, 『홍성원-우리시대우리작가 3』, 동아출판사, 1987.

홍성원, 「쌕쌕이의 기억 담긴 팔달산」, 『작가가 쓴 작가의 고향』, 조선일보사, 1987.

홍성원, 「당선자의 말-登壇·돈의 二重기쁨」, 『동아일보』, 동아일보사, 1964. 12. 24.

홍성원, 「작가서문」, 『서울, 즐거운 지옥』, 나남, 1984.

홍성원, 『먼동』, 2, 문학과지성사, 1993.

홍성원·홍정선, 「자신과 세상을 향하여 던지는 '그러나'라는 질문」, 『홍성원 깊이 읽기』, 문학과지성사, 1997.

홍성원·손영목·김외곤, 「대담-문학적 상상력을 통한 현실: 역사의 내면 탐구에의 도정」, 『문학정신』, 1992. 11.

홍성원·강진호, 「삶과 역사의 진실을 향한 우보(牛步)」, 『작가연구』, 새미, 2004. 5.

김경수, 「움직임의 미학을 찾는 항해일지」, 『작가세계』, 세계사, 1993 가을.

김병익, 「70년대의 최대 작가-작가 홍성원을 말한다」, 『낮과 밤의 경주』, 재판, 태창문화사, 1981.

김치수, 「남성문학의 세계」, 『작가세계』, 세계사, 1993 가을.

이광훈, 「조직의 힘과 개인의 해체」, 『문예중앙』, 1982, 가을호.

김승옥, 「散文時代 이야기」, 『뜬 세상 살기에』, 지식산업사, 1977.

박상륭 외, 「차례」, 『68문학』, 1, 한명문화사, 1969. 1.

김병익, 「진실의 발견술과 장인정신」, 『현대문학』, 1994. 11.

이경호, 「움직임의 미학을 찾는 항해일지」, 『작가세계』, 세계사, 1993 가을.

제라르 쥬네트, 「초점화」, 『서사담론』, 권택영 역, 교보문고, 1992.

# 『디·데이의 병촌』 연구
## - 전후의 정신적 위기와 휴전의식 -

## 1. 서론

『디·데이의 병촌』은, 1964년 동아일보 50만원 고료 장편 모집 당선작으로 홍성원의 첫 장편소설이다. 당시 심사위원장이었던 안수길은, "당선 결정에 만장일치 합의했다. 만약 이 작품이 없었다면 심사는 난항이었을지 몰랐을 것이"[1]라고 심사평에 밝혔다. 이 소설은 홍성원의 출세작으로, 그는 이 작품으로 문단의 주목을 받게 된다.

이 소설은 홍성원의 출세작인 만큼, 그 텍스트가 여러 개 존재한다. 이 작품이 당선되자 동아일보는, 1965년 6월 1일부터 1966년 2월 7일까지 총 214회 연재하였다.[2] 연재가 끝나자 창우사에서 이 소설을 발간한다.[3] 그리고 경미문화사에서 1979년 다시 발간하였고,[4] 중앙일보사,[5] 범한출판사,[6] 일신서적공사[7] 등에서도 발간한 바 있다. 창우사본이나 경미문화사본은 동아일보에 연재한 작품과 동일하지만, 범한출판사 본 이후에 조금

---

1) 안수길, 「『디·데이의 兵村』 아니면 審査는 難航이었을지도」, 『동아일보』, 동아일보사, 1964. 12. 24.
2) 홍성원, 「디·데이의 兵村」, 『동아일보』, 동아일보사, 1965. 6. 1-1966. 2. 7.
3) 홍성원, 『디·데이의 兵村』, 創又社, 1966.
4) 홍성원, 『디 데이의 兵村』, 庚美文化社, 1979.
5) 홍성원, 『디데이의 兵村』, 중앙일보사, 1985.
6) 홍성원, 『디데이의 兵村』, 凡韓出版社, 1985.
7) 홍성원, 『디 데이의 兵村』, 信書籍出版社, 1994.

달라졌다. 표기를 현실적으로 하고 문장을 조금 수정했다. 하지만 내용상
의 큰 변화는 없다. 그리하여 본 논문에서는 창우산 본을 기본 텍스트로
삼고 나머지를 참조하기로 한다.[8]

홍성원은 등단 초기부터 「빙점지대」, 「기관차와 송아지」, 「기동훈련」
등 군대를 배경으로 하는 작품들을 많이 발표했으며, 특히 이러한 역량의
축적을 바탕으로 대하장편소설 『南과北』(원제 「육이오」)을 발표하기도 한
다. 이 소설은 홍성원의 초기 소설을 대표하는 군대소설 내지 병영소설의
원형이 되는 소설이라 할 수 있다.

군대 생활에 대한 세밀한 묘사와 군인들만의 독특한 문화를 적나라하
게 보여줌으로써 사실성을 높이고 있으며 현실에 대한 균형적 시각을 보
여준다는 점에서, 이 소설은 홍성원 리얼리즘 소설의 원형이 되는 작품이
기도 하다. 김병익은 이 점에 대해, "홍성원의 문학적 경향이 그의 출세작
인 『디·데이의 병촌』에 두루 드러나고 있음이 두 가지 점에서 흥미롭다.
첫째 처녀작이 그 작가의 여러 문학적 성향을 보여주는 원형적 성격을 갖
는 것이 통례라 하더라도 홍성원의 경우에서는 그런 성향이 이 원형으로
서보다 현재적(顯在的)인 것으로 나타난다는 점이며, 둘째 그의 대표작이라
할 대하소설 『남과 북』의 세계가 끝난 자리에서 이 『디·데이의 병촌』 시
작되고 있다는 점이다."[9]라고 평가한다.

시기적으로 보면, 『남과 북』이 훨씬 뒤에 창작 발표되었지만, 역사적 사
건의 시간으로 보면, 김병익이 지적한 대로 『남과 북』의 세계가 끝난 자
리에서 이 『디·데이의 병촌』 시작되고 있다. 『남과 북』이 한국전쟁을 사
실적으로 그리면서 전쟁에서 벌어지는 인간의 행동과 심리를 적나라하고
보여주고 있다면, 『디·데이의 병촌』은 전쟁이 끝난 상황에서 벌어지는

---

8) 이하 쪽수만 표기하기로 한다.
9) 김병익, 「다이너미즘과 휴머니즘」, 『홍성원-현대의 한국문학27』, 汎韓出版社, 1986,
   464쪽.

병영과 그 주변 마을을 구체적으로 형상화하여 전후의 시점에서 바라보는 전쟁의 문제를 다루고 있다.

## 2. 휴전의식과 그 극복의 가능성

『디・데이의 병촌』은 현 중위가 전방 부대와 그 주변 마을에서 겪는 일련의 사건을 형상화한 소설이다. 이 소설은 현 중위의 눈에 비친 전방의 모습을 생생하게 그려내고, 그의 내면적인 갈등을 밀도 있게 포착함으로써 당대의 우리 현실, 특히 분단 문제에 대해 심각한 질문을 던진다. 여기에서 현 중위는 답을 제시하는 인물이기보다는 문제를 집약하고 풀어가는 인물이다. 여러 인물들과의 만남을 통해서 현 중위의 내적 갈등은 구체화되고 심화되며 해결의 가능성을 보인다.

현 중위의 정신적 혼란의 근저에는 '전쟁은 아직 끝나지 않았다'는 휴전의식(休戰意識)이 도사리고 있다. 그는 60년대의 우리 상황이 평화가 아니라 휴전 상태라는 점을 강조한다. 그에게 있어 전쟁은 언제든지 다시 계속될 수 있다는 점에서 완료형이 아니라 진행형이다. 이러한 휴전의식은 이 소설 전반을 압도한다. 휴전의식이 현 중위로 하여금 끊임없는 긴장과 불안 상태를 유지시키고 있기 때문이다. 그는 전방과 후방 사이를 오가며 그 사이에서 분단에 대한 인식적 괴리를 깊이 느끼는데, 이러한 전후방 사이의 인식적 괴리는 그의 휴전의식을 더욱 선명하게 드러내 준다. 후방에서 사는 사람들에게 전쟁은 이미 종료된 것으로 인식되지만, 현 중위에게 그것은 더없는 착각처럼 여겨지는 것이다.

이 소설에서 전방이라는 공간적 배경은 현 중위의 긴장과 불안을 증폭시킨다. 끊임없이 대남 방송이 들려오고 불온전단이 날아오는 전방에서

'전쟁은 아직 끝나지 않았다'고 인식하는 것은 자연스럽다. 그의 부대가
주둔한 P촌은 이러한 전방 마을의 특성을 고스란히 담고 있으며, 특히 '과
부촌'은 현 중위의 갈등을 심화시키는 중요한 요인을 제공한다. P촌은 원
래 화전민 부락이었으나 휴전이후 군사적 요지가 되어 부대가 사방에 주
둔하게 되고 그 여파로 갑자기 융성한 마을이다. 과부촌은 P촌의 주변에
위치한 곳으로 그 주민들은 대개 북에 연고가 있는 사람들이다. 과부촌은
원래 인민군이 주둔할 때 고급장교들의 숙소로 지은 관사구였는데, 인민
군이 물러날 때 남편들을 따라가지 못한 여인네들이 그대로 눌러 살며 형
성된 지역이기 때문이다. 그러니 그곳 사람들은 대개 인민군 장교의 피붙
이들이고 그래서 그들은 원한에 사로잡혀 있다.

과부촌 사람들의 이러한 원한은, 그들이 스스로 역사의 희생물이라고
인식하고, 그러한 인식은 그들로 하여금 현실 속에 자연스럽게 흡수되지
못하게 만든다. 그들은 비무장지대처럼 남북의 정신적 경계에 산다. 군(軍)
의 입장에서 본다면 그들은 이데올로기적으로 불안정한 정신의 소유자들
이다. 말하자면 그들은 불온하다. 따라서 군(軍)과 과부촌 사람들 사이에
는 화해할 수 없는 불신의 골이 형성될 수밖에 없다. 이것은 남과 북의 불
신의 축도(縮圖)라고 할 수 있는 것이기도 하다. 이러한 불신에 대해 현 중
위는 짙은 회의의 태도를 보인다. 이것은 모두 전쟁에 의해서 생긴 것일
뿐인데, 전쟁의 실체는 보이지 않고 막연한 감정적 대립만이 노출되어 있
기 때문이다. 이러한 현 중위에게 감정적 대립은 전쟁의 연장선상에서 이
해되지 않으면 안 되는 것이다.

현 중위의 휴전의식은 전쟁에 대한 긴장과 불안을 암시하고 있지만 그
것은 또한 그의 개인적 삶의 모순과 중첩된다. 현 중위는 애초부터 개인
적 모순을 지니고 있는 인물이다. 첩살이의 괴로움에 못 이겨 자살을 하
고 만 어머니에 대한 쓰라린 기억은 무엇보다 그의 정신적 상처의 근원이
되는데, 이복형과의 불화는 어머니에 대한 상처를 현재화시킨다. 그는 문

학동인 모임에서 만난 은영과 불륜의 관계를 맺고 있으며 이를 청산해야 한다는 강박관념에 휩싸여 있다. 또한 그는 입대하기 전에 '도스토예프스키의 우울증을 우리말로 번역해 놓은 것 같은'[10] 소설을 썼고, 입대 후에는 그 소설들을 모두 불살라버렸으면 좋겠다고 생각하며 스스로 '재기불능' 상태라고 말한다. 그러면서도 여전히 소설을 쓰려고 애쓰지만 좀처럼 마음대로 되지 않는다. 그가 앓는 '편도선'은 그의 이러한 개인적 모순의 상징이다.

결국 현 중위의 정신적 혼란은 두 방향으로 뻗어 있다. 하나는 개인적인 문제이며 다른 하나는 역사적인 문제이다. 그는 개인적 모순을 해결하기 위해 군에 입대했고 그 해결책은 군에서 소설을 쓰는 것이다. 하지만 군에서 그는 휴전이라는 더 큰 모순과 만나서 한 줄의 글도 쓰지 못하게 된 것이다. 그의 의식을 가로막는 혼란은, 입대 전에는 삶에 대한 권태와 회의로, 입대 후에는 전쟁에 대한 긴장과 불안으로 나타난다. 이러한 권태와 회의와 긴장과 불안은 부조리한 삶에서 오는 것이며 동시에 분단이라는 역사적 조건에 의해 심화된 것이다. 현 중위의 혼란은 매듭이 없는 현실에서 온다. 그래서 현 중위는 자신의 삶을 획기적으로 변화시킬 어떤 계기를 기다린다. 여기서 기다림은 소설 전반에 주조음처럼 깔려 있는데, 이것은 이 소설을 역사적인 의미를 넘어서게 하는 중요한 요인이 되는 것이기도 하다.

> 「얼마나 쓰셨어요 그것?」
> 「그것이라니?」
> 「소설 말이에요.」
> 「지금 구상 중이오.」
> 그는 거짓말을 했다.
> 「곧 쓰게 될거요.」

---

10) 88쪽.

「테마는?」

「글쎄?」

「제목두 없어요?」

「대합실이라구 해봤는데…….」

「기차를 기다리시는군요?」

「전쟁을 기다리지.」[11]

휴전의식에서 오는 긴장과 불안, 그리고 그것을 제대로 인식하지 못하는 사람들에 대한 안타까움을 안고 있으면서도, 현 중위는 서슴없이 전쟁을 기다린다고 말하고 있다. 여기서 전쟁은 그가 처해 있는 일체의 모순들을 일거에 해소하고 삶의 변화를 모색하고자 하는 정신적 모험을 의미한다. 군대 밖에서 지니고 있었던 현 중위의 개인적인 모순과 휴전이라는 역사적인 모순이 이중적인 갈등으로 얽히면서 어떤 결단을 요구하게 되고, 그 결단이 전쟁이라는 극단적인 말로 표출된 것이다.

희망적이든 절망적이든 그는 자신의 삶에 근본적인 변화의 계기가 다가오길 기다리고 있는 것인데, 그 이유는 어떤 결말을 보기 전에 긴장과 불안은 사라지지 않을 것이기 때문이다. 이것은 다분히 상징적이다. 그래서 전쟁에 대한 긴장과 불안을 극복하기 위해 도리어 전쟁을 기다린다는 역설이 성립된다. 하지만 이것은 도래하기를 바란다는 의미에서의 기다림이라기보다는 예견되는 불행에 대한 불안 의식의 강렬한 표현이다.[12]

「만일 선경이 죽었다면…….」

---

11) 170쪽.

12) 보통 불안(Angst/anxiety), 공포(Furcht/fear), 경악(Schreck/fright)은 혼용해서 쓰지만 정신분석에서는 이것들의 의미를 엄격히 분리한다. 불안은 그것이 알려지지 않은 것일지라도 어떤 위험을 예기하거나 준비하는 특수한 상태를 일컫는 것이며, 공포는 두려워할 확실한 대상을 요구한다. 반면 경악은 준비 태세가 전혀 되어 있지 않은 채 위험 속에 뛰어 들었을 때 얻게 되는 상태를 말한다.(지그문트 프로이트, 「쾌락원칙을 넘어서」, 『쾌락원칙을 넘어서』, 박찬부 역, 열린책들, 1997, 17쪽.)

「담배 피울텐가?」
「난 재기불능일세.」
「재기불능?」
「소설이구 깻묵이구 다 글렀어.」
「그렇게 그 여자가 소중했었나?」
「마지막 희망을 건 도박이었지.」
「마지막이란 말이 좋지 않군.」
「더 이상 내일을 기다리구 싶지 않네.」[13]

현 중위는, 부대 이동이 끝나면 자신의 모순된 삶을 청산하고 새로운 삶을 일구어 나가겠다고 결심한다. 그는 부대 이동 후 편도선 수술을 하고, 제대 후 선경과 결혼을 하려는 것이다. 편도선 수술은 상징적 의미에서의 결단이라면 선경과의 결혼은 구체적이며 실질적 의미에서의 결단이다. 만약에 선경이 죽었다면 그는 자신이 '재기불능'이라고 말하고 있다. 그에게 있어 선경과의 결혼은 "마지막 희망을 건 도박"이다. 그렇다면 그가 진정 기다리는 것은 어떤 모순에 대한 온전한 현실적 극복인데, 그것은 구체적으로 선경과의 사랑으로 나타난다고 할 수 있다.

선경은 6·25가 나던 해 김일성대학 노문과를 졸업한 지식인으로, 여섯 살 난 딸아이 민혜를 키우고 시아버지를 모시며 생과부로 산다. 그녀의 남편은 현 중위의 부대인 X사단과 대치한 휴전선 저쪽의 인민군 사단장이다. 과부촌 사람들에게 선경은 붉은 군대의 상징처럼 여겨질 수도 있는 존재다. 현 중위가 이러한 선경을 사랑하게 된다는 사실은 의미심장하다. 과부촌의 대표격인 선경과의 사랑은 그것 자체가 이데올로기적 불신에 대한 화해의 가능성을 내포하고 있기 때문이다. 따라서 현 중위의 선경에 대한 사랑은 개인적 차원과 역사적 차원이라는 이중의 화해의 가능성을 의미하는 것이다.

---

13) 417-418쪽.

「혹시 기다려지지 않습니까, 통일 같은 것?」

「기다리구 있어요 그렇지만 일시적으로 이쪽 사람이 밀리고 저쪽 사람이 들어오는 것은 싫어요 우리와 같은 과부들이 이쪽에서두 생길테니까요」

「원망하지 않습니까, 전쟁을?」

「별루 원망하구 싶은 생각은 없어요 어디 우리나라 사람이 하는 전쟁인가요?」

(중략)

「그러나 우리들 전부가 현재 가담하구 있지 않습니까?」

「그건 어쩌면 우리 국민에겐 자질구레한 개인 감정 때문일 거예요.」

「점점 모르겠습니다.」

현중위가 마루에 걸터앉자 민혜 엄마도 거리를 두고 나란히 앉았다.

「저 비상도로 고갯마루턱에 반공청년 합동묘지가 있죠?」

「……」

「거기 묻힌 사람들 별루 반공청년은 아닐거예요. 인민군이 여기 있을 때 집이나 땅을 빼앗겨서 그 분풀이로 국군이 들어왔을 때 남은 사람들을 괴롭히다가 다시 인민군이 들어오니까 또 인민군한테 당한 것뿐이예요. 말하자면 옛날 야담책에 나오는 복수담 같은 이야기죠. 그 사람들 사실은 공산주의나 민주주의가 뭔지두 몰랐어요. 옆에서들 어마어마하게 떠드니까 멋모르구 그런가 보다 생각한 거죠.」[14]

선경은 통일을 기다린다고 말한다. 하지만 그것이 어느 쪽의 일방적인 힘에 의해 이루어져서는 안 되는 것이라고 한다. 그것은 또 다른 전쟁을 의미하는 것이고, 그것은 또 다른 비극을 낳기 때문이다. 전쟁은 '우리와 같은 과부들'로 상징되는 약자들에게 더욱 비극적이다.

선경의 전쟁에 대한 인식은 막연한 것이 아니다. 현 중위의 막연한 불안에 비하면 그녀의 생각은 매우 합리적이며 명확하다. "어디 우리나라 사람이 하는 전쟁인가요?"라는 말에서 알 수 있듯이, 선경은 이 땅의 전쟁이 우리의 의지와는 무관하게 강대국의 힘의 논리에 의해 이루어진 것이

---

14) 91-92쪽.

라고 생각한다. 그것은 명백히 대리전쟁일 뿐이다.[15] 또한 그것은 표면적으로는 이데올로기 전쟁이지만, 그 이면에는 이데올로기와는 무관한 무수히 많은 약자들을 희생만이 존재한다. 선경은, 대부분의 사람들은 공산주의나 민주주의가 뭔지 몰랐다난 사실을 명확히 알고 있다. 따라서 선경의 이해에 다르면, 이념이나 사상이라는 허상에 의해서 남과 북은 모두 가해자인 동시에 피해자가 된다.

전쟁에 대한 선경의 인식은 현 중위에게 그대로 전이되고 그것은 다시 현 중위의 휴전의식에 변화를 가져오는 계기를 마련한다. 결국 현 중위는 이데올로기적 갈등의 극복 가능성을 선경에서 찾고 있다. 현 중위는 휴머니즘에 바탕을 둔 선경의 사고에 영향을 받아 의식의 변화를 겪게 되는 것이다.

## 3. 선택과 책임, 혼란에서 질서 찾기

현 중위의 내적 갈등의 두 방향 즉 역사적인 문제와 개인적인 문제는 분리될 수 있는 것이 아니다. 그의 긴장과 불안은 개인적인 모순에서 오는 것이기도 하지만 그보다 역사적 상황에 의해 보다 구체적인 실체를 얻고 있고, 다시 그것은 개인의 본질적 불안의 근원을 형성하고 있기 때문이다. 이런 점에서 이 소설은 역사적인 문제를 천착하고 있으면서 동시에 보편적 인간 실존의 문제를 제기하고 있다. 후자의 측면에서 본다면 이것은 인간 윤리에 관한 질문이 된다. 이 소설은, 인간이 모순 상황에서 어떤 것을 선택해야 하며 어떻게 행동해야 하는가 하는 문제 제기하고 있다. 이러한 문제가 극명하게 드러나는 부분이 바로 사진사가 간첩으로 판명

---

15) 한국전쟁에 대한 이러한 인식은 『남과 북』에서 중요한 문제로 제기된다.

된 후 그를 어떻게 처리할 것인가에 대해 현 중위와 구 대위가 논쟁을 벌
이는 대목이다.

　　　「뭘 설복한단 말인가?.」
　　　「자수하도록 말이야.」
　　　(중략)
　　　「힘들기두 힘들테지만 그 사람 자의 대루 맡겨 두는 게 좋아.」
　　　「그렇게 되면 결국 우리가 죽이는 셈 아닌가?」
　　　「죽일 땐 죽여야지.」
　　　(중략)
　　　「선택의 책임이라……」
　　　「그렇지. 오히려 나는 지금 그 사람이 떳떳하게 죽어주길 바라네. 자기
행동에 충실해서 말이야.」
　　　(중략)
　　　「이 소설을 쓰는 친구야, 그게 바루 코뮤니즘을 택한 책임 아닌가?」
　　　「그래서?」
　　　「일단 그쪽을 택했으면 그편에 끝가지 충실해야지!」
　　　「그래서 살 수 있는데두 꼭 죽어야 하나?」
　　　「응?」
　　　(중략)
　　　「자네 지금까지 휴머니즘을 얘기했군?」
　　　「무슨 <이즘>이래두 상관 없네……」
　　　「여긴 휴머니즘이 한다리 낄 자리가 못돼. 휴머니즘과는 이야기가 달라.
사진사는 우선 첩자노릇을 하면서 사는 보람을 느꼈거든……. 말하자면 그
에겐 첩자생활이 사는 이유의 전부였단 말일세.」
　　　「삶보다두 강한 것은 없을 텐데……」
　　　「자네 또 차츰 바보가 되는군……. 자네가 말한 것같은 그렇게 지고한 삶
을 그는 첩자 생활을 하면서 가장 강하게 느꼈단 말이야.」[16]

---

16) 225-226쪽.

현 중위는 사진사를 우선 자수하도록 설복하여 살리고 봐야한다고 주
장한다. 그는 삶보다 강한 것은 없다고 생각하기 때문이다. 하지만 구 대
위는 전혀 다른 견해를 표명한다. 간첩 행위 자체가 사진사가 선택한 일
이므로, 그는 끝까지 자신의 선택에 대해 책임을 져야한다는 것이다.

그것은 단순한 당위나 의무를 넘어선다. 사진사가 간첩 행위를 한 것은
그의 내면에서부터 결정한 정당한 선택이었다. 그렇기 때문에, 만약 그가
자수를 한다면 그것은 자신의 내면적 진실을 위배하는 것이고, 자신의 내
면적 진실을 위배한다면 살아남는다고 하더라도 그의 삶은 아무런 의미
가 없어진다. 말하자면 구 대위는 인간의 삶에는 목숨보다 중요한 무엇이
있다고 역설(力說)하는 것이다. 문제는 선택이고 그에 따른 책임이다. 그
것은 내면으로부터 우러나는 진실한 것이라는 전제 위에서 성립된다.17)

구 대위에게는 선택을 위한 결단의 순간과 그에 따르는 책임이 중요하
다. 이러한 주장은 인간조건의 한계를 기반으로 한다. 어차피 삶은 부조리
한 것이어서, 인간은 부조리를 견디고 온전히 서기 위해서 어쩔 수 없이
무엇인가를 선택할 수밖에 없는 운명에 처해 있다. 내면적 진실로부터 나
온 선택이라면 그것을 어떠한 경우라도 지켜내야 한다는 것이다. 따라서
죽음을 선택함으로써 도리어 삶의 의미를 온전히 성취할 수도 있다는 역
설(逆說)이 성립된다. 사진사가 마땅히 죽음 무릅쓰고 자신의 선택의 의미
를 지켜내야 하는 이유는, 그가 "지고한 삶을 첩자 생활을 하면서 강하게
느꼈" 때문이다. 단순히 목숨을 살리자고 자수를 하는 것은 도리어 삶의

---

17) 이러한 구 대위의 주장은 싸르트르의 실존철학에 닿아 있다. 싸르트르에 의하면 인
간은 근본적으로 자유의 존재이다. 자유는 비정립적 자기의식의 상태인 '無'에 근원
을 두고 있기 때문에 불안하다. 그래서 인간은 자기정립과 대상에 대한 선택의 필연
성에 직면한다. 선택에는 반드시 책임이 따르게 된다. 구 대위의 생각은 다분히 싸
르트르의 이러한 선택과 책임의 문제와 연결되는 것 같다. 하지만 싸르트르가 선택
을 통해 전인류의 결속으로까지 나아가려고 하는데 반해 구 대위는 순전히 개인적
차원에 머무르고 있다는 점에서 결정적으로 다르다.(장 폴 싸르트르, 『존재와 무』,
을유문화사, 1968, 595-750쪽 참조)

의미를 훼손할 따름이다. 결국 구 대위에게 '생명은 최상의 가치'라는 명제는 낭만적 휴머니스트들의 허황된 구호에 지나지 않는다.

선택에 대한 책임이 구체적으로 어떤 것이냐는 현 중위의 질문에, 구 대위가 "코뮤니즘을 택한 책임"이라고 말하는 점은 특히 주목을 요한다. 여기서 구 대위가 강조하는 것은 '이즘'이 아니다. 그것이 어떤 이념이든지, 누군가 그것을 선택했고 그것을 가치 있게 생각하며 그래서 그것을 위해서 살았다면, 그 가치는 삶을 넘어서는 의미를 지니는 것이다. 구 대위의 생각에서 이념은 무의미하다. 결국 선택에 대한 책임만이 문제가 된다. 구 대위가 "오히려 나는 지금 그 사람이 떳떳하게 죽어주길 바라네"라고 말하는 이유가 여기에 있다.

구 대위의 이러한 태도는 두 차례의 극단적인 시련을 겪으면서 형성된 것이다. 그것은 우선 아내의 자살 사건이다. 그의 아내는 자신이 낳은 아이가 분홍색 피부에 갈색 눈을 지닌 아리안족 혈통임을 알고 유서를 남겨놓고 아이와 함께 자살했다. 그녀는 결혼 직전 외국인 의사와 혼외의 관계를 가졌던 것이다. 그러나 이 아이가 그 외국인의 혈통을 이어받았다고 단정을 지을 수 없었던 데 대해 구 대위는 충격을 받았다. 구 대위의 외할아버지가 독일인이었기 때문에 아내가 낳은 아이는 그의 아이일 수도 있었는데, 그녀는 그의 외할아버지가 독일인이라는 사실을 몰랐던 것이다. 이것은 삶의 부조리를 잘 드러내 준다. 이 사건으로 급속도로 성격의 변화를 일으켜, 술 담배도 모르던 조용한 그가 갑자기 과감하고 억센 사나이로 변했다.

> 「응…… . 말하자면, 산다는 건 애초에 굴욕이라는 걸 그 여자 앞에서 데
> 몬스츄레이숀을 했단 말이야…… .」
> 「환자는 급속도로 변해버렸어. 내가 데모를 한 뒤부터 그 여자는 그곳
> 의 치료를 의식적으로 내게다만 부탁하는 거야. 그러니까 자기의 수치를
> 일부러 강조하며 그 강조하는 자기 생활 속에서 수치심을 차츰 잊어버리
> 는 거지…… .」

「어려운 이야기군」
「어렵지두 않아. 수치심을 의식적으로 강조하는 그 속에서 그 여자는
의외로 살고 싶다는 생각을 했거든.」[18]

위와 같은 사건이, 구 대위가 처한 부조리한 삶에 대한 실의로부터 그를 벗어나게 한다. 그가 근무하던 외과 병원의 간호원 한 명이 난소염 수술을 받기 위해 그에게 배에서 국부까지 면도를 받게 된다. 그 간호원은 그를 퍽 좋아했는데, 자기가 사랑하는 남성에게 그곳을 면도당했다는 수치심 때문에 죽고 싶다는 생각을 하게 되고 회복 후에도 그를 보면 히스테리 증세를 보인다. 이때 그는 묘한 결심을 하게 된다. 그 역시 그곳을 면도하고 정관수술을 해버린 것이다. 그녀는 그 이후 수치심을 극복하고 그곳의 치료를 그에게만 받으려 한다.

구 대위는 "산다는 건 애초에 굴욕이라"고 말한다. 하지만 그 굴욕을 굴욕으로써 이겨낼 때 비로소 삶은 온전히 자기의 것이 된다는 것이 바로 구 대위의 논리적 근거다. 여기에서 구 대위는 인간조건의 한계를 목도하게된 것이다. 삶의 질서란 결국 굴욕에서 출발할 수밖에 없다는 인식, 즉 옳거나 그르거나 따질 수 없는 것이 인간이라는 생각이다. 거기에는 삶에 대한 견인의 의지만이 존재할 따름이다. 그것을 바로 보았을 때, 인간은 비로소 굴욕을 극복하고 자신의 삶을 온전히 자신의 것으로 만들 수 있다. "수치심을 의식적으로 강조"하고, 굴욕을 직시하고 그대로 수락할 때, 도리어 그 굴욕을 극복할 수 있다.

이 소설에서 작가는 다양한 입장들을 거의 객관적인 입장에서 보여주고 있지 어느 입장에 대해서 전폭적으로 지지하는 것 같지는 않다. 이러한 사실은, 이 소설이 홍성원 소설의 가장 큰 양식적 특징이기도 한 직접화법에 의존한다는 점에서 기인한다. 작가는 주석적 논평을 배제함으로써

---

18) 129-130쪽.

소설에 개입하지 않는다. 작가는 답을 제시하기보다는 다양한 상황과 입장을 보여준다. 따라서 판단은 독자의 몫이 된다. 물론 작가가 아무런 입장을 드러내지 않는다고 할 수는 없다. 작가는 은연중에 어떤 인물이나 인물의 말을 강조하고 있기 때문이다. 이것은 작가의 의도일 수도 있고, 의도와 관계없이 형상화 과정에서 자연스럽게 드러나는 것일 수도 있다. 여기에서 선경과 구 대위는 소설에 중요한 의미를 제기하는 인물이다. 현 중위의 의식 속에서 문제가 집약되고, 그것은 다시 현 중위가 부딪히는 사람들을 통해서 극복의 가능성이 드러나는데, 이때 선경과 구 대위는 특히 중요한 역할을 담당한다.

하지만 구 대위와 선경의 입장이 모순관계에 있는 것은 아니다. 이 두 인물은 다른 차원의 문제를 고민하고 있기 때문이다. 선경이 이데올로기의 문제를 깊이 천착하고 있다면, 구 대위는 개인 윤리에 대한 첨예한 문제들을 거론한다. 역사적인 문제와 개인적인 문제는 분리시켜 생각할 수 없어 이 두 사람의 생각은 안팎을 이루고 있다고 할 수 있다. 이러한 두 입장을 매개하고 종합하는 인물이 현 중위이다. 현 중위는 선경과 구 대위의 입장을 모두 수용하면서도 약간의 의문 부호를 남겨둔다.19) 따라서 이 소설은 현 중위를 중심으로 혼란된 현실이 드러나고 질서 회복의 가능성이 모색된다. 질서 회복의 가능성은 이데올로기를 넘어선 인간 그 자체에 대한 인식과, 내면적 선택과 책임에 대한 각성에서 온다고 할 수 있다.

## 4. 홍수, 대격변의 상징

『디·데이의 병촌』은 소설의 고전적 구성을 모범적으로 따르고 있는

---

19) 이러한 현 중위의 입장은 구 대위나 선경뿐 아니라 다른 모든 인물들과의 관계에서도 마찬가지이다.

소설이다. 서두에서 현 중위의 내적 갈등과 모순이 드러나고, 그것은 다양한 사건을 통해 발전하며, 부대이동을 전후로 위기와 절정의 고비를 넘어 파국에 이른다. 부대이동을 전후로 콜레라-홍수-홍수 이후의 폐허로 급전되면서 소설은 결말에 이르는데, 특히 이 과정은 구성적 측면에서 모범적 결말을 보여준다. 많은 현대소설이 이러한 고전적 구성으로부터 상당히 거리를 두고 있으며 특히 결말에서 이렇다 할 맺음이 없이 끝나는 경우가 많은데, 이 소설의 결말은 홍수라는 상징적인 사건을 통해 온전히 완결된다. 이것은 '닫힌 결말'의 구조라 할 수 있는 것이다.[20]

닫힌 결말 자체가 긍정적이거나 부정적인 것은 아니다. 다만 주목할 것은 이 소설에서 홍수라는 대사건이 닫힌 결말의 구조로 작용함으로써 성공적 효과를 거두고 있고 또한 중요한 의미를 지닌다는 점이다. 이 소설에서 '디·데이'란 표면으로는 부대이동을 의미하지만 내면적으로는 홍수를 의미한다고 할 수 있다.

> 「스피커소리, 과부촌, 진지공사, CPX…… 이걸 모두 후방 사람들에게 알려줘야겠어……. 지루하구, 듣기 싫구, 역겹더라두 있는 그대루를 그들에게 보여줘야겠어.」
> 「보여줘서 뭘 하나?」
> 「내가 선 땅이 어디쯤인지 그들두 알아야지.」
> 「어떻게 그걸 알려 줄 텐가?」
> 「하나를 쓰려네.」
> 「소설을?」
> 「응.」

---

20) "죽음이나 성공이나 결혼과 같은 분명한 결말들은 서사의 가능성을 닫아준다. 즉 그러한 결말들은 닫힌 결말이라고 할 수 있다. 이에 반하여 '텅 빈 결말' 같은 것들은 '열린 결말'이라고 할 수 있다. 그것들은 분명한 풀림이나 맺힘을 만들어 주지 않음으로, 서사가 끝난 이후에도 사건이 계속될 것이란 느낌을 강하게 남기거나 아니면 사건의 귀결이 어떻게 될 것인지 알 수 없게 내버려둔다." (오탁번·이남호, 「서사의 서두와 결말」, 『서사이론의 이해』, 고려대학교 출판부, 1999, 81-93쪽 참조)

「그게 가능할까?」

「되구 안되는 건 뒷문제야……. 문제는 <디·데이(D-Day)>두 모르는 이런 전쟁을 언제까지 기다려야 되는가가 문제지…….」

「하긴 홍수가 날 <디·데이>두 몰랐군…….」[21]

"홍수가 날 디·데이도 몰랐"다는 현 중위의 말에서 알 수 있듯이 홍수는 무어라고 결정지을 수 없는 미래적 사건으로 인간 능력의 한계를 의미한다. 이것은 말하자면 한계상황이다. 부조리한 삶의 근원에는 이러한 한계상황이 도사리고 있는데, 여기에서 인간은 갈 데 없이 나약한 존재이다. 한 치의 미래도 예측할 수 없는 것이 바로 인간이라는 인식 속에서 중요한 것은 자신이 "선 땅이 어디쯤인지"를 인식하는 것인데, 현 중위는 홍수를 겪어내면서 정신적 각성을 이루게 되고 그럼으로써 비로소 자신이 선 땅이 어디쯤인지를 발견한다고 할 수 있다.[22] 따라서 현 중위에게 홍수는 정신적 비약의 계기가 된다.

이 소설에서 홍수의 의미는 현 중위의 의식 밖으로 확대되는 보다 큰 의미를 지닌다. 홍수는 모든 것을 쓸어버림으로써 완전한 무(無)로 돌려버리는 재앙인 동시에 모든 것은 새롭게 시작하도록 만드는 재생을 의미하는 것이다. 그것은 대격변의 상징이다.[23]

---

21) 418쪽.

22) 야스퍼스에 의하면 인간은 어쩔 수 없이 한계상황에 직면할 수밖에 없다. 실존이 당면하고 있는 현실 속에서 인간은 죽음이나 병, 죄악, 생존의 의혹 등 피할 수 없는 사태를 만나게 되는데 이것이 곧 한계상황이다. 인간은 한계상황에 직면하게 되면 근원적인 좌절의 상태에 도달하게 된다. 이때 인간의 현존재는 보다 높은 절대적 존재를 인식할 수 있는 계기가 된다. 인간은 이러한 계기를 통해서 비약하게 되는데, 의식이 철학적 사고로 전이하여 본래의 실존에 눈을 뜨게되고 신에 대한 진정한 경험에 이른다.(야스퍼스, 「實存哲學」, 李相喆 譯, 『世界의 大思想14』, 徽文出版社, 1972 참조)

23) 물은 생명이 원천으로서 죽음과 부활을 의미한다. 서양이나 인도의 많은 종교에서 물은 세례의 도구로 사용되는데 이는 정신적 의미에서의 재생 혹은 정화의 의미로 받아들일 수 있다. 그것이 난폭해 지면 대양(大洋)이나 홍수로 나타난다. 바다는 시

「현선생님 조금 전에 기도하셨죠?……」

「예.」

「뭐라구 하셨어요…….」

「몰라서, 하려다 못했습니다…….」

「저 어젯밤에 떠내려가는 과부촌 사람들을 전부 봤어요…….」

「…….」

「원한두 분노두 전혀 없었어요…….」

「그런 이야기를 듣고 싶지 않습니다.」

여인의 손이 그의 손을 더듬어 잡았다.

「그런 이야기가 아니예요……. 우리 이제 기도하며 감사하며 살아요…….」[24]

홍수는 과부촌을 폐허로 만들었지만 그것은 단지 마을을 폐허로 만들기만 한 것은 아니다. 그것은 마을을 쓸어 폐허로 만들면서 동시에 마을의 원한까지도 쓸고 간다. 이데올로기적 갈등의 상징이라고 할 수 있는 과부촌 사람들이 홍수로 쓸려가면서 선경에게 보여준 모습은 원한도 분노도 없는 인간 그 자체였다.

하지만 이로써 상황이 변한 것은 아니다. 휴전이라는 상황은 여전히 존재하기 때문이다. 홍수가 가져다 준 것은 상황의 변화라기보다 의식의 근본적인 변화이다. 삶의 핵심은 사상이나 이념이 아니라 삶 그 자체라는 실존적 깨달음이 그것이다. 홍수 앞에서 이데올로기는 허상일 뿐이며 인간은 단지 인간일 뿐이다. 선경이 이미 이러한 생각을 가지고 있었다고

---

련이나 모험의 공간인데, 시련의 극복은 때때로 성인식 혹은 입사식을 뜻하기도 한다. 또한 그것은 홍수로 나타날 때 대격변이 되기도 한다.(아지자·올리비에리·스크트릭 공저, 「물」, 『문학의 상징·주제 사전』, 장영수 역, 청하, 1980, 147-158쪽 참조.) 대격변이란 질서에서 혼돈으로, 혼돈에서 새로운 안정으로의 진행을 의미하는 근본적 변화, 자연현상의 제반 질서에 있어서의 난폭한 뒤바뀜이다.(아지자·올리비에리·스크트릭 공저, 「격변(Cataclysme)」, 위의 책, 93쪽 참조)

24) 428-429쪽.

할 수도 있지만, 홍수라는 대사건을 겪은 후에 그것은 하나의 신념으로 내면화된다. 이때 비로소 진정한 화해의 가능성이 생긴다.

기도를 하고자 하지만 몰라서 못했다고 하는 현 중위 역시 홍수를 겪으면서 비로소 내면적 화해의 가능성을 찾았다고 할 수 있다. 현 중위의 하려다 만 기도는 현 중위의 의식의 근본적인 변화를 보여준다. 이것은 현 중위의 정신적 비약이 근본적으로 타인으로 향하는 순간이다. 현 중위는 과부촌 사람들에게 감정이 있는 것은 아니지만 그들을 온전히 이해하는 것도 아니었다. 그가 비록 선경을 사랑하지만 그것도 과부촌 사람들을 온전히 끌어안는 것과는 무관하다. 그는 단지 개인적인 상황을 타파하기 위해서 선경을 택했던 것이다. 하지만 그가 홍수로 폐허가 된 과부촌의 모습을 보고 기도하고자 할 때, 이것은 과부촌에 대한 인식적 이해의 수준을 넘어선다. 이것은 인간에 대한 신뢰의 회복 혹은 내적 화해에 대한 시도이다. 선경은 "우리 이제 기도하며 감사하며 살아요" 하고 말한다. 선경은 현중의 화해에 대한 시도를 구현하는 역할을 한다.

「눈을 감으세요!」
그는 눈을 감았다. 곧 맑은 종소리가 은은히 주위를 울렸다. 눈을 뜨니 맨발을 벗은 선경이 끈을 쥐고 열심히 종을 치고 있었다. 그는 그녀에게 걸어가 여인이 손을 꼭 잡았다.
「누구를 위한 종입니까……」
「P촌을 위한……」
「들을 사람이 없군요……」
「저하고 현선생님이 있잖아요……」
등 뒤에서 인기척이 났다. 두 사람은 고개를 돌렸다.
「아주머니.」
「구대위와 나중위가 이쪽으로 걸어왔다. 구대위는 손에 여자 고무신 한 켤레를 들고 있었다.
「왜 종을 치다 맙니까?」

「종소리가 너무 커서요…….」
「클수록 좋을 텐데요?」
「우리만 듣구 싶었어요…….」
「저쪽 산 너머 동네에두 들려줘야죠」
「차차 그쪽에두 울려갈 거예요…….」
구대위는 고무신을 선경의 앞에 나란히 놓았다.
「신어 보십시오.」[25]

위의 인용문에서 고무신과 종소리는 상징적인 의미를 지닌다. 선경은 홍수에 휩쓸려 간신히 살아난다. 홍수로 신발을 잃어버려 그녀는 맨발이 된다. 그녀는 맨발로 종을 친다. 여기에서 맨발이란, 홍수로 떠내려간 과부촌과 같다. 그녀는 과거의 원한과 분노를 모두 씻어버리고 빈 마음으로 종을 치는 것이다. 구 대위가 폐허 속에서 주워 온 고무신을 선경의 발 앞에 놓으며 신어보기를 권한다. 고무신은 홍수라는 대격변이 가져온 폐허 뒤에 싹트는 새 희망이다.

종소리는, 홍수라는 대격변이 쓸고 지나간 과부촌에 새롭게 퍼져나가는 화해의 의미를 집약적으로 드러내 준다. 선경이 종을 칠 때, 그것은 개인적 차원에서의 화해가 세상에 퍼지기를 바라는 의지의 표현이다. 그래서 선경은, 처음에 두 사람만 듣고자 한 종소리가, 차차 산너머 동네에도 들려줄 것이라고 한다. 왜 종을 치다마느냐는 구 대위의 질문에 종소리가 너무 커서 그만 친다는 선경의 대답은 그것이 반드시 크다고 좋은 것은 아니라는 점을 암시한다. 요란하지 않지만 개개인의 가슴속에서 진실한 것으로 울려 퍼질 때 그것은 온 누리에 퍼질 것이기 때문이다.

따라서 선경과 구 대위의 인식 그리고 현 중위의 갈등과 그 극복의 가능성은 고무신을 통해 심화되고 종소리를 통해 확대된다.

---

25) 431-432쪽.

## 5. 결론

이상에서 홍성원 문학의 원형이라고 할 수 있는 『디·데이의 병촌』을 분석해 보았다. 이 소설은 전방 부대와 그 주변 마을이라는 특수한 공간을 배경으로 벌어지는 일련의 사건들을 사실적으로 그림으로써 분단 상황을 밀도 있게 보여준 작품이다.

이 소설은 '전쟁은 아직 끝나지 않았다'는 휴전의식에서 출발한다. 전쟁은 완료형이 아니라 진행형이라는 인식을 통해서, 이 소설은 60년대를 긴장과 불안의 차원에서 그린다. 선경을 통해서 이 땅의 전쟁이 대리전쟁이라든가 이데올로기는 허상에 불과하다는 등의 역사의식을 보여주며, 동시에 구 대위를 통해서 극한상황에 처한 인간이 어떻게 생각하고 행동할 것인가 하는 실존적 윤리의 문제를 제기한다. 역으로 말하면 구 대위가 제기하는 선택과 책임의 문제는, 선경으로 대표되는 분단 혹은 휴전이라는 엄연한 우리의 현실적 조건 속에서 제기되기 때문에 추상화된 논리 속에서가 아니라 구체적인 역사 현실 속에서 그 의미가 획득된다. 이러한 문제들은 모두 현 중위의 의식 속에게 집약되고 해결의 가능성이 모색된다. 현 중위는 선경과 구 대위의 중간에서 문제를 종합하고 지양하는 인물이다.

모든 갈등에 대한 근본적 화해는 홍수라는 대사건을 통해서 이루어지는데, 홍수는 말하자면 일체이 모든 것을 쓸어버리고 새롭게 형성시키는 대격변의 상징이다. 홍수를 통해서 인물들은 인식적 비약을 겪게 되고, 그럼으로써 진정한 내적 화해의 가능성이 모색된다. 현 중위의 기다림이나 전쟁에 대한 긴장과 불안 그리고 이데올로기적 불신 등의 문제들은 여기에서 온전히 해소되고 진정한 해결의 가능성이 찾아지는 것이다. 홍수를 겪으면서 인간에 대한 신뢰는 단순한 인식의 차원을 넘어서 내면화된다.

특히 선경이 맨발로 종을 치는 장면은 개인 속에서 움튼 진정한 화해의 가능성이 세상으로 퍼져갈 것이라는 희망적 주제를 암시한다.

이 소설은 분단 문제를 다루고 있는 작품이다. 하지만 사회과학적 측면에서 접근하지 않는 다는 점에서 분단 문제를 다룬 다른 소설과는 차별성을 지닌다. 분단 문제를 다룬 많은 소설이 분단 문제를 과학적으로 인식하고 분석함으로써 그 극복의 가능성을 조명하려 하지만, 이 소설은 휴전의식을 강조함으로써 그에 따른 불안을 개인의식의 차원에서 형상화하고 있다. 여기에서 분단은 단순한 역사적 사건이 아니라 개인을 규제하는 역사적 조건이다. 이것은 하나의 실체다. 따라서 이 소설이 다루고 있는 보다 근본적인 문제는 분단이라는 역사적 조건 속에서 근본적으로 개인이 어떻게 인식하고 행동할 것인가 하는 점이라 할 수 있다.

# 참고문헌

1. 1차 자료

홍성원, 「디·데이의 兵村」, 『동아일보』, 동아일보사, 1965. 6. 1-1966. 2. 7.

홍성원, 『디·데이의 兵村』, 創又社, 1966.

홍성원, 『디 데이의 兵村』, 庚美文化社, 1979.

홍성원, 『디 데이의 兵村』, 중앙일보사, 1985.

홍성원, 『디 데이의 兵村』, 凡韓出版社, 1985.

홍성원, 『디 데이의 兵村』, 信書籍出版社, 1994.


2. 논문 및 평론

김병익, 「다이너미즘과 휴머니즘」, 『홍성원-현대의 한국문학27』, 범한출판사, 1986.

이광훈, 「조직의 힘과 개인의 해체」, 『문예중앙』, 1982, 가을.


3. 단행본

오탁번·이남호, 『서사문학의 이해』, 고려대학교 출판부, 1999.

지그문트 프로이트, 「쾌락원칙을 넘어서」, 『쾌락원칙을 넘어서』, 박찬부 역, 열린
    책들, 1997.

싸르트르, 『存在와 無』, 乙酉文化社, 1968.

야스퍼스, 「實存哲學」, 李相喆 譯, 『世界의 大思想14』, 徽文出版社, 1972.

아지자·올리비에리·스크트릭 공저, 『문학의 상징·주제 사전』, 청하, 1989.


4. 기타

안수길, 「『디·데이의 兵村』 아니면 審査는 難航이었을지도」, 『동아일보』, 동아일
    보사, 1964. 12. 24.

홍정선, 「대담-자신과 세상을 향해 던지는 '그러나'라는 질문」, 『홍성원 깊이 읽기』,
    문학과지성사, 1997.

# 『역조(逆潮)』 연구

## − 대결의 의미를 중심으로 −

## 1. 서론

홍성원의 장편소설 『역조』는 1966년 창우사에서 전작장편으로 처음 출판되었고, 1972년 삼성출판사에서 다시 출판된 바 있다.[1] 김병익이, 『마지막 우상』을 해설하면서 그와 연관 지어 『역조』를 언급한 바 있고,[2] 홍성원의 소설을 다섯 가지로 분류하면서 「피카소와 개구리」, 「폭군」, 「7월의 바다」와 더불어 『역조』를 "관능적인 문체로 묘사되는 아름답고 역동적인 행동의 세계"[3]에 속하는 작품으로 제시하기도 하였다. 김주연은 "홍성원은 60년대 초 『디데이의 병촌』, 『역조』 등의 문제작을 발표해서 문단의 주목을 끈 이후 20년 가까이 줄기차게 소설을 써오고 있다"[4]고 지적하였다.

『역조』는, 거칠고 힘세며 성격 사나운 뱃사람들이 대결을 벌이며 탈옥, 밀수, 칼부림, 총격, 살인과 같은 범죄를 저지르는 소설이다. 하지만 그것이 단순한 범죄에 그치지 않는다. 여기에는 타인이나 세계와의 혹은 자기

---

1) 삼성출판사판에서 소설의 내용 변화는 전혀 없고 맞춤법과 띄어쓰기를 수정하였기 때문에, 본 논문에서는 삼성출판사판을 연구 텍스트로 삼기로 한다. 이후 이 소설의 인용은 그 쪽수만을 표기하기로 한다.
2) 김병익, 「지식인 혹은 허위와의 싸움」, 『홍성원』, 우리시대 우리작가, 3, 동아출판사, 1987, 403쪽.
3) 김병익, 「진실 발견과 장인정신」, 『현대문학』, 1994. 11, 311쪽.
4) 김주연, 「홍성원의 두 소설에 대하여」, 『문학과 정신의 힘』, 문학과지성사, 1990, 323쪽.

자신과의 긴장되는 대결이 있고, 그 대결에서 정정당당하게 승부를 벌이는 역동적 행동과 강인한 의지가 담겨 있다. 그리고 그러한 과정에서 인물들은 자신들의 행동과 삶에 대해서 진지하게 고뇌하고 내적 변화를 꾀하기도 한다. 이런 점에서 이 소설은 범죄소설과 유사한 면이 있으며,[5] 홍성원 특유의 남성문학적 성격도 두드러진다.[6] 이 소설은, 범죄자들이 벌이는 대결을 통해서 그들의 인간적 고뇌를 그리고 있다는 점에서 독특한 작품이며, 홍성원 소설의 여러 특징들을 두루 담고 있다는 점에서도 주목할 만하다.

오생근은 홍성원 소설을 '긴장과 대결의 미학'으로 규정한 바 있다. 오생근은 "김병익이 홍성원의 소설을 진단하면서 '건강한 다이나미즘'이라고 명명한 것처럼, 그의 작중인물들은 삶의 마지막 밑바닥까지 내려가 본 사람만이 지닐 수 있는 건강한 투쟁 의식 속에 힘차게 살아 있다. 그러므로 사람과 사람 사이의 관계이거나 아니면 사람과 자연 혹은 동물과의 관계에서 작가에게 중요한 것은 동화라기보다 대결이다.(중략) 홍성원에게서 대결의 참된 의미는 상대편이 무엇이든지간에 대결의 긴장된 의식이

---

5) 일반적으로 범죄소설의 장르적 고찰이 추리소설이나 탐정소설과의 연관 관계 아래 이루어진다는 점에서 이 소설은 일반적인 범죄소설 장르와는 다르다. 이 소설은 범죄를 통해서 인간 본질의 문제를 탐구하고 있는 도스토예프스키의『죄와 벌』이나 카프카의『소송』과 맥락을 같이 한다.(채호석,「1920년대 범죄소설로서의『난영(亂影)』연구」,『세계문학비교연구』, 51, 세계문학비교학회, 2015, 34-36쪽 참조.)

6) 김치수는 홍성원의 문학세계를 '남성문학의 세계'로 규정한 바 있다. 그는 남성문학이라는 점에서 홍성원의 다양한 문학세계가 하나로 통합된다고 한다. 그는 홍성원 문학이 미묘한 심리 변화보다는 굵직한 성격의 창조를 추구한다는 점, 이야기의 구성에 대담한 생략법을 사용하고 있다는 점, 그의 문체가 메마르면서 핵심을 분명하게 드러내고 있다는 점 그리고 여성인물의 등장이 적고 여성에 대한 묘사가 풍부하지 않다는 점 등을 그 근거로 들고 있다.(김치수,「남성문학의 세계」,『작가세계』, 세계사, 1993. 가을, 44쪽.) 김경수도 홍성원 소설의 남성적 성격을 강조한다. 김경수는, 홍성원이 가파르거나 팽팽하게 긴장되어 있는 현실의 상황을 그려내고 싶어 하는데, 그러한 상황에 대한 관심은 그의 강인한 남성적 기질이나 뚝심에서 비롯된다고 한다.(이경호,「되새김질의 의의와 방법」,『무사와 악사』, 한국소설문학대계, 49, 동아출판사, 1995, 512쪽.)

진행하여 발전되는 과정에 있다. 왜냐하면 대결은 바로 작중인물이 자기 스스로와 겨루는 싸움이외에 다른 것이 아니기 때문이다"7)8)라고 말한다. 홍성원의 폭넓은 문학세계를 한마디로 단정하기 어렵지만, 이는 홍성원의 문학세계에 대한 설득력 있는 규정이라 생각되며, 『역조』에도 해당된다.

 본 논문의 목적은, 기존 논의를 바탕으로 『역조』에서 나타나는 대결의 의미를 살펴보고, 홍성원의 문학세계에서 이 소설이 어떤 의미를 지니는지 밝히는 데 있다. 이를 위해 이 소설에서 나타나는 대결의 조건을 따져 보고, 두 차원에서 대결의 양상을 살펴보겠다. 그러면서 이 소설과 홍성원의 다른 소설들과 비교해 봄으로써, 이 소설이 홍성원의 문학세계에서 어떤 의미를 지니는지를 검토하겠다. 이 과정에서 특히 인물의 행동을 면밀히 분석할 것이다. 김병익의 위와 같은 지적에서 보듯이 이 소설은 '역동적인 행동'이 두드러진 소설이기 때문이다.


## 2. 대결의 조건

 『역조』는 총 3부와 에필로그로 이루어져 있다. 1부, 2부, 3부에서는 각각 사내들이 벌이는 범죄를 주요사건으로 다루고 있으며, 에필로그는 3부의 사건에 대한 후기의 성격이 강하다. 1부에서 두식은 박노인, 구가와

---

7) 오생근, 「긴장과 대결의 미학」, 『서울, 즐거운 지옥』, 나남, 1984, 423쪽.
8) 김병익은, 홍성원의 육체적 다이나미즘이 "작가가 가장 이상적으로 그리고 있는 휴머니즘"이라고 하며, "지식인의 패배도 일상인의 마비도 혹은 근로자의 구차함도 사실 홍성원에게는 이런 다이나미즘의 결여에서 빚어진 것이라 보아도 크게 틀리지 않는다. 그에게 긍정적인 인물들은 설령 그가 지식인이든 소시민이든 정신근로자든 정신적으로나 인격상 때 묻지 않고 발랄한 이 다이나미즘적 인간형과 아주 닮고 있다. 그에게 세속적인 타산과 논리적인 인간관계는 비굴하고 저열한 모습으로 나타나며 정직한 생명감으로 부닥칠 때 그의 개성들이 생생하게 살아난다"고 한다.(김병익, 「건강한 다이나미즘」, 『한국현대문학전집』, 42, 삼성출판사, 1979, 380-381쪽.)

더불어 황만갑, 진가를 죽이고 소 두 마리와 곡물을 가로챈다. 2부에서는 탈옥한 동칠이 두식, 경만, 외팔이 등의 도움을 받아 전조합장 최가에게 복수한다. 그리고 3부에서는 변가의 속임수에 빠져 두식, 경만이 밀수에 가담하여, 결투를 벌이다가 두식, 경만. 홍철, 변가 모두 죽게 된다. 1부와 2부가 독립적인 사건을 구성하면서도, 그것들은 3부와 연결되어 하나의 큰 사건을 형성한다는 점에서 변가의 밀수는 이 소설의 핵심사건이 된다.

다음 인용문은 변가와 홍철의 결투 장면으로 주요인물들의 성격을 잘 드러내며, 특히 이 소설 전체에 나타나는 대결의 성격을 잘 드러낸다는 점에서 중요한 의미를 지닌다.

> 목로판을 돌아 외팔이에게 다가가자 누군가가 바로 옆에서 경만의 귀를 잡아 당겼다.
> 「이 불한당 같은 놈아. 어디루 내빼는 거냐?」
> 술이 얼굴에 벌겋게 오른 홍철이었다.
> ㉠「내 돈은 뭐 어디서 흙 푸듯 퍼온 줄 아냐, 이놈.」
> 「이거 봐 이 자식아.」
> ㉡「그래 놓을 테니 어서 이자라두 내놔라!」
> ㉢갑자기 경만의 주먹이 홍철의 턱을 후려쳤다.
> 「씨발놈, 언젯적부터 네놈이 그렇게 부자가 됐냐!」
> 홍철이 턱으로 피를 흘리며 술청 바닥에서 일어나 앉았다.
> ㉣「좋아 난 빚지구는 못사는 놈이다. 어디 네놈 주먹이 얼마나 억센가 견뎌보자.」
> 홍철의 손바닥 속에서 ㉤작은 칼날이 불쑥 튀어 나왔다. ㉥주위 술꾼들이 자리를 일어서며 두 사람 사이에 널찍한 공간을 터주었다. 외팔이가 목로판을 넘어 술청으로 내려서자, 옆에 섰던 두식이 외팔이의 갈구리를 확 잡아채었다.
> ㊀「넌 잠자쿠 있어. 손해는 내가 물어줄 테니.」
> 두식은 외팔이를 무시한 채 손에 든 ㊁갈구리를 경만에게 던져 주었다.
> ㊂「지금부터 이 싸움을 말리는 놈은 내가 상대해 주마!」

　㉧아무도 두식의 말에 대꾸하는 사람이 없었다. 잠시 동안 술청 전체에 매캐한 침묵이 흘렀다. 홍철이 칼날을 고쳐 잡고, 경만이 갈구리를 바로 들었다. 두 사람 사이가 차츰 좁아들고, 주위에는 연기 같은 짙은 긴장이 흘렀다. 홍철이 왼쪽으로 목로판을 향하여 돌고, 경만은 그 자리에 선 채 꼼짝도 하지 않는다. 문득 홍철이 몸을 획 틀며 손에 들었던 칼을 목로판 송판에 콱 꽂았다.
　㉿「하하, 내가 졌다! 이래서 빚지구 사는 놈도 있구나.」[9]

　위 인용문은 외팔이가 경영하는 술집에서 경만과 홍철이 싸우는 장면이다. 두 사람의 싸움이, 마치 서부영화에서 종종 볼 수 있는 정의로운 주인공과 악당 사이에 벌어지는 결투의 한 장면처럼 거칠고 긴장감 넘친다. 여기에는 인물들의 성격이 잘 나타나 있다. 홍철이 경만의 귀를 잡아당기며 모욕하자 경만은 ㉢처럼 경만의 턱을 후려치며 모욕에 응수한다. ㉠과 ㉡에서 홍철이 얼마나 돈에 목매고 있는지 알 수 있으며, ㉣, ㉤과 ㉿에서는 그가 얼마나 치사한 인간인지가 잘 드러난다. 홍철이 경만에게 턱을 맞고서는 ㉣처럼 목숨을 걸고 싸울 듯한 태도를 보이지만, 숨기고 다니는 ㉤작은 칼날을 슬쩍 꺼내든다. 그리고 판세가 불리해 질 듯하자, ㉿처럼 아무 일 없었다는 듯이 싸움을 접는다.
　두식의 성격도 잘 드러난다. 두식은 홍철이 비겁하게 작은 칼날을 빼어들자, ㉥처럼 외팔이의 갈구리를 빼어 경만에게 던져준다. 싸움을 말리기는커녕 ㉦과 ㉧처럼 나서서 싸울 수 있는 여건을 마련해 준다. 두식의 이러한 행동은 그가 경만과 친분이 있기 때문에 그의 편이 되기 위한 것이 아니다. 그것은 이 싸움이 공정한 싸움이 되도록 하기 위한 행동이다. 이 술집의 술꾼들의 태도도 흥미롭다. 이들은 이곳에 모여 술을 마시다가 종종 싸움을 벌인다. 이들은 싸움이 정정당당하다면 아무도 그 싸움을 말리지 않는다. 도리어 ㉣에서처럼 정정당당하게 승부를 가릴 수 있도록 싸울

---

9) 36-37쪽.

공간을 마련해 준다. 그리고 ㉧과 같은 말에 ㉨처럼 반응하는 데서 보듯이, 이들은 두식을 신뢰하고 경외한다.

이와 같이 이 소설에서 나타나는 대결의 전제조건은, 그것이 정정당당한 것이 되어야한다는 점이다.

> 세상은 항상 똑똑한 놈한테만 편을 들고 박수를 친다. 싸움에 지거나 실패한 놈은 항상 바보고 못난 놈이다. 그러나 지는 놈 쪽도 멋있게 지는 놈이 가끔 있다. ㉠더럽게 이기기보다는 멋있게 지기가 더 힘들다. 결국 ㉡이기고 지는 것보다 어떻게 싸우느냐가 더 큰 문제다.[10]

경만은, 변가의 밀수 장소로 떠나기 전, 위 인용문 같은 생각을 한다. 그는 ㉠처럼 "더럽게 이기기보다는 멋있게 지기가 더 힘들다."고 생각한다. 문제는 ㉡처럼 "어떻게 싸우느냐"에 있다. 물론 대결에서 승리하는 것도 중요하지만, 정정당당하게 싸우는 것은 더욱 중요하다. 그렇지 않다면 승리는 아무 의미가 없기 때문이다. 도리어 정정당당하게 싸워 얻은 '멋진 패배'가 그렇지 못한 '부당한 승리'보다 더 낫다. 이런 점에서 멋진 패배와 부당한 승리는 표면적/이면적 차원에서 역설적으로 뒤바뀔 수 있다. 결국 궁극적으로 승리/패배의 의미는 정정당당하게 싸웠느냐 그렇지 않느냐에 따라서 늘 그 의미는 달라질 수 있다.

그런데 이와 관련하여 주목할 점은, 사소한 것처럼 보이는 일에도 목숨을 걸고 대결을 벌이는 이유가 명예와 연관이 있다는 것이다. 앞의 대결은 홍철이 경만의 귀를 잡아당기는 데서 발생한다. 이에 모욕을 느낀 경만이 그 대가로 홍철의 턱을 치자 홍철은 "빚지구는 못사는 놈"이라고 말하며, 칼을 꺼내든다. 하지만 홍철은 곧 "이래서 빚지구 사는 놈도 있구나"하고 말하며 싸움을 접는다. 둘의 대결은 모욕에 대한 명예회복을 위

---

10) 319-320쪽.

해 벌어지지만, 홍철은 두 가지 이유로 불명예를 안게 된다. 모욕을 당하고서도 그것을 감수했다는 점에서도 그렇지만, 칼을 꺼냄으로써 정정당당한 대결을 하지 못했다는 점에서 더욱 그렇다. 따라서 정정당당하다는 것은 대결의 전제조건이기도 하지만 명예를 지키는 전제조건이 되기도 한다. 만약 대결에서 패하거나 죽더라도 정정당당하게 싸웠다면 최소한 명예는 지킬 수 있기 때문이다.[11]

## 3. 대결의 양상

### 1) 현실과의 대결과 비장미

『역조』의 주요인물은 크게 둘로 대별된다. 하나는 공공의 질서 안에서 법을 지키며 사는 사람들이고, 후자는 공공의 질서 밖에서 법을 위반하며 사는 사람들이다. 변가, 홍철, 최가가 전자에 포함되고, 두식, 경만, 동철, 외팔이가 후자에 속한다. 전자에 속하는 변가는 대서방을 하는 지식인이고, 홍철은 배를 대여해 주기도 하고 돈놀이를 하기도 하는 재력가이며, 최가는 조합장을 지낸 마을 유지이다. 후자에 속하는 네 명의 인물은 모두 거친 뱃사람들이다. 그들은 때때로 큰돈을 벌기 위해 바다로 나가 장물이나 밀수품을 수거해 오는 일을 한다. 그 과정에서 목숨을 건 싸움을 하고, 살인을 저지르기도 한다. 전자가 현실의 양지에서 공공의 법질서를

---

11) 중세 전성기까지 인간의 외적 요소에 대한 공적 인정을 의미하던 명예는 근세로 넘어오면서 인간의 내면과 도덕적 측면도 포괄하게 된다. 그것은 집단 특유의 '일반화된 타자'의 요구가 내면화한 결과로서, 개인에게 도덕성과 정체성을 부여할 뿐만 아니라 집단을 내적으로 결속시키는 끈이다. 명예 개념에 내포되는 요구를 이행하지 못하고 불명예스런 행태를 보이는 경우에 명예는 상실될 수 있고, 타인이 가하는 모욕, 모독, 굴욕 등에 대응하지 못할 경우에도 그것은 상실된다.(박성환, 「'명예'의 사회적 논리와 기능」, 『문화와사회』, 11, 한국문화사회학회, 2011, 11-22쪽 참조)

지키며 사는 건전한 시민들이라면, 후자는 현실의 음지에서 공공의 법질
서를 어기는 범죄자들이다. 하지만 이는 표면적으로만 그러하다.

전자는 권력과 결탁하여 그 그늘에 기생하면서 부당한 권력을 행사한다.
변가는 대서방을 하면서 세관의 과장인 조카를 등에 업고 법을 이용해 약
자들을 등쳐먹고 살며, 홍철은 변가와 작당하여 동료들을 배반하고 죽음에
몰아넣어 이득을 취하려한다. 최가는 돈으로 경찰이나 세관을 매수하여 부
당한 이득을 취한다. 반면 후자는 비록 범죄자들이지만, 명예를 존중하며
나름의 정당한 질서를 추구한다. 이들이 가장 싫어하는 인간은 '시시한 놈'
이나 '치사한 놈'이고, 이들이 가장 높이 사는 사람은 '당당한 놈'이나 '믿
을 수 있는 놈'이다. 전자가 겉보기에 건전한 시민이지만 실제로는 악인이
라면, 후자는 쉽게 단정하기 어려운 양면성을 지닌 범죄자이다.

『역조』의 인물들을 움직이는 것은 '돈'이다. 최가, 변가, 홍철은 물론이
고, 두식, 경만, 동칠, 외팔이도 마찬가지이다. 하지만 이들 행동의 동기는
일차적으로 경제적 현실이지만 이들이 궁극적으로 지향하는 세계는 다르
다. 전자가 수단과 방법을 가리지 않고 순전히 돈을 벌기 위해 움직인다
면, 후자는 돈을 벌기 위해 때때로 범죄를 저지르기도 하지만 그보다 더
중요한 가치를 추구한다. 이러한 의식을 가장 투철하게 지닌 인물은 두식
이다. 그는 "우리들을 날강도들이라구 비웃구들 있지만 사실 우리들두 뭔
가 마음속으루 지키는 게 있소"[12]하고 말한다. 그는 목숨을 걸고 자신이
믿는 가치를 지키고자 한다. 이런 점에서 그는 이 소설 전체를 통해서 가
장 명예를 중요하게 여기는 인물이다.[13]

---

12) 115쪽.
13) 아리스토텔레스는, 긍지 있는 사람이 주로 관심을 가지는 것은 주로 명예와 불명예
라고 한다. 긍지 있는 사람은 위험을 좋아하지 않지만 큰 위험에 몸소 나아가며 위
험을 당해서는 목숨을 아끼지 않는다. 그는 이익이 많고 유용한 것들보다는 오히려
이익이 없지만 고귀한 것들을 소유하고자 하는 사람이다.(아리스토텔레스, 『니코마
코스 윤리학』, 최명관 역, 16판, 을유문화사, 1980, 253-259쪽 참조.)

　　㉠지금은 모두 사정이 달라졌다. 옛날처럼 일을 해도 마음속이 석연치
가 않다. 서로 상대방을 믿을 수가 없게 되고, ㉡변가놈처럼 치사하거나
교활해졌다. 특히 ㉢홍철이 놈은 아주 사람이 변해 버렸다. ㉣모두 그렇게
미워하던 경찰들을 닮아 간다. ㉤경찰들…… 세상에서 제일 밉고 역한 놈
들이다. 우리들하구 전혀 다른 세상 속에 사는 사람들이다. 하지만 경찰들
도 자기들끼리는 믿는 게 있다. ㉥우리가 서로서로 무언가를 믿고 살듯이
경찰은 경찰들대로 법이라는 걸 믿고 있다. 그런데 왜 우리들은 우리들의
법을 지키지 못할까? 우리들은 그 법이 없으면 하루라도 살아갈 수가 없
다. 그런데 지금은 모두 그 법을 피해 간다. 오히려 미워하던 경찰의 질서
를 닮아 가는 것이다. ㉦그 질서가 도둑놈 질서래도 질서는 질서니까 꼭
지켜야 한다.14)

　　이 소설은 두식이 지키고자하는 자기질서의 위기로부터 시작된다. ㉥
에서 두식은 경찰들에게 그들의 법이 있듯이 자기들에게도 자기들의 질
서가 있다고 한다. ㉦에서 그는, 그것이 비록 도둑의 질서라도 자기질서
를 지켜야한다고 생각한다. 문제는, 그의 친구들이 ㉠처럼 변하기 시작했
다는 것이다. ㉡"변가놈처럼 치사하거나 교활해"지고, ㉤"세상에서 제일
밉고 역한", ㉣경찰들을 닮아 간다. 경찰은 끊임없이 이들의 삶에 간섭해
오는 부당한 권력이며, 변가는 그에 기생하며 사는 그 대리자이다. 이 소
설에서, 더러운 돈을 매개로 유지되는 현실은 타락해 있다. 자기질서의 위
기란 두식의 친구들이 타락한 현실의 질서에 편입해 들어가는 것이다. ㉢
처럼 홍철이 그 대표적인 예이다. 홍철은 "옛날에는 퍽 좋은 놈"15)이었지
만 이제는 "돈에는 말할 수 없이 치사한 놈"16)이 되었다.

　　비록 범죄를 저지르고 살지만 두식은 타락한 현실의 질서에 편입되지
않으려는 굳건한 의지를 지니고 있다. "배운 게 짧아서 말루 잘 설명할 수

---

14) 129-130쪽.
15) 115쪽.
16) 32쪽.

없"[17])지만, 그의 신념은 확고하다. 타락한 현실과 긴장 관계를 유지하며 대립하기에, 그는 현실과의 갈등과 마찰을 피할 수 없다. 하지만 그는 현실과의 대결에서 패배의 운명을 면하지 못한다. 두식이 바라는 질서의 회복이 이루어지지 않는다는 점에서 그의 현실과의 대결은 패배라 할 수 있다. 이 소설 전체를 통해서 누구보다 정정당당하게 대결에 임하며 명예를 존중한다는 점에서, 두식은 '멋진 패배'를 한 셈이다. 그래서 그것은 승리/패배의 양면적 의미를 동시에 지닌다.

이 소설의 결말 부분에서 두식은 자신이 죽을 것을 예감하면서도 변가가 벌이는 밀수에 가담한다. 그는 죽기 전에 자신의 세 아이와 집문서를 오현정에게 맡기고 떠나는 것이다. 예정된 패배를 미리 알면서 흔쾌히 그것을 수락하고 정정당당하게 대결에 임해 죽음을 맞이하는 그의 태도에서 단순한 '멋진 패배'를 넘어서는 비장미가 드러난다. 이러한 비장미는 거칠지만 과감한 행동과 당당하고 굳건한 의지로 현실과의 맞서는 그의 태도에서 비롯된다. 이런 점에서 두식은 현대적 영웅의 면모를 지닌 인물이라고 할 수 있다.[18] 두식이 변가의 밀수에 가담하러 떠나는 날 바다 조

---

17) 115쪽.

18) 반영웅의 상은 고대 영웅과 '대치'되기도 하지만 고대의 영웅의 역할을 '대체'하기도 한다. 고대 영웅의 모습은 현대소설에 편재해 있기도 하고, 부재하기도 한다.(김희정, 「고대 영웅과 현대 반영웅, 그 편재와 부재」, 『지중해지역연구』, 제12권, 제1호, 부산외국어대학교 지중해연구소, 2010, 33-34쪽 참조) 게오르그 루카치에 의하면 서사시의 영웅적 주인공은 단순한 개인이 아니라 공동체의 운명을 실현하는 인물이다. 개인과 세계는 하나의 완결성 안에서 관계를 맺고 있기 때문이다. 반면 소설의 주인공은 외부세계에 대한 낯설음에서 생겨난다. 소설은 문제적 개인의 자기 인식에로의 여행이다.(게오르그 루카치, 『소설의 이론』, 반성완 역, 심설당, 1985, 89-106쪽 참조) 루시앙 골드만에 의하면, 소설은 타락한 사회에서 타락된 형태로 진정한 가치를 추구하는 이야기이다. 타락한 세계에서 사용가치는 배제되고 교환가치가 지배한다. 여기에서 소수의 개인들만이 사용가치를 지향하는데, 이 점 때문에 이들은 사회의 주변으로 밀려나고 문제적 개인이 된다. 문제적 개인은 광인이나 범죄자로 나타나기도 한다.(루시앙 골드만, 『소설사회학을 위하여』, 조경숙 역, 청하, 1982, 19-23쪽 참조) 이러한 점에서 두식은 타락한 현실을 범죄자라는 타락한 방법으로 진정한 가치를 추구하는 문제적 주인공에 가깝다. 또한 그는 삶과 세계의 모순

류는 '역조'[19]가 흐른다. 이는 현실의 질서를 거슬러 살아온 두식의 삶에 대한 은유라고 할 수 있다.[20][21]

## 2) 자기와의 대결과 윤리의식

『역조』는 두식이라는 범죄자의 패륜적 행위를 통해서 윤리의 문제를 극단까지 밀고 나간다. 이러한 문제는 두식과 오현정 사이의 대화를 통해

---

과 부조리에 민감하며, 이상과 현실 사이에서 갈등하며 파멸을 겪는다는 점에서 반영웅적이다. 하지만 끊임없이 주저하고 망설이면서 하찮거나 비열한, 혹은 소심하고 무기력한 반영웅적 주인공과는 차이가 있다. 도리어 그는 자신에게 닥친 시련이나 상황에서 비범한 능력을 발휘하는 영웅의 면모를 지닌다. 물론 그는 공동체와 운명을 같이 하는 서사시의 주인공이나 초인적 능력을 지닌 고대 영웅과는 확연히 다르다.(한용환, 「영웅과 반영웅」, 『소설학 사전』, 고려원, 1992, 312-315쪽 참조.) 고대 영웅의 행위는 '수치(aidos)를 겪지 않으려는 데서 비롯되며, 그것은 영웅의 정체성을 구현한다.(김희정, 위의 글, 34쪽.) 이는 정정당당한 대결과 명예를 존중하는 두식의 태도 와 흡사하다. 이런 점에서 두식은 영웅/반영웅의 의미를 공유하는 독특한 문제적 개인이다. 그의 패배와 죽음에서 드러나는 비장미는 이러한 그의 성격을 바탕으로 하고 있으며, 특히 현재 영웅적 면모에서 비롯된다고 하겠다.

19) 343쪽.

20) 이와 같이 이 소설에서 바다는 두식과 운명을 같이하는 것으로 암시되어 있다. 두식은 배 위에서 태어났으니 그의 고향은 바다가 되는 셈이다. 바다가 그의 배를 삼켜서 그는 현재 배로 돌 나르는 일을 한다. 그는 바다로 나가 대결을 벌이고 살해하며 물건을 빼앗는다. 그리고 급기야 바다에서 죽음을 맞이한다. 또한 여기에서 바다는 대결을 상징하는 공간이기도 하다. 이 소설의 중요한 대결들은 대개 바다에 떠있는 섬이나 배 위에서 벌어진다. 1부에서는 용머리섬 근처 쌍바위 앞에서, 2부에서는 객선 천양호에서, 3부에서는 솔개섬 근처에서 격투가 벌어진다. 그리고 바다는 홍성원의 많은 소설의 배경이 된다. 「7월의 바다」, 「사공과 뱀」, 「무전여행」, 「탈신」, 「역류」, 「삼인행」, 「일부와 전부」, 「해를 기다리는 갈매기」, 「짠맛으로 남은 사람들」, 「남도기행」, 『마지막 우상』, 『달과 칼』 등의 배경이 모두 바다이다. 여기에서 바다는 도시에서의 벗어난 해방감, 젊음의 건강성, 거친 남성미, 자연의 야성 등의 의미를 지닌다. 바다는 홍성원 소설에 남성적 이미지를 조성한다. 『역조』는 바다를 배경으로 하는 홍성원의 첫 번째 소설이다.

21) 홍성원 소설에 나타나는 바다의 의미에 대해서 연구한 논문으로는 최영호의 「홍성원 단편소설에 나타난 바다」(『문학과 환경』, 문학과환경학회, 2006. 12.)가 있다. 이 논문은 작가 홍성원과 바다의 의미를 밝히고, 「해를 기다리는 갈매기」, 「짠맛으로 남은 사람들」, 「남도기행」에 나타나는 바다의 의미를 고찰하고 있다.

서 심층적으로 다루어진다. 오현정은 마흔 살 전후의 단정하게 생긴 여의
사이다. 그녀는 한센병에 걸린 남편을 치료하기 위해 그를 일본으로 밀항
시키려다가 실패한다. 이에 좌절하여 바다에 투신자살을 시도하지만 살아
나 고아원 보모가 되어 희생적으로 타인을 돕는다. 이 소설에서 벌어지는
주요사건에 관여하는 사람들은 모두 남성들이다. 여성인물인 오현정은 사
건에 직접 관여하지는 않지만, 두식이 의식의 변화를 겪는데 결정적인 역
할을 한다는 점에서 중요한 의미를 지닌다.[22]

> 「네가 죽이던지 말던지 해라.」
> ㉠「난 어린앤 못하겠어.」
> 「그럼 어떡할 테냐?」
> 「네가 대신 좀 해다우.」
> ㉡「나두 어린앤 싫어.」
> (중략)
> 「너 지금부터 내가 시키는 대로 할 테냐?」
> 소년이 말없이 고개를 끄덕였다.
> ㉢「자, 그럼 뒤루 돌아서라……」
> 소년이 등을 보이고 뒤로 돌아선다.

---

22) 홍성원은 "내 소설에 하나 특이한 게 있어요 여자 주인공이 없다는 거예요.(중략)
여자를 모르니까 자연히 남자들을 주인공으로 많이 내세우는데 그러나 그 중에도
또 악인을 그리는 데는 별로 재주가 없어 보여요 내가 그린 최고의 악인은 『남과
북』에 나오는 최완식이란 인물인데 이 친구도 내가 보기엔 썩 악인다운 악인은 못
되는 것 같아요"(홍성원, 「대담-자신과 세상을 향해 던지는 '그러나'라는 질문」, 『홍
성원 깊이 읽기』, 문학과지성사, 1997, 51쪽.)라고 말한다. 『역조』에서 최고의 악인
은 변가이다. 그는 두식과 경만 뿐 아니라 자기편인 홍철마저 배신하여 죽인다. 『남
과 북』에서 최완식은 명사수 박노익에게 사살된다. 박노익은 "언젠가 미친개 최소
위를 내 손으루 꼭 쏴 죽이구 말거다"(홍성원, 『남과 북』, 1, 문학과지성사, 2000, 60
쪽.)라고 조만춘에게 말한다. 『역조』에서 두식은 변가에게 "언젠가 내 손으로 네놈
을 꼭 죽일 테다"(135쪽.)라고 말한다. 최완식과 변가는 홍성원 소설에 등장하는 최
고의 악인으로 꼽을 만한데, 흥미로운 점은 박노익 역시 두식과 더불어 그의 소설에
서 가장 역동적인 남성인물이라는 점이다.

㉣「눈을 막고 귀를 막아라⋯⋯.」

소년이 두 손으로 귀를 꼭 막는다. 두식은 잠시 소년의 머리를 내려다본 뒤 주머니에서 칼을 꺼내어 소년의 등판을 힘껏 질렀다. 소년이 짧은 비명을 지르며 몸을 앞으로 숙인다. ㉤두식은 쓰러지려는 소년의 몸을 왼팔로 안았다. ㉥갑자기 뱃속에서 이상한 구토증이 울컥 치민다. 어린애를 죽여 보기는 이번이 처음이다. ㉦벽에 비친 자기 그림자가 몹시 추하고 역겹게 느껴진다. 그는 ㉧얼른 소년의 시체를 마룻바닥에 내려놓았다.[23]

위의 인용문은, 천양호에서 두식, 경만, 외팔이와 더불어 동칠이 최가에게 복수하는 장면이다. 이들은 배에서 결투를 벌여 선원들을 살해하고 최가를 죽인다. 여기서 문제가 발생한다. 배 구경을 하러 따라와 자던 최가의 아들이 깨어나 이들의 얼굴을 목격한 것이다. ㉠과 ㉡에서 보듯이, 어린 아이를 죽이는 일은 이들도 차마 하지 못하는 일이다. 그래서 경만과 외팔이는 일을 서로 떠넘기고 결국 아이를 그냥 두고 오기로 결정한다. 하지만 두식은 그러한 결정을 번복하고 아무도 모르게 뒤에 남아 칼로 아이의 등을 찔러 죽인다. 그렇지 않으면 발각될 것이 명백하기 때문이다. 어느 누구도 차마 하지 못할 패륜적 행위지만 하진 않으면 안 되는 일이라면, 그것을 자신이 수행해야 하는 것이 두식으로서는 자기질서를 지키는 일이다.[24]

---

23) 254-256쪽.

24) 이는 도스토예프스키의 『죄와 벌』에서 라스콜리니코프가 전당포 노파를 죽이고서 그의 여동생 리자베타도 죽이게 되는 상황과 유사하다. 라스콜리니코프는 전당포 노파가 죽어 마땅하다고 생각하여 그녀를 죽이기로 결심하고 실행하지만 사건은 의외의 상황으로 진행된다. 라스콜리니코프가 전당포 노파를 죽이고 그녀의 옷장을 뒤지는데, 외출했던 노파의 여동생 리자베타가 돌아와 어쩔 수 없이 그 여동생도 죽이게 된다. 리자베타는 "너무도 순박하여, 밤낮 학대를 받아 아주 기가 죽어버린" 불쌍한 여자였다. 이 뜻밖의 살인으로 라스콜리니코프는 초인에게는 살인을 포함한 모든 것이 허용된다는 자신의 윤리관에 대해 갈등하고 고민한다.(도스토예프스키, 『죄와 벌』, 삼중당문고, 6, 김학수 역, 삼중당, 1975 참조.) 『역조』에서 두식의 자기질서가 라스콜리니코프처럼 지적 토대 위에 구축된 것은 아니다. 그러나

이 장면은, 겉보기에 여전히 냉정한 태도를 유지하고 있는 것처럼 보이지만, 실상은 흔들리고 있는 두식의 심리를 잘 전달하고 있다. ⓒ과 ㉣에서 보듯이, 그는 아이의 두려움과 고통을 줄이고자 최대한 배려한다. 뒤에 붙은 두개의 말없음표가 주는 여운은, 이 소설 전체를 통해서 조금도 주저하지 않는 행동주의자인 두식의 내부에 미묘한 파장이 일고 있음을 암시한다. ㉤에는 아이의 죽음에 대한 안타까움이 담겨 있다. 두식은 아이를 찌르고 나오면서, ㉥"뱃속에서 이상한 구토증이 울컥 치미"는 것을 느끼고, ㉦"자기 그림자가 몹시 추하고 역겹게 느"끼며, 몹시 꺼리는 일을 할 수밖에 없었던 것처럼 소년의 시체를 ◎'얼른' 내려놓는다. 이 지점에 이르러 그의 자기질서에 대한 신념은 흔들리게 되고, 그는 심각한 윤리적 모순에 직면하게 된다.

> ㉠도무지 마음속을 알 수 없는 여자다. 왜 나한테 이런 친절을 베푸는 것일까? 우리 같은 놈과는 어울리지도 않는 여자다. 그렇다고 다른 속셈이 있어 뵈지도 않는다. 저렇게 크고 시원한 눈을 두식은 처음 본다. 거짓말이나 음모를 꾸미는 어두운 눈이 아니다.
> (중략)
> ㉡「좌우간 우리가 뭔지 죄를 짓는 기분입니다.」
> 「왜요?」
> ㉢「부인 같은 여자는 처음 보는 걸요.」
> (중략)
> ㉣「우린 예사루 사람을 죽이구, 남의 물건을 털기두 했소.」
> 「고만두세요, 그런 말!」
> ㉤「달포 전에두 나는 사람을 둘이나 죽였소.」
> 「고만두라니까요.」
> ㉥「송장을 바다 속에 처넣구 물건을 모두 가루챘소.」
> 「제발!……」

둘은 모두 이 살인을 저지르고 자기혐오에 휩싸인다.

ⓐ「우늘 밤엔 내 친구가 또 사람을 죽일 거요.」

「내가 하는 일이 그렇게 역겨우세요?」

ⓞ「역겹소.」

「왜 그렇죠?」

ⓩ「메시껍소.」25)

ⓒ「어린애까지 죽인 건 너무하군요.」

두식이 문득 발을 세웠다. 여인이 힐긋 올려다본다. ⓚ두식은 담배를 빗
속으로 떨어뜨렸다.

ⓣ「어린앤 내가 죽였소.」

(중략)

ⓟ「당신 예수를 믿소?」

「네.」

「언제부터?」

「오래됐어요.」

(중략)

ⓗ「나 지금부터 당신을 믿겠소.」26)


두식은 두 번에 걸쳐 오현정과 만나 긴 대화를 나눈다. 오현정을 보면
ⓛ"뭔지 죄를 짓는 기분"이라고 말하는 데서 알 수 있듯이, 그녀는 자기
질서에 대한 두식의 신념에 변화를 촉발한다. ⓡ, ⓜ, ⓑ, ⓐ에서 두식은
교회에서 고해성사를 하듯이 오현정에게 자신의 죄상을 낱낱이 말로 뱉
어낸다.27) 여기서 두식의 태도는 거칠고 투박하며 위악적이다. 그는 ⓖ처
럼 생각하고, ⓒ처럼 말하면서도, 다른 한편으로 ⓞ이나 ⓩ처럼 말한다.
그러한 태도는 그들의 대화에 팽팽하게 긴장된 분위기를 형성한다. 그 이

---

25) 183-186쪽.

26) 273-275쪽.

27) 고해성사의 목적은 속죄와 화해이다. 하느님과 하는 이 화해는 죄가 만들어 냈던 균
   열을 다시 메우는 여러 수준의 다른 화해에까지 발전하게 된다. 고백자는 가장 깊
   은 곳에서 자신과 화해하며 참된 자아를 회복한다.(김진규, 「미사성제와 고해성사에
   관한 소고」, 『누리와 말씀』, 13, 인천가톨릭대학교 출판부, 2003, 10-11쪽.)

면에는 어떤 내적 경건성이 배어있다. 두 번째 인용문의 ㉢에서 오현정이, 아이를 죽인 사건을 거론하는 데서 그러한 긴장은 최고조에 달한다. ㉠에서처럼 담배를 '떨어뜨리'는 행동은 두식의 내면에 강렬한 심정적 파문이 일고 있음을 알 수 있다. 두식은 예의 그 거칠고 투박하며 위악적인 태도로 ㉤처럼 아이를 자신이 죽였음을 고백한다. 이 지점에서 긴장은 완화된다. 두식의 내면에는 획기적인 변화가 일어난 것이다. 두식이 ㉥에서 예수를 언급하고 ㉦처럼 "나 지금부터 당신을 믿겠소"라고 말할 때, 그 변화는 내면화된다.[28]

두식과 오현정 사이의 대화는 긴장감 넘치는 정신적 대결이다. 그 과정은 적대적 대결이 아니다. 그것은 오현정을 매개로 윤리적 모순을 극복하고 윤리적 고양을 꾀하는 두식의 내부에서 벌어지는 자기 자신과의 대결이다. 두식을 대하는 오현정의 태도에는 마치 고아들을 돌보는 듯한 모성적 태도가 깔려 있다. 오현정은 두식을 처음 보고 "정직하구 소박한 사람"[29] 같다고 말한다. 오현정은 두식을 신뢰한다. 오현정의 두식에 대한 신뢰가 그로 하여금 그의 내적 대결에서 스스로를 극복할 수 있는 힘을 제공하는 것이다.[30] 오현정은 보다 높은 가치의 질서가 있음을 두식에게

---

28) 짧은 문장의 대화가 길게 이어져 모두 인용하기 어렵지만, 이는 『역조』에서 가장 긴장감 넘치는 장면들이다. 이는 홍성원 특유의 비정한 문체에서 비롯된다. 홍성원은 행동이나 심리의 움직임이 지닌 고유의 민첩성과 현장성을 훼손하지 않기 위해 간접화법을 꺼린다고 밝힌 바 있다.(홍성원, 「작가서문」, 『서울, 즐거운 지옥』, 나남, 1984, 11쪽.) 이에 대해, 김경수는 "행동이나 상황묘사가 두드러지고 가능하면 수식어를 배제한 단문이나 대화가 이어지는 특징이", 그의 문체를 '비정한 문체'로 보이게 만든다고 한다.(김경수, 「움직임의 미학을 찾는 항해일지」, 『작가세계』, 세계사, 1993 가을, 38쪽.) 그래서 때때로 그의 문체는 헤밍웨이의 하드보일드 문체에 비유되기도 한다. 이러한 비정한 문체는 남성들 사이에 벌어지는 냉정한 대결의 긴장 상황을 보여주기에 적절하다. 흔히 홍성원의 비정한 문체의 예로 『디데이의 병촌』을 꼽는다. 『역조』에도 그에 못지않게 이러한 비정한 문체가 살아있다.
29) 128쪽.
30) 이런 점에서 두식의 아내도 오현정과 유사한 의미를 지닌다. 살인을 하고 돌아온 두식에게 두식의 아내가 "남이 뭐라고 해두 당신은 좋은 사람이에요."라고 말하고,

일깨우는 존재다. 그러한 오현정에게 자신의 잘못을 고백함으로써 두식에게는 자기와의 내적 화해와 치유를 통한 윤리적 고양의 길이 열린다.31)32)

## 4. 결론

지금까지 본고는 대결이라는 관점에서 홍성원의 장편소설『역조』를 고찰해 보았다.

『역조』에 등장하는 대결의 전제조건은, 그것이 정정당당한 것이 되어야한다는 점이다. 정정당당하다는 것은 대결의 전제조건이기도 하지만 명

---

"다른 사람을 다 못 믿어두 난 당신을 믿어요."(152쪽.)라고 말한다. 두식은 아내가 폐병으로 죽자 깊은 좌절감에 빠진다. 아내의 죽음과 오현정과의 만남은 두식의 내적 변화 과정에서 중요한 역할을 담당한다.

31) 라스콜리니코프는 소냐의 도움으로, 두식은 오현정과의 만남을 통해서 구원의 가능성을 찾는다. 석영중은『죄와 벌』을 신문의 세계와 성서의 세계로 나누어 설명한다. 이 소설은, 라스콜리니코프가 신문의 '진부한' 세계에서 성서의 '새로운' 세계로 나아가는 과정이다. 이 과정에서 결정적인 역할을 담당하는 사람이 소냐이다. 소냐는 나자로의 부활을 낭독함으로써 라스콜리니코프를 성서의 세계로 인도한다.(석영중, 「도스또예프스끼의『죄와 벌』」,『노어노문학』, 제16권 제2호, 한국노어노문학회, 2004, 166-171쪽 참조) 홍성원은 작가로 데뷔하기 전(1958년 22세 때), 대학교를 중퇴하고 아무 책이나 남독하는 가운데 도스토예프스키의『죄와 벌』에 나온 가난한 대학생의 처지에 공감하고, 「지하 생활자의 수기」에서 울려나오는 고통의 신음소리에서 위안을 얻었다고 한다.(홍정선, 「작가연보」,『홍성원 깊이 읽기』, 330-331쪽.) 『역조』가 핵심적인 문제에서『죄와 벌』과 맞닿아 있는 것은, 의식적이건 무의식적이건 작가의 이러한 경험이 작용했으리라고 판단된다.

32) 이런 점에서 그녀는 성모 마리아와 같은 존재다. 오현정은 바다에 투신자살을 시도했다가 실패하고 살아난 후 성녀와 같은 희생적 사랑을 베푼다. 이는 마리아가 영적 모성을 부여받는 과정과 흡사하다. 성자의 십자가의 고통 속에서 마리아는 새로이 어머니로 태어나며, 영적 모성을 부여 받는다고 한다.(최영철, 「마리아 신앙」,『가톨릭사상』, 9, 대구가톨릭대학 가톨릭사상연구소, 1993, 155쪽.) 물에 몸에 잠겼다가 나오는 세례는 그리스도와 함께 부활하는 것을 의미한다. 여기에서 물은 재생과 정화의 의미를 지닌다.(김영남, 「그리스도 안에서 보는 물의 의미」,『사목연구』, 가톨릭대학교 사목연구소, 2003, 149-154쪽 참조.)

예를 지키는 전제조건이 되기도 한다. 만약 대결에서 패하거나 죽더라도 정정당당하게 싸웠다면 최소한 명예는 지킬 수 있기 때문이다. 정정당당하게 싸우지 않는다면 승리는 아무 의미가 없다. 도리어 멋진 패배가 부당한 승리보다 더 낫다. 멋진 패배와 부당한 승리는 표면적/이면적 차원에서 역설적으로 뒤바뀔 수 있다. 결국 궁극적으로 승리/패배의 의미는 정정당당하게 싸웠느냐 그렇지 않느냐에 따라서 늘 그 의미는 달라질 수 있다.

이처럼 『역조』에서 강조되는 정정당당한 대결은 홍성원의 소설에서 중요한 의미를 지닌다. 특히 「폭군」과 「즐거운 지옥」은 이를 정면으로 다루고 있다. 「폭군」에서 사냥꾼 노인은 자신과 대결을 벌이는 호랑이를 사랑하고 경외한다. 하지만 그는, 일단 대결에 임하면 자기와 상대가 한 치의 양보도 없이 정정당당히 싸울 것을 알고 있다. 노인과 범이 서로 얼싸안은 듯한 형상으로 죽음을 맞이하는 이 소설의 결말에서 둘 사이의 승리/패배를 가늠하기 어렵다. 「즐거운 지옥」에서 글쟁이인 주인공은 글쟁이들에게도 정정당당한 대결이 중요하다는 점을 강조한다. 정정당당하게 싸우지 않는다면, 그것은 권투선수가 링 위에서 한참 주먹으로 싸우다가 형세가 불리하면 시퍼런 식칼을 집어 들고 덤비는 것처럼 추한 싸움이 된다고 한다. 여기에서는 대결의 조건을 강조하고 있다.

『역조』는, 두식이 지키고자하는 자기질서의 위기로부터 시작된다. 자기질서의 위기란 두식의 친구들이 타락한 현실의 질서에 편입해 들어가는 것이다. 비록 범죄자지만 두식은 타락한 현실의 질서에 편입되지 않으려는 굳건한 의지를 지니고 있다. 두식이 바라는 질서의 회복이 이루어지지 않는다는 점에서 그의 현실과의 대결은 패배라 할 수 있다. 하지만 그가 누구보다 정정당당하게 대결에 임하며 명예를 존중한다는 점에서, 그것은 승리/패배의 양면적 의미를 동시에 지닌다. 예정된 패배를 미리 알면서 흔쾌히 그것을 수락하고 정정당당하게 대결에 임해 죽음을 맞이하는 그의 태도에서 비장미가 드러난다. 이러한 비장미는 거칠지만 과감한 행동과 당당하고 굳건한 의지로 현실과의 맞서는 두식의 현대적 영웅의 면모에서 비롯된다.

홍성원 소설의 많은 인물들은 현실과의 대결에서 패배한다. 「주말여행」에서 인물들은 현실로부터 벗어나 자유를 꿈꾸지만 실패한다. 「종합병원」의 주인공이나 「어떤 제대」에서 박상사는 실체를 알 수 없어 대결을 벌일 수조차 없는 현대의 조직으로부터 철저하게 소외되고 좌절한다. 「무사와 악사」에서는 이상한 배짱과 임기응변으로 현실과 맞서면서도 교묘하게 피해가는 김기범을 통해서 지식인들의 비겁한 태도를 비판한다. 「일부와 전부」에서 규호와 태수는 '전부'를 던져 현실과 대결하지 못하기 때문에 패배한다. 이들은 소심하고 무기력한 반영웅에 가깝다. 이런 점에서 두식은 홍성원 소설에서 독특한 위치를 점하는 인물이며, 그로 인하여 『역조』는 그의 소설 중에서 가장 긴장감 넘치는 대결의 양상이 드러나는 소설이 된다.

『역조』는 두식이라는 범죄자의 패륜적 행위를 통해서 윤리의 문제를 극단까지 밀고 나간다. 문제는 최가의 아들을 죽이는 데서 발생한다. 그것은 어느 누구도 차마 하지 못할 패륜적 행위이기 때문이다. 여기서 두식은 심각한 윤리적 모순에 직면하게 된다. 두식은 두 번에 걸쳐 오현정과 만나 긴 대화를 나눈다. 두식과 오현정 사이의 대화는 긴장감 넘치는 정신적 대결이다. 그것은 오현정을 매개로 윤리적 모순을 극복하고 정신적 상승을 꾀하는 두식의 내부에서 벌어지는 자기 자신과의 대결이다. 오현정은 보다 높은 가치의 질서가 있음을 두식에게 일깨우는 존재다. 그러한 오현정에게 자신의 잘못을 고백함으로써 두식에게는 구원의 가능성이 열린다. 이 소설에서 벌어지는 주요사건에 관여하는 사람들은 모두 남성들이다. 여성인물인 오현정은 사건에 직접 관여하지는 않지만, 두식의 의식 변화에 결정적인 역할을 한다는 점에서 중요한 의미를 지닌다.

홍성원 소설에서 남성인물에 비하면 여성인물은 적은 편이다. 그의 소설에 등장하는 여성인물은 『역조』의 오현정처럼 비록 보조적 인물로 등장하더라도 소설의 주제를 구현하는 데 중요한 역할을 담당한다. 『디·데이의 병촌』에서 선경은 현 중위에게 한국전쟁과 이데올로기의 의미를 일깨우고, 『남과 북』에서 최선화는 한국전쟁의 비극성을 상징적으로 보여주며, 「흔들리는 땅」에서 남숙은 형섭이나 두제 등의 버스 잡상인들에게 현실 문제에 대한 각성을 촉발한다. 『먼동』의 쌍순, 『그러나』의 사이코, 「염천」의 애꾸눈 여인 등도 남성인물들의 의식에 영향을 미쳐 소설의 주제를 구현하는 데 결정적인 역할을 담당한다.

이상에서 살펴보았듯이 홍성원의 초기 장편소설인 『역조』에는 홍성원의 어느 소설보다도 대결의 의미가 두드러지며, 그것은 내용적 측면에서나 형식적 측면에서나 홍성원 소설의 문학적 성격을 잘 드러내는 작품이다.

# 참고문헌

1. 1차 자료

홍성원, 『디데이의 병촌』, 창우사, 1966.

홍성원, 『역조(逆潮)』, 창우사, 1966.

홍성원, 『역조(逆潮)』, 삼성출판사, 1972.

홍성원, 『남과 북』, 문학과지성사, 2000.

홍성원, 『주말여행』, 문학과지성사, 1976.

홍성원, 『무서운 아이』, 서음출판사, 1976.

홍성원, 『무사와 악사』, 열화당, 1977.

홍성원, 『흔들리는 땅』, 문학과지성사, 1978.

홍성원, 『먼동』. 문학과지성사, 1993.

홍성원, 『투명한 얼굴들』, 문학과지성사, 1994.

홍성원, 『그러나』, 문학과지성사, 1996.

홍성원. 『달과 칼』, 신서원, 2005.

홍성원, 『마지막 우상』, 문학과지성사, 2005.


2. 논문 및 평론

김경수, 「움직임의 미학을 찾는 항해일지」, 『작가세계』, 세계사, 1993 가을.

김병익, 「건강한 다이나미즘」, 『한국현대문학전집』, 42, 삼성출판사, 1979.

김병익, 「지식인 혹은 허위와의 싸움」, 『홍성원』, 우리시대 우리작가, 3, 동아출판사, 1987.

김병익, 「진실 발견과 장인정신」, 『현대문학』, 1994. 11.

김영남, 「그리스도 안에서 보는 물의 의미」, 『사목연구』, 가톨릭대학교 사목연구소, 2003.

김주연, 「홍성원의 두 편의 소설에 대하여」, 『홍성원 깊이 읽기』, 문학과지성사, 1997.

김진규, 「미사성제와 고해성사에 관한 소고」, 『누리와 말씀』, 13, 인천가톨릭대학교 출판부, 2003.

김치수, 「남성문학의 세계」, 『작가세계』, 세계사, 1993. 가을.

김희정, 「고대 영웅과 현대 반영웅, 그 편재와 부재」, 『지중해지역연구』, 제12권, 제
　　1호, 부산외국어대학교 지중해연구소, 2010.

박성환, 「'명예'의 사회적 논리와 기능」, 『문화와사회』, 11, 한국문화사회학회, 2011.

석영중, 「도스또예프스끼의 『죄와 벌』」, 『노어노문학』, 제16권 제2호, 한국노어노문
　　학회, 2004.

오생근, 「긴장과 대결의 미학」, 『서울, 즐거운 지옥』, 나남, 1984.

이경호, 「되새김질의 의의와 방법」, 『무사와 악사』, 한국소설문학대계, 49, 동아출
　　판사, 1995.

채호석, 「1920년대 범죄소설로서의 『난영(亂影)』 연구」, 『세계문학비교연구』, 51, 세
　　계문학비교학회, 2015.

최영철, 「마리아 신앙」, 『가톨릭사상』, 9, 대구가톨릭대학 가톨릭사상연구소, 1993.

최영호, 「홍성원 단편소설에 나타난 바다」, 『문학과환경』, 문학과환경학회, 2006. 12.


3. 단행본

게오르그 루카치, 『소설의 이론』, 반성완 역, 심설당, 1985.

도스토예프스키, 『죄와 벌』, 삼중당문고, 6, 김학수 역, 삼중당, 1975.

루시앙 골드만, 『소설사회학을 위하여』, 조경숙 역, 청하, 1982.

아리스토텔레스, 『니코마코스 윤리학』, 최명관 역, 16판, 을유문화사, 1980.


4. 기타

김병익, 「70년대의 최대 작가—작가 홍성원을 말한다」, 『낮과 밤의 경주』, 재판, 태창
　　문화사, 1981.

한용환, 「영웅과 반영웅」, 『소설학 사전』, 고려원, 1992.

홍성원, 「작가서문」, 『서울, 즐거운 지옥』, 나남, 1984.

홍성원, 「대담-자신과 세상을 향해 던지는 '그러나'라는 질문」, 『홍성원 깊이 읽기』,
　　문학과지성사, 1997.

홍정선, 「작가연보」, 『홍성원 깊이 읽기』, 문학과지성사, 1997.

# 『막차로 온 손님들』 연구
## - 문화사적 의미를 중심으로 -

## 1. 서론

『막차로 온 손님들』은, 홍성원이 1966년 10월 2일부터 1967년 5월 7일 까지 『주간한국』에 발표한 그의 첫 연재 장편소설이다.[1] 이 소설은, 1967 년 동양영화흥업주식회사에 의해 영화로 제작되었다. 유현목이 감독을 맡 았고,[2] 이상현과 이은성이 공동으로 각색 시나리오를 썼으며, 이순재, 문 희, 성훈, 남정임, 김성옥, 안인숙 등이 출연하였다.[3]영화 <막차로 온 손 님들>은 인기 여배우 문희와 남정임의 연기 대결에 영화 팬들의 이목을 끌었고, 연극배우 출신 신인배우 이순재의 연기도 주목받았다. 이 소설은 1982년 삼경당에서 단행본으로 출간되기도 하였다.[4] 단행본으로 출간되 자 1982년 3월 27일에 KBS 1TV <TV문학관>으로 각색 방영되었으며,

---

1) 홍성원, 「막차로 온 손님들」, 『주간한국』, 한국일보사, 1966. 10. 2.-1967. 5. 7.
2) 1956년 「교차로」로 감독 데뷔한 유현목은, 초기에 「인생차압」(1958), 「오발탄」(1961) 등에서 현실을 리얼하게 그려 높이 평가받았고, 성숙기라 할 수 있는 1960년대에 「김약국의 딸들」(1962), 「잉여인간」(1964), 「순교자」(1965), 「카인의 후예」(1968년) 등에서 독특한 영상을 통해 인간심리를 예리하게 포착하여 작가의식이 투철한 감독 으로 평가받고 있다.(이해랑 편, 「유현목」, 『한국연극무용영화사전』, 한국예술사전Ⅳ, 대한민국예술원, 1985, 385-386쪽.)
3) 이 영화는 제4회 백상예술대상(영화부문 여자최우수연기상(문희)), 영화음악상(한상 기), 제11회 부일영화상 촬영상, 제4회 한국연극영화예술상 연기상(문희), 음악상(한 상기), 제3회 백마상 신인남우상(김성옥) 등을 수상하였으며, 제6회 파나마영화제에 출품되었다.
4) 홍성원, 『막차로 온 손님들』, 삼경당, 1982.

1987년 8월 31일에서 9월 7일까지 MBC에서 4부작 <미니시리즈>로 방영되기도 하였다.5)

영화 <막차로 온 손님들>은 개봉 당시 현대인의 소외를 그린 작품으로 평가된다.6) 후에 이영일은 "<막차로 온 손님들>은 현대인들의 고독한 소외감을 절실하게 그려내었다"고 평한다.7) 호현찬은 "시한부 인생의 주인공이 겪는 절망감과 그 이웃들과의 인간적인 관계, 삶의 비인간화라는 문제를 내포한 이어령 원작,8) 유현목 감독이 연출한 <막차로 온 손님들>은 심리 묘사가 뛰어난 작품으로 정평을 받았다."고 말한다.9) 이형우는 "1967년도 마지막을 화려하게 시즌 업시킨 유현목의 <막차로 온 손님들>은 적어도 한국영화의 미래를 점칠 수 있는 획기적인 작품이었다. 우리가 흔히 절찬해 마지않던 이만희의 <만추>나 김수용의 <안개>가 받았던 '가작' 또는 '수작'이라는 개념을 뛰어넘는 올바른 의미의 문제작, 그것도 아주 뛰어난 문제작의 하나였다"10)고 말한다. 이 영화는 원작 소설의 문학적 평가에 비해 영화로서 그 작품성을 더 높이 평가되는 작품이

---

5) 소설 『막차로 온 손님들』의 주간한국 연재본과 삼경당 단행본은 같다. 본 논문에서는 후자를 연구 텍스트로 삼는다. 이후 소설의 경우 쪽수만 표기하기로 한다. 영화는 한국영상자료원에서 출시한 「[DVD] 유현목 컬렉션-막차로 온 손님들」(2009. 12.)을 연구대상으로 삼았으며, 시나리오도 참조했다.(이상현·이은성, 『막차로 온 손님들』, 한국시나리오걸작선 21, 코뮤니케이션북스, 2005.)

6) 「소외의식의 추구」(『한국일보』, 한국일보사, 1967. 12. 17.), 「소외의식 그린 <막차로온 손님들>: 현대인상 파고드는 유현목 감독(인터뷰)」(『경향신문』, 경향신문사, 1967. 11. 18.), 「소외된 인간상: <막차로 온 손님들>」(『경향신문』, 경향신문사, 1967. 12. 16.) 「주제 강요 않는 유연한 연출」(『동아일보』, 동아일보사, 1967. 12. 28.) 등에서 이러한 점이 확인된다.

7) 이영일, 『한국영화전사』, 소도, 개정증보판, 2004, 417쪽.

8) 이 글에서 호현찬은 '홍성원 원작'을 '이어령 원작'이라고 잘못 쓰고 있다. 아마도 '장군의 수염'(이어령 원작, 이성구 감독, 김승옥 시나리오, 1968)과 혼동한 것으로 추측된다.

9) 호현찬, 『한국 영화 100년』, 문학사상사, 2000, 165쪽.

10) 이형우, 「해설」, 『막차로 온 손님들』, 시나리오걸작선, 21, 커뮤니케이션북스, 2005, 61쪽.

라고 할 수 있다.[11]

본 논문은, 소설『막차로 온 손님들』이 홍성원의 문학세계에서 어떠한 의미를 지니는지, 그리고 그것이 우리 문학사 혹은 문화사에서 어떠한 의미를 지니는지에 대한 관심으로부터 출발한다. 그러한 의미를 탐구하는 데 있어, 이 소설이 영화나 TV드라마로 여러 차례 영상물로 재창작되었다는 점은 중요한 의미를 지닌다. 특히 문예영화가 붐을 이루었던 1960년대 말, 이 소설은 발표 직후 문예영화로 제작되었으며, 오늘날 그것이 영화 <막차로 온 손님들>의 원작소설로 더 잘 알려져 있다는 점에서, 이 소설은 원작소설과 밀접한 관계에 놓인다.[12]

---

11) 이 소설에 대한 문학적 평가는, 그것이 1982년 단행본으로 출간되었을 때, 김주연이 경향신문에 실은 서평 「우정에서 찾은 한계상황 극복」(『경향신문』, 경향신문사, 1982. 10. 12.)가 전부이다. 김주연의 평론집『문학과 정신의 힘』에 실린 「홍성원의 두 소설에 대하여」의『막차로 온 손님들』에 대한 평은 위의 서평을 그대로 옮겼다.

12) 문예영화는, 소설을 원작으로 영화화한 작품이라는 일반적인 의미와 1960년대 정부의 우수영화보상정책에서 비롯된 역사적 의미 사이에서 사용되는 용어이다. 문예영화라는 말이 대두된 것은, 정부가 문예영화(원작소설을 영화화한 것)를 우수영화에 포함시켜 그에 큰 프리미엄을 준 데서 기인한다. 그런데 1966년 원작소설이 없는 원작 시나리오 작품인 <만추>가 우수영화로 선정되어 물의를 일으킨다. 그때 정부는 우수한 예술영화 역시 문예영화의 범주에 들어갈 수 있다는 유권해석을 내린다. 그리고 1969년 정부는 이 용어를 없앤다.(호현찬, 『한국 영화 100년』, 문학사상사, 2000, 161-166쪽 참조.) 하지만 문예영화는, '문학예술로서의 영화'라는 개념으로 쓰이기도 하고,(박유희, 「문예영화의 함의」, 『영화연구』, 한국영화학회, 2010, 122-129쪽 참조.) 소설이외의 작품을 원작으로 만들어지기도 하여, 김남석은 "고전문학·소설·시·수필·희곡·방송대본·만화 등의 문학작품 혹은 문학의 범주에 포함될 수 있는 독립된 작품을 각색하여 시나리오를 구성하고 이를 근간으로 제작된 영화를 가리키는 객관적 장르 명칭"(김남석, 『한국 문예영화 이야기』, 살림, 2003, 5-6쪽.)이라고 정의하기도 한다. 하지만 60년대 문예영화의 성과를 어느 정도 인정하면서도 근본적으로 그에 대해 부정적인 시각을 보이는 경우도 있다. 하길종은 60년대 문예영화의 성과를 인정하면서도, 문예영화를 "영화사전에도 없는", "일본에서 건너온 모호한 수입품"으로 규정한다. 그리고 "막대한 원작료를 소설가에게 지불하며 마치 영화가 문학의 힘을 빌어 순수해져 보자는 그 얄팍한 기획풍토 자체가 의식 부재의 반영화적 정신"(하길종, 「문예영화의 본질」, 『사회적 영상과 반사회적 영상』, 전예원, 1981, 342-343쪽 참조.)이라고 비판한다. 원작시나리오 작가를 발굴하는 게 더 바람직하다는 취지이다.

이러한 점에 착안하여, 본 논문은 『막차로 온 손님들』의 문화사적 의미
를 탐구하고자 한다. 여기서 『막차로 온 손님들』은 소설과 그것을 바탕으
로 재창작된 영상물을 두루 아우른다. 하지만 그 중요성에 의거해, 소설과
영화를 중심으로 논의를 전개할 것이며, TV드라마는 이러한 논의 과정에
서 참조사항으로 삼을 것이다. 우선 소설 『막차로 온 손님들』을 분석하고,
다음으로 재창작된 영화를 원작소설과 비교 대조해 볼 것이다. 그리고 이
를 바탕으로 『막차로 온 손님들』의 문화사적 의미를 고찰하겠다.


## 2. 당대 한국 사회의 비극적 조명

소설 『막차로 온 손님들』은 세 쌍의 남녀의 생활상을 복합구성에 담고
있다. 세 쌍의 남녀는 '동민-보영', '경석-세정', '충현-효진 혹은 장님 여
자'이다.

> A. 동민-보영: 시한부 인생인 폐 육종 환자 동민이 보영을 만나서 결혼
> 하고 완쾌된다.
> B. 경석-세정: 재산 문제 때문에 정신병원에 도피 입원 중인 세정이 정
> 신과 의사인 경석과 사랑에 빠져 결혼한다.
> C. 충현-효진 혹은 장님 여자: 인기 배우가 된 주효진의 남편 충현이, 아
> 내와 헤어져 방황하다가 장님 여자와 만나지만 결국 자살한다.

이 소설은 세 쌍의 남녀가 만나서 결혼을 하거나 헤어지는 이야기이다.
동민-보영의 만남이 전면에 드러난다는 점에서 A는 메인플롯이 되고, B와
C는 서브플롯이 된다. A의 동민과 B의 경석이 친구이며, A의 보영과 B의
세정이 친구라는 점에서, A와 B는 서사적으로 긴밀하게 연결되어 있다.
인물들은 이러한 관계를 처음에는 알지 못하다가 나중에 알게 되는데, 이

러한 과정을 거치면서 보영와 세정 사이의 서사적 갈등이 해소된다. 하지만 B는 비교적 독립적이다. 충현이 동민과 술을 마시며 거액의 돈을 쓰고 충현의 자살 시도 현장에 동민과 경석이 함께 있다는 점에서 C는 A, B와 연관되지만, 그것들은 충현의 사랑이나 죽음과 무관하다.

내적으로 보면 이 소설은 두 가지 문제를 중심으로 사건이 전개된다. 그것은 돈과 죽음이다. 돈의 문제는 세정과 그녀의 주변인물들 사이에 불화의 축을 형성한다. 세정은 보영의 아버지와 사별하여 큰 재산을 물려받는다. 친척들과 공장장은 그녀의 돈을 노리고 그녀를 괴롭힌다. 그녀는 정신병원에 도피하여 정신과 의사인 경석을 만난다. 고아인줄 알았던 충현이 갑자기 나타난 아버지 덕에 벼락부자가 되지만, 그 돈 때문에 더욱 불행해진다는 점에서, 충현의 죽음은 돈의 문제와 깊이 연관된다. 충현이 돈을 물 쓰듯 하는 행위는, 가난했던 과거에 대한 혐오감이나 효진에 대한 복수심의 발로이다. 그는 돈을 혐오하면서도 돈에 집착한다.

세정의 돈을 노리는 그녀의 친척들과 공장장은 돈의 노예들이다. 하지만 그들의 삶을 더욱 피폐하게 만든다는 점에서, 세정이나 충현의 경우에도 돈은 부정적이다. 여기서 돈은 단순히 개인적 욕망의 대상을 넘어서 산업사회에 들어선 우리 사회의 문제와 맞물려 있다. 그것은 공장과 병원을 통해서 드러난다. 세정은 병원을 자신이 소유한 공장에 비유한다.

『㉠마치 병원이 커다란 공장 같아요』
(중략)
『노동의 즐거움은 이미 현대엔 없어졌습니다. 새삼스런 이야기가 되는 것 같군요.』[13]

『세정 씨두 경험해서 병원 ㉡규칙을 알겠지만 요즘 병원은 환자보다 병

---

13) 41쪽.

원을 위한 병원입니다.』

『그건 병원뿐 아니구 우리 공장두 마찬가지예요.』

(중략)

『ⓒ사람을 위해서 만들어진 기계가 오히려 사람을 고용하구 있는 거예요.』

『사람을 고용한다…….』

『그렇죠. ②개가 집을 지키듯이 왼종일 기계를 지키죠.』14)

이 소설에서 공장과 병원에 관한 문제는 두 번에 걸쳐 진지하게 제기된다. ⓒ에서처럼 인간과 기계의 가치전도 현상과 그로 인하여 ②에서 보이는 기계의 노예가 된 인간을 문제 삼는다. 특히 흥미로운 점은, ㉠에서처럼 '공장'과 '병원'을 동격으로 생각하며, 이를 우리 사회 혹은 현대 사회 전체에 대한 은유로 표현하고 있다는 점이다. 특히 공장과 병원의 유사성을 ⓛ'규칙'에서 찾고 있다는 점은 중요하다. 그것은 인간은 소외되고 제도만 남게 된 현대사회를 비판하고 있기 때문이다. 병원은 조직적 체계 위에 기계적이며 기능적인 역할을 수행한다는 점에서 공장과 흡사하다. 이는 감시체계 속에서 인간을 통제하는 감옥과 같은 구조를 지녔다.15)

이 소설에서 죽음의 문제는 우선 시한부 인생을 사는 동민에 의해 제기된다. 죽음에 대한 동민의 태도는 냉소적이다. 폐 육종에 걸렸음에도 불구하고, 그는 죽을 셈으로 술을 마시고 담배를 피운다. 그를 죽이는 것은 육

---

14) 111-112쪽.

15) 미셸 푸코는 군사, 의료, 학교, 산업의 여러 기관이 '규율'(discipline)을 바탕으로 하는 감옥과 같은 통제의 구조를 지닌 것으로 본다.(미셸 푸코, 『감시와 처벌』, 오생근 역, 나남, 1994, 203-211쪽 참조.) 이 소설과 비슷한 시기에 발표된, 홍성원의 단편소설 「종합병원」(홍성원, 「종합병원」, 『자유공론』, 한국자유총연맹, 1966. 6.)이나 「토요일 오후」(홍성원, 「토요일 오후」, 『월간문학』, 한국문인협회 월간문학사, 1970. 9.)는 이와 같은 문제를 깊이 있게 다룬다. 「종합병원」은 '종합병원'이라는 현대적 공간을 통해 조직에 의한 개인 소외 혹은 개성 말살을 상징적으로 보여주며, 「토요일 오후」는 국토개발을 통해 상실되는 인간 가치를 비판하고 있다. 「종합병원」에서 우리 사회를 하나의 거대한 '종합병원'에 비유한다면, 「토요일 오후」에서는 우리 국토를 하나의 거대한 '공장'에 비유한다.

체적 질병보다 삶에 대한 의지의 상실이다. 육체적 질병을 앓고 있지는 않지만, 보영 역시 동민과 유사한 심리 상태를 지니고 있다. 그러한 보영은 동민에 대한 사랑을 통해 삶의 의지를 회복한다.

> 『㉠이제, 저 선생님한테 원하는 것 모두 해드리겠어요.』
> (중략)
> 『선생님 지금 잃어버린 것을 서운해 하시죠?』
> 『㉡병이 서운한 게 아니구 건강한 미래가 걱정이요.』
> 『좋은 수가 있어요. 우리 ㉢조그맣게 행복하면 어때요?』
> 『㉣붕어나 새를 키우면서 ㉤신문 석간이나 읽으며 말이요?』
> 『그래요. 거창한 일은 세정이한테 모두 맡겨요.』
> 『당신 오랜만에 유쾌한 말을 했소. 자, 우리 어디 가서 ㉥우동이나 사먹읍시다.』[16]

위 인용문은, 죽음의 문턱에서 극적으로 완쾌된 동민이 보영과 함께 나누는 대화이다. ㉠과 같은 다짐에서 동민에 대한 보영의 사랑을 확인할 수 있으며, ㉢, ㉣, ㉤, ㉥ 등에 소박한 삶의 가치가 함축되어 있다. 이처럼 이 소설은, 죽음의 어두운 그림자 위에 사랑이라는 보편적 가치와 소박한 삶의 의미를 역설한다. 여기서 죽음이 인간 간의 신뢰의 상실에 근거한다는 점에서 사랑은 그 해결책이 될 수 있다. 하지만 ㉡에서 보듯이 동민에게 병의 회복이 행복한 일만은 아니다. 병이 회복되어도 그에게는 어두운 현실이 기다리고 있기 때문이다. 그의 현실 인식은, 충현의 죽음을 대하는 태도에서 잘 나타난다.

전쟁고아인 충현은 유명 배우가 된 아내 효진이 다른 남자와 동거하는 것을 눈감아 줘야하는 치욕을 참고 산다. 그러다가 해방되던 해 일본으로 건너가 죽었다던 그의 아버지가 부자가 되어 일본에 나타난다. 그는 아버

---

16) 184쪽.

지 덕에 부자가 되지만, 그와 효진과의 관계는 회복되지 않는다. 잠시 장님 여자에게서 위안을 얻지만, 그녀에게 재산을 물려주고 결국 그는 자살을 택한다. 다음은 이 소설의 결말 부분이다.

> 『㉠나 갑자기 자네들이 싫어졌어. 나까지 포함한 「우리들」 말이야.』
> (중략)
> 『자네 지금 저 친구가 뭘 하는 줄 알고 있나?』
> 동민은 고개를 끄덕이고 두 손을 탁자 위에 나란히 올려놓았다.
> 『자네도 알고 있었군. 어떻게 했으면 좋겠나?』
> 『지금 깨우면 살릴 수 있네. 변소에 다녀온 지 겨우 십 분이야.』
> 『㉡살려 놓은 다음에는 누가 저 친구의 친구가 되지?』
> 『모르겠어. 자신이 없군, 뭐가 진짠지 오리무중이야….』
> 『한 시간만 더 기다리면 저 친구는 아주 편하게 되네. 살리자면 지금 뿐이야. 막차가 뜨기 전에…….』
> (중략)
> 『글쎄, M동 입구에 막차가 몇 시쯤 있소?』[17]

충현이 화장실에 가서 약을 먹고 오지만, 동민과 경석은 그것을 짐작하고 있으면서도 친구의 죽음 앞에서 담담하다. 그들은 친구를 살릴 수 있는데도 불구하고 살리는 데 대해 회의적이다. ㉡에서 보듯이, 그를 살려 봤자 아무도 진정으로 그의 친구가 될 수 없다는 것을 알기 때문이다. 문제는 그들도 충현과 크게 다를 바 없는 처지라는 점이다. 경석이 ㉠처럼 말하는 이유가 여기에 있다. 이들은 어느 누구와도 고통을 나눌 수 없다. 이 소설의 결말은 사람과 사람의 관계가 이처럼 파편화되고 있음을 강조한다.[18]

---

17) 202쪽.
18) 동민과 경석의 이러한 태도는, 김승옥의 단편소설 「서울 1964년 겨울」의 마지막 장면에서 보이는 안의 태도와 흡사하다. 안은 "난 그 사람이 죽으리라는 것을 알고 있었습니다."(김승옥, 「서울 1964년 겨울」, 『김승옥 소설전집』, 1, 문학동네, 1995, 224쪽.) 하고 말한다.

동민과 경석의 이러한 태도에는, 당대 현실이 과연 인간이 살 만한 곳인가 하는 회의가 담겨있다. 그들은 막차가 오기 전까지만 기다리기로 한다. 막차를 탄다는 것은 삶의 현실로 돌아온다는 것을 의미한다. 막차를 놓친 충현은 영영 현실로 돌아오지 못한다. 하지만 늘 막차를 타는 인생이라는 점에서, 동민이나 경석도 삶과 죽음의 기로에서 망설이는 셈이다. 언젠가는 그들도 스스로 막차를 타지 않는 날이 올지도 모른다. 여기에서 막차란 미래가 보이지 않는 암울한 현실에 대한 은유라고 할 수 있다. 특히 ㉠에서 강조되는 '우리들'은 이러한 문제가 충현이나 동민, 경석의 문제를 넘어 우리 사회 전반의 문제임을 암시한다.

이 소설에 등장하는 세 명의 남자 주인공의 태도는 매우 냉소적인데, 그러한 그들의 태도는 다양한 원인에서 온다. 그것은 일차적으로 동민의 병이나 충현의 실연과 관련이 있다. 하지만 그 저변에는 산업화에 의한 인간 가치의 상실이나 파편화된 인간관계라는 60년대 후반 우리 사회의 암울한 현실 분위기가 깔려 있다. 작가는 이 소설에서 '60년대의 우수'[19]를 표현하고 싶었다고 말한 바 있는데, 작가가 말하는 '우수'가 바로 그러한 현실로부터 발생하는 것이라 생각할 수 있다. 이렇게 본다면 소설『막차로 온 손님들』은 A, B, C, 즉 남녀 간의 만남 혹은 헤어짐의 이야기가 표면적에 드러나는 사랑 혹은 이별의 이야기이다. 하지만 그 심층에는 죽음의 문제를 와 돈의 문제를 제기하고 있다.

소설『막차로 온 손님들』은 남녀 간의 만남 혹은 헤어짐의 이야기가 표면에 드러난다. 남녀 간의 만남 혹은 헤어짐의 이야기라는 점에서, 이 소설은 표면적으로 사랑이야기이다. 하지만 그것은 흥미위주의 단순한 사랑이야기는 아니다. 이 소설은, 사랑의 이면에서 돈과 죽음이라는 사회적

---

19) 홍성원은 "60년대의 우수가 이 소설의 주제다. 겁 없는 젊은 목소리가 지금은 꽤나 치졸해 보이지만, 거짓 없는 거친 고함들이 오히려 그때의 패기를 부럽게 하고 있다"고 한다.(홍성원, 「후기」, 『막차를 타고 온 손님들』, 삼경당, 1982, 203쪽.)

인 문제를 다룸으로써, 우리 사회의 어두운 측면을 그리고 있다. 보영을 통해 소박한 사랑의 가치를 드러내기도 하지만, 그럼에도 불구하고 이 소설은 충현의 죽음이라는 무거운 결말을 통해 1960년대 후반 산업사회로 접어들면서 제기되는 우리 사회의 문제를 비극적으로 조명하고 있다.

## 3. 암시적 비판과 희망의 제시

영화 <막차로 온 손님들>은 A, B, C의 각 사건들을 보다 선명히 하면서, A에 더욱 초점을 맞추고 있다. 영화는 편집과 음향효과를 최대한 활용해 인물의 내면심리를 섬세하게 드러냄으로 인물의 성격이나 인물들 간의 내적 관계를 치밀하게 형상화한다. 이는 A, B, C의 각 사건에 개연성을 부여할 뿐 아니라, 그 사이의 관계도 보다 긴밀하게 만든다.

소설에서 동민은 시한부 인생을 사는 사람으로는 자신의 병에 대해 지나치게 냉소적이다. 소설에서 동민은 각혈을 하면서도 담담하다. 영화에서는 서두부터 동민(이순재)의 각혈이 적나라하게 표현된다. 영화에서도 병에 대한 동민의 태도는 다소 냉소적이지만, 신경증적 경향이 더 강하다. 전자의 태도는 죽음 앞에 선 자의 초조감에 대한 반대감정처럼 보인다. 특히 병에 대한 동민의 예민한 태도를 상징적으로 드러내는 소재가 일력(日曆)이다.

그림①

그림②

그림③                                      그림④

보영(문희)이 도마에 칼로 소리 내며 야채를 다진다. 동민이 경석과 전화를 하다가 오늘이 20일이라는 걸 알고 일력 앞으로 간다. 15일자 일력이 클로즈업되고,(그림①) 신경증 환자처럼 일력을 바라보는 동민의 얼굴이 클로즈업된다.(그림②) 칼 소리가 신경을 거스르듯 점점 커지다가, 거기에 시계 초침소리가 겹친다. 초침소리는 점점 더 빨라지며 커진다. 동민은 일력 앞으로 다가가 날짜가 지난 일력을 한 장씩 세다가 여러 장 움켜쥔다. 보영은 문 밖에서 그러한 동민의 모습을 몰래 엿본다.(그림③) 동민은 일력을 찢어낸다.(그림④) 막차를 연상시키는 전차 종소리가 교차되면서 계속 울린다.

편집과 음향효과를 통해서 죽음 앞에 선 동민의 두려움, 안타까움, 회의, 포기 등의 복잡한 감정들이 긴장감 있게 처리되었다.[20] 특히 칼소리-초침소리-전차 종소리로 교차되며 이어지는 음향효과는 마치 동민의 죽음을 재촉하는 듯하다. 그림③에서 동민을 엿보는 보영의 시선에는 호기심과 연민이 교차된다. 이는, 보영이 동민의 내면을 깊이 이해하게 되고 그를 사랑하게 되는 계기가 된다.

영화에서 동민을 전직 은행원으로 설정하여, 그의 병과 사회 현실의 문제를 보다 긴밀하게 만든다.

---

20) 이 영화는 인물의 미묘한 심리를 표현하는 데 편집과 음향효과를 잘 활용하고 있다. 이 외에도, 보영의 목욕 신(scene)이나 사격장 신, 엘리베이터 신, 충현의 자살 신 등이 그러하다.

동민내 전직은 은행원이었소.

보영어머나! 어울리지 않아요

동민그렇지 어울리지 않지. 나뿐이 아니라 누구에게도 어울리지 않지. 거긴 온통 ㉠규칙투성이거든. ㉡서류와 숫자와 주판은, 몇 억 원을 계산하면서, 일원, 아니 오십 전만 틀려도 안 되는, 그런 곳이거든. 견딜 수 없어 뛰어나왔지. 그리고 ㉢좀 멋대로 살았어. ㉣근데 좀 멋대로 살다가 보니 얻은 게 이 병이오.21)

돈을 주관한다는 점에서 은행은 경제적인 문제를 제기하기에 적절한 은유이다. 소설의 병원처럼, 영화에서도 ㉠'규칙'을 강조하며, ㉡'서류와 숫자와 주판'에서 한 치의 오차도 없이 기계처럼 움직여야하는 현대인의 삶을 비판적으로 서술한다. ㉢에서는 그러한 삶에 대한 저항적 태도를 보여주고, 그러한 태도를 가지고는 살 수 없음을 암시한다. 특히 ㉣에서처럼 소설에서 불분명했던 동민의 발병 원인이 바로 이러한 규율에 얽매인 사회조직과 직관되어 있음을 드러낸다. 여기서 동민의 병은 개인적인 면과 사회적인 면이 밀착되어 나타난다.

영화에서 돈의 문제는 작품 전체에 걸쳐 여러 면에서 제기된다. 영화에서도 돈의 문제는 사회적인 문제로 확대되지만 소설에 비해서 암시적이다.

그림①

그림②

---

21) 유현목, <[DVD] 유현목 컬렉션-막차로 온 손님들>

 부자가 되어 귀국한 충현(김성옥)은 자신이 살던 빈민촌에 들른다. 소설에서 이 장면은 다소 해학적으로 다루고 있지만, 영화에서는 여기에 인간의 추악한 면을 담는다. 배우가 된 아내가 가출한 사실을 알고 절망하는 충현에게 빚쟁이들이 달려들어 빚을 재촉한다.(그림①) 충현은 "외화획득을 해 왔으니 오늘은 축배나 들자구"하고 말한다. 외화획득은 당시 박정희 정부의 지상목표였는데, 충현의 말은 겉보기에 이를 선전하는 듯이 보인다. 하지만 돈을 허투루 마구 써대는 충현의 태도를 고려할 때, 이는 당시 정책을 암시적으로 비판하는 말로 볼 수 있다.

 영화에서도 공장이 등장하기는 하지만, 그에 대한 문제는 지극히 암시적으로 드러난다. 세정의 공장에서 공장관리자가 거대한 기계를 가리키며 "이 기계는 한국에서 가장 큰 규모의 자수기입니다"하고 말하자, 경석은 "나치 군대 행렬 같군" 하고 말한다.(그림②) 겉보기에 산업화를 선전하는 것처럼 보일 수도 있는 장면이다. 하지만 그 이면에는 당시 박정희 정권의 전체주의적 속성을 암시적으로 표현하고 있다. 또한 세정은 방적기에서 실을 잣는 하얀 실패들을 보고 "의사들의 하얀 가운 같지 않아요?"하고 말한다. 공장을 병원 이미지와 연결시키려는 대사로 보이지만, 이 경우 소설의 내용을 아는 관객이 아니라면 그것이 무엇을 내포하는지 짐작할 수 없을 듯하다.

 소설에서보다 영화에서 충현의 비중은 커진다. 영화에서 충현이라는 인물의 성격을 조형하는 데 보다 더 큰 공을 들이고 있다. 소설에서 S대학 미학과를 졸업한 우직한 성격의 권투선수로 등장하지만, 영화에서 충현은 권투와는 무관한 신경이 예민한 전위예술가이다. 이러한 성격은, 엽기적인 예술 행각, 질투와 집착에 가득 찬 왜곡된 사랑, 절망의 끝에서 행하는 자살과 같은 그의 행동과 잘 부합된다. 영화에서 충현의 성격을 단일하면서도 선명하게 드러냄으로써 그의 행동에 충분히 개연성을 부여하고 있다.

영화에서나 충현의 죽음은 특히 중요한 사건이다. 그것은 비교적 독립적이지만 죽음의 문제와 돈의 문제와 내적으로 긴밀한 관계를 지니기 때문이다. 충현의 죽음의 직접적 원인은, 효진과의 이별이다. 영화에서는, 소설에 등장하는 장님 여자 대신에 대학생 술집여자 인숙을 등장시킨다. 인숙은 효진을 닮은 것으로 제시하고 있어, 충현의 효진에 대한 애착을 강조한다. 순진한 여대생 인숙은, 엽기적인 예술 행각를 벌이는 충현의 비정상적인 행동을 부각하는 데 적절하다. 반미치광이 같은 충현의 행동은, 그의 자살에 개연성을 부여하는 데 일조한다.[22]

그림①

하지만 충현의 죽음은 근본적으로 갑자기 생긴 돈에 의한 자멸적 파탄의 결과이다. 물 쓰듯 돈을 쓰는 그의 행동에는 절망이 담겨 있다. 그는 돈으로 화가로서의 명성을 얻고자한다. 그는 돈으로 전시회를 열고, 전시

---

22) 충현이 엘리베이터에서 효진을 만나 목 졸라 죽이는 신(scene)을 새로 삽입하여, 충현의 자살을 필연적인 것으로 만든다. 사격장 신을 새로 넣어 충현의 효진 살해에 대한 복선을 제시하기도 한다. 충현은 사격장에서 사격을 하고, 동민이 다방에서 충현의 의사를 전달하기 위해 대신 효진을 만난다. 충현이 머뭇거리며 과녁을 보는데, 과녁은 흔들린다. 다시 마음을 다잡고 눈을 부릅뜨고 과녁에 총을 겨눈다. 다음 장면에 효진이 등장한다. 서로 다른 장소에서 동시에 벌어지는 신의 교차편집을 통해 충현의 복수심을 극대화한다.

회 홍보를 하며, 친구들에게 돈을 주어 자신의 그림을 사달라고 한다. 인숙을 모델로 행하는 그의 기괴한 회화 작업은 그의 정신적 파탄을 적나라하게 보여준다.(그림①) 그는 돈을 통해서 실연의 고통에서 벗어나려 하지만, 돈은 그의 내면을 더욱 공허하기 만들 뿐이다. 충현의 자살의 직접적인 원인이 실연이라는 개인적 갈등이지만, 그 저변에는 갑자기 생긴 돈이라는 사회적 문제가 깔려 있다. 영화는, 충현의 실연의 고통과 갑자기 생긴 돈의 문제를 결합하여, 돈이면 무엇이든 할 수 있다는 현대인의 비틀린 사고를 암시적으로 비판한다.

소설에서 '보영의 소박한 사랑 제시-충현의 자살'로 이어지는 결말을 영화에서는 순서를 바꿈으로써, 소설에서 보이는 현실에 대한 비극적 조명에 대한 작은 희망을 제시한다. 극약을 마신 충현을 택시로 태워 보낸 후, 동민이 자신의 아파트로 가자 거기서 보영이 기다리고 있다. 동민은 "보영이"하고 외치며 포옹을 한다. 보영은 "가난하고 조그맣게 살아요"하고 말하고, 둘은 키스를 한다. 영화의 첫 장면에서 전차 종소리와 더불어 건널목에 빨간 신호등이 깜박였는데, 마지막 장면에서 파란 신호등이 켜지는 것으로 끝난다.

영화 <막차로 온 손님들>은 소설의 내용에 충실하면서도 서사적 밀도를 높이고 있다. 인물의 성격이나 인물간의 관계를 보다 구체적으로 제시하고 사건을 보다 극적으로 전개하여, 소설의 서사적 약점을 보완하였다. 소설에 비해 영화는 동민과 보영의 관계를 더욱 중요하게 다룬다. 여기에서 현실의 문제는 암시적으로 드러난다. 영화에서도 소설처럼 현실은 어둡고 무겁다. 하지만 영화에서는 사랑이라는 보편적 가치를 더 강조하여, 현실에 대한 희망의 끈을 놓지 않는다.

## 4. 『막차로 온 손님들』의 문화사적 의미

소설 『막차로 온 손님들』이 연재되고, 영화로 제작되어 상영된 1967년 전후는 우리 문화사에서 매우 중요한 시기이다. 1966년 박정희 정부는 한일협정과 월남파병을 통해 들여온 외자를 바탕으로 제1차 경제개발 5개년계획을 성공리에 완수하고, 그해 여름 제2차 경제개발 5개년계획을 공표한다. 이때부터 본격적으로 도시근대화 작업이 실시된다.[23] 호현찬은 "아마도 문예영화 덕택에 생산량과 질적 향상 면에서 아울러 1967년은 '한국영화 최고의 해'라고 할 만큼 우수한 영화들이 쏟아졌기에, 한국영화의 황금시대라는 이름이 붙여진 것이리라"[24]하고 말한다.

소설 『막차로 온 손님들』은 홍성원이 쓴 첫 번째 연재 장편소설이다. 홍성원은, 이 소설에서 자신이 하고자하는 이야기를 담아내면서도 어느 정도 독자의 기호에 맞추고자 했던 것으로 보인다.

이 소설에는 사건 전개상 개연성이 부족한 점이 있다. 동민과 경석이 각각 우연히 만난 두 여인 보영과 세정이 알고 보니 친구라든가, 고아인 충현에게 큰 부자인 아버지가 갑자기 일본에서 연락을 한다는 점은 다소 과장되다. 동민이 왜 병에 걸렸는지 제시되지 않는 점도 그러하다. 무엇보다 시한부 인생을 선고받은 동민이아무 이유 없이 '기적'이라는 이름 아래 회복된다는 것은 지나치게 우연적이다. 하지만 이는 작가의 의도된 창작 전략으로 짐작된다.

보영과 세정의 관계나 충현이 벼락부자가 되는 사연은 과장되지만 독자의 흥미를 끌만하다. 현실적으로 거의 가능성이 없어 보이지만, 소설에는 보영의 사랑이 동민의 완쾌에 영향을 미치는 것으로 보이게 하는 감상적인 면도 있다. 동민의 기적적 완쾌를 통해 작가는 독자에게 사랑이 만

---

23) 김정원, 「군정과 제3공화국」, 『1960년대』, 거름, 1984, 191-195쪽.
24) 호현찬, 위의 글, 165쪽.

드는 기적의 해피엔딩을 선사하고자 했을 것이다. 60년대의 우리 사회의 문제를 진지하게 다루면서도 독자의 흥미를 끌만한 요소들을 적절히 가미하여, 이 소설은 문학성과 대중성을 균형 있게 유지하고 있다.

이러한 점에서 이 소설은 홍성원 소설의 전체상에서 중요한 위치를 점한다. 이 소설을 기점으로 홍성원은 문학성과 대중성이라는 두 갈래의 길을 나란히 걷게 되기 때문이다.25) 이 소설 이후 홍성원이 '밥벌이'를 위해서 신문이나 잡지에 연재한 많은 대중소설들은, 그의 대표작으로 꼽히는 『남과 북』, 『달과 칼』, 『먼동』, 『디데이의 병촌』, 『역조』, 『기찻길』, 『마지막 우상』, 『그러나』 등 본격소설과 더불어 또 하나의 계열을 이룬다. 이 소설은 그 분기점에 위치하며, 이후 그의 대중소설을 예고하는 작품이라 할 수 있다. 전업작가인 그에게 소설은 예술의 세계이면서 동시에 생활의 수단이었다. 그는 『막차로 온 손님들』에 대해 "주문 생산된 최초의 연재물인 이 작품은 그 후 밥벌이로 이어지는 다른 신문 연재물의 예고편과 같은 것"26)이라고 한다.

---

25) 『역조』(이 작품은 전작으로 발표한 작품이다.)를 제외한 전자의 소설들도 신문이나 잡지에 발표한 소설들이지만, 홍성원은 이 작품들을 상당히 공들여 수정하여 출판한다. 하지만 후자의 작품 중 상당수가 출판되지 않거나, 수정 없이 출판되었다. 그는 "이 작품은 <디·데이의 병촌> 이후 나로서는 처음 시도해 본 장편 연재소설이다. 이상한 것은 영화로도 팔리고 당시로서는 꽤 많이 독자들에게 읽힌 작품인데 어째서 이 작품만이 아직 책으로 묶이지 않았는가 하는 것이다. 이번에 책을 만들면서 나는 뒤늦게 깨달았다. 연재 당시 마땅찮은 곳이 있어 나는 이 작품을 손 본 후에야 내놓겠다고 생각했는데, 차일 피일 시기를 놓쳐 지금까지 스크랩 상태로 설합 밑바닥에 묵혀진 것"이라고 말한다. 아마도 이 작품은 그에게 애매한 성격의 작품이었을 것이다. 말하자면 이 작품은 본격문학의 습성이 잠재한 가운데 대중문학을 처음 시도한 작품이라고 말할 수 있다. 그가 오랫동안 이 작품을 서랍 속에 묵혀둔 이유가 이 작품의 애매한 성격 때문에 망설인 결과일 것으로 추측된다. 하지만 결국 그는 이 작품을 출판하면서 수정하지 않았다.

26) 홍성원은 이 소설에 대해서 "60년대 젊은이들의 방황과 고뇌, 좌절 따위를 그 시대의 우울한 풍속도와 대충 얼버무려 만든 일종의 소모품이다. 주문 생산된 최초의 연재물인 이 작품은 그 후에 밥벌이로 이어지는 다른 신문 연재물의 예고편과 같은 것"(홍성원, 「열린 세상 쪽으로 뚫린 좁고 진 터널」, 『홍성원 깊이 읽기』, 문학과

문학적 수준을 유지하면서도 대중성을 지향하고 있다는 점에서 이 소설은 중간소설로서 의미를 지닌다. 중간소설은 순문학과 대중문학의 중간에 위치하는 소설을 가리키는 문학용어이다. 이는 전후 일본에서 재미있는 읽을거리를 요구하는 독자층을 위한 고급스런 대중문학에서 유래한다.27) 우리나라에서도 1950년대 후반 "기존의 통속적인 경향뿐 아니라 순문예적 경향까지도 모두 포섭하는" 의도로, 『소설계』나 『소설공원』, 『대중문예』 같은 중간소설 전문지가 등장한다. 하지만 여기에 실린 작품들은 통속적인 경향으로 일관했다.28) 이 소설은 세 쌍의 남녀가 벌이는 만남 혹은 헤어짐이라는 '감상적' 이야기 속에 60년대 말 산업사회로 진입하는 우리 사회에서 발생하는 '시대의 문제'를 담고 있다.29)

이런 점에서 이 소설이 『주간한국』에 연재된 것도 의미 있는 일이다. 『주간한국』은 1964년 9월 27일 창간된 우리나라 최초의 상업주간지이다.

---

지성사, 1997, 58쪽.)이라고 말한다. 이 작품 이후 그가 '밥벌이'를 위해 신문이나 잡지에 연재한 대다수의 작품은 대중소설의 범주에 드는 작품이다. 홍성원의 작품 중에서 모든 중·단편소설과 『남과 북』, 『달과 칼』, 『먼동』 등의 대하소설은 본격문학의 범주에 드는 것으로 볼 수 있다. 하지만 『디·데이의 병촌』, 『역조』, 『기찻길』, 『마지막 우상』, 『그러나』를 제외한 장편소설들은 '밥벌이'를 위해 신문이나 잡지에 연재한 대중소설에 가까운 소설들이다.

27) 이는 전후 일본에서 재미있는 읽을거리를 요구하는 독자층을 위해서 고급스런 대중문학을 쓰기 시작한 데서 유래한다. 처음에는 순문학 작가가 순문학의 예술성을 갖추면서 대중문학의 재미를 가미한 소설을 썼다. 그러다가 순문학 작가가 순문학으로 연마한 기술을 응용해 고급스런 대중문학을 쓰게 되어 순문학이라고 할 수도 없고 대중문학이라고 할 수도 없는 소설을 지칭하는 용어로 굳어졌다.(오석윤, 「중간소설」, 『문학비평용어사전』, 한국문학평론가협회, 국학자료원, 2006, 880쪽.)

28) 신은경, 「1950년대 중간소설 전문지 『소설계』의 지형-1950년대 후반에서 1960년까지 초기 잡지를 중심으로」, 『어문논집』, 71, 민족어문학회, 2014, 207-236쪽 참조.

29) 김한식은 중간소설을 "시대의 문제를 소설의 배경으로 전제하고 그러면서도 그 시대의 문제를 본격적인 주제로 삼기보다는 그 안에서 살아가는 인간들의 구체적인 모습을 '본격적'이지 않은 '감상적'인 방법으로 다루는 방식을 선택한 소설"이라고 정의하며, 그 대표적인 작가로 최인호, 조선작, 조해일, 박범신, 송영, 김주영, 한수산 등 70년대 활발히 활동한 작가들을 꼽는다.(김한식, 「1970년대 '악한 소설'의 성격 연구」, 『상허학보』, 10, 상허학회, 2003, 184-185쪽 참조.)

심층보도나 기획기사 등의 무미건조한 내용을 대폭 줄이고, 재미있고 풍부한 화제를 제공한다는 편집방향은 이 잡지를 다른 주간지와 차별화하였다.30) 이 잡지는 종합적인 편성을 통해 상업성과 시사성의 균형을 맞추고자 했으며, 성별, 나이, 계층, 지역을 막론하고 넓은 독자층을 형성하여 43만부 이상의 판매량을 기록했고, 1960년대 후반에 창간된 많은 상업주간지들의 프로토타입을 제공하였다.31) 이 잡지의 성공은 대중산업사회에 들어선 우리 사회의 요구에 부응하는 그 성격에서 기인하는 것이며, 여기에 연재된 『막차로 온 손님들』은 이 잡지의 그러한 성격과 잘 맞아 떨어진다.

　영화와 TV드라마로 재창작되었다는 점에서, 이 소설은 다른 차원에서 중간소설로서 더욱 중요한 의미를 지닌다. 레슬리 피들러는 전자매체와 영상매체가 대중문화의 확산을 불러오기 시작한 1960년대 초 '소설의 죽음'을 선언한다. 그것은 소설 장르의 죽음이 아니라 난해하고 귀족적인 예술소설의 죽음을 의미한다. 그는 누구나 이해할 수 있는 수준 높고 감동적인 중간소설(Middlebrow fiction)이 대중문화시대를 대표하는 문학 장르라고 한다. 이는 대개 영화나 드라마와 같은 영상예술로 재창작됨으로써 보다 많은 사람들에게 향유된다.32) 이런 점에서 소설 『막차로 온 손님

---

30) 전상기, 「1960년대 주간지의 매체적 위상-『주간한국』을 중심으로」, 『한국학논집』, 36, 계명대학교 한국학연구원, 2008, 228-229쪽.

31) 김　지, 「1960년대 상업 주간지 『주간한국』 연구」, 석사학위논문, 연세대학교 대학원, 2012, 2쪽.

32) 중간소설의 대표적인 예로 『프랑켄슈타인』, 『지킬 박사와 하이드 씨』, 『타임머신』, 『반지의 제왕』, 『톰 아저씨의 오두막』, 『타잔』, 『오즈의 마법사』, 『바람과 함께 사라지다』, 『앵무새 죽이기』, 『뻐꾸기 둥지 위로 날아간 새』 등이다.(레슬리 피들러, 「경계를 넘고 간극을 메우며」, 『포스트모더니즘론』, 신문수 역, 터, 1989, 29-61쪽, 레슬리 피들러, 「순수소설이란 무엇이었던가」, 육은정 역, 『외국문학』, 1990. 7, 64-77쪽, 김성곤, 「'중간문학'의 시대적 필요성과 새로운 가능성」, 『경계를 넘어서는 문학』, 민음사, 2013, 136-147쪽 참조.) 이들은 모두 영화로 만들어졌거나 영화로 더 유명한 작품들이다.

들』이 'TV문학관', '미니시리즈'와 같은 고급 영상물로 제작되었다는 것은 의미 있는 일이며, 특히 그것이 완성도 높은 문예영화로 재창작된 것은 더욱 깊은 의미를 지닌다.

소설『막차로 온 손님들』이 연재되고 영화로 제작되어 상영된 1960년대 말은, 우리 대중문화의 중심이 영화에서 TV로 옮겨가는 시기이다. 1966년 박정희 정부는 한일협정과 월남파병을 통해 들여온 외자를 바탕으로 제1차 경제개발 5개년계획을 성공리에 완수하고, 그해 여름 제2차 경제개발 5개년계획을 공표한다. 이때부터 본격적으로 도시근대화 작업이 실시된다.33) 산업사회로 진입하면서 우리의 대중문화는 양적으로 급격히 팽창한다. 이 시기 영화는 전성기를 구가하지만, 1970년대로 넘어가면서 그 자리를 TV에 넘겨주게 된다.34) 이 시기 문예영화는 우리 대중문화의 수준을 유지하는 데 중요한 역할을 담당했다.

소설『막차로 온 손님들』은 1967년에 연재 완결되어, 바로 그해에 문예영화로 만들어진다. 이 시기에 정부의 외국영화 수입쿼터제는 영화 제작에 큰 영향을 미쳤다. 이 제도에는 영화수출입을 통제하여 외화 낭비를 막고 국산영화를 보호 육성한다는 취지가 담겨 있었다. 당시 우수영화상을 받는 편수에 따라 외국영화수입권이 주어졌는데, 문예영화가 우수영화에 포함됨으로써 영화사는 외화수입권을 받기 위해 문예영화 제작에 몰두하게 된다. 흥미로운 점은, 이러한 정책이 그 의도와 다른 긍정적인 결과를 낳았으며, 그것은 영화 <막차로 온 손님들>의 성과와도 연관이 있다는 것이다. 외화 수입이 국산영화 제작보다 훨씬 이득이어서, 영화제작

---

33) 김정원, 위의 글, 191-195쪽.
34) 1966년 금성사는, 그 이전까지 미국과 일본에서 수입된 TV수상기를, 일본의 히다찌와 기술제휴하여 생산하기 시작한다. 이후 TV수상기 보급률은 꾸준히 증가하여 1973년도에는 100만대를 돌파하는 반면, 극장 관객수는 1969년을 기점으로, 극장수는 71년을 기점으로 감소한다.(김정호, 「영화산업과 TV산업의 상호작용연구」, 『영상학보』, 3-4호, 동국대학교 연극영화학과, 1992, 111쪽.)

자는 문예영화의 흥행에는 관심을 두지 않았다. 이로 인해 감독은 흥행에서 비교적 자유로울 수 있었다. 문예영화는 '예술'이라는 타이틀을 방패삼아 정부의 검열로부터도 어느 정도 피해갈 수 있었다. 이는 1960년대 말 문예영화가 붐을 이루는 바탕이 된다.

문예영화 제작이 감독에게 비교적 자유로운 창작을 가능하게 했다고 하더라도, 당시는 엄연한 검열의 시대였다. 산업화라는 한 가지 목표 아래 전 사회가 움직이면서, 문화적 검열도 강화된다. 특히 당시의 검열 강화는 문학계에 비해 영화산업에 큰 영향을 미친다. 1966년 2차 영화법 개정이후 검열 강화로 이데올로기 통제가 전면적으로 실시되면서 한국영화는 표현의 자유에 큰 제약을 받게 된다. 1967년 3월 유현목은 「춘몽」을 제작하여 음화제조혐의로 3천만 원 벌금형을 받는다. 이러한 상황에서 돈이나 공장, 외화획득 등의 문제를 지나치게 부정적으로 그리는 것은 쉽지 않았을 것이다. 감독의 섬세한 연출에 의해 암시적으로 표현했기에 가능했다고 판단된다.[35)]

---

35) 1962년 1월 20일 한국최초의 영화법이 공포되었다. 여기에서는 '검열'이라는 단어를 사용하지 않고 '상영허가'와 '상영허가 심사기준조항'이라는 표현으로 대신한다. 1966년 8월 3일 개정되어 1967년 4월 4일 시행된 제2차 개정 영화법에서는 '검열'이라는 단어가 처음으로 명시되며 검열제도가 강화된다.(배수경, 「한국영화 검열제도의 변화」, 『한국영화 정책사』, 나남, 2005, 484~484쪽 참조.) 1961년 군사정부가 들어서서, 상영 중인 유현목 감독의 「오발탄」이 상영금지된 바 있으며,(이영일, 위의 책, 321쪽.) 1967년 3월 유현목은 <춘몽>으로 음화제조혐의로 3천만 원 벌금형을 받는다.(「영화 춘몽에 음화판결」, 『동아일보』, 동아일보사, 1967. 3. 15.) 이런 상황에서 유현목은 검열에 대한 심리적 부담을 가졌을 것으로 짐작할 수 있다. 특히 제2차 경제개발5개년계획이 막 시작된 시기에 공장을 부정적으로 그리는 것은 쉽지 않았을 것이다.

그래도 이 영화가 자살을 다루거나 은행 조직을 비판적으로 그리는 등 사회의 어두운 측면을 형상화할 수 있었던 것은, 이 영화가 문예영화라는 보호막 안에 있었기 때문이다. 당시 문예영화는 검열에서 비교적 자유로울 수 있었다. 이는 외국영화 수입쿼터제와 깊은 관련이 있다. 1962년 영화법 제6조에서는 외국영화 수입시 공보부 장관의 수입추천을 받도록 하는 '외회 수입추천제'를 법제화하였다. 그런데 1963년 3월 제1차 영화법 개정 시 외국영화 수입쿼터제를 실시한다. 여기에서 국산이 시기 문예영화가 대부분 지나간 시대의 문학적 향수를 자극하는 과거의 작품을 원작으로 한 데 반하여, 이 영화는 당대 사회의 문제를 다루고 있는 동시대의 소설을 바탕으로 만들어졌다는 점도 중요한 의미를 지닌다. 문예영화는 대체로 "문학평단에서 이미 문학성을 인정받은 소설들, 근대순수문학작품과 동시대 문학평단에서 인정받은 소설들이 영화화"36) 된 것으로 지나간 시대의 소설을 원작으로 만들어졌다. 1960년대에 발표된 문예영화 중 당대의 문제를 다룬 작품으로는, <안개>(1967, 김승옥의 「무진기행」원작), <장군의 수염>(1968, 이어령의 「장군의 수염」원작), <시발점>(1969, 이청준의 「병신과 머저리」원작) 그리고 <막차로 온 손님들>뿐이다.37)

## 5. 결론

1966년에서 1967년 소설 『막차로 온 손님들』이 주간한국에 연재되고, 1967년 말 영화로 제작되어 상영되었다. 이러한 1960년대 말은 우리 사회

---

영화 제작업과 외국영화 수입업을 일원화하였는데, 수입추천 여부의 기준에 '우수영화상을 받은 편수'가 들어 있었고 문예영화가 우수영화에 포함되었다.(박지연, 「영화법 제정에서 제4차 개정시까지의 영화정책(1961-1984)」, 『한국영화 정책사』, 186-217쪽 참조.) 이에 따라 제작자들이 외화수입쿼터를 받을 목적으로 문예영화를 제작하여, 감독은 흥행성으로부터 어느 정도 자유로울 수 있었다. 문예영화 흥행이 실패하더라도 외화수입권을 따내면 그것이 훨씬 큰 이익을 보장하기 때문이다. 또한 문예영화는 '예술'이라는 타이틀을 방패삼아 정부의 검열로부터 비교적 자유로울 수 있었다. 그리하여 문예영화를 만드는 영화감독들은 제작자나 정부로부터 압박되는 흥행성이나 검열에서 비교적 자유롭게 영화제작에 입할 수 있었던 것으로 보인다.(홍소인, 「문예영화에서의 남성성 연구: 1966-1969년까지의 한국영화를 중심으로」, 중앙대학교 첨단영상 대학원, 2003, 12-15쪽.)

36) 홍소인, 위의 글, 10쪽.
37) 김종수, 「1960년대 문예영화의 원작소설 연구」, 『대중서사연구』, 19, 대중서사학회, 2008, 137-140쪽 참조.

가 산업사회로 진입하면서 우리의 대중문화가 양적으로 급격히 팽창한 시기이다. 대중문화의 중심이 영화에서 TV로 옮겨가는 시기이기도 하다. 이 시기 정부의 검열이 강화되지만 영화는 전성기를 구가하는데, 특히 문예영화는 전성기를 누리면서 우리 대중문화의 수준을 유지하는 장르였다.

소설 『막차로 온 손님들』은 세 쌍의 남녀가 만나서 결혼하거나 헤어지는 이야기 위에 60년대 말 산업사회로 진입하는 우리 사회의 시대적 문제를 담고 있다. 이 소설은 당대를 비판적으로 그리면서도 독자의 흥미를 끌 만한 요소를 적절히 가미함으로써, 문학성과 대중성의 균형을 유지하고 있다. 이러한 점에서 이 소설은 홍성원 소설의 전체상에서 중요한 위치를 점한다. 이 소설을 기점으로 홍성원은 문학성과 대중성이라는 두 갈래의 길을 나란히 걷게 되기 때문이다.

이 소설은 문학성을 유지하면서 대중성을 지향하고 있다는 점에서도 그러하지만, 특히 다양한 영상물로 재창작되었다는 점에서 중간소설로서 의미를 지닌다. 특히 문예영화로 제작되어 보다 완성도 높은 작품으로 재탄생된 점은 고무적이다. 영화 <막차로 온 손님들>은, 소설의 내용에 충실하면서도 서사적 밀도를 높이고 있으며, 사랑의 보편적 가치를 역설하며 당대 사회 문제를 암시적으로 비판하고 있다. 당시의 강화된 검열제도가 도리어 이 영화로 하여금 보다 완성도 높게 만드는 간접적 영향을 미친 것으로 보인다.

이 시기 문예영화가 대부분 지나간 시대의 문학적 향수를 자극하는 과거 작품을 원작으로 한 데 반하여, 이 영화는 당대 사회의 문제를 다루고 있는 동시대의 소설을 바탕으로 만들어졌다. 『막차로 온 손님들』은 1960년대 후반 문학과 영화가 만나 예술성과 대중성의 조화를 이루며 대중문화의 꽃을 피우는 시기 한복판에서 맺은 결실이다. 이는 『별들의 고향』, 『영자의 전성시대』, 『바보들의 행진』, 『겨울 여자』 등 소설과 영화가 만나 이룬 1970년대 우리 문화사의 성과를 선취하고 있다.

# 참고문헌

1. 1차 자료

홍성원, 「막차로 온 손님들」,『주간한국』, 한국일보사, 1966. 10. 2.-1967. 5. 7.

홍성원,『막차로 온 손님들』, 삼경당, 1982.

유현목, <[DVD] 유현목 컬렉션-막차로 온 손님들>

이상현·이은성,『막차로 온 손님들』, 한국시나리오걸작선21, 코뮤니케이션북스, 2005.

홍성원, 「종합병원」,『자유공론』,한국자유총연맹, 1966. 6.

홍성원, 「토요일 오후」,『월간문학』, 한국문인협회 월간문학사, 1970. 9.

김승옥, 「서울 1964년 겨울」, 김승옥 소설전집1, 문학동네, 1995.


2. 논문 및 평론

김성곤, 「'중간문학'의 시대적 필요성과 새로운 가능성」,『경계를 넘어서는 문학』, 민음사, 2013.

김정원, 「군정과 제3공화국」,『1960년대』, 거름, 1984, 191-195쪽.

김정호, 「영화산업과 TV산업의 상호작용연구」,『영상학보』, 3-4호, 동국대학교 연극영화학과, 1992.

김종수, 「1960년대 문예영화의 원작소설 연구」,『대중서사연구』, 19, 대중서사학회, 2008.

김지, 「1960년대 상업 주간지『주간한국』연구」, 석사학위논문, 연세대학교 대학원, 2012.

김한식, 「1970년대 '악한 소설'의 성격 연구」,『상허학보』, 10, 상허학회, 2003.

박유희, 「문예영화의 함의」,『영화연구』, 한국영화학회, 2010.

박지연, 「영화법 제정에서 제4차 개정시가지의 영화정책(1961-1984)」,『한국영화 정책사』, 나남, 2005.

배수경, 「한국영화 검열제도의 변화」,『한국영화 정책사』, 나남, 2005.

변인식, 「막차로 온 손님들: 영화의 본질을 향한 쿠데타」, 『닫힌 현실 열린 영화』, 제3문학사, 1992.

신은경, 「1950년대 중간소설 전문지 『소설계』의 지형-1950년대 후반에서 1960년까지 초기 잡지를 중심으로」, 『어문논집』, 71, 민족어문학회, 2014.

전상기, 「1960년대 주간지의 매체적 위상-『주간한국』을 중심으로」, 『한국학논집』, 36, 계명대학교 한국학연구원, 2008.

홍소인, 「문예영화에서의 남성성 연구-1966~1969년까지의 한국영화를 중심으로」, 중앙대학교 첨단영상 대학원, 2003.

레슬리 피들러, 「경계를 넘고 간극을 메우며」, 『포스트모더니즘론』, 신문수 역, 터, 1989.

레슬리 피들러, 「순수소설이란 무엇이었던가」, 육은정 역, 『외국문학』, 1990. 7.


3. 단행본

김남석, 『한국 문예영화 이야기』, 살림, 2003.

이영일, 『한국영화전사』, 소도, 개정증보판.

호현찬, 『한국 영화 100년』, 문학사상사, 2000.

미셸 푸코, 『감시와 처벌』, 오생근 역, 나남, 1994.


4. 기타

홍성원, 「열린 세상 쪽으로 뚫린 좁고 긴 터널」, 『홍성원 깊이 읽기』, 문학과지성사, 1997.

김병익, 「70년대의 최대 작가-작가 홍성원을 말한다」, 『낮과 밤의 경주』, 재판, 태창문화사, 1981.

김주연, 「우정에서 찾은 한계상황 극복」, 『경향신문』, 경향신문사, 1982. 10. 12.

이해랑 편, 「유현목」, 『한국연극무용영화사전』, 한국예술사전Ⅳ, 대한민국예술원, 1985.

하길종, 「문예영화의 본질」, 『사회적 영상과 반사회적 영상』, 전예원, 1981.

한국문학평론가협회 편, 『문학비평용어사전』, 국학자료원, 2006.

「영화 춘몽에 음화판결」, 『동아일보』, 동아일보사, 1967. 3. 15

# 『달과 칼』 연구
## - 임진왜란의 문학적 형상화 -

## 1. 서론

홍성원의 『달과 칼』은 임진왜란이라는 역사적 사건을 다룬 역사소설이다. 이 소설은 홍성원이 쓴 최초의 본격 역사소설로 그의 다른 대하 역사소설 『먼동』의 토대가 되는 작품이기도 하며, 이순신에 대한 관심이 깊이 배어 있다는 점에서 그의 단편소설 「남도기행」과도 연관이 있다. 홍성원은 홍정선과의 대담에서 자신이 가장 애정을 가진 작품으로 『남과 북』, 『먼동』, 『그러나』, 『달과 칼』을 꼽고 있다.[1]

『달과 칼』은 홍성원의 다른 작품에 비해서도 유난히 평단이나 학계로부터 소외된 작품이다. 이 소설에 대한 본격적인 연구는 물론 이렇다 할 평론도 없다. 신재기의 신문 단평과[2] 최영호의 「한국 해양전쟁문학 연구」[3]에서 부분적으로 다룬 연구가 이 소설에 대한 문학적 평가의 전부이다. 여러 편의 홍성원에 대한 작가론에서조차 이는 단지 작품명만 언급되는 정도이다. 그렇게 평단의 외면을 받을 만큼 수준 미달이 아닐 뿐 아니라 작

---

1) 홍성원 · 홍정선, 「대담-자신과 세상을 향해 던지는 '그러나'라는 질문」, 『홍성원 깊이읽기』, 문학과지성사, 1993, 47쪽.
2) 신재기, 「역사 뒤의 역사-집요한 추적」, 『대구매일신문』, 대구매일신문사, 1993. 2. 27.(이 글은 『달과 칼』이 한양출판사에서 책으로 출간되었을 때 발표된 일종의 짧은 서평이다.)
3) 최영호, 「한국 해양전쟁문학 연구-한국 문학 속에 나타난 '이순신'을 중심으로」, 『해양연구논총』, 26, 海軍士官學校海軍海洋研究所, 2001. 6.

가 스스로도 매우 심혈을 기울였음에도 불구하고 이 작품이 이렇게 외면 당한 것에 대해서, 작가 자신이 서운함을 토로하기도 하였다.4)

하지만 『달과 칼』은 여러 가지 점에서 연구할 만한 가치가 있는 작품 이다. 우선 이 작품은 작가 홍성원의 최초 본격 역사소설이라는 점에서 그의 역작 『먼동』이나 미완의 대하 역사소설 『수적(水賊)』 등과 일정한 연관관계가 있으며, 또한 다른 대하소설 『남과 북』과도 깊은 관계가 있다 고 판단된다. 또한 이순신에 대한 관심이 깊다는 점에서 그의 단편소설 「남도 사람」과 관련지어 볼 수도 있다. 임진왜란을 다룬 역사소설이라는 측면에서도 중요한 지위에 있다고 판단된다. 하지만 무엇보다 그 자체로 서 사실적으로 임진왜란이라는 역사적 사건을 문학적으로 형상화하고 있 다는 점에서 연구할 만한 작품이다. 특히 이 작품은 전쟁을 주도한 영웅 들이 아니라 당대 사회의 밑바닥 백성들을 중심으로 임진왜란이라는 거 대한 역사적 사건을 그리고 있다는 점에서 특히 의미가 있다.

## 2. 세 개의 텍스트 검토

홍성원의 『달과 칼』은 대구매일신문에 1985년 6월 1일부터 1988년 6월

---

4) 홍성원은 이 작품이 평단으로부터 철저하게 외면당한 데 대해서 다음과 같이 서운함 을 표시하기도 하였다. "대하소설 『달과 칼』은 오래 벼르고 준비해온 옛날 전쟁 임 진왜란을 소재로, 3년 남짓 신문(대구매일)에 연재하여 완성한 나로서는 처음 써본 최초의 본격 역사소설이다. 바다낚시를 핑계로 하여 홀로 남녘 바다의 수많은 섬들 을 누빈 것도 실은 이 소설을 염두에 둔 준비 동작의 하나이다.(중략) 내가 아는 한 임진왜란은 우리 역사상 가장 참혹했던 전쟁이다. 역사는 사건을 기록하고 문학은 사람을 기록한다. 『달과 칼』은 역사에서 빠진 평범한 사람들의 살아가는 모습을 기 록한 작품이다. 그러나 이 작품은 독자들의 개인적인 찬사는 많았으나, 문단에서는 철저히 외면하여 평문하나도 남기지 않았다. 길다고 반드시 좋은 작품은 아니지만 5 권 분량의 대하소설에 평문 하나 없는 것이 우리 문단의 인심이다."(홍성원, 「열린 세 상 쪽으로 뚫린 좁고 긴 터널」, 『홍성원 깊이 읽기』, 문학과지성사, 1997, 61-62쪽.)

2일까지 3년여 동안 총 924회에 걸쳐 연재 마감된 대하장편소설이다. 이후 1993년에 한양출판사에서 총 5권으로 출판된 바 있으며, 2005년에는 신서원에서 다시 총 5권으로 출판되기도 하였다.[5] 따라서 『달과 칼』은 두 번에 걸쳐 수정되어, 그 텍스트는 세 개가 된다. 즉 대구매일신문본, 한양출판사본, 신서원본이 그것이다.

우선 세 텍스트의 체재를 살펴보면, 대구매일신문본과 한양출판사본 사이에는 거의 차이가 없는 데 반하여, 신서원본에서는 다소 큰 변화가 있다. 대구매일신문본과 한양출판사본은 부(部)와 장(章)의 제목과 그 가름에 차이가 없는데, 다만 대구매일신문본에서는 제목을 한자(漢字)만으로 쓴 반면 한양출판사본에서는 한글을 앞에 쓰고 한자를 괄호에 넣은 것이 다르다. 신서원본에서는 부(部)를 없애고 장(章)만을 일련번호로 매기고 있으며, 대구매일신문본과 한양출판사본에서 한자성어로 되어있던 장(章)의 제목을 모두 우리말로 풀어서 달았다. 한자성어로 된 이전의 제목들이 각 장의 역사적 상황을 간략히 드러내는 역할만을 하고 있다면, 신서원본의 한글 제목은 상황에 대해 다소 강한 감정을 싣고 있다고 하겠다. 신서원본의 제목 중에는 '전라좌수영', '침공', '한산대첩', '진주성', '칠천량 패전', '울돌목'과 같이 앞 판본의 제목을 그대로 한글로 쓴 것도 있지만, '-랴', '-네' 등의 감탄 혹은 의문형 어미를 사용하거나 동사의 기본형을 그대로 씀으로써 감정을 고조하고 있다.

세 텍스트의 체재를 표로 정리하면 다음과 같다.[6]

---

5) 이후 대구매일신문 본은 판본과 날짜만을, 한양출판사본과 신서원본은 판본과 권, 쪽 수만 표기하기로 한다.
6) 이러한 체재는 이후 발표된 그의 다른 대하 역사소설 『먼동』과 유사하다. 그런데 양 자는 일방적이라기보다는 상호 영향을 미쳤다고 생각할 수 있다. 왜냐하면 최초의 텍스트가 발표된 순서는 『달과 칼』(「대구매일신문」, 1985. 6. 1.-1988. 6. 2.), 『먼동』 (「동아일보」, 1987. 9. 1.-1991. 2. 28)의 순이지만, 그것이 책으로 처음 출판된 순서는 『먼동』(동아일보사, 1991), 『달과 칼』(한양출판사, 1993)의 순이며 완결판의 출판 순 서도 『먼동』(문학과지성사, 1993), 『달과 칼』(신서원, 2005) 순이기 때문이다.

| 대구매일신문 연재본 | | | 한양출판사본 | | 신서원본 |
|---|---|---|---|---|---|
| 1부 | 1장 | 流民 | 1부 | 1장 유민(流民) | 1. 빈들에 소리 삼켜 울다 |
| | 2 | 欲死無地 | | 2 욕사무지(欲死無地) | 2. 죽자 해도 죽을 곳이 없네 |
| | 3 | 妻城子獄 | | 3 처성자옥(妻城子獄) | 3. 이 어둠을 어찌 열어주랴 |
| | 4 | 難化之民 | | 4 난화지민(難化之民) | 4. 뻘밭에 꼬리를 끌더라도 |
| | 5 | 日暮道遠 | | 5 일모도원(日暮道遠) | 5. 해는 지고 갈 길은 머네 |
| | | | | | 6. 귀를 잡아당겨 타이르다 |
| 2부 | 1 | 全羅左水營 | 2부 | 1 전라좌수영 (全羅左水營) | 7. 전라좌수영 |
| | 2 | 會者定離 | | 2 회자정리(會者定離) | 8. 광야에 울어 머라 둘 곳 없네 |
| | 3 | 侵攻 | | 3 침공(侵攻) | 9. 침공 |
| | 4 | 東敗西喪 | | 4 동패서상(東敗西喪) | 10. 불타는 도성 |
| | 5 | 十室九空 | | 5 십실구공(十室九空) | 11. 첫싸움 옥포해전 |
| | | | | | 12. 칼 끝의 원귀들 |
| 3부 | 1 | 閑山大捷 | 3부 | 1 한산대첩(閑山大捷) | 13. 한산대첩 |
| | 2 | 救命圖生 | | 2 구명도생(救命圖生) | 14. 피난 |
| | 3 | 晋州大捷 | | 3 진주대첩(晋州大捷) | 15. 진주성 |
| | 4 | 朝東暮西 | | 4 조동모서(朝東暮西) | 16. 바람부는 대로 물결치는 대로 |
| | 5 | 投筆反武 | | 5 투필반무(投筆反武) | 17. 간과 골이 땅에 떨어지다 |
| 4부 | 1 | 再侵 | 4부 | 1 재침(再侵) | 18. 혼이여! 있거든 흠양하시라[7] |
| | 2 | 敗戰 | | 2 패전(敗戰) | 19. 칠천량 패전 |
| | 3 | 至死不屈 | | 3 지사불굴(至死不屈) | 20. 소반의 피를 입술에 찍어 바르다 |
| | 4 | 울돌목 | | 4 울돌목 | 21. 울돌목 |
| | 5 | 風打竹 浪打竹 | | 5 풍타죽 낭타죽 (風打竹 浪打竹) | 22. 몸을 바꿔 다시 살다 |
| 5부 | 1 | 途中曳尾 | 5부 | 1 도중예미(途中曳尾) | 23. 한 삼태기 흙에 한을 묻다 |
| | 2 | 孤城落日 | | 2 고성낙일(孤城落日) | 24. 의리 있는 귀신이 될지언정 |
| | 3 | 國破山下在 | | 3 국파산하재 (國破山下在) | 25. 큰 별 바다에 지다 |

---

7) 여기에서 흠양은 흠향(歆饗)의 잘못된 표기인 듯하다.

표현이나 내용에 있어서도 대구매일신문본과 한양출판사본 사이에는 거의 차이가 없는 데 비하여, 신서원본에서는 다소 변화가 있다. 우선 표현에 대해서 말하면, 신서원본에서 소설 전반에 걸쳐 문장을 조금씩 수정한 것을 알 수 있다. '안개'를 '해무(海霧)'라고 한다든가 '전라좌수영'을 '매성'으로 바꾸는 식인데, 이는 구체적인 어휘를 통해 상황을 상세히 드러내기 위한 작가의 노력이라고 볼 수 있겠다. 이 소설은 이전 판본에서도 풍부한 어휘를 사용하여 사실감을 높이고 있는데, 특히 신서원본에서 어휘가 더욱 풍요로워졌다고 하겠다. 신서원본에서 독자의 이해를 돕기 위해 일반적으로 쓰지 않는 어휘에 대한 설명을 괄호 안에 덧붙이기도 하였다. 이 또한, 이 소설이 그러한 어휘 설명을 요구할 정도로 풍부한 어휘들을 동원하고 있다는 사실에 대한 반증이라 할 만하다.

내용에 대해서 말하면, 신서원본에서도 새로운 인물이 등장한다거나 새로운 사건이 삽입되는 등의 현저한 변화는 없다.[8] 다만 신서원본에서 소설의 말미에 원고지 약 8매 분량 정도를 덧붙이고 있는데, 이는 적은 분량에 비하면 그 의미가 작지 않다.

이 소설은, 성인욱이 아버지 성기준을 찾아가 전쟁에 대한 심회를 나누는 것으로 끝을 맺고 있다. 경강 밤섬에 아버지가 있다는 소식을 들은 성인욱은 그리로 찾아가 아버지가 거렁뱅이처럼 살고 있음을 알게 된다. 하지만 그것은 단지 겉모습일 뿐이다. 그는 실상 "병을 고치는 의원에서 생명을 중히 여기는 성인(聖人)의 심성"을 마음속에 지니고 산다. 그는 전쟁고아, 특히 명이나 왜의 병사들에게 겁탈당한 조선 여인들이 낳은 고아들을 돌보며 살고 있었던 것이다. 여기서 중요한 것은 '달'의 의미이다. 그것은 이전에도 여러 번 반복적으로 드러나는데, 일본을 상징하는 '칼'과 대비하여 달/칼의 대립적 의미는 조선/왜, 순수성/폭력성으로 드러난다. 그런데 신서원에 첨가

---

8) 대구매일신문본과 한양출판사본에서 박행수가 신서원본에서는 조행수로 그 이름이 바뀌었다. 하지만 내용과는 전혀 무관하다.

된 부분에서, 달이 지니는 이러한 의미는 심화 확대된다.9)

> "달아 달아 밝은 달아, 초하루 그믐에는 어디 꼭꼭 숨었느냐./ 달아 달아
> 밝은 달아, 보름에는 둥글더니 그새 또 반달이냐./ 달아달아 밝은 달아. 차
> 면 줄고 줄면 차니 네 조화가 신기허다……."(중략)
> "강에서 빨래하던 표모漂母들이 아이들 어르며 부르던 노래니라. 헌데
> 요즈막에 아이들이 따라 배워 온 강변에서 저 노래가 심심찮게 들리는 구
> 나."(중략)
> "차면 줄고 줄면 차는 것이 어찌 하늘의 달일 뿐일까. 차고 빠짐이 돌
> 고 돌아야 사람의 숨도 끊기지 않는다. 왜적은 그 이치도 모르며 칼로 달
> 을 베려했구나. 칼의 강파름을 다스리지 못하면 제 몸이 먼저 상허기 십
> 상일라."10)

> "성두야 이리 나오너라. 오늘은 네 어살에 무슨 궤기(고기)가 들었드냐?"
> 반벌거숭이 사내 하나가 숲속에서 큼지막한 싸리망태를 메고 나타난다.
> 몸은 이미 어른이 되었으나 하는 짓은 어딘가 온전치 못해 보인다. 산발한
> 머리를 손으로 긁적이더니 산가 성의원에게 싸리망태를 기울여 보인다.
> "오늘은 궤기가 읎서. 어살에 조 궤(게)만 들었어."
> "어이구 궤가 많구나. 그 궤를 다 어쩔게나?"
> "오냐, 잘헌다. 네가 바루 생불이다."11)

위의 두 인용문은 신서원본에 덧붙여진 결말의 일부이다. 우선 첫 번째
인용문에서 보듯이, 여기서 달의 의미는 조선의 순수성이라는 국지적 의
미를 넘어선다. "차면 줄고 줄면 차는 것이 어찌 하늘의 달일 뿐일까"라
는 말에서처럼, 달은 자연의 섭리를 대변하는 제유가 되며 동시에 인간

---

9) 이는 『먼동』의 문학과지성사본의 말미에서 박승학의 태도를 수정함으로써 의미의
   변화를 주는 것과 유사하다. 『먼동』의 경우 소설 말미에서 내용상 약간의 수정을
   거쳤지만 이는 전체 내용에 새로운 해석을 가할 수 있는 수정이다.
10) 신서원본, 5권, 343쪽.
11) 신서원본, 5권, 343-344쪽.

삶의 근본원리에 대한 상징이라고 할 수 있다. 그것은 한마디로 자연의 순리에 순응하는 삶을 의미한다고 할 수 있다. 그런데 더욱 흥미로운 점은, 이러한 달의 의미가 민중들의 입에서 입으로 전하는 구전민요를 통해서 드러나며 그것이 아이들의 입을 통해서 제시된다는 점이다. 어린아이의 순수성이야말로 자연에 가장 가까운 것이라고 생각할 수 있다는 점에서 이는 중요하다. 말하자면 이 소설은 인간이 지녀야 할 최고의 가치를 인간 본연의 순수성에서 찾고 있다고 할 수 있다.

이러한 의미는 그 다음에 이어지는 장면에서 더욱 뚜렷하게 드러난다. 위의 두 번째 인용문은 첫 번째 인용문에 이어지는 장면으로 매우 사소한 에피소드임에도 불구하고 이 소설 전체의 주제를 드러내는 중요한 장면이다. 성두라는 '어른 아이'는 본래 왜적 장수의 아들인데 전쟁의 상처로 인하여 정신이상이 되었다. 하지만 그의 정신이상이 자신이 잡은 게를 다른 불쌍한 아이들과 나누어 먹는 순수한 인간애의 화신으로 변모시킨다. 상성함으로써 도리어 인간 본연의 순수성을 회복했다는 점에서 역설적이다. 이러한 역설을 통해서 이 소설은 인간에 대한 궁극적인 믿음을 지키고 있다. 결국 『달과 칼』의 이러한 주제 의식이 신서원본의 첨가 부분에서 극대화되고 있다고 평가할 수 있다.[12]


## 3. 『달과 칼』의 인물과 구성

『달과 칼』은 임진왜란 발발 직전부터 종전까지 대체로 우리나라 전역에서 벌어지는 다양한 사건을 다룸으로써 임진왜란의 전모를 문학적으로 형상화한다.

---

12) 이러한 점에서 신서원본을 『달과 칼』의 결정판으로 보아도 좋을 듯하다. 그리하여 본 논문에서는 신서원본을 주요 연구대상으로 삼았다.

소설의 시간은 1592년 임진왜란이 발발하기 직전부터 1598년 종전 직후까지이다. 하지만 이 소설에서 이 시기의 시간이 균등하게 배분된 것은 아니다. 이 소설은 크게 두 부분으로 나뉘는데, 그것은 각각 임진왜란(임진왜란 직전부터 전쟁 시작, 선조의 몽진, 명의 개입과 한양의 탈환으로 이어지는 이듬해 5월까지)과 정유재란(1758년 재침부터 종전까지)의 전란 시기에 해당한다. 전자의 경우 대구매일신문본과 한양출판사본에서는 1부에서 3부까지, 신서원본에서는 1장에서 17장까지에 해당하며, 후자는 그 다음부터 끝까지이다. 결국 이 소설은 임진왜란의 실제적 전란 시기를 그대로 소설의 시간으로 채택하고 있다.

『달과 칼』이 임진왜란의 실제적 전란 시기를 그대로 소설의 시간으로 채택하고 있지만, 그것이 일반 역사와 판이하며 또한 임진왜란을 다룬 다른 소설들과도 큰 차이를 보인다. 이 소설에는 임진왜란 당시의 역사적 인물이 사건의 전면에 등장하지 않는다. 여기에는 임진왜란에 활약했던 권율, 신립 등의 이름난 장수나 유성룡, 이덕형 등과 같은 문신들도 등장하지 않는다. 뿐만 아니라 이 소설에서 중요한 의미를 부여하고 있는 의병이나 승병의 경우에도 김천일, 고경명, 곽재우나 영규, 유정, 휴정 등의 역사적 인물들은 사건에 참여하지 않고 단지 그 이름과 행적만 간단히 소개될 뿐이다. 역사적 인물 중 오직 이순신만이 사건에 참여하는데, 그 역시 후경화되어 있어 부차적 인물의 역할을 담당할 뿐이다.[13] 이 소설에 양반으로부터 중인 평민 그리고 천민까지 다양한 계급이 등장하지만, 그

---

13) 가령 김성한의 『임진왜란』(어문각, 1985.)의 경우 우리나라의 역사적 인물 뿐 아니라 풍신수길을 비롯한 많은 왜의 장수들도 등장한다. 이순신을 중심으로 임진왜란을 다루고 있는 이광수의 『이순신』(이광수 전집, 12, 삼중당, 1962.)이나 김훈의 『칼의 노래』(생각의 나무, 2001.) 등은 이순신을 중심으로 임진왜란을 다루고 있다. 이광수의 『이순신』은 이광수의 거북선의 제조 시기부터 이순신의 죽음에 이르는 시간동안 이순신의 활약을 담고 있으며, 김훈의 『칼의 노래』는 옥고를 치른 이순신이 정유재란의 발발로 다시 전쟁터에 나가게 되는 상황의 심리를 그리고 있다.

들은 모두 역사의 이면에 자리하는 평범한 인물들이다. 이렇게 권력층이
벌이는 정치적 사건이나 전쟁 영웅의 무용담에서 온전히 벗어남으로써,
이 소설은 보다 사실적으로 임진왜란의 전체상을 그릴 수 있게 된다.[14]

이 소설에는 약 20여명의 주요인물이 등장하는데, 그들은 양반, 서출,
중인, 상민, 천민 등 조선시대 모든 계급을 망라한다. 이러한 인물들이 벌
이는 사건은 크게 다섯 개의 커다란 서사를 구성한다. 이러한 다섯 개의
사건은 각각 다른 공간에서 독립적으로 벌어지는데, 이를 표로 그려보면
다음과 같다.

| 번호 | 주요인물 | 계급 | 공간 | 주요 사건 |
|---|---|---|---|---|
| 1 | 서복만, 서수만, 막개, 율개, 이강득 | 상민 천민 | 순천을 중심으로 한 남해안 일대 | 남해안에서 벌어지는 각종 전투 |

14) 이는 루카치가 주장하는 '중도적 인물'과 비교해 볼 만하다. 루카치는 "역사소설에
서 중요한 것은 거대한 역사적 사건에 대한 옛날 얘기가 아니라 이 사건 속에서 활
동했던 인간들에 대한 문학적 환기이다. 중요한 것은 사람들이 어떤 사회적·인간
적 동기에서 생각하고 느끼고 행동하는가를 실제 역사적 현실에서의 경우와 똑같은
것으로 추체험할 수 있게끔 하는 일이다. 그리고 행위의 그와 같은 사회적 인간적
동기들을 생동감 있게 만드는 데는 외적으로는 사소한 사건들, 조그마한-외적으로
보기엔-관계들이 세계사의 거대한 기념비적인 드라마보다도 저 적합하다는 사실은
얼핏 보기에는 역설적이지만 곧 문학적 형상화의 분명한 법칙인 것이다."(게오르그
루카치, 『역사소설론』, 이영욱 역, 거름, 1987, 31쪽.)라고 말한다. 그러기 위해서 역
사소설은 공정하지만 결코 영웅적이지 않은 중도적 인물을 중심으로 구성되어야 한
다는 것이다. 이 소설에 등장하는 인물들은 대체로 루카치가 말하는 중도적 인물과
유사한데, 의원 성기준이나 한덕대는 특히 그러하다. 이를 통해서 이 소설은 "사람
들이 어떤 사회적·인간적 동기에서 생각하고 느끼고 행동하는가를 실제 역사적 현
실에서의 경우와 똑같은 것으로" 드러내는 데 어느 정도 성공하고 있다. 하지만 루
카치가 헤겔의 변증법적 역사관을 바탕으로 이론을 전개하고 있다는 점에서, 이 소
설의 인물들과 일치한다고 보기는 어렵다. 이 소설은 역사의 변화를 매우 중요하게
다루고 있지만 그것을 변증법적인 지양의 결과로 보지는 않기 때문이다. 그런데 이
러한 인물의 선택은 홍성원 역사소설의 한 특징이라고까지 말할 수 있을 듯하다. 가
령 『먼동』의 경우 주요 인물들은 모두 이와 유사하며, 특히 『먼동』에서 가장 중요
한 인물이라고 할 수 있는 박승학은 여기에 잘 부합되기 때문이다.

| 2 | 사발, 자산, 박두산, 달이, 짝쇠, 최언필, 형수 | 승려 상민 천민 | 진주를 중심으로 한 내륙과 황세등 골을 중심으로 한 지리산 일대 | 최언필의 가족적 갈등과 두 차례의 진수성 싸움 |
|---|---|---|---|---|
| 3 | 김찬홍, 김인홍, 윤씨, 연이(노비) | 양반 서출 | 서울, 경기, 황해도 일대 | 성기준의 기이한 행적과 성인욱과 옥섬의 불륜의 사랑 |
| 4 | 한덕대, 조행수, 이씨, 분동, 금홍(어진) | 상인 | 대구, 서울, 과천 | 금홍-한덕대-이씨의 애정 관계, 전쟁 중 상인들의 상거래와 상단의 변화 |
| 5 | 성기준, 성인욱, 옥섬 | 중인 | 서울, 경기 일대 | 적서차별의 문제점과 양반 사회의 균열상 |

첫째 서사는 서복만, 서수만, 막개, 율개, 이강득 등의 인물들이 벌이는 사건으로 이루어져 있다. 이들은 대체로 천민이거나 평민이지만 전쟁을 겪으면서 전공을 세움으로써 계급 상승을 이룬다. 이들이 벌이는 사건의 배경은 순천을 중심으로 한 남해안 일대이다. 남해안 일대에서 벌어지는 상황을 상세히 그림으로써, 임진왜란 당시의 해전 뿐 아니라 그 전후 사정들을 잘 보여준다. 여기서 주인공이라고 할 수 있는 인물로는 복만과 막개를 꼽을 수 있는데, 이들은 모두 이순신과 한날한시에 죽음으로써 이순신뿐 아니라 당시의 민초들 모두가 전쟁을 승리로 이끈 숨은 영웅임을 강조하고 있다. 이순신은 사건에 직접 개입하지 않고 후경화되지만, 그 의미가 폄하되는 것은 아니다.

둘째 서사는 운수승 사발과 자산 그리고 짝쇠 등을 중심으로 벌어지는 사건으로 이루어져 있다. 사건의 배경은 진주 일대와 지리산 황새등 골짜기이다. 여기서는 임진년에 벌어졌던 진주대첩과 정유년의 진주성 패전 상황을 소상히 형상화하는데, 이는 육전의 상황 전체를 대신한다고 할 수 있다. 한편 왜군의 침입에 목숨을 걸고 운해사를 지키고자하는 조실 모우당의 살신성인의 행위는 윤리의 회복이라는 상징적인 의미를 지니는데, 이는 소설의 말미에서 보이는 짝쇠의 인도적 행위와 짝을 이룬다. 또한 최언필의 계급적 갈등을 통해 적서 차별이라는 사회 문제가 부각되기도 한다.

셋째 서사는 서울을 배경으로 김찬홍 일가를 둘러싸고 벌어지는 일대 사건을 다룬다. 대풍창(한센병)을 앓는 김찬홍과 서출 김인홍 윤씨 부인 사이의 삼각관계는 전쟁이 빚은 가장 비극적인 가족사의 하나라 할 수 있다. 윤씨의 행동을 통해서 사대부 아녀자의 가문 수호 의지를 보여주는가 하면, 김인홍을 통해 적서 차별의 문제를 드러내기도 한다. 여기에서 가장 중요한 인물은 김찬홍이라고 할 수 있는데, 그는 소설 말미에서 양반으로서의 사회적 지위를 초월하여 인도적 가치를 지향하는 인간으로서 거듭난다. 이는 그가 대풍창이라는 천형을 앓음으로써 가능해진다고 할 수 있는데, 그는 현실 밖으로 밀려남으로써 도리어 현실을 반성적 시각에서 볼 수 있었다고 할 수 있다.

넷째 서사에서는 계급제도와 상업제도의 변화라는 조선시대 사회 변동을 구체적으로 형상화한다. 그것은 한덕대의 삶에 집약되어 있다. 한덕대는 본래 천민이었으나 대행수 밑에서 일을 하다가 그의 눈에 들어 상단의 간부가 된다. 이러한 기반 위에서, 그는 몰락 양반의 딸과 결혼하고 납속수직을 통하여 돈으로 종8품 봉사벼슬을 사기도 한다. 또한 대구와 서울 안성 등을 오가며 벌이는 그의 행적은 임진왜란과 더불어 발생하는 조선 상업의 변모 양상을 소상히 보여준다. 그것은 금난전권의 폐단이 드러나면서 육의전이 해체되고 난전이 성립되는 과정을 의미한다. 이러한 제도 변화는 결국 조선 전기 양반 중심의 조선 사회의 균열의 징후와 깊이 관련되어 있다.

다섯째 서사는 이 소설에서 가장 중요한 인물이라고 할 수 있는 의원

성기준과 그 일가가 벌이는 사건을 중심으로 구성된다. 서울 경기 일대를 떠도는 성기준과 그 가족의 행적은 서울과 서울 이북의 전쟁 상황을 드러 내는 데 효과적인 장치가 된다. 특히 성의원은 이 소설에서 가장 흥미로 운 인물이라고 할 수 있다. 그는 현실로 부터 현저히 물러나 제도에 얽매 이지 않는 기인과 같은 삶을 살면서도 타인에 대한 이해와 사랑을 멈추지 않는다. 승려의 시체를 해부함으로써 아들과 의붓딸에게 의술을 전달하는 대범함을 보이는가 하면, 이 소설의 말미에서는 일본과 명 군사의 조선아 녀자에 대한 겁탈로 탄생한 전쟁고아를 돌보기도 한다. 이러한 숭엄한 인 간애는 작가가 힘주어 말하고자 하는 이 소설의 대주제라 할 수 있다.

이와 같이 『달과 칼』은 다섯 개의 커다란 서사적 사건으로 구성되어 있다. 이러한 구성은, 이 소설이 전국 각지에서 벌어지는 임진왜란의 전쟁 상황을 사실적이며 구체적으로 그릴 수 있는 가능성을 제공한다. 이러한 구성을 통해서 이 소설은 다양한 성격과 계급의 인물들을 상이한 공간에 골고루 배치함으로써, 임진왜란의 다양한 면을 입체적이면서도 균형 있게 드러내고 있다. 결국 이러한 인물과 구성에 힘입어, 이 소설은 임진왜란이 라는 역사적 사건을 그 실재에 가깝게 형상화하고 있다.[15]

## 4. 임진왜란의 문학적 형상화

### 1) 민초들의 활약상과 이순신의 의미

『달과 칼』은 임진왜란이라는 역사적 사건을 바탕으로 하기 때문에, 왜

---

15) 그런데 이 소설은 이러한 다섯 개의 서사가 서로 관계를 맺지 못하고 상호 독립적 으로 전개된다는 문제를 안고 있다. 다섯 개의 서사는 임진왜란이라는 공통의 시공 간에서 벌어진다는 점 이외에는 서로 연관을 맺고 있지 못하다. 이들은 각기 양이나 질적인 측면에서 균등하게 다루어지고 있어서, 이 소설은 마치 다섯 편의 장편소설 을 섞어 놓은 것과 같다.

군과의 전쟁 상황이 그 내용의 상당 부분을 차지하고 있다. 이 소설은 옥포해전을 비롯하여 한산대첩과 진주대첩 등의 승전뿐 아니라 진주성 싸움, 칠천량 해전 등의 패전도 다룬다. 하지만 앞서 밝힌 바와 같이 이 소설의 주요 사건에는 역사의 전면에 드러나는 임진왜란의 영웅은 등장하지 않는다.

이 소설의 전투에서 전경화되는 인물은 수전에서는 서복만, 서수만, 막개, 율개, 이강득 등이며, 육전에서는 자산, 사발, 짝쇠, 두산 등이다. 전자가 해전의 양상을 드러내는 역할을 한다면 후자는 육전의 양상을 형상화하는 역할을 담당한다. 하지만 해전이든 육전이든 이 소설에서 강조하는 것은, 전쟁을 수행하고 승리로 이끈 주역이 장군이나 영웅이 아니라 이름 없이 목숨을 걸고 싸운 민초들이라는 점이다.16) 이러한 인물들은 역사의 이면에서 활약했던 수많은 민초들에 대한 대표격인 셈이다. 이 소설은, 역사 속에 이름을 남기지는 않았지만 이들이야말로 실제적으로는 역사의 주인공이라는 사실을 역설(力說)하고 있다고 하겠다.

이 소설은 이러한 민초들의 활약과 더불어 이순신에 대한 새로운 조명을 시도한다. 이순신은 비록 후경화되어 있지만 그 의미는 작지 않다. 여기서 인물들의 대화나 서술자의 직접 서술에 의해서 이순신에 대해 여러 차례 진술된다. 그에 대해서 주목하고 있는 점은 그의 영웅적인 모습보다 인간적인 면모이다. 이순신은 사려 깊고 사심 없는 사람으로 그려진다. 그는 전투 전에 사방으로 탐후선을 띄워 적세를 소상히 살피기도 하며, 싸움 중에는 왜적의 수급을 거두는 일을 중히 여기지도 않는다. 하지만 전투에 참가하기 전에 배앓이가 심할 정도로 심리가 불안했다고 한다. 또한 모친

---

16) 이들을 민중이라고 지칭할 수도 있을 것이다. 하지만 여기에는 우리 근대 정치사적인 의미가 담겨 있다고 판단된다. 홍성원의 『달과 칼』에서 등장하는 백성들은 그러한 민중의 의미와는 다소 차이가 있다. 이런 점에서 민중보다는 민초가 더 어울린다.

의 임종을 보지 못한 데 대한 자책과 아들 면의 죽음에 대한 처절한 감정
이 왜적에 대한 인간적인 분노로 변하여 도망치는 왜적을 도륙하며 스스
로 세상과 결별했으리라고 추측하기도 한다.17)

또한 이 소설은 임진왜란 당시 수군의 승리를 순전히 이순신의 공로로
돌리는 데 대해서 색다른 분석을 가하기도 한다. 왜군의 수군이 전쟁 초
기에 우리 수군에게 연패를 당한 것은 이순신의 뛰어난 지략 때문만은 아
니었다고 한다. 그보다 더 큰 승인(勝因)은 왜의 전선(戰船)과 수군의 전투
장비에 비해 우리 수군의 그것이 더 우수했다는 데 있다는 것이다. 송판
에 못질을 한 왜의 배는 가볍고 날렵해서 밖에서 큰 충격이 가해지면 쉽
게 엎어지거나 부서지는 반면, 우리 판옥선은 크기가 우람할 뿐 아니라
굵은 나무를 서로 맞물려 만들었기 때문에 당파전에 적합했다는 것이다.
또한 육전에서는 조총이 있어 왜군이 조선군보다 장비가 월등했지만, 왜
수군의 각종 화포는 조선 수군 것에 못 미쳤다는 것이다. 뿐만 아니라 거
북선에 대해서도, "이 배의 도설圖說(설계)을 처음 만든 사람은 수사 사또
라는 말도 있고 군관 나대용이라는 말도 있다"18)고 서술하기도 한다.

그렇다고 임진왜란에서 보여주었던 이순신의 활약이나 그 의미를 폄훼
하는 것은 아니다. 이 소설 여러 장면에서 수전을 승리로 이끎으로써 임
진왜란을 승리로 이끈 이순신의 공로에 대해 강조된다. 다만 이순신의 탁
월한 지도력이 큰 역할을 했다는 것도 중요하지만, 그러한 승리의 뒤에

---

17) 이러한 서술은 이순신에게 부여된 신격화된 모습을 지우고 진정한 의미에서 위대한
한 인간으로 자리매김하고자 하는 작가의 노력이라고 하겠다. 그런데 이러한 이순
신에 대한 새로운 조명이 대개는 서술자의 전단적인 서술에 의해서 이루어지고 있
다는 점은 문제라고 할 수 있다. 그것은 서술자라기보다 차라리 작가 홍성원의 목소
리에 가깝다. 이순에 대한 홍성원의 감정이 너무 강렬했기 때문에 이러한 현상이 일
어난 것이 아닌가 추측된다. 여기에서 제기하는 이순신에 대한 견해는, 「남도기행」
(『투명한 얼굴들』, 문학과지성사, 1994.)과 신서원판 후기 「이통제, 그는 우리 곁에
있어야 한다」(신서원본, 5권.) 등에서 반복적으로 강조된다.
18) 신서원본, 2권, 103-104쪽.

수많은 수군들의 고통과 죽음이라는 대가가 있었다는 점을 더욱 중요하게 다루는 것이다. 이러한 점에서 복만과 막개는 특히 중요한 의미를 지니는 인물이라고 할 수 있다. 복만은 이 소설 초반부터 등장하며 남해안 일대에서 벌어지는 사건의 중심에 있다. 그는 남해안 물길을 잘 알기 때문에 이순신 휘하에서 수군으로 활약하며 전투의 방향타 역할을 하여 수전을 승리로 이끄는 데 중요한 역할을 한다. 막개는 타고난 장사였다. 하지만 관군의 위협을 느낀 그 아버지가 약을 먹여서, 그는 귀머거리가 된다.[19] 그럼에도 불구하고 그는 목숨을 걸고 전투에 참가해서 결국 장렬히 목숨을 던진다.[20]

이렇게 볼 때 이 소설의 말미에 복만과 막개가 이순신과 더불어 한날한시에 죽음을 맞이한다는 점은 중요한 의미를 지닌다. 이는 우연한 사건이

---

[19] 막개의 내력은 조선 사회 권력층의 횡포를 상징적으로 드러낸다고 하겠는데, 그것은 구조상 아기장수 설화와 대체로 일치한다. 막개는 태어날 때부터 힘이 장사다. 소년 장사에 대한 소문이 퍼지자, 관가에서 그냥 두었다가 나중에 나라에 큰 해가 될지 모르니 미리 그 애를 잡아들이라 한다. 그 힘을 눌러두어 후환을 없앤다는 것이다. 나졸이 도착하기 전에 그 아버지가 미리 아이를 병신을 만들기 위해 막개에게 탕약을 먹였다. 막개는 여러 날을 앓다가 간신히 목숨은 건졌으나 귀머거리가 되었다. 이는 겨드랑이에 날개가 달렸다든가 용마가 나온다는 식의 설화의 비현실적인 요소를 내포하지는 않지만, 그 구조상 아기장수 설화와 유사하다.
아기장수 설화는 우리나라 전역에 걸쳐 다양한 양상으로 전하는 광포전설이다. 이는 크게 세 유형으로 나눌 수 있다. 첫째, 날개가 난 아기장수가 태어나자마자 공중을 날아다니는 것이 부모에게 발각되어 부모에게 제거되는 '날개달린 유형', 둘째 불구적으로 태어난 아기장수가 어느 정도 성장한 시기(10여세)에 탁월한 지혜를 발휘하여 적대 세력을 1차적으로 물리쳤으나 이것이 발각되어 제거당하는 '불구 유형', 셋째 어린 나이에 탁월한 능력을 발휘하였을 날개를 은닉하거나 제거당한 뒤 생존하는 '생존 유형'이 그것이다.(강현모, 「아기장수 전설의 연구사적 고찰」, 『설화문학연구』, 하, 단국대학교출판부, 1998, 337-360쪽 참조) 막개의 내력은 셋째유형에 가깝다고 할 수 있다.

[20] 막개는 상당 기간 노군으로 참전하기도 한다. 이 소설은, 가장 밑바닥에서 전투에 참가한 노군이야말로 수군 승리의 기초였음을 여러 차례에 걸쳐 강조한다. 수군에 기동력을 제공한 노군이 없었다면 전투는 아예 생각할 수도 없었기 때문이다. 이 소설은, 막개를 통해 노군의 현실적인 어려움과 문제점을 절실하게 보여준다.

아니다. 흔히 이순신의 전사에 대해 많은 사람들이 극적인 의미를 부여한다. 당시의 정치적 상황이 이순신을 죽음으로 몰고 갔다고 추측하기에 충분하기 때문이다. 하지만 이 소설은, 복만, 막개, 이순신의 죽음을 한자리에 놓음으로써 이순신과 더불어 수많은 민초들이 함께 죽음을 맞이했다는 점을 강조하고 있다. 이순신의 역할이 지대하다고 할지라도, 복만이나 막개와 같은 이름 없이 죽어간 민초들의 희생 역시 그에 못지않게 의미 있고 가치 있음을 상징적으로 보여주는 대목이라 할 수 있다.

### 2) 양반 사회의 균열과 경제 제도의 변화

『달과 칼』은, 임진왜란의 전쟁 상황을 상세히 형상화하고 있을 뿐 아니라 전쟁과 더불어 발생하는 사회 변동의 조짐을 구체적으로 형상화한다. 이러한 변동은 크게 두 가지로 나타나는데, 그 하나는 양반 중심의 계급 제도의 균열이며 다른 하나는 경제 제도의 변화이다. 전자가 핵심적인 변화를 의미한다면, 후자는 종속적인 변화를 의미한다고 할 수 있다.

양반 중심의 계급 제도의 균열은 지배 계층으로서의 양반에 대한 신뢰와 권위가 무너지면서 발생한다. 하지만 그것은 단지 신뢰와 권위의 붕괴만을 의미하는 것이 아니다. 그것은 근본적으로 양반도 상민이나 천민과 같은 '인간'이라는 인식을 바탕으로 하기 때문이다. 결국 양반 중심의 계급 제도의 균열은, 인간은 모두 같다는 보편적 깨달음의 결과라고 할 수 있다. 다음 인용문에는 이러한 인식이 집약적으로 드러난다.

> "내 이번 난리 중에 많은 것을 새루 깨우쳤다. 우리 조선이 부강허지 못헌 것두 다 까닭이 있었던 게다. 사람이 몸뚱어리를 여러 개 갈라 보았다만은 나는 아직두 양반과 상놈이 어찌 다른지를 모르겠더구나. 반상의 차등, 귀천의 차등은 모두 사람들이 지어낸 어리석은 습속일 뿐이다. 왜적의 불길과 칼 앞에는 양반과 상놈이 다 같은 한목숨뿐이더라. 글 높은 선비라

해서 왜란을 당해 한 일이 무어냐? 오히려 압제 받구 없이 살던 백성들이 낫 들구 도리깨 들구 왜적을 맞아 곳곳에서 싸우지 않았느냐? 글과 선비들만을 하늘높이 숭상헐 게 아니라 이제는 세상 살아가는 데 쓰이는 실물實物과 실세實勢를 크게 일깨워야 되리라고 생각헌다."21)

위의 인용문은 의원 성기준이 그 아들에게 건네는 말이다. 여기서 그는 양반을 중심으로 한 조선 사회에 대한 비판을 가한다. 양반은 사회의 지도층을 형성하고 기득권을 가진 집단이지만 전쟁 중에 그들은 자신의 책임을 다하지 않고 도주를 일삼았다. 이를 통해 양반이 지향하는 가치가 실질적인 것에 닿지 못하고 허황된 형식이라는 점을 지적한다. 그런데 이러한 양반에 대한 비판의 기저에는 궁극적으로 인간 평등이라는 보편적 가치에 대한 깨달음이 깔려 있다. 이런 점에서 성기준의 말은 더욱 큰 의미를 지닌다. 그것은 곧 양반도 평민이나 천민과 다를 바 없이 똑같은 '인간'이라는 생각이다.

이러한 점에서 특히 중요한 인물은 한덕대이다. 시전 도부꾼 소금장수 한덕대는 임진왜란 중에 상단의 간부가 되고, 몰락 양반의 딸 이씨와 결혼함으로써 반상의 경계를 허무는 위치에 놓이게 된다. 그는 아내 이씨의 권고로 납속수직을 통해 양반을 산다. 한덕대가 양반이 됨으로써 양반 지위를 잃었던 아내도 다시 그 지위를 회복한다. 결국 한덕대가 양반이 됨으로써 이중의 계급 이동이 발생하는 셈이다. 이러한 점에서 한덕대는 임진왜란과 더불어 발생하는 양반 중심 제도의 균열에 대한 상징적 존재라고 할 수 있다. 하지만 이러한 변화는 현상적인 측면에 그치지 않는다.

한덕대가 양반이 됨으로써 생기는 가장 큰 문제는, 그로 인하여 그가 동생 분동과 서로 다른 계급에 속하게 된다는 점이다. 형 한덕대가 양반이 되었지만 동생은 여전히 상민이기 때문이다. 그런데 아버지의 묘소 이

---

21) 신서원본, 5권, 125쪽.

장 문제가 거론될 때, 이러한 계급의 차이는 단지 형제 사이만의 문제가 아니라 그 조상 모두에게 동시에 적용되는 것이 된다. 동생뿐 아니라 죽은 아버지 위의 모든 조상이 상민을 남아 있기 때문이다. 여기서 둘 사이의 갈등은 최고조에 이른다. 하지만 그러한 갈등은 보편적인 깨달음으로 나가는 계기가 된다.

> "내가 왜 그걸 몰라. 그러니 내 너더러두 양반이 되라구 권치 않드냐? 남들이 양반으루 보아주면 그게 바루 양반인 게다. 세상 있구 양반 생겼지, 양반 먼저 생기구 이 세상 생기지는 않았니라. 네가 왜 그걸 모르구 까탈스레 양반을 싫다는지 모르겠구나?"
> 잠시 말이 없더니 분동이 한참 만에 고개를 든다. 매맞은 엉덩이가 아파오는지 분동이 눈살을 찌푸리며 힘겹게 입을 연다.
> "형님은 상사람이 양반 되는 것만 길이라구 생각허시우? 반상의 차등을 없애버리면 일부러 곡식 바쳐 양반 될 까닭이 없지 않소? 사람과 사람 간에 차등 있는 게 잘못이지. 우리가 상사람으루 태어난 게 무슨 잘못이 된단 말이오?"[22]

위의 인용문에서 보듯이, 계급에 대한 형제간의 대화는 자못 심각하다. 한덕대는 동생에게 양반이 될 것을 권유한다. 이러한 한덕대의 말에는 누구나 돈만 있으면 양반이 '될' 수 있다는 전제가 깔려 있다. 여기서 양반은 태생으로 주어지는 절대적인 조건이 아니라 선택적인 조건이라는 점이 드러난다. 이는 의식 밑에서부터 조선 시대의 확고부동한 계급 구조가 흔들리고 있음을 보여준다. 하지만 "반상의 차등을 없애버리면 일부러 곡식 바쳐 양반 될 까닭이 없지 않소?"라고 하는 분동의 발언은 여기에서 더 나간다. 그는 계급 제도 자체를 부정하고 나서는 것이다. 분동의 생각은 양반도 평민이나 천민과 다를 바 없는 똑같은 '인간'이라는 성기준의

---

22) 신서원본, 5권, 253쪽.

인식과 그 바탕이 같다. 임진왜란과 더불어 발생한 조선시대의 계급 제도의 균열의 조짐을 여실히 보여주는 대목이라 할 수 있다.[23)]

그런데 이러한 계급적인 문제만을 드러내는 인물이 아니라는 점에서, 한덕대는 이 소설에서 더욱 중요한 의미를 지닌다. 이 소설은 임진왜란과 더불어 발생한 사회변화에 대해 계급적 혼란상 뿐 아니라 경제적 변화에도 주목하는데, 이 또한 한덕대라는 인물을 통해서 드러나기 때문이다. 상인 출신 한덕대의 최대 장점은 발이 빠르다는 점이다. 이러한 한덕대는 조행수의 명을 받아 전쟁 중에도 전국을 돌며 상인으로서 활약을 펼친다. 그 와중에 드러나는 것이 바로 임진왜란과 더불어 발생하는 경제적 변화상이다. 이 소설은 한덕대와 그 주변 인물들을 통해서 금난전권을 행사하던 시전 상인 체제의 균열이 생기면서 난전이 성립될 조짐을 상세히 형상화한다.[24)] 결국 임진왜란과 더불어 변화하는 조선 사회의 다각적인 양상들이 한덕대에게 집약되어 있다고 할 수 있다.[25)]

---

23) 이 소설에서 계급 갈등은 반상의 문제만이 아니라 적서 차별 문제도 제기된다. 이러한 문제를 드러내는 인물로는 김인홍과 최언필을 들 수 있다. 둘은 모두 서출이라는 출생의 한계에 대해 심각한 고민에 빠져 있다. 그런데 김인홍의 경우 그가 적자 김찬홍의 아내인 형수 윤씨와 혼거하게 된다는 점에서 계급의 혼란상을 드러낸다면, 최언필의 경우 그 조카 짝쇠가 최씨 가문의 혈통을 이어 받는 다는 점에서 적서 차별의 해체의 조짐을 보인다고 할 수 있다.

24) 조선 전기의 시전 상업 체제에서, 시전 상인들은 금난전권을 통해 전매권을 행사하며 정부 수요품을 독점적으로 조달하고 그 공물과 조세의 잉여분을 처분했다. 하지만 16세기에 이르러 도시 상업인구가 늘고, 특히 왜란과 호란을 거치면서 농촌을 떠나 도시로 모여드는 인구가 급증하여, 시전 체제는 위협 받게 된다.(강만길, 「이조 후기 상업구조의 변화」, 『분단시대의 역사인식』, 창작과비평사, 1978 참조.) 이 소설은 한덕대를 통해, 임진왜란 당시 시전 체제가 어떻게 균열의 조짐을 보이는지를 자세히 그리고 있다.

25) 여기서 특히 흥미로운 사실은 한덕대의 후원자격인 조행수가 임진왜란 이전에는 시전 상인으로서 자신의 지위를 확고히 하고 있는 데 반하여, 변화하는 경제 상황에서는 물러나는 세력으로 등장한다는 점이다. 조행수가 육의전의 금난전권이 무력해지는 때에 죽음을 맞이하는 것은, 이러한 점을 상징적으로 드러내 준다. 한덕대 역시 그러한 지위에 있다고 할 수 있다. 한덕대가 조행수의 부고를 듣고서 양반이 되기를 결심하는 대목은, 이러한 상인으로서 한덕대의 사회 역사적 위치를 잘 보여준다.

### 3) 윤리의 파탄과 재건

『달과 칼』은 임진왜란의 극단적인 상황 속에서 발생하는 인간 윤리의 파탄과 재건이라는 정신적 격동을 드러내기도 한다. 이는 사실상 이 소설에서 가장 중요한 문제라고 할 수 있는데, 홍성원의 사실주의가 지향하는 인간주의가 바로 여기에 집약되어 있기 때문이다.

이 소설에서 임진왜란을 겪으며 발생하는 윤리의 파탄은 다양한 양상으로 표출된다. 왜를 사칭하는(假倭) 무리가 동족을 해하기도 하고, 관군들이 도둑으로 변하기도 한다. 의병들이 백성을 해하는가 하면, 의병 모집을 하는 데 매관매직이 성행하기도 한다. 하지만 무엇보다 인류 윤리의 근간을 무너뜨리는 근친상간과 인상살식(人相殺食)이 윤리 파탄의 극단적인 모습으로 드러난다. 김인홍은 형수 윤씨를 범하게 되며, 성인욱과 옥섬의 관계는 전쟁 중에 표면화되고 발전하여 자식을 낳기에 이른다. 최언필과 그의 형수 사이에도 아기가 생긴다. 또한 길거리의 시체를 베어다가 양식으로 삼는 것은 말할 것도 없고, "몸에 지닌 양식이 아니라 그 고기를 탐내서 사람을 해치"기도 한다. 이 소설은, 인간으로서 지켜야할 최소한의 기율마저 무너져버린 당대 현실을 그대로 보여준다.

그런데 전쟁이 몰고 온 이러한 윤리의 파탄 뒤에 새로운 윤리 의식의 토대를 다지는 인물들이 등장한다. 전쟁이라는 극단적인 상황은 말하자면 인간성을 시험하는 장이 되는 셈인데, 이러한 상황에서 도리어 인간이 갖출 수 있는 최상의 위엄을 보여주는 것이다. 이러한 인물로 우선 지리산 운해사의 조실 모우당을 들 수 있다.

"불타버린 운해사는 다시 세울 수 있을까요?"
"다시 세우려 애쓰지 말게. 운해사가 불타 없어진 것은 다른 산에 더 큰 절을 세우라는 뜻일 수도 있네."
"허면 모우당의 사리탑은 어찌 세우시려 허시는 겝니까?"

　"탑 세울 소문이 사방으루 퍼져나가면 모우당의 입적한 뜻도 절루 사방
에 퍼질 겔세. 그리 되면 모우당의 사리탑은 땅 위에 세워지질 않구 사부
중四部衆의 마음속에 세워지는 게지."
　온 세상이 난에 휩쓸려 제 자리들을 잃고 허둥대고 있다. 그러나 운해
사의 모우당만은 끝내 자리를 지키다가 자기 몫을 다하고 입적했다. 세상
에 큰일하기보다 더 어려운 것이 제자리를 지키는 일이다. 모우당의 죽음
을 보고서야 사발은 비로소 제가 할 일이 무엇인가를 깨달았다.[26]

　위의 인용문은 운해사를 찾은 사발이 거기에 남아 있던 비구와 운해사
조실 모우당의 죽음에 대해서 나누는 대화이다. 모우당은 저녁 예불을 올
리던 중, 운해사에 쳐들어온 왜적이 법당에 불을 지르자 법당과 함께 그
대로 입멸했다. 다른 승려들이 승군을 조직해서 나라를 지키고자 산을 내
려와 싸우는 동안 모우당은 절을 지키고자 했던 것이다. 그는 왜적에게
귀를 잘리는 수모를 당하지만 그에 굴하지 않음으로써 서른 명이 넘는 운
해사의 피난민을 구하기도 한다. 사발의 말대로 중요한 것은 "제자리를
지키는 일"이다. 여기서 '제자리'란 단지 물리적인 차원에서의 장소 이상
의 의미를 내포한다. 여기에 이 소설이 지향하는 윤리의 근본이 담겨 있
다고 할 수 있는데, 그것은 누구나 각자 자신의 본분을 지키는 것을 의미
한다고 생각할 수 있다.
　그런데 이러한 모우당의 죽음이 단지 모우당 자신으로 끝나는 것이 아
니라는 데 더 큰 의미가 있다. 사발이 말하듯이, 그의 죽음에 관한 이야기
는 사람들에게 퍼져 나가 사람들의 마음을 변화시키는 힘을 지니고 있기
때문이다. 이는 곧 모우당의 사리탑이 "사부중(四部衆)의 마음속에 세워지
는" 일이다. 이러한 의미에서 모우당의 죽음은 전쟁으로 인한 윤리의 파
탄에서 벗어날 윤리 의식의 재건에 대한 상징이라고 말할 수 있다. 이런
점에서 어린 시절 운해사에서 불목하니를 하던 짝쇠가 최씨 가문의 후계

26) 신서원본, 5권, 162-163쪽.

자가 되어 재산을 내어 난민들에게 죽을 쑤어 나누어주는 것도 그 연장선
상에서 이해할 수 있다.

> "두 어른을 집안에 곡 뫼시고 싶습니다. 세 살배기 어린아이는 바루 최
> 씨 가문의 혈손이 되기두 헙니다. 사람 저지른 일이 바루 부처님 뜻일 수
> 두 있습니다. 제가 두려운 것은 사람들이 만든 예禮와 율律과 인습이 아니
> 오이다. 7년 동안의 난을 겪으며 우리는 지금껏 지켜온 온갖 관습들이 다
> 깨지는 것을 보았습니다. 사람이 있고서야 법도 있고 예도 있고 도道와 율
> 도 있습니다. 우리는 너무 오랫동안 사람이 이 세상의 주인인 것을 모른
> 채로 살아왔습니다. 위로는 양반과 상감만 계시고 아래로는 무지한 백성과
> 천한 종들만 있는 줄 알았습니다. 그들이 모두 사람인 것을 몰랐다가 이제
> 야 눈이 뜨여 같은 사람인 것을 알았다는 말씀이외다."[27]

위의 인용문은 짝쇠가 사발에게 건네는 말이다. 그는, 강상(綱常)의 죄
를 짓고 지리산에 숨어 사는 자신의 숙부와 모친을 모시고 싶다고 한다.
전쟁은 인간으로 하여금 해서는 안 될 일을 하게 만들기도 하였지만, 또
한 그러한 죄를 용서할 수 있는 큰마음을 가질 수 있는 가능성을 제시하
기도 한 것이다. 짝쇠가 전쟁을 겪으면서 깨달은 것은 결국, 윤리의 근본
은 법과 예와 율과 인습 위에 인간을 위해 존재한다는 가장 평범하면서도
중요한 진리를 돌아 돌아서 깨닫게 된 셈이다. 이러한 깨달음은 계급을
초월하는 것이며 윤리적 경계를 초월하는 것이다. 그것은 근본적인 의미
에서의 인간에 대한 신뢰를 의미한다.

한센병이 든 찬홍의 행적도 이러한 차원에서 이해할 수 있다. 그는 두
가지 큰 사건을 겪으며 삶에 큰 회의를 느끼게 된다. 그것은 시신의 심장
을 달여 먹게 된 사건과 아내 윤씨가 이복동생 인홍과 강상의 죄를 범한
일이다. 이후 그가 택한 길은 도탄에 빠진 민초들을 구제하는 일이었다.

---

27) 신서원본, 5권, 332-333쪽.

그는 자신의 병을 스스로 치료하기 위해서 독학으로 익힌 해박한 의술로 많은 거렁뱅이들을 도울 수 있었다. 비렁뱅이 두목 마서방에 의하면 그는 "양반이면서두 양반을 젤루 싫어하고 미워허던 분"이며, "백성을 수탈허는 양반들이 없어져야 우리 조선이 잘될 수 있다구 입버릇처럼 말씀허시던" 사람이다. 김찬홍은 관습과 규범을 넘어 사회가 어떻게 변해가야 하는가에 대해 스스로 깊이 깨닫고 실천하는 인물로 변모한 것이다. 이 소설은, 여기서 전쟁이라는 극단적인 야만의 상태에서도 잃지 않는 인간으로서 갖출 수 있는 최상의 위엄을 보여준다.[28]

## 5. 결론

지금까지 본 논문은 임진왜란이라는 역사적 사건을 문학적으로 형상화하고 있다는 차원에서 홍성원의 『달과 칼』을 살펴보았다.

이를 위해서 먼저 그 텍스트를 검토해 보았다. 『달과 칼』은 두 번에 걸쳐 수정되었으며, 그로써 그 텍스트는 세 개가 된다. 즉 대구매일신문본, 한양출판사본, 신서원본이 그것이다. 전체적으로 볼 때, 대구매일신보본과 한양출판사본은 큰 차이가 없다. 신서원본에서 약간의 수정이 가해졌다. 특히 신서원본의 말미에 원고지 약 8매 분량 정도를 덧붙이고 있는데, 이는 그 적은 분량에 비하면 그 의미가 작지 않다. 여기에서 중요한 것은 '달'의 의미이다. 우리 민족을 상징하는 '달'과 일본을 상징하는 '칼'의 대립적 의미는 조선/일본, 순수성/폭력성으로 드러난다고 할 수 있다. 신서원에서 첨가된 부분은, 이러한 달의 의미에 자연의 변화에 대한 순응이라는 보편적 의미를 부가한다.

---

28) 이러한 점에서 가장 중요한 의미를 지니는 인물은 누구보다도 성기준을 꼽을 수 있다. 이에 대해서는 본 논문의 2장 끝에서 텍스트 검토와 더불어 다루었다.

『달과 칼』의 인물과 구성은 임진왜란을 문학적으로 형상화하기에 적합하게 이루어져 있다. 이 소설은 임진왜란의 실제적 전란 시기를 그대로 소설의 시간으로 채택하고 있지만, 그것이 일반 역사와 판이하며 또한 임진왜란을 다룬 다른 소설들과도 큰 차이를 보인다. 이 소설에는 임진왜란 당시의 역사적 인물이 사건의 전면에 등장하지 않는다. 이 소설에는 약 20여명의 주요인물이 등장하는데, 그들은 양반, 서출, 중인, 상민, 천민 등 조선시대 모든 계급을 망라한다. 이러한 인물들이 벌이는 사건은 크게 다섯 개의 커다란 사건을 구성하는데, 임진왜란의 전모를 드러내는 데 효과적이다. 이로써, 전국 각지에서 벌어지는 임진왜란의 전쟁 상황을 사실적이며 구체적으로 그릴 수 있기 때문이다. 이 소설의 인물과 구성에 힘입어, 이 소설은 임진왜란이라는 역사적 사건을 그 실재에 가깝게 형상화하는 데 주력하고 있다.

그 형상화의 방향은, 크게 세 가지로 설정된다. 우선 민초들의 활약상과 이순신의 의미를 재조명하는 것이다. 이 소설의 전투 상황에서는 평범한 인물들이 전경화되고 이순신은 후경화되어 있다. 이로써, 임진왜란을 승리로 이끄는 데 이순신의 탁월한 지도력이 큰 역할을 했지만, 그 승리의 뒤에는 수많은 민초들의 고통과 죽음이 있었다는 점을 강조한다. 둘째, 임진왜란과 더불어 발생하는 사회 변화에 주목한다. 이는 한편으로는 양반 중심의 계급 구조의 균열 조짐으로 나타나며, 다른 한편으로는 경제적 변화로 드러난다. 셋째, 전쟁과 더불어 발생한 윤리의 파탄과 재건에 큰 의미를 부여한다. 근친상간과 인상살식(人相殺食)은 윤리적 파탄의 극단적인 양상을 보여준다. 하지만 이와 대조적으로 운해사의 조실 모우당의 살신성인의 행적은 윤리의식의 재건에 대한 상징적 의미를 지닌다. 이는 짝쇠나 김찬홍의 선행과 연장선상에 있으며, 특히 이러한 의미에서 가장 중요한 인물은 의원 성기준이다.

홍성원의 『달과 칼』은, 임진왜란의 근경과 원경을 모두 담아내고 있으며, 당대 사회의 실제상과 변화 양상을 함께 그리고 있다. 이런 점에서 임진왜란의 전모를 문학적으로 그리고 있는 소설이라고 할 수 있다. 이는 역사 속의 영웅을 중시하는 것이 아니라 이름 없는 민초들에 초점을 맞추고 있어 가능해 진다. 여기에는 양반에서 중인, 농민, 상인, 노비 등 다양한 계급이 등장하며, 그들은 전쟁을 겪으며 나름대로 자신의 역사적 운명을 살아내고 있다. 그들의 삶에서 드러나는 것은, 궁극적으로 사회 계급을 넘어서며 동시에 민족과 국가를 초월하는 보편적 윤리라고 할 수 있다. 이 소설은 임진왜란이라는 역사적 사건을 역사적 영웅의 '역사'에서 평범한 인간의 '서사'로 돌림으로써, 그 역사적 실재에 가깝게 문학적으로 형상화하고 있다.

# 참고문헌

## 1. 1차 자료

홍성원, 「달과 칼」, 『대구매일신문』, 대구매일신문사, 1985. 6. 1.-1988. 6. 2.

홍성원, 『달과 칼』, 한양출판사, 1993.

홍성원, 『달과 칼』, 신서원, 2005.

홍성원, 「먼동」, 『동아일보』, 동아일보사, 1987 .9. 1.-1991. 2. 28.

홍성원, 『먼동』, 동아일보사, 1991.

홍성원, 『먼동』, 문학과지성사, 1993.

홍성원, 「남도기행」, 『투명한 얼굴들』, 문학과지성사, 1994.

이광수, 『이순신』, 이광수 전집, 12, 삼중당, 1962.

김성한, 『임진왜란』, 어문각, 1985.

김훈, 『칼의 노래』, 생각의나무, 2001.

## 2. 논문 및 평론

강만길, 「이조후기 상업구조의 변화」, 『분단시대의 역사인식』, 창작과비평사, 1978.

강현모, 「아기장수 전설의 연구사적 고찰」, 『설화문학연구』, 하, 단국대학교출판부, 1998.

신재기, 「역사 뒤의 역사-집요한 추적」, 『대구매일신문』, 대구매일신문사, 1993. 2. 27.

이광훈, 「조직의 힘과 개인의 해체」, 『문예중앙』, 중앙일보사, 1982, 가을.

최영호, 「한국 해양 전쟁문학 연구-한국 문학 속에 나타난 '이순신'을 중심으로」, 『해양연구논총』, 26, 海軍士官學校海軍海洋硏究所, 2001. 6.

## 3. 단행본

게오르그 루카치, 『역사소설론』, 거름, 1987.

4. 기타

홍성원·홍정선, 「대담-자신과 세상을 향해 던지는 '그러나'라는 질문」, 『홍성원 깊이읽기』, 문학과지성사, 1993.

홍성원, 「대담-자신과 세상을 향해 던지는 '그러나'라는 질문」, 『홍성원 깊이 읽기』, 문학과지성사, 1997.

홍성원, 「열린 세상 쪽으로 뚫린 좁고 긴 터널」, 『홍성원 깊이 읽기』, 문학과지성사, 1997.

홍성원, 「이통제, 그는 우리 곁에 있어야 한다」, 『달과 칼』, 5. 신서원, 2005.

# 『먼동』 연구
## - 주요 등장인물의 역사의식을 중심으로 -

## 1. 서론

홍성원의 『먼동』은 구한말에서 한일합방을 거쳐 3·1 운동에 이르는 격동의 시기에 다양한 계층의 우리 민족 성원이 어떻게 살아왔는가를 사실적으로 그리고 있는 작품이다. 이 작품은 『남과 북』, 『달과 칼』에 이은 홍성원의 세 번째 대하장편소설이다.[1] 홍성원은 이 작품으로 1992년 제4회 이산문학상을 수상한 바 있으며, 이 작품은 KBS에서 대하사극으로 각색 방영되기도 하였다.

『먼동』에 대한 평가는 김외곤의 「마음속 옳고 그름의 행방 찾기」,[2] 김병익의 「어둠의 역사와 문학의 빛」,[3] 김치수의 「개인과 역사 1」[4], 오생근의「『먼동』의 역사의식과 문학적 전망」[5]과 황광수의 서평 「분화된 역사인

---

1) 홍성원은 『먼동』 이후 『水賊』을 서울신문에 1991년 4월 1일부터 1992년 9월 28일까지 총 266회 연재한 바 있으나, 이 작품은 신문사의 일방적인 통보로 도중에 연재 중단되었다. 이렇게 본다면 현재까지 『먼동』은 홍성원의 마지막 대하장편소설이 되는 셈이다.
2) 김외곤, 「마음속 옳고 그름의 행방 찾기-홍성원의 『먼동』」, 『현대소설』, 현대소설사, 1992. 여름.
3) 김병익, 「어둠의 역사와 문학의 빛」, 『현대문학』, 462, 현대문학사, 1993. 6.
4) 김치수, 「개인과 역사 1; 『먼동』과 『늘 푸른 소나무』」, 『문학과사회』, 문학과지성사, 1993. 8.
   이 글은 홍성원의 『먼동』만을 다루고 있다. 글쓴이는 여러 가지 사정으로 『늘 푸른 소나무』는 다루지 못했음을 이 글 후미에 밝히고 있다.
5) 오생근, 「『먼동』의 역사의식과 문학적 전망」, 『작가세계』, 1993. 가을.

식과 휴머니즘의 파탄」[6]에서 중점적으로 이루어진 바 있다. 또한 김치수의 「남성문학의 세계」,[7] 홍성원 손영목 김외곤의 대담 「문학적 상상력을 통한 현실·역사의 내면 탐구에의 도정」,[8] 홍성원 홍정선의 대담 「자신과 세상을 향해 던지는 '그러나'라는 질문」[9]에서 부분적으로 다루어지기도 하였다.

김외곤은 이 작품이 70년대에 발표된 다른 민중편향적인 역사소설에서 벗어나 민족주의적 성향의 양반과 친일파 일진회원, 중인 출신의 의병장 등이 중심인물이라는 데서 큰 의의를 찾는다. 김병익은 사회사적 측면에서 이 작품을 조명한다. 그는 "작가는 역사를 쓰고 있는 것이 아니라 역사 속의 살아있는 인간을 그려내고 있"[10]다고 말한다. 김치수는, 이 소설이 첫째 사회적 신분의 변동, 둘째 우리 사회의 가진 자와 갖지 못한 자의 이동, 셋째 신학문에 의한 새로운 직업의식의 뿌리내림이라는 세 가지 측면에서 1900년에서 1920년 사이에 우리 사회가 겪어야 했던 수난의 역사가 어떠한 것인가를 알게 해 준다고 말한다. 그리고 오생근은, "20세기 초의 한국역사와 풍속, 민족의식의 표현과 다양한 삶의 실체를 이해하려는 사람에게 이 소설은 역사의식을 담은 문학적 전범으로서 가치를 지닐 것"[11]이라고 말하기도 한다.

위의 글들이 대체로 긍정적인 평가를 내리는 반면, 황광수의 서평은 이 소설을 비판적으로 다룬다. 그는 이 소설이 '작가의 말'에서 제시한 역사적 허무주의와 냉소주의를 극복하는데 실패했다고 한다. 이 소설이 분화된 역사의식을 잘 보여주고 있으나, 그것이 주관적 상대주의로 일관함으

---

6) 황광수, 「분화된 역사인식과 휴머니즘의 파탄」, 『창작과비평』, 창작과비평사, 1993. 가을.
7) 김치수, 「남성문학의 세계」, 『작가세계』, 18, 세계사, 1993, 가을.
8) 홍성원·손영목·김외곤, 「대담-문학적 상상력을 통한 현실: 역사의 내면 탐구에의 도정」, 『문학정신』, 1992. 11, 18-21쪽.
9) 홍성원 홍정선, 앞의 글.
10) 김병익, 앞의 글, 351쪽.
11) 오생근, 앞의 글, 77쪽.

로써 생명 있는 현실로서의 객관성을 상실했다는 것이다. 또한 이 소설이 농민계층을 배제하고 있으며 중요한 역사적 의미를 지니는 시기인 한일 합방 이후 10년을 다루지 않아 역사소설로서 결함을 노출하고 있다고 한다. 그리고 당대적 분위기를 살리는 지식이나 용어들을 두루 갖추는 장점을 지녔음에도 불구하고, 간간이 드러나는 불충실한 서술이나 비현실적인 묘사 그리고 나이 직업 등의 전후 모순 등이 이 소설의 격을 떨어뜨리고 있다고 한다.[12]

　그것이 긍정적이든 부정적이든 이 작품에 대한 기존의 평가에 대해서는 일단 수긍할 수 있다. 다만 이러한 평가들이 대체로 주관적인 비평적 안목에 근거한 것이기 때문에 보다 객관적인 연구가 요구된다. 본 논문은 예의 논의를 기반으로 『면동』의 문학적 의미를 검토 정리해 보고자 한다. 그 예비적 작업으로 우선 기존의 텍스트를 검토하겠다. 다음으로 이 소설의 구성과 서술 양상이 어떤 방식으로 작용하는지를 분석하겠다. 그리고 이 소설에 등장하는 주요 인물들의 역사의식을 살펴보고 이 소설에서 그것들이 어떤 의미를 지니는지 논구하기로 한다.


## 2. 세 개의 텍스트 검토


　홍성원의 『면동』은 동아일보에 1987년 9월 1일부터 1991년 2월 28일까지 3년 6개월 동안 총 1120호로 연재 마감되었다. 이는 1991년 동아일보사에서 총 5권의 책으로 출간되었다. 그리고 다시 문학과지성사에서 1993

---

12) 황광수의 이러한 비평은 관점에 따라 수긍할 수도 있지만, 다소 무리한 논의라고 생각할 수도 있을 듯하다. 가령 이 소설이 농민을 다루지 않고 중인 계급에 중심을 둔 것은 이 소설의 특장이라고 볼 수도 있기 때문이다. 다만 두 차례 수정을 가했음에도 불구하고, 황광수의 지적대로 표현이나 묘사가 어색하거나 나이, 직업 등의 전후 모순이 드러나는 것은 이 소설의 결함임에 틀림없다.

년 총 6권으로 출판되었다.[13] 이로써 이 작품의 텍스트는 세 개가 된다.[14] 즉 동아일보 연재본, 동아일보사본, 문학과지성사본이 그것이다.

텍스트의 수정에 있어 우선 주목되는 점은 동아일보사본의 장(章) 제목이 동아일보에 연재할 때와는 전혀 다르다는 것이다. 연재 당시 장의 제목을 4부 5장 '먼동'을 제외하면 모두 한자성어구로 달았으나 동아일보사본에서 이는 모두 우리말로 바뀌어 있다. 하지만 4부 5장의 제목(國破山河在/조선이여 동표여)을 제외하면 모두 한자어구를 그대로 우리말로 풀이한 것이어서 근본적인 변화는 아니라고 할 수 있다. 문학과지성사본은, 3부 4장 '외롭고 고단한 무리'를 1, 2장으로 나누고 장 번호를 각 부가 끝날 때마다 새로 매기지 않고 연속적으로 달고 있는 점이 다르고, 장 제목은 동아일보사본과 같다.

여기서 특별히 지적할 점은 동아일보 연재본에서 택하고 있는 이러한 한자어구의 장 제목이 『달과 칼』과 유사하다는 것이다. 『달과 칼』에서 4부 4장 '울돌목'을 제외한 모든 장 제목이 한자어구로 되어 있다.[15] 『달과 칼』의 경우 한양출판사에서 책으로 출판했을 때 그것을 그대로 수용하고 있는 반면,[16] 『먼동』의 경우 책으로 출판하면서 우리말로 바꾸고 있다는 점에 차이가 있다. 『달과 칼』에 1부 1장 '流民', 2장 '欲死無地', 4장 '難化之民', 4부 3장 '至死不屈'처럼 『먼동』과 같은 제목이 있고, 두 소설 모두 마지막 장의 제목이 '國破山河在'라는 점도 흥미롭다. 이는 『달과 칼』이 홍성원 장편역사소설의 한 모형을 제시하고 있다는 단서로 볼 수 있을 듯

---

13) 이후 동아일보 연재본은 판본과 날짜만을, 동아일보사본과 문학과지성사본은 판본과 권수, 쪽수만 표기하기로 한다.

14) 『먼동』은 텔레비전 드라마로도 제작되었다. KBS에서 1993년 4월 24일부터 1994년 4월 16일까지 총 50회로 방영되었으며, 1994년 4월 23일, 30일 이틀 동안 종합편을 방영하기도 하였다. 이렇게 본다면 이 작품에 대해서는 모두 네 개의 텍스트가 존재하는 셈이 된다. 하지만 여기서는 활자화된 텍스트만을 다루기로 한다.

15) 홍성원, 「달과 칼」, 『대구매일신문』, 1985. 6. 1-1988. 6. 2.

16) 홍성원, 『달과 칼』, 1-5, 한양, 1993.

하다.17) 이를 정리하면 다음의 표와 같다.

| 동아일보 연재본 | | 동아일보사본 | | 문학과지성사본 | | 달과 칼 | | |
|---|---|---|---|---|---|---|---|---|
| | 1장 落鄕 | 1장 | 고향에 내려가서 살다 | 1장 | 고향에 내려가서 살다 | | 1장 | 流民 |
| | 2 流民 | 2 | 떠도는 무리들, 가여운 백성들 | 2 | 떠도는 무리들, 가여운 백성들 | | 2 | 欲死無地 |
| | 3 難化之民 | 3 | 어찌하랴 어찌하랴 | 3 | 어찌하랴 어찌하랴 | 1부 | 3 | 妻城子獄 |
| 1부 | 4 含怨 | 1부 | 이 억색한 가슴속 한이여 | 1부 | 4 이 억색한 가슴속 한이여 | | 4 | 難化之民 |
| | 5 破惑 | 5 | 의혹 깨치다 | 5 | 의혹 깨치다 | | 5 | 日暮道遠 |
| | 6 離散 | 6 | 어느 하늘 아래 내 피붙이는 눈물로 사는가 | 6 | 어느 하늘 아래 내 피붙이는 눈물로 사는가 | | 1 | 全羅左水營 |
| | 1 殘民 | 1 | 버려진 백성들 | 7 | 버려진 백성들 | | 2 | 會者定離 |
| | 2 失國 | 2 | 나라 절반을 도둑 맞다 | 8 | 나라 절반을 도둑 맞다 | 2부 | 3 | 侵攻 |
| 2부 | 3 大義滅親 | 2부 | 의로움 옆에 두고 내 어찌 처자를 생각하랴 | 2부 | 9 의로움 옆에 두고 내 어찌 처자를 생각하랴 | | 4 | 東敗西喪 |
| | 4 聚合 | 4 | 가여운 넋, 뜨거운 혼들 | 10 | 가여운 넋, 뜨거운 혼들 | | 5 | 十室九空 |

---

17) 홍성원의 미완의 역사장편소설 『水賊』의 소제목도 이와 유사하다. 『달과 칼』과 『먼동』의 관계에 대해서는 따로 연구해 볼 만한 과제이다.

| | 5 | 發心 | | 5 | 기어이 뜻을 내다 | | 11 | 기어이 뜻을 내다 | | 1 | 閑山大捷 |
|---|---|---|---|---|---|---|---|---|---|---|---|
| | 1 | 殘命 | | 1 | 가녀린 나라 목숨 | | 12 | 가녀린 나라 목숨 | | 2 | 救命圖生 |
| | 2 | 義兵 | | 2 | 의로운 군사들1 | | 13 | 의로운 군사들1 | 3부 | 3 | 晋州大捷 |
| | | | | 3 | 의로운 군사들2 | | 14 | 의로운 군사들2 | | 4 | 朝東暮西 |
| 3부 | 3 | 逢敗 | 3부 | 4 | 외롭고 고단한 무리 | 3부 | 15 | 외롭고 고단한 무리1 | | 5 | 投筆反武 |
| | | | | | | | 16 | 외롭고 고단한 무리2 | | 1 | 再侵 |
| | 4 | 欲死無地 | | 5 | 죽자하나 죽을 땅이 없음이여 | | 17 | 죽자하나 죽을 땅이 없음이여 | 4부 | 2 | 敗戰 |
| | 1 | 弱小民族 | | 1 | 약소민족 | | 18 | 약소민족 | | 3 | 至死不屈 |
| | 2 | 胎動 | | 2 | 큰일을 마련하며 | | 19 | 큰일을 마련하며 | | 4 | 울돌목 |
| | 3 | 喊聲 | | 3 | 한 소리, 큰 외침 | | 20 | 한 소리, 큰 외침 | | 5 | 風打竹 浪打竹 |
| 4부 | 4 | 至死不屈 | 4부 | 4 | 죽을지언정 어찌 굽히랴 | 4부 | 21 | 죽을지언정 어찌 굽히랴 | | 1 | 途中曳尾 |
| | 5 | 먼동 | | 5 | 먼동 | | 22 | 먼동 | 5부 | 2 | 孤城落日 |
| | 6 | 國破山河在 | | 6 | 조선이여 동포여 | | 23 | 조선이여 동포여 | | 3 | 國破山河在 |

　　동아일보사본은 조사나 단어 그리고 호칭 등이 약간 수정되었을 뿐 동아일보 연재본과 내용상의 차이는 없다. 문학과지성사본에서는 전체적으로 필요 없다고 생각되는 문장들을 삭제하거나 어색한 문장을 자연스럽게 다듬기도 하였다. 하지만 문학과지성사본에서도 내용상의 근본적인 변화는 없다. 다만 전후의 모순이 생기는 날짜나 장소 등을 바꾼 곳이 있고, 소설의 마지막 장면이 수정되었다.

어느새 해가 서산으로 빠져 텅 빈 들녘에 땅거미가 깔리기 시작한다. (중략) 그러나 이 근처의 적지 않은 민호들은 이 비산비야의 언덕들을 의지해서 많게는 몇백 호에서 적게는 칠팔 호의 오밀조밀한 뜸 마을을 이루고 있다.18)

해가 서산으로 빠져 텅 빈 들녘에 땅거미가 깔리기 시작한다. 상여집 앞을 지나 동구 앞을 막 벗어나자 눈앞에 잔솔들 박힌 기름한 언덕이 나타난다. 갯가에서 멀지 않은 이곳 발안(發安)에는 산같은 산은 거의 없고 자그마한 언덕들 몇개만이 이 사방 들녘에 드문드문 흩어져 있다. ①산으로 부르기에는 너무 얕고 들로 부르기도 어중간해서 이곳 사람들은 이런 언덕들을 비산비야(非山非野)라는 묘한 말로 부르고 있다. ②그러나 이 근처의 적지 않은 민호들은 이 비산비야의 언덕들을 의지해서 많게는 몇 백호에서 적게는 칠팔 호의 오밀조밀한 뜸 마을을 이루고 있다.19)

해가 서산으로 빠져 텅 빈 들녘에 땅거미가 깔리기 시작한다. 상엿집 앞을 지나 동구 앞을 막 벗어나자 눈앞에 잔솔들 박힌 기름한 언덕이 나타난다. 갯가에서 멀지 않은 이곳 발안(發安)에는 산같은 산은 거의 없고 자그마한 언덕들 몇 개만이 이 사방 들녘에 드문드문 흩어져 있다. 그러나 이런 작은 언덕들을 의지해서 많게는 몇 백호에서 적게는 칠팔호의 초가들이 오밀조밀 한데 어울려 뜸마을을 이루고 있다.20)

두 번째 인용문은 단락의 첫머리의 '어느 새'라는 부사어구를 삭제했다는 것과 '몇 백호에서'의 띄어쓰기를 제외하면 첫 번째 인용문과 같다. 여기서 '어느 새'라는 부사어구를 삭제한 이유는, 장이 새로 시작되기 때문에 '어느 새'라는 말이 주는 연속적인 느낌을 없애기 위한 것이 아닌가 추측해 볼 수 있다. 첫 번째 인용문의 '몇백 호에서'의 띄어쓰기는 교열상의

---

18) 동아일보사 연재본, 1988. 5. 27.
19) 동아일보사본, 2권, 7쪽.
20) 문학과지성사본, 2권, 89쪽.

실수로 보인다. 세 번째 인용문에서는 표현상 현저한 변화가 드러난다.
'상여집'을 '상옛집'으로 바꾸었고 '몇개만이'나 '뜸 마을'은 '몇 개만이'
나 '뜸마을'로 바꾸었다. 띄어쓰기와 정서법을 고려한 수정이라고 하겠다.
그리고 ①부분을 삭제했고, ②부분을 수정했다. ①의 경우 이 소설 앞부
분에서 유사한 표현이 나타나기 때문에 반복을 피하고자 했다고 생각되
며,21) ②의 경우 '비산비야'라는 어구의 반복을 피하면서 문장을 자연스
럽게 다듬었다고 하겠다.

① "네, 부처님 가피루 집안이 두루 평안들 <u>하십니다</u>. 아버님이 스님 뵙
거든 안부 말씀 전하라구 <u>하시더이다</u>."22)

② "네, 부처님 가피루 집안이 두루 평안들 <u>허십니다</u>. 아버님이 스님 뵙
거든 안부 말씀 전하라구 <u>허시더이다</u>."23)

③ "그해가 어느 핸지는 모르겠으나 바루 <u>경상도 진주고을</u>에 백성들의
큰 난이 일어났던 해랍니다.(후략)"24)

④ "해가 어느 핸지는 모르겠으나 바루 <u>전라두 함평 고을</u>에 백성들의
큰 난이 일어났던 해랍니다.(후략)"25)

위의 인용문에서 ①과 ③은 동아일보사본이며 ②와 ④는 각각 그에 해
당하는 문학과지성사본이다. ①에서 '하십니다'와 '하시더이다'는 각각 ②
에서 '허십니다'와 '허시더이다'로 수정되었다. 이 소설 전반에 걸쳐 동아

21) 문학과지성사본, 1권, 13쪽.
22) 동아일보사본, 1권, 104쪽.
23) 문학과지성사본, 1권, 116쪽.
24) 동아일보사본, 3권, 173쪽.
25) 문학과지성사본, 3권, 296쪽.

일보사본에서 'ㅏ'형 어미는 문학과지성사본에서 'ㅓ'형 어미로 수정되었다. 이와 유사한 형태로 일부 'ㅗ'형 어미도 'ㅜ'형으로 바꾸기도 하였다. 이는 이 소설의 배경이 되는 경기도 남부의 방언을 대화에 도입함으로써 현실감을 높이고자 하는 작가의 노력이라고 할 수 있다. 이 소설은 우리 역사소설에서는 드물게 경기 남부를 배경으로 전개되는데, 이 지방의 방언은 두드러진 특성이 없어 이는 대화의 현실감을 주는데 적지 않은 역할을 하는 것으로 보인다.26)

③과 ④는 내용상 오류를 수정한 경우이다. ③에서 김효순 대감이 선전관으로 제수되어 민란을 평정하러 간 곳은 경상도 진주라고 하지만 이 소설의 다른 부분에서는 전라도 함평으로 제시되고 있다.27)28) 따라서 앞뒤 모순이 되는데, 이러한 모순을 해소하기 위해서, ④와 같이 수정하였다.29)

> "한 가지 친일한 일 때문에 사람을 통째로 친일 역당으루 몰지 말게 이 땅을 떠나 살지 않는 한 우리는 이제 갈 데 없이 총독부 밑에 친일 백성으루 살 수밖에 없네 허나 열 번 스무 번 친일하더라두 마음 한구석에 조선 백성인 것만은 깊이 숨겨 간직해 두세. 겨울이 오면 봄이 멀지 않구 밤이 깊어지면 동틀 때두 멀지 않네. 그때 우리 모두 일어나 저 포악한 왜적들에게 조선 백성임을 작은 소리로 일러줌세"
>
> 말을 끝낸 승학의 눈에서 눈물 한줄기가 소리 없이 흘러내린다. 그 눈물을 보지 않기 위해 인섭이 두 눈을 질끈 감는다.30)

---

26) 이런 점에서 이 소설에 등장하는 서울 경기의 풍부한 어휘와 당대의 지명이나 풍물들은 이 소설의 문학적 성과의 부산물로서 적지 않은 의미를 지닌다.

27) 문학과지성사본, 4권, 178쪽.

28) 이 부분의 동아일보본의 오류에 대해서는 김외곤(앞의 글, 328쪽.)이 지적한 바 있다.

29) 이외에도 이 소설에는 전후 모순되는 서술이 몇 군데 더 있음에도 불구하고 작가는 이를 놓치고 있다. 이에 대해서는 이미 황광수가 조목조목 지적한 바 있다.(황광수, 앞의 글, 393쪽.)

30) 동아일보사본, 5권, 325쪽.

①"세상에는 각기 얼굴이 다르듯이 살어가는 방도나 모습두 사람마다 다르게 마련일세. 나는 덤으루 사는 목숨이라 잃은 나라 되찾는 데 내 남은 힘을 다 쏟을 생각일세. 허나 자네들은 내 흉내내지 말구 자네들 나름으루 힘써 해야 될 일이 있네. 남을 나무라구 꾸짖기는 쉬워두 용서허구 감싸기는 생각처럼 쉽지가 않네. 제 나라를 지켜내지 못했으니 우리 이천만 배달겨레는 이제 모두 죄인들이 되어 버렸네. 게다가 조선 땅을 떠나 딴 세상에 살지 않는 한 우리는 이제 갈 데 없이 일본 총독부 밑에 친일 백성으로 살 수밖에 없네. 허나 몇 번이구 친일헌 일 때문에 그 사람을 통째루 친일 역당으루 몰지 말게. 열 번 스무 번 친일허드라두 우리 마음 한 구석에 조선 백성인 것만은 깊이 숨겨 간직해 두세. 당장은 해가 저물어 온 천지가 어둠뿐이네만 언젠가는 동녘 하늘에 기어이 먼동이 터올게야. 그때는 우리 모두 큰 기지개 한번 허구 저 포악헌 왜적들헌테 조선백성임을 작은 소리루 일러 줌세."

②말을 끝낸 승학이 부릅뜬 눈으로 손아래 두 사람을 바라본다. 그 눈빛이 너무나 형형해서 두 사람은 절망스레 그의 눈길을 외면한다. 고개 떨군 그들을 향해 승학의 우렁찬 목소리가 다시 들려온다.

③"세상사 사람허기 나름이라 역사두 당대 사람이 바르게 가꾸어야 빛이 나네. 헐일이 있어 나는 내일 용정으로 떠나네. 집에서 걱정들 헐 테니 자네들두 내일 조선으루 떠나두룩 허게."

굽힐 수 없는 뜻임을 깨닫고 영조는 비로소 늙은 아버지를 똑바로 바라본다. 언제 다시 볼지 모르는 아버지를 영조는 오래도록 마음속에 담아두고 싶은 것이다.[31]

위의 두 인용문은 각각 동아일보사본과 문학과지성사본의 마지막 대목이다. 이 부분은 이 소설에서 내용상 가장 큰 변화를 보이는 부분이다. 두 번째 인용문 ①에서 박승학의 대화를 대폭 수정하고 있으며, ②에서 말을 끝낸 박승학의 태도를 정반대로 바꾸어 놓았다. 그리고 ③을 덧붙였다.

---

31) 문학과지성사본, 6권, 327-328쪽.

①에서는 항일운동을 한 사람이건 친일을 한 사람이건 우리 민족 성원 모두에 대한 애정을 버리지 말자는 내용을 강조한다. 이는 근본적으로 인간에 대한 신뢰를 회복하고자 하는 박승학의 노력으로 이해할 수 있다. 의병 활동을 통해 도달한 박승학이라는 인물의 반성적 깨달음을 보다 풍부하게 드러내고 있다고 하겠다. ②에서 박승학의 태도는 정반대로 묘사된다. 자신의 의병 활동에 대해 회의를 느껴서 만주로 떠난 박승학을, 전자가 무기력하고 퇴락한 의병장의 모습으로 그리고 있다면, 후자는 여전히 당당하고 군센 의지를 지닌 행동주의자의 면모로 형상화한다. 이 소설 전체에 드러나는 박승학의 성격을 고려한다면 후자가 보다 자연스럽다. ②와 더불어 ③은 소설이 끝난 다음 박승학이 만주에서 뭔가 새로운 일을 벌일지도 모른다는 여운을 남긴다. 특히 "헐일이 있어 나는 내일 용정으로 떠나네."라는 말에서는 이러한 점이 강하게 암시되어 있다.

홍성원은 문학과지성사본이 출판되기 전, "다음에라도 이 작품을 다시 발간할 기회가 있다면 끝부분을 좀더 확대하고 싶은 게 제 욕심입니다. 만주의 독립군과 연계를 맺으면 그것도 가능하지 않을까 생각합니다. 더구나 김 대감댁의 셋째 아들 김태환은 이미 만주에 가 있는 상태이니까요."[32]라고 말한 바 있다. 그는 실제로 문학과지성사에서 이 소설을 다시 발간하면서 끝부분을 확대하지는 못했다. 아마도 위의 수정은 비록 짧지만 이러한 작가의 생각이 반영된 결과라고 할 수 있다.[33]

---

32) 홍성원·손영목·김외곤, 앞의 글, 20쪽.
33) 홍성원의 『남과 북』의 경우 네 개의 텍스트가 존재하는데, 그것은 특히 네 번째 판본 문학과지성사본에서 대폭 수정 개작되었다. 이는 연재 당시 정치적 제약으로 말미암아 쓰지 못했던 것을 보완한 것이다.(이에 대해서는 이승준, 「『남과 북』의 개작 연구」(『우리어문연구』, 24, 우리어문학회, 2005. 6.)를 참조하기 바란다.) 이를 고려한다면 『먼동』은 거의 수정을 가하지 않았다. 개작이 반드시 개선이 되는 것은 아니지만, 앞에서 지적한 것처럼 서술의 모순이 여전히 남아 있다거나 소설의 말미에서 작가의 의도가 충분히 형상화되지 못했다는 점에서 『먼동』의 수정은 만족할 만한 수

## 3. 구성과 서술 양상

『먼동』은 김효순, 송근술, 박종학의 세 가계에 속한 인물들이 3대 혹은 4대에 걸쳐 벌이는 일련의 사건들로 구성되어 있다.

송근술이 김효순의 서자이며 김현우가 송근술의 딸 쌍순(보경)과 김효순의 손자 태환 사이에서 태어났기 때문에, 김효순과 송근술의 두 가계는 복잡하게 얽혀 있다. 송근술은 김효순의 서자임에도 불구하고 김씨 가문에 소속되지 못하고 김씨 가문의 노비로 살게 되며, 김현우는 쌍순(보경)에 대한 태환의 겁간으로 태어나서 죽는 날에야 자신의 존재를 확인할 뿐이다. 이러한 두 사건으로 말미암아, 이 두 가계의 인물들은 소설의 말미까지 서로 적대적 관계를 유지하며 이 소설의 중심 서사를 구성한다.

이 두 사건은 단순히 가정적인 차원에서의 적대적 대립으로 끝나지 않는다. 이 사건들은 이들 가문의 중심 인물인 영환과 태환, 송근술과 보경(쌍순)의 행동과 역사의식을 규정한다. 영환이 일제에 항거하는 계기가 송근술을 처벌하기 위한 것이며, 태환이 만주로 독립운동을 하러 가게 되는 계기가 그의 큰형 영환의 옥사와 관계가 있다. 이러한 행동과 의식의 규정은 영환이나 태환보다 송근술과 보경에게 더욱 강하게 작용한다. 송근술이 일진회에 들어 친일을 통해 석유 장사로 부를 축적하여 김씨 가문의 장토를 사들이고, 보경이 일인이나 친일파 한인들과 친분을 쌓으며 부를 축적하게 되는 심리적 근거가 바로 이 두 사건에 있다.

김씨과 송씨 집안의 관계처럼 긴밀하게 얽혀 있는 것은 아니지만, 박종학의 가계 역시 앞의 두 가계와 일정한 관계를 유지한다. 박종학이 김효순을 따라 산사(算士) 자격으로 청나라를 다녀온 바 있고 인섭이 태환과 홍화학교 동문이라는 인연으로, 이 두 가계는 관계를 맺게 된다. 그리고

---

준이 아니라고 할 수 있다.

쌍순의 쌍둥이 오빠 필배가 의병 활동을 하게 되면서 박승학과 관계를 맺기도 한다. 박씨 집안에서 특히 중요한 역할을 담당하는 인물은 박종학의 동생 승학과 그의 아들 인섭이다. 승학이 양반을 배제하며 독자적인 의병 활동을 전개하고, 인섭이 서양 의학을 익혀 양의원으로 활약하면서, 이 두 인물은 또 하나의 중심 서사을 구성한다. 여기서 인섭은 그의 양의원이라는 직업적 특성으로 인하여 세 가계의 가교 역할을 한다.

이 소설이 진행되는 시간은 정확하게 1901년에서 1919년 겨울까지 약 20년에 걸친 기간이다. 하지만 여기서 20년이라는 시간이 소설 전체에 골고루 분배되어 있는 것은 아니다. 1부에서 4부까지 각 부 사이에는 시간의 비약이 있고, 각 부는 짧게는 1년 길게는 약 3년 사이의 기간에 걸쳐 일어난 사건을 다루고 있다. 이러한 사건의 이면에서 당대의 역사적 사건들은 중요한 배경으로 작용한다. 배경이 되는 역사적 사건도 똑같은 비중으로 작용하지 않는다. 1부를 제외하면 각 부마다 부수적 사건과 중심 사건이 뚜렷이 드러난다. 주로 한 부는 중심이 되는 역사적 사건과 관계를 맺으며 전개된다. 이를 정리하면 다음과 같다.

| | 소설의 시간 | 부수적 사건 | 중심 사건 | 비유적 사건 |
|---|---|---|---|---|
| 1부 | 1901년 가을 -1902년 가을 | 병자수호조약, 임오군란, 갑신정변, 동학운동, 청일전쟁, 갑오개혁, 을미사변, 단발령, 을미의병, 아관파천, 만민공동회 등에 대한 인물들의 다양한 의식이 조명된다. | | |
| 2부 | 1905년 가을 -1906년 늦가을 | 한일의정서, 한일협약, 민영환 자결, 시일야방성대곡과 황성신문 폐간 | 을사조약 | 김효순의 사망 |
| 3부 | 1907년 7월 -1910년 | 세계만국평화회의 헤이그 밀사, 고종 강제 퇴위, 안중근의 의거, 한일신협약 | 군대해산 한일합방 | 김상민의 사망 |
| 4부 | 1919년 | 민족자결주의, 고종독살설, 2·8 독립선언 | 3·1 운동 | |

1부에서는 강화도 조약, 갑신정변, 동학운동, 청일전쟁, 갑오개혁, 을미사변, 아관파천 등 1901년 이전에 있었던 우리 근대 역사 속의 중요한 사건들에 대한 인물들의 다양한 시각이 회고의 시점에 의해 드러난다. 2부의 중심 사건은 을사조약이다. 을사조약으로 인하여 발생한 의병 활동이 주요 내용을 이룬다. 3부에서 중심 사건은 한일신협약의 결과로 발생한 군대해산이다. 이는 치열한 의병 활동의 원인을 제공하는데, 여기서 박승학의 의병 활동이 상세히 다루어진다. 한일합방도 중요한 역사적 배경이 된다. 4부는 전체가 3·1 운동을 다루고 있다. 고종 독살설에 대한 문제와 2·8 독립선언의 과정이 드러나기도 하는데, 이는 결국 3·1 운동의 과정 속에 흡수되는 것으로 생각할 수 있다. 3·1 운동은 이 소설 전체를 통해서 가장 중요한 사건이라고 할 수 있는데, 쇄국과 개화의 갈등, 의병 활동의 실패, 민족의 국권 상실 등의 비극적 사건을 겪으면서도, 3·1 운동을 통해 우리 민족이 어떤 희망을 지닐 수 있는가를 가늠한다.

그런데 흥미로운 점은, 일제가 조선을 식민지화하는 과정에서 결정적인 사건이 되며 이 소설에서도 특히 중요하게 작용하고 있는, 을사조약과 한일합방이 각각 김효순과 김상민의 사망과 때를 같이 한다는 점이다. 이는 김씨 가문의 몰락과 조선의 멸망이 유기적 관계를 지니고 있다는 점을 비유적으로 드러내는 장치라고 볼 수 있다. 특히 김상민의 죽음이 일본 순사들의 횡포에서 비롯되었다는 점은 이러한 관계에 설득력을 더한다. 이로써 본다면 김씨 집안의 몰락은 단순히 한 가계의 몰락을 넘어서 양반을 근간으로 하는 조선의 몰락에 대한 은유가 된다.

이렇게 보면 이 소설은 크게 두 개의 서사적 맥락으로 구성되어 있다. 그것은, 첫째 김효순 가문과 송근술 일가의 비극적 갈등으로 인하여 벌어지는 두 가문의 몰락과 상승이며, 둘째 박승학을 중심으로 이루어지는 의병 활동이다. 여기서 인섭은 이 두 사건을 하나로 연결하는 역할을 맡고 있다고 할 수 있다. 이러한 사건의 후경에서 을사조약, 군대해산, 한일합방, 3·1 운동과 같은 역사적 사건이 인물들의 행동과 의식을 규정한다.

한편 이 소설은 인물들의 행동과 사고를 균등하게 배분함으로써 다양한 인물들의 삶과 의식을 다각적으로 보여준다. 그것은 이 소설의 독특한 서술 양상에 의해 가능해 진다. 이 소설의 서술자는 각 인물들의 입장에서 보고 말하는 서술방식을 택함으로써, 각 인물의 생각을 인물의 입장에서 대변한다. 하지만 각 인물이 등장할 때마다 그 모든 인물들의 생각을 대변하는 것은 아니다. 하나의 작은 단위의 사건이 진행되는 동안 서술자는 그 상황의 지배적인 인물의 입장만을 대변하고 다른 인물에 대해서는 짐짓 모른 체 한다. 그럼으로써 매 상황은 그 상황의 지배적인 인물의 의식을 선명하게 드러내게 된다. 따라서 앞에서 '균등하게 배분한다'고 말한 것은 양적인 문제가 아니라 정도의 문제이다.[34]

다음의 예문은 이러한 점을 잘 드러낸다.

같은 동양 인종이건만 일본인은 조선 사람에 비해 너무나 강하고 건강하며 아름답기까지 하다. 그들의 선진 문물이 아름다운 것이 아니다. 그들이 세운 국민적인 뚜렷한 목표와, 자기 나라를 부강하게 하려는 국민 모두의 단결된 힘과, 부정과 탐학을 용납지 않는 그들의 건강하고 정직한 국민 정신이 아름다운 것이다. 따지고 보면 조선은 무엇 하나 지금의 일본에 앞서는 것이 없다.[35]

인섭이 요즘 들어 감탄하고 절망하는 것은 일본 경찰의 잔인성도 아니고 포악성도 아니고 사악함도 아니다. 그들은 자기 조국 일본을 위해 잡화점 상인에서 우체국 말단 직원과 밥짓고 빨래하는 평범한 아낙에 이르기

---

34) 이는 노먼 프리드먼의 복수 선택적 전지(「소설의 시점」, 『현대소설의 이론』, 김성규 역, 예림기획, 1997, 502-503쪽 참조)와 김인환의 '인물 시각 서술'(「인칭」, 『언어학과 문학』, 고려대학교 출판부, 1999, 18-23쪽 참조)이 혼합된 형태라고 말할 수 있을 듯하다. 전체적으로 보면 복수 선택적 전지에 가깝지만 부분적으로 는 인물 시각 서술에 더 가깝다.

35) 문학과지성사본, 5권, 184쪽.

까지 모두가 무서운 단결심과 열성으로 뜨거운 애국심을 발휘하고 있다. 그들에게는 이웃나라 조선을 자기 나라의 식민지로 만든 데 대한 도덕적인 반성이나 양심의 아픔이 전혀 없다. 국가가 결정하여 자기들에게 시책으로 하달한 이상, 아무런 회의와 양심의 가책 없이 오직 조국 일본을 위해 멸사봉공(滅私奉公)의 정신으로 일사불란하게 따를 뿐이다.[36)]

위의 두 인용문은 각각 보경과 인섭의 일본에 대한 인식이 드러나는 대목이다. 양자의 내용은 모두 일본인의 국민성에 관한 것이다. 일본인의 국민성이 보경에게는 너무나 강하고 건강하며 아름답기까지 한 것인데, 인섭에게는 감탄스럽고 절망스러운 것이다. 여기서 두 사람의 일본에 대한 인식의 차이가 극명하게 드러난다. 그것은 서술자에 의해서 간접적으로 제시되는데, 서술자는 온전히 인물의 입장에서만 서술한다. 여기에는 작가의 개입은 물론 서술자의 논평도 없다. 서술자는 어떠한 태도도 노출하지 않으며 가치 판단도 하지 않는다. 모든 태도는 인물에 속하며 그에 대한 가치판단은 독자의 몫이다.

이러한 서술 양상은 이 소설에 등장하는 다양한 인물들의 시각, 특히 그들의 역사의식을 드러내는 데 매우 효과적인 장치가 된다. 이러한 서술 양상은 특히 일반적으로 부정적 가치판단이 지배적인 친일 행위를 하는 인물의 심리를 드러내는 데 큰 효과를 발휘한다. 항일투사건 친일파건 동등한 정도로 인물의 입장이 드러나기 때문이다. 홍성원은 "사관(史官)들이 빠뜨리고 건너뛴 역사 기록 사이의 좁은 행간을 주의 깊게 살펴볼 필요가 있다"[37)]고 말한 바 있는데, 이는 결국 이러한 서술 양상에 의해서 가능해졌다고 할 수 있다.

---

36) 문학과지성사본, 6권, 149쪽.
37) 홍성원, 「동트기 직전 새벽은 더 어둡다-연재소설 『먼동』 대장정을 마치며」, 『동아일보』, 동아일보사, 1991. 2. 28. 이 글은 후에 동아일보사본의 서문 「작가의 말」에 그대로 실렸으며 문학과 지성사의 서문 「작가의 말」에서는 약간의 수정을 거쳐 실렸다.

## 4. 역사에 대한 다각적 인식

### 1) 반일 양반의 역사의식

김효순과 상민은 김씨 집안의 가주로 전형적인 갑족 양반을 대표하지만 실질적으로 소설의 전쪽에 등장하지는 않는다. 김씨 가문의 역사의식을 대변하는 인물로는 우선 세 번째 가주인 영환을 꼽을 수 있다. 김효순이나 상민과 정확히 일치하지는 않지만 그는 여전히 갑족 양반의 의식에 깊이 뿌리를 둔 인물이다. 그는 직접적으로 의병 활동을 하거나 독립운동에 가담하는 것은 아니지만, 목숨을 걸고 의병이나 독립군에 측쪽적 도움을 주며 그로 인하여 죽음을 맞이할 정도로 투철한 항일 의식을 지닌 인물이다. 하지만 그의 항일 의식의 저변에는 송근술에 대한 적대적 대립이라는 개인적 원한이 깔려 있다.

> 올해가 기미년(己未年: 1919)이니 왜적에게 나라를 빼앗긴 지도 어느덧 십 년의 세월이 흘렀다. 그 동안 조선의 이름 있는 선비와 양반들은 왜적의 의도적인 박대하에 온갖 굴욕과 수모를 다 겪었다. 그 위에 또 신학문과 서양 문물이 왜적의 주도하에 물밀 듯이 쏟아져 들어와서 조선은 이제 반상(班常)은 물론 귀천(貴賤) 상하 노유(老幼)의 구분도 없는 변방의 오랑캐 같은 패덕(悖德)의 나라가 되어가고 있는 것이다.(중략)
> "태황제 광무 황제께서 지난 스무 이튿날 갑자기 승하(昇遐)허셨답니다."
> "에끼! 고얀눔 같으니라구! 헐 말이 따루 있지 이게 무슨 해괴헌 망발이냐!"황제나 임금의 죽음은 발설 자체가 대역죄에 해당된다. 갑작스런 영환의 호령은 바로 그 대역죄를 자기 귀로 들었기 때문이다.[38]

위의 인용문은 영환이 자기 하인 최서방의 아들 중선에게 고종의 승하에 대한 소식을 전해 듣는 대목이다. 최서방은 영환을 '나리마님'으로 부

---

38) 문학과지성사본, 5권, 150-151쪽.

르지만 중선은 '선생님'으로 부른다. 영환은 이러한 변화를 거부하지는 않는다. 그는 이를 어쩔 수 없이 받아들이지만, 그래도 그것은 그에게 '패덕의 나라'가 되어가고 있는 형국으로 비친다. 그러한 그가 중선에게 임금의 승하 소식을 듣자 그것이 반역죄라고 진노한다. 이미 나라가 망했는데도 불구하고, 여전히 그에게 임금의 죽음을 입에 담는 것조차 대역죄가 되는 것이다. 영환의 의식이 근본적으로 존왕양이(尊王攘夷)라는 조선조 양반의 성리학적 이념에 깊이 뿌리박고 있다는 점이 잘 드러내는 대목이다.

태환의 역사의식은 영환과 다소 차이가 있다. 홍화학교를 다니면서 신학문을 익힌 태환은 반상(班常)과 적서(嫡庶) 귀천(貴賤) 등의 차등이 얼마나 나라에 큰 폐해를 끼쳤는가를 깊이 깨닫고 있다. 그래서 갑오경장 이후 제정된 노비제도 폐지와 사민평등의 신분계급 타파론을 생각하며 자기 집안에 대해 심한 자괴감을 느끼기도 한다. 하지만 그는 의식의 차원에서는 이러한 개혁사상에 찬동하면서도, 실제 생활에 있어서는 기존의 양반의식에서 벗어나지 못한다.

태환은 쌍순에게 몸을 요구하면서, 그녀가 천출이 아니었다면 혼례를 치를 수도 있을 것이지만 천출이기 때문에 나중에 소실로 삼을 수는 있을 것이라고 한다. 그에게 동학운동은 생각만 해도 끔찍한 민란이며, '야소교(耶蘇敎)'는 이단적 사상이다. 종육품 산사까지 지낸 인섭의 부친이 왜 하필이면 장삿길을 택했는지 알 수 없다고 생각하기도 한다. 독립선언서를 인쇄한 이유로 잡혀가서 모진 고문을 당할 때, 정작 그를 괴롭힌 것은 자기 몸의 고통이 아니라 "집안의 가주인 큰형이 왜적에게 모욕적인 고문과 희롱을 당하는 것"[39]이다. 그가 소설의 말미에서 급격한 정신적 변모를 겪으며 독립운동에 투신할 결심을 하고 만주로 가는데, 그 이유도 죽은 큰형 영환의 뜻을 받든다는 데 있다. 결국 영환이 온전히 성리학적 이념

---

39) 문학과지성사본, 6권, 159쪽.

에 뿌리박은 조선조 양반의식을 지녔다면, 태환은 표면적으로는 개화했지만 내면적으로는 조선조 양반의식을 지니는 이중적인 모습을 드러낸다고 하겠다.

태환이 조직한 계정회 회원들 역시 그의 이러한 역사의식을 공유한다. 계정회는 홍화학교 동료들의 모임으로 의병들의 군자금을 모금하기도 하고 3·1 운동에 적극 가담하기도 한다. 하지만 이들이 가장 분개하는 사건은 광무황제의 강제 퇴위이며, 이들이 가장 감격스러워하는 것은 광무황제의 부름을 받아 군자금 모금을 권장하라는 옥음을 들었다는 사실이다. 이들이 신학문을 익히고 개화사상을 받아들여 반일운동과 국권수호를 위해 노력하는 것이 사실이지만, 정신적인 변혁을 겪지는 못함으로써 근본적으로는 근대 사회의 이념을 받아들이고 새로운 사회를 개척해 나갈 만한 정신의 소유자가 되지는 못한다.

이런 점에서 김씨 가문의 마지막 종손인 동석 역시 이러한 맥락 위에 있다. 유학중 다섯 달 만에 귀국하기는 했지만 그 역시 신교육을 받은 개화청년이며, 3·1 운동에 적극 가담할 정도로 민족의식이 투철하다. 하지만 3·1 운동 이후 아버지 영환이 죽고 집안이 몰락하자 그가 찾은 곳은 김씨 가문의 선산이다. 남양 성주골에서 남의 눈에 띄지 않기 위해 새벽을 틈타 선산에 올라, 그는 그곳에서 가문의 몰락을 확인한다. 그는 그 자리에서 가문의 몰락을 한탄하며 가문의 몰락을 지켜보아야만 하는 자신의 불충불효를 자책한다. 가계의 측면에서도 그렇지만 정신적인 면에서도 그는 김씨 가문의 종손임에 틀림이 없다.

### 2) 친일의 논리

송근술 집안은 김씨 가문과 대척적 자리에 놓인다. 김씨 가문이 존왕양이에 뿌리를 둔 양반의식을 끝까지 고수하며 일본에 항거하여 몰락을 초래했다면, 송근술은 일본의 힘을 등에 업고 성장하는 신진 계급이라고 할 수 있다.

송근술은 철도공사장에서 막일꾼으로 일하면서 일본어를 익히고, 그것을 기반으로 일본인과 친밀한 관계를 유지하며 성장의 기반을 다진다. 일진회에 들어 적극적으로 친일 행각을 벌이며 석유 공급 독점권을 얻어 막대한 부를 축적한다. 그에게 이러한 계급 상승의 기회를 주는 일본은 개국이래의 고마운 은인이다. 여기서 그가 부를 축적하는 근본적인 수단이 석유라는 근대의 산물이며, 또한 그가 석유를 파는 상인이라는 점은 흥미롭다. 말하자면 그는 본래 노비 출신이지만 근대적 상인 계급의 면모를 동시에 보여주는 것이다.

송근술의 이러한 친일 행위의 심리적 근거는 김씨 집안에 대한 복수심에 있다. 비록 서자지만 자기를 노비로 부린 아버지 김효순에 대한 원한이 그의 행동의 근원이 된다. 물론 김씨 집안의 쌀 오백 섬을 훔친 데 대한 취조 과정에서 그의 큰아들 준배가 장독으로 죽는 사건도 이러한 복수심에 한몫을 담당한다. 그런데 이러한 복수심의 이면에 김씨 가문에 편입되고자하는 또 다른 욕망이 숨어 있다는 점은 흥미롭다. 그는 석유를 팔아 축적한 부를 가지고 오직 김씨 가문의 장토를 사들이는 데 골몰한다. 그는 결국 김씨 가문의 장토를 모두 사들이고 그 가택마저도 차지하게 된다. 송근술에게 김씨 가문의 장토과 가택은 자신의 존재증명의 수단이 되는 셈이다.

이런 점에서 그는 표면적으로는 노비와 근대적 상인 계급의 면모를 공유하지만, 그의 의식의 뿌리에는 양반에 대한 깊은 소망적 사고가 내재해 있다고 하겠다. 이러한 송근술의 의식 구조는, 그가 김효순 가문의 선산 뒤 북바위 쪽 산을 사서 장차 자신이 묻힐 무덤 자리를 만들었다는 대목에서 극명하게 드러난다. 결국 그의 역사의식은 김씨 가문과 표리의 관계에 놓인다.

보경(쌍순)의 친일 행적 역시 김씨 가문에 대한 복수심이라는 개인적 차원에서 출발한다. 그녀는 태환에게 겁간을 당해 상엿집에서 현우를 낳음으로써, 조선조 양반과 남성에 대한 혐오감을 싹틔운다. 그녀는 서양 선교사 그레이스 여사가 남긴 재산을 기반으로 일본인과 결탁하여 막대한 부를 축적한다. 그녀가 부를 축적하는 근원적 수단이 왜식 여관과 요릿집 운영이라는 점에서, 그녀 역시 송근술처럼 근대적 상인 계급의 면모를 지녔다고 할 수 있다. 하지만 그녀는 확실하고 당당한 자기 논리와 신념을 지니고 있다는 점에서 송근술과는 근본적으로 차이가 있다.

> "저는 세계 대세와 흐름에 순응허구 싶을 뿐입니다. 나라가 이 지경이 된 것은 우리 백성의 잘못이 아니외다. 수백 년에 걸쳐 이 나라를 다스려 온 군주와 조정 대신과 지방 관장(官長)의 학정과 폭정이 이 나라를 오늘과 같은 병 깊은 나라루 만든 것입니다. 구순삼식(九旬三食)두 어려운 백성에게는 임금은 고사허구 나라두 안중에 없습니다. 태초에 나라와 임금이 있기 전에 사람이 먼저 있었습니다. 세끼 밥만 먹여주는 세상이면 백성은 어느 나라 어느 임금이건 상관허지 않습니다. 종문서 없애구 사민평등(四民平等)의 신법이 내렸어두 이 나라 수많은 하례들은 아직두 상전을 뫼시구 행랑살이를 허구 있습니다.(후략)"[40]

> "저는 조선의 유교적 관습을 못마땅허게 생각하는 사람이에요. 조선의 관습은 이 나라 여성들에게 태어나서 죽는 날까지 남자들을 위해 참구 희생하라구만 가르치구 있어요. 출가 전에는 부모에게 효도허구 출가 후에는 남편을 공경허고 늙어서는 다시 자식을 위해 조선 여인들은 참고 희생허고 봉사허는 것이 미덕으로 되어 있어요.(중략) 제가 독신을 고집허는 것은 그 불평등을 참을 수가 없기 때문이에요. 저는 여성에 대한 조선 남성들의 이기심과 독점욕을 용서헐 수 없어요. 그들의 이기심과 우월감이 고쳐지지 않는 한 조선 여인들의 결혼 생활은 감옥 생활이나 마찬가지예요."[41]

---

40) 문학과지성사본, 5권, 76-77쪽.
41) 문학과지성사본, 5권, 186쪽.

위의 첫 번째 인용문에서 보듯이 보경의 친일 행적의 근원은 조선조 양반에 대한 적대감에서 비롯되고 있다. 이것은 단순히 개인적인 차원에서의 적대감이 아니다. 그녀의 의식은, 조선 양반들이 자기 계급의 편의를 위해 오랜 세월 동안 구축해 놓은 유교적 인습에 대한 비판에 근거한다. 태초에 나라와 임금이 있기 전에 사람이 먼저 있었다는 그녀의 말에서는 천부인권사상을 읽을 수도 있다. 두 번째 인용문에서 보듯이 그녀는 남녀평등을 논변하기도 한다. 그녀는 가부장제가 뿌리 깊이 박힌 조선조의 남성중심 사회에서 결혼은 여인들의 감옥이라고 말한다. 보경의 사고는 전근대적인 인습을 비판하며 합리적 근대 사회로 향하고 있다. 그녀에게 일본은 바로 근대적 모델이 된다. 그녀에게 일본은 단순히 부를 축적하기 위한 수단이라기보다 그녀가 소망하는 근대 사회의 한 모델이 되는 셈이다.

하지만 보경의 사고는 단순하지는 않다. 그녀는 무조건적으로 일본을 옹호하는 것도 아니며, 자기 조국의 백성들을 온전히 배반하고 있지도 않다. 그녀는 일본인 고등 관리 스기야마 앞에서 고종의 독살설을 강변하기도 하고, 비밀리에 인섭을 찾아가 박승학이 남긴 의병 활동의 증거를 없애라는 통보를 전하기도 한다. 그녀의 쌍둥이 오빠 필배가 독립 자금을 요구할 때 거금 5만원을 내놓기도 하며, 3·1 운동 당시에는 일본인 건물로 착각하고 자기 집에 돌을 던지는 조선 사람들을 묵묵히 지켜보면서 공포와 더불어 희열과 감동을 느끼기도 한다.

특히 보경이 자신이 축적한 부를 개인적인 영락을 위해 사용하지 않고 신식 사립학교를 세우겠다는 계획을 가지고 있었다는 점은 주목할 만하다. 그것은 개화에 동참하고 우리 민족이 보다 나은 길로 나아갈 수 있는 길을 모색하고자 하는 노력이라고 할 수 있다. 그녀는 확실하고 당당한 자기 논리를 가지고 있을 뿐 아니라 자기 나름의 사회적 이상도 가지고 있는 셈이다. 이러한 점에서 그녀는 개화당 친일 인사 이두헌과도 다르다.

이두헌은 현실 비판적인 안목을 지니고 있지도 않고 사회적 이상도 없다. 그는 시대의 대세를 따라 친일을 택한 현실주의자일 뿐이다.42)

### 3) 동도서기(東道西器)의 논리와 민족정신의 수호

인섭은 중인의 역사의식을 대표하는 인물로 꼽을 수 있다. 그는 흥화학교에서 신학문의 기초를 익히고, 경성의학교에서 서양의학을 공부하여 광제원의 양의원이 된다. 하지만 그는 일인의 입김이 거세지자 이를 견디지 못하고 광제원 의원직을 그만두고 낙향한다. 그는 대체로 온건한 성격을 유지하지만 단발령이 발표되어 조선인들이 모두 분개하는 때에 자의로 단발하는 과감한 행동주의자의 태도를 보이기도 하며, 개화승 동탄의 도움으로 서양식 병원을 개원하여 조선인과 일본인을 가리지 않고 치료해 주는 인도주의자의 면모를 보이기도 한다. 또한 만주로 박승학을 찾아갔을 때 학교를 세우고자한다고 말하는 그에게서는 애국계몽주의자의 일면을 발견할 수도 있다.

> "서세동점(西勢東漸)이 요즘처럼 난해서는 척사(斥邪)와 어양(禦洋)만으루는 우리가 좀체 견디어내기가 어려울 듯싶네. 그렇다구 개화에만 몰두를 해서 이것저것 가림 없이 채서(採西)만 하는 것두 몰골사나운 일이겠지. 내 생각에는 서양의 기(器)는 받아들이되 동양의 도(道)는 지키자는 동도서기(東道西器)의 절충안이 그중 나을 듯싶네마는……"43)

---

42) 이러한 친일의 논리는 황광수가 지적하듯이 "그 자체로 정당화될 가능성"(앞의 글, 391쪽.)이 없지 않다. 이 소설은 판단을 유보하고 인물의 심리를 따라가면서 그 자체를 보여주고 있기 때문이다. 결국 판단은 독자의 몫으로 남게 되는데, 웬만한 독자라면 그것을 정당하게 받아들이지는 않을 것이라고 생각한다. 이 소설은 보경의 친일 논리를 강변하고 있는 것은 아니고, 그녀의 내면과 삶을 보여줌으로써 한 인간에 대한 이해를 돕고 있다고 할 수 있다.

43) 문학과지성사본, 1권, 226-227쪽.

"파당에 들자구 신학문을 배우자는 게 아닐세. 앞으로 세상을 살아가자면 어려운 일들이 한두 가지가 아닐 듯싶네. 내 나름으루 바른 길을 잡아 살아가자면 우선 세상을 보는 눈부터 옳게 트여야 될 것 같네. 결국 내가 하려는 공부는 내 눈 뜨자구 하는 공불세."[44]

위의 두 인용문은 인섭의 행동에 대한 사상적 배경을 잘 드러내는 대목이다. 첫 번째 인용문에서 보듯이, 그는 서양의 이기를 받아들이되 동양정신은 잃지 않을 것을 주장하는 동도서기(東道西器)의 사상을 내면화하고 있다. 그에게 의학은 외세를 물리치고 나라를 부강하게 만드는 도구가 되는 셈이다. 이런 점에서 그의 정신은 멀리는 박지원 박제가 등을 대표로 하는 북학파의 실사구시 사상에 닿아 있으며, 가까이는 김윤식, 김홍집 등으로 대표되는 온건개화파의 개화사상과 맥락을 같이 한다. 하지만 두 번째 인용문에서 보듯이 그는 개화당이나 독립당과 같은 파당에 대해서도 초월해 있다. 근본적으로 근대적 합리주의를 내면화하고 있는 근대인의 면모를 보인다고 할 수 있다.

이 소설에서 문제적 인물로 꼽을 수 있는 인물은 박승학이다. 박승학의 행적은 의병 활동에 집약되어 있다. 그는 이 소설이 시작하기 이전 병신년에 이미 한 차례 의병 거병을 한 바 있다. 하지만 일본의 근대적 무력 앞에 우리 의병의 힘이 미약함을 깨닫고 새로이 의병을 일으키는 것에 대해 매우 신중한 자세를 취한다. 그럼에도 불구하고 을사조약과 한일신협약 이후 전국적으로 일어난 의병 거병에 동참하게 된다. 하지만 두 차례의 의병 거병의 결과로 의병뿐 아니라 민간인까지 많은 희생자를 남기게 되자 의병 활동에 대해 근본적인 회의를 지니게 된다. 그래서 이름을 바꾸고 죽산에 처박혀 훈장 일을 하다가 만주로 건너가 홀로 외롭게 살아간다.

박승학의 의병 활동은 당대 주류를 이루었던 양반 의병과는 근본적으

---

44) 문학과지성사본, 1권, 223쪽.

로 다르다. 양반 의병들은 존왕양이(尊王攘夷)와 축멸왜이(逐滅倭夷)를 통해 조선의 옛 도덕과 옛 제도, 옛 풍속을 되찾아야한다는 갱도광복(更圖匡復)의 기치 아래 일어났다고 할 수 있다. 그들은 개화와 개병을 부정하고, 일본의 막강한 국력을 인정하지 않는다. 그들에게 일본은 기신배의(棄信背義)의 패덕자에 지나지 않는다. 그들의 무기는 현실적 고려가 없는 성리학적 의리에 대한 신념이다. 이러한 신념으로 인하여 양반 의병들은 반상의 차별 의식에서 한 치도 벗어나지 못해, 적을 물리치는 것보다도 자신들의 권위를 더 중요시한다. 박승학에게 양반 의병들은 대세의 흐름에 눈이 어두워 과거에만 집착하는 복고적 이상주의자들이다. 그래서 그는 자신의 의병 활동에서 양반을 철저히 배격한다.

박승학은 거병에서 해산까지 의병 활동의 모든 상황에 대해 신중하다. 역사적 대의를 중요시하되 현실적 상황을 다각적으로 분석하고 판단하고 행동한다. 그래서 현실적으로 의병의 무력이 일본의 막강한 군사력 앞에서 무력하다는 판단 아래 피실격허(避實擊虛)의 전술을 구사한다. 그는 실제로 이러한 전술을 통해 상당한 전과를 올리기도 하지만 결국 그의 의병 활동 역시 역부족이다. 박승학을 문제적 인물이라고 지칭한다면, 그것은 그의 의병 활동이 아니라 바로 그가 의병 활동에서 실패한 지점에서 지니는 반성적 태도에 근거한다.

박승학은 의병 활동을 통해 역사적 딜레마를 경험하게 된다. 애초에 의병을 거병할 때부터, 그는 그것이 예정된 실패라는 사실을 알면서도 회의를 안고 대의를 위해 거병한다. 그의 거병 결심은 대의멸친(大義滅親)이라는 도덕적 결단과 그것이 무모하다는 회의적 사고 사이에 놓인다. 하지만 거병 후 전사하는 자기 수하의 병사들과 일본의 초토화 작전으로 말미암아 희생되는 백성들을 보며, 그는 거병에 대해 더 큰 회의를 지니게 된다. 그것은 역사적 이상과 불합리한 현실 사이에 놓인 것이다. 그는 이러한 과정을 겪으면서 나름의 믿음을 가지게 된다.

"허나 애초에 이 사람이 의병을 초모헌 것은 승산 없는 싸움임을 알면서두 우리 조선 백성에게 왜적과 싸우는 일 말구는 다른 일이 없었기 때문이외다.(중략) 우리가 얻고저 허는 것은 승전두 아니요 왜적의 멸망두 아니외다. 우리에게 주어질 그 고약허구 낭패스러운 패전 속에서 우리는 우리 조선 백성이 지닌 질기구 굳센 의지를 되살리고저 했든 것입니다."45)

"생목숨 내 손으루 끊을 수 없으니 원통허구 분헌 대루 참구 사는 도리 밖에. 허나 겉모양인 나라가 망했다구 그 땅에 깃들여 살든 민족이 곧 멸허는 건 아니지. 사람이 제 태어난 근본을 모르구는 살어두 산 게 아니구, 개돼지 같은 축생이나 다름없어. 권불십년이라 왜적두 언젠가는 거꾸러질 날이 있으리니, 우리가 근본만 잃지 않으면 기필쿠 잃은 나라를 되찾을 날두 있을게다. 그때꺼정 이천만 우리 동포가 제 넋을 옳게 지니구 굳세게 살어 남어야지……"46)

첫 번째 인용문에서 보듯이 박승학은 처음 기병할 때부터 자신이 일본을 이길 수 없다는 사실을 알고 있었다. 그럼에도 불구하고 그가 기병한 이유는 "조선 백성의 지닌 질기구 굳센 의기를 되살리"고자 하는데 있다. 두 번째 인용문에서 보듯이, 그는 자신의 의병 거병이 비록 실패로 돌아갔지만 그것이 아무 의미가 없는 행위는 아니었다는 점을 제시한다. 그것은 우리 동포가 제 넋을 잃지 않고 굳세게 살아남는다면 언젠가는 독립을 이룰 것이라는 믿음 위에 놓인다. 결국 박승학이 역사적 이상과 불합리한 현실 사이에서 갈등하고 회의하는 과정에서 깨달은 것은 민족정신의 수호에 대한 신념이라고 할 수 있다.

이 소설의 말미에서, 만주로 찾아온 인섭과 영조에게 "우리 마음 한구석에 조선 백성인 것만은 깊이 숨겨 간직해 두세" 하고 다짐하며, "당장은 해가 저물어 온 천지가 어둠뿐이네만 언젠가는 동녘 하늘에 기어이

---

45) 문학과지성사본, 5권, 39-40쪽.
46) 문학과지성사본, 6권, 184-185쪽.

먼동이 터올게야"[47]라고 하는 말에는 바로 이러한 정신주의가 깊이 담겨 있다. 이로써 본다면 이 소설의 제목 '먼동'은 일제 강점이라는 괴롭고 힘든 현실 속에서도 민족정신만을 올바로 지닌다면 언젠가는 조국의 독립이라는 밝은 미래가 올 것이라는 박승학의 신념을 담고 있다고 할 수 있다.[48][49]

---

47) 문학과지성사본, 6권, 327쪽.

48) 이런 점에서 이 소설의 말미를 문학과지성사본에서 수정한 것은 의미가 자못 크다. (본고 260-261쪽 참조.)

49) 황광수는 "이 작가의 삼분법적 계층구분이 너무 경직된 것이며, 그러한 구분 자체에도 오류가 있다는 사실을 확인하게 된다."(앞의 글, 389쪽.)고 비판한 바 있다. 여기에는 매우 중요한 문제가 담겨 있다. 이 소설은 인물들의 역사의식을 드러내는 데 주력하고 있으며, 실제로 이 소설에서 두드러지게 드러나는 인물은 양반, 중인, 노비의 세 계층이기 때문이다. 하지만 그들이 '경직된' 계층구분을 이루고 있다거나 '그러한 구분 자체에도 오류가 있다'고 판단하는 것은 무리가 있다.
　김효순에서 동석이 이르는 김씨 가문의 종손들은 유사한 정신적 맥락 위에 있지만 그들의 의식이 서로 같다고 보기 어렵다. 또한 중인을 대표하는 인섭과 숙학 역시 전혀 다른 삶과 의식을 지니고 있다. 물론 송근술과 보경의 경우도, 그 의식이 다를 뿐 아니라, 그들이 신진 상인의 면모를 지닌다는 점에서 노비 계급을 대표한다고 말하기도 어렵다. 무엇보다 이들 사이에 많은 부차적 인물들이 등장해서 당대에 대한 다양한 인식을 드러내고 있다는 점을 간과할 수 없다. 경환, 계환, 문석, 중석, 진석 등 김씨 가문의 후손들은 종손들의 의식에서 사뭇 벗어나 있으며, 우명하, 임봉한 등의 양반 지식청년들도 태환과 유사하지만 다른 의식을 보여준다. 영석이나 현우는 이미 계급을 논하기 어려운 신지식청년이며, 서규수, 봉선 등을 통해 당대 여인들의 내면을 보여주기도 한다. 필배, 종배, 동탄, 서운, 장두봉, 남동걸, 정국찬, 장쇠 등은 모두 하층계급 출신이지만 다양한 직업을 지니고 있으며 다양한 의식을 드러낸다. 이 중 특히 경환과 필배는 매우 흥미로운 인물이다. 경환은 자신이 서출 출신이라는 데 회의를 느끼고 청나라를 수차례 왕복하며 새로운 세계에 대한 비전을 지니고 있는 것으로 암시되며, 필배는 노비 출신이지만 이를 내적으로 극복하려는 의지를 지니고 있으며, 또한 선과 악을 동시에 드러내는 강렬한 인간상을 보여주고 있기 때문이다.
　이 소설의 인물은 영화과 태환, 박승학과 인섭, 송근술과 보경(쌍순)을 중심으로 구성되어 있다. 이들은 각각 세 계층의 기준 좌표가 된다. 그 사이에 다양한 직업과 성격의 인물들이 등장하며 다양한 의식을 드러낸다.

## 5. 결론

지금까지 첫째, 텍스트의 수정의 문제와 둘째 구성과 서술 양상, 그리고 셋째 다양한 인물들의 역사의식이라는 측면에서 홍성원의 『먼동』을 검토 정리해 보았다.

『먼동』의 텍스트는 동아일보 연재본, 동아일보사본, 문학과지성사본의 세 텍스트가 존재한다. 우선 두드러진 변화는 동아일보 연재본에서 한자 어구로 되어있던 장의 제목이 동아일보사본에서 우리말로 풀어서 제시되어 있다는 점이다. 이는 문학과지성사본에서 거의 그대로 채택된다. 문학과지성사본에서 표현상의 변화를 네 가지 정도로 요약할 수 있다. 첫째, 일부 부사어구를 삭제하였고, 띄어쓰기와 표기법에 맞게 수정하였다. 둘째, 반복된다고 생각되는 부분이나 부자연스러운 문장을 삭제하거나 수정하였다. 셋째, 대체로 대화에서 'ㅏ'형 어미를 'ㅓ'형 어미로 바꾸었다. 넷째, 내용상 모순되는 부분을 수정하여 일관성 있게 하였다. 내용상으로 근본적인 변화는 없으나 소설의 말미를 수정함으로써 의미를 풍부하게 하고 있다.

이 소설은 김효순, 송근술, 박종학의 세 가계에 속한 인물들이 3대 혹은 4대에 걸쳐 벌이는 일련의 사건들로 구성되어 있다. 여기서 김씨와 송씨의 가계는 긴밀하게 얽히며, 양반과 신진 계급의 몰락과 상승을 보여준다. 박씨의 가계는 주로 박승학의 의병 활동을 통하여 우리 민족의 식민지 상황의 비극과 희망을 드러내고 있다. 여기서 인섭은 박씨 가계와 앞의 두 가계를 매개하는 역할을 담당한다. 을사조약, 군대해산, 한일합방, 3·1 운동과 같은 역사적 사건이 이 소설이 후경에서 인물들의 행동과 의식을 규정하기도 한다. 또한 이 소설의 서술자는 인물들의 입장에서 보고 말하는 서술 방식을 택함으로써, 각 인물의 생각을 인물의 입장에서 대변한다.

이러한 서술 양상은 다양한 인물들의 역사의식을 드러내는 데 매우 효과적인 장치가 된다.

　이 소설의 주요 인물이라고 할 수 있는 영환과 태환, 박승학과 인섭, 송근술과 보경(쌍순)은 각각 일정한 정도 서로 의식의 공유와 충돌을 드러내며 자기 계급의 의식을 대변한다. 그것은 각각 성리학적 이념에 뿌리박은 양반 의식, 친일을 통해 부를 축적하는 신진 계급, 중인의 합리적 실리주의적 태도이다. 하지만 이들이 자기 계급에 대한 일반적이고 전형적인 대표격이라고 말하기는 어렵다. 태환의 경우 한편으로 김씨 가문과 의식을 공유하지만 다른 한편으로 개화청년의 일면을 지닌 이중적 의식구조를 지녔으며, 박승학은 의병장이면서도 의병 활동에 대해서 끊임없는 회의를 품는다. 보경의 경우 노비출신이면서 상승하는 신진 상인 계급의 일면을 보이기도 한다. 이들은 자기 계급에 대한 전형은 아니지만 이 소설에서는 다양한 인물들의 의식에 대한 일종이 좌표가 된다. 이 소설에는 다양한 직업과 성격을 지닌 인물들이 등장하는데, 이들은 위의 인물들 사이에 위치하여 다양한 의식을 드러낸다.

　『면동』은 1901년에서 1919년 사이 우리 민족의 삶을 객관적으로 그리고 있는 소설이다. 여기에 등장하는 많은 인물들은 제각각의 목소리로 자신의 생각을 드러낸다. 그럼으로써 이 소설은 당대를 살았던 다양한 인물들의 모습을 그릴 뿐 판단하지 않는다. 말하자면 이 소설은 몇몇 인물들만이 옳고 다른 인물들은 그르다고 말하는 것을 거부한다. 여기에 이 소설의 가장 중요한 주제가 담겨 있다고 할 수 있는데, 요컨대 인간은 누구나 자기 몫을 살며 그것은 그 자체로 긍정할 수 있다는 것이다.

# 참고문헌

1차 자료

홍성원, 「먼동」, 『동아일보』, 동아일보사, 1987. 9. 1-1991. 2. 28.

홍성원, 『먼동』, 1-5, 동아일보사, 1991.

홍성원, 『먼동』, 1-6, 문학과지성사, 1993.

홍성원, 「달과 칼」, 『대구매일신문』, 1985. 6. 1-1988. 6. 2.

홍성원, 『달과 칼』, 1-5, 한양, 1993.

홍성원, 「水賊」, 『서울신문』, 서울신문사, 1991. 4. 1-1992. 9. 28.

2. 논문 및 평론

김병익, 「어둠의 역사와 문학의 빛」, 『현대문학』, 462, 현대문학사, 1993. 6.

김외곤, 「마음속 옳고 그름의 행방 찾기-홍성원의 『먼동』」, 『현대소설』, 현대소설사, 1992. 여름.

김인환, 『언어학과 문학』, 고려대학교 출판부, 1999.

김치수, 「개인과 역사 1;『먼동』과 『늘 푸른 소나무』」, 『문학과사회』, 문학과지성사, 1993. 8.

김치수, 「남성문학의 세계」, 『작가세계』, 18, 세계사, 1993, 가을.

오생근, 「『먼동』의 역사의식과 문학적 전망」, 『작가세계』, 1993. 가을.

이승준, 「『남과 북』의 개작 연구」, 『우리어문연구』, 24, 우리어문학회, 2005. 6.

황광수, 「분화된 역사인식과 휴머니즘의 파탄」, 『창작과비평』, 81, 창작과비평사, 1993. 가을.

노먼 프리드먼, 「소설이 시점」, 『현대소설의 이론』, 김성규 역, 예림기획, 1997.

3. 기타

홍성원, 「동트기 직전 새벽은 더 어둡다-연재소설 『먼동』 대장정을 마치며」, 『동아일보』, 동아일보사, 1991. 2. 28.

홍성원, 「『먼동』의 의병장 박승학 장군에게-작가의 편지」, 『동아일보』, 동아일보사, 1996. 4. 23.

홍성원 홍정선, 「대담-자신과 세상을 향해 던지는 '그러나'라는 질문」, 『홍성원 깊이 읽기』, 문학과지성사, 1993.

홍성원·손영목·김외곤, 「대담-문학적 상상력을 통한 현실·역사의 내면 탐구에의 도정」, 『문학정신』, 1992. 11.

# 『남과 북』 연구
## ─ 한국전쟁의 총체적 형상화[1] ─

## 1. 서론

홍성원의『남과 북』은 월간『세대』지에 1970년 9월부터 5년 2개월 동안「육이오」라는 제목 아래 발표된 소설이다. 이 소설은, 한국 전쟁 발발 직전인 1950년 4월에서부터 휴전이 성립된 1953년 9월까지 약 3년 반의 기간 동안 한반도에서 벌어진 다양한 사건들을 다루고 있다. 이 소설에는 약 30여명의 주요인물이 등장하며, 미국군과 중국군 그리고 소련군 등을 포함하는 많은 주변인물도 등장한다. 요컨대 이 소설은, 원고지 약 만 매 가량의 분량 안에, 다양한 인물들을 통해 한국전쟁이 벌어졌던 시간동안의 다양한 양상들을 사실적으로 형상화한 작품이다.

이 작품은 작가에 의하면 4년여 동안의 준비 작업을 거쳐 착수한 작품으로 작가 자신이 가장 많은 노력을 기울이고 애정을 갖고 있는 작품으로 알려져 있다. 그럼에도 불구하고 제2회 반공문학상 대통령상을 받음으로써,[2] 이 작품은 은연중에 홀대를 받게 된다. 1990년대 이전까지『남과 북』

1) 이 논문은 아래 두 논문을 통합 개정 보완한 것임.
이승준,「『남과 북』의 개작 연구」,『우리어문연구』24, 우리어문학회, 2005, 6.
이승준,「홍성원의『남과 북』에 나타나는 죽음과 탄생의 의미」,『어문논집』52, 민족어문학회, 2005, 10.
2) 이 작품은 1977년 제2회 반공문학상 대통령상을 받게 되는데, 작가에 의하면 이 상의 수상으로 인해 오랫동안 이 작품이 비평계의 홀대를 받게 되었다고 한다. 반공문학상을 받음으로써 이 작품이 은연중에 반공물로 매도되었다는 것이다.(홍성원・홍

에 대한 논의는 미미하게 진행되어 왔다.[3] 그러다가 90년대를 지나면서 논의가 비교적 활발해지고, 2000년대에 이르러서는 이에 대한 학위논문도 나오게 된다.[4]

---

정선, 「자신과 세상을 향해 던지는 '그러나'라는 질문」, 『홍성원 깊이 읽기』, 문학과 지성사, 1997, 59쪽.) 이는 사실상 증명하기 어렵다. 다만 홍성원은 여러 편의 글에서 「육이오」 연재 당시의 정치적 제약에 대해 토로한다.(홍성원 외 3인, 「전쟁문학으로서의 「육이오」」, 『세대』, 1975. 10.; 홍성원, 「막다른 골목에 몰린 폭력에 대한 호기심」, 『남과 북』, 1, 문학사상사, 1987 참조). 그가 "作品 製作上의 에로와 고충은 나를 때때로 신경증적인 절망감으로 몰아넣었다"'(홍성원, 「후기」, 『남과 북』, 7, 서음출판사, 1977, 452쪽.)고 말할 정도로 그의 갈등은 심했다.

이러한 문제를 해소하기 위해, 홍성원이 이 작품을 개작한 것은 사실이다. 홍성원은 조총련계에서 전향하여 한국 문학을 일본에 소개하는 데 많은 기여를 한 한 재일 교포로부터, 북한에서 자신이 반공 작가 제1호로 지목되고 있다는 사실을 듣고 큰 충격을 받는다. 그는 이에 대해 "어느 한 체제나 국가로부터 기피 인물이나 공적(公敵)으로 지목된다는 것은, 굳이 작가가 아니더라도 유쾌한 일은 아니다. 특히 같은 동포인 북한 사람들로부터 반공 작가 1호로 지목되었다는 사실은, 그 이유야 어디에 있든 내게는 결코 예사로울 수 없는 일이다. 게다가 더욱 난감한 것은 그들이 나를 반공 작가 1호로 지목한 데에 대해, 나 스스로도 부분적으로 동의할 수밖에 없다는 사실이다. 이 암묵적인 나의 동의는 『남과 북』이라는 작품이 지닌 어쩔 수 없는 미완의 한계 때문이다. 언젠가는 보완 개작이 불가피하다고 생각해 온 나에게, A씨와의 그날의 대화는 보완 작업을 앞당기는 중요한 계기로 작용한 셈이다." 하고 썼다.(홍성원, 「보완과 개작에 대한 짧은 해명」, 『남과 북』, 1, 문학과지성사, 2000, 5-6쪽.)

3) 1990년대 이전까지의 논의로는 다음과 같은 글이 있다.

진덕규, 「정치의 위선과 전쟁의 진실」, 『문학과지성』, 문학과지성사, 1975, 가을.

김병익, 「6·25 콤플렉스와 그 극복: 홍성원의 소설 『남과 북』」, 『문학과지성』, 문학과지성사, 1975, 겨울.

이동하, 「총체성이 포착을 향한 도전: 홍성원의 『남과 북』」, 『문학사상』, 문학사상사, 1986. 6.

4) 90년대 이후의 논의로는 다음과 같은 글이 있다.

송희복, 「전쟁과 애증 혹은 욕망의 서사시」, 『문학사상』, 1993. 4.

김치수, 「남성문학의 세계」, 『작가세계』, 18, 세계사, 1993 가을.

김현숙, 「홍성원의 소설 『남과 북』 연구: 인물 구조를 중심으로」, 『성신어문학』, 성신어문학회, 1995. 2.

서준섭, 「한국전쟁, 집단적 비극의 소설화」, 『감각의 뒤편』, 문학과지성사, 1995 참조.

권오룡, 「주체 찾기의 모험과 그 의미; 개작된 『남과 북』에 부쳐」, 『남과 북』, 6, 문학과지성사, 2000.

김병익, 「남북 화해의 기대 속에서 다시 읽는 『남과 북』」, 『문학과사회』, 51, 문학과

이 소설에 대한 90년대 이전의 논의 중에서는 김병익의 글이 주목된다. 김병익은, 6·25 콤플렉스가 식민지 콤플렉스와 더불어 한국인의 의식에 부정적 역할을 담당하는 2대 심성구조라고 전제한다. 그리고 그는 『남과 북』이 이러한 6·25 콤플렉스로부터의 해방 가능성을 제시한다고 한다.[5]

90년대 이후의 논의 중 대표적인 논의로는 김치수와 서준섭의 글을 꼽을 수 있다. 김치수는, 『남과 북』이 홍성원의 세계 가운데 제일 먼저 주목되는 군대 소설의 집대성이라고 하며, "전쟁문학의 한 장을 열고 있다"고 평가한다.[6] 한편 서준섭은 '민족 집단의 비극적 수난사'라는 측면과 '완강한 생존의 의지'라는 측면에서 살피고, 이 소설이 손창섭, 김승옥의 인물이 보이는 왜소한 인물의 거부, 작가의 강인함 그리고 인간의 의지에 대한 남다른 집착이 드러남을 강조한다.[7] 이밖에 인물 구조의 측면에서 다룬 김현숙의 글[8]이나 대체로 사회적 측면에서 조망한 김명준의 글[9]도 이 소설의 의미를 밝히는 데 기여하고 있다고 판단된다.

『남과 북』에 대한 지금까지의 논의는 크게 세 가지 측면에서 다루어졌다. 첫째 전쟁문학으로서의 의미이다. 김치수가 지적하듯이, 이 소설은 홍

---

지성사, 2000. 8.

정성진, 「홍성원의 『남과 북』 연구」, 석사학위논문, 성신여자대학교, 2001.

김명준, 「한국분단소설 연구: 『광장』, 『남과 북』, 『겨울 골짜기』를 중심으로」, 박사학위논문, 단국대학교, 2002.

김명준, 「홍성원의 『남과 북』론」, 『동양학』, 33, 단국대학교 동양학 연구소, 2003. 2.

유임하, 「80년대 분단문학, 역사의 진실 해명과 반공주의의 극복: 『남과 북』, 『지리산』, 『태백산맥』을 중심으로」, 『작가연구』, 15, 새미, 2003. 2.

강진호, 「반공의 규율과 작가의 자기 검열: 『남과 북』(홍성원)의 개작을 중심으로」, 『상허학보』, 15, 상허학회, 2005.

이동재, 「소설의 화법과 한국전쟁(6·25)의 소설적 해석: 홍성원의 『남과 북』」, 『Journal of Korean Culture』, 31, 한국어문학국제학술포럼, 2015.

5) 김병익, 「6·25 콤플렉스와 그 극복: 홍성원의 소설 『남과 북』」, 참조.

6) 김치수, 위의 글 참조.

7) 서준섭, 위의 글 참조.

8) 김현숙, 위의 글 참조.

9) 김명준, 위의 글 참조.

성원의 '군대 소설의 집대성'으로 '전쟁문학의 한 장을 열고 있다'고 평가할 수 있다.10) 이 소설은 한국전쟁의 비극적 현장을 생생히 그리고 있으며, 전쟁의 폭력성과 야만성을 잘 보여주고 있기 때문이다. 둘째 이 소설이 지니고 있는 한국전쟁의 역사적 의미에 대한 탐구이다. 대체로 설경민을 중심으로 드러나는 이러한 의미는 한국전쟁에 대한 주체적 자각으로 요약할 수 있다. 김병익은 '『남과 북』에 대해 최대의 관심과 평가를 기울여야하는 것은 <남의 전쟁>을 <우리의 전쟁>으로 환치시키려는 작가의 탁월한 착상'11)이라고 말한다.12) 셋째 한국전쟁으로 인한 사회변동의 문제이다. 진덕규는 '버드내는 곧 우리 사회의 축소'라고 지적하면서, '우씨 집안의 몰락에서, 한국 전통 사회의 지배 구조 또는 전통적인 생산 양식인 토지 자본 소유자들의 전통지향성이 어떻게 몰락하고 있는가를 보여주고 있다'13)고 평가한다.14)

---

10) 김치수, 「남성문학의 세계」, 『작가세계』, 18, 세계사, 1993 가을, 45쪽.

11) 김병익, 「6·25 콤플렉스와 그 극복」, 944쪽.

12) 설경민은 처음에 '대리전쟁론'을 펴지만, 그의 의식은 한국전쟁을 우리의 전쟁으로 수용해야한다는 자각으로 발전한다. 이에 대해 비교적 자세히 논의한 글로는 권오룡의 「주체 찾기의 모험과 그 의미」,(『남과 북』, 6, 문학과지성사, 2000.)를 꼽을 수 있다.

13) 진덕규, 위의 글 참조
(여기서는 「정치의 위선과 전쟁의 진실」, 『홍성원 깊이읽기』, 문학과지성사, 1997, 199쪽.)
이러한 문제는 이후 김병익의 위의 글과 김명준의 논문(「한국분단소설 연구」, 박사학위논문, 단국대학교, 2002와 「홍성원의 『남과 북』론」, 『동양학』, 33, 단국대학교 동양학 연구소, 2003. 2.)에서 재차 확인된다.

14) 이러한 논의들은 대체로 여러 글들에 편재해 있어 개별적 주제에 대해 집약적으로 다루어지 않았다. 이 소설에 대한 연구는 이외에도 다음과 같은 글들에서 이루어졌다.
이동하, 위의 글 참조.
송희복, 위의 글 참조.
김현숙, 위의 글 참조.
서준섭, 위의 글 참조.
김병익, 「남북 화해의 기대 속에서 다시 읽는 『남과 북』」 참조

90년대 이후 상당한 논의가 진행되었음에도 불구하고, 『남과 북』에 대한 논의는 여전히 만족할 만한 수준이라고는 할 수 없다. 무엇보다 문제가 되는 것은 이 소설이 세 차례에 걸쳐 개작이 이루어졌고, 특히 2000년 문학과지성사에서 발간한 판본은 획기적으로 개정되었는데도 불구하고, 이에 대한 논의가 부족하다는 점이다.15) 여러 가지 의미가 있겠지만, 연재 당시의 정치적 제약을 해소하겠다는 작가의 확고한 의지가 보인다는 점만으로도 문학과지성사본은 매우 중요한 의미를 지닌다. 개작이 반드시 개선이라고 말할 수는 없다. 하지만 이러한 경우 『남과 북』 연구에 있어 문학과지성사본을 간과할 수는 없으며,16) 이 판본에 대한 심도 있는 논의는 필수적이라고 판단된다.

본 논문은 크게 세 가지 관점에서 이 작품에 접근하고자 한다. 첫째, 이 작품의 개작의 문제이다. 이 작품의 개작에 대한 고찰은 이미 몇몇 논자에 의해서 이루어졌으나17) 보다 세밀히 따져보아야 할 부분들이 많이 있

---

정성진, 위의 글 참조

유임하, 위의 글 참조

15) 이 소설의 개작에 대한 연구가 전혀 없는 것은 아니다. 권오룡, 김병익, 정성진의 앞의 글에서 이에 대해 논의한 바 있다. 하지만 이 소설의 개작 문제가 온전히 해명되지는 못했다. 권오룡, 김병익이 중요한 지적들을 하고 있지만, 이들의 글은 텍스트를 꼼꼼히 검토하지 않고 있다. 정성진의 경우 이 소설의 여러 텍스트들을 꼼꼼히 다루고 있지만, 대체로 텍스트 확정에 초점을 맞추고 있어 개작이 담고 있는 의미를 밝히는 데는 부족하다고 판단된다.

16) 이런 점에서 김명준, 유임하의 연구는 텍스트 선정에 있어 다소 문제가 있다고 판단된다. 문학과지성사본이 출간된 이후의 연구인데도 불구하고, 연구대상에 대한 아무런 언급도 없이 문학사상본을 연구 텍스트로 삼고 있기 때문이다. 물론 문학사상본을 연구 텍스트로 삼을 수 있다. 하지만 이렇게 판본이 여러 종류이고 더욱이 정치적 제약을 해소하기 위해 개작된 판본이 있을 경우, 연구 대상에 대해서는 간략한 언급이라도 할 필요가 있다고 본다.

17) 이 소설의 개작 문제는 다음과 같은 글에서 다루고 있다.

김병익, 「남북 화해의 기대 속에서 다시 읽는 『남과 북』」 참조.

권오룡, 위의 글 참조.

정성진, 위의 글 참조.

다. 둘째, 이 소설의 구조적 측면이다. 이에 대해서는 이 소설 화소의 배열이라는 구성적 특성과 작가와 인물의 목소리라는 소설 양상 등의 문제를 다룰 것이다. 셋째 이 소설에 나타나는 죽음과 탄생의 의미에 대한 문제이다. 이 소설의 많은 주요인물들은 죽음으로 끝마친다.[18][19] 하지만 여기에는 새로운 탄생도 있다. 미래적 희망이라는 점에서, 그것은 더 중요한 의미를 지닌다고 말할 수도 있다. 연구 대상으로 삼을 텍스트는 기존에 출판된 『남과 북』의 모든 판본이며, 특히 주목할 텍스트는 가장 현저히 개작된 것으로 보이는 문학과지성사본이다.

## 2. 개작에 대한 연구

### 1) 개작의 과정

홍성원의 『남과 북』은 「육이오」라는 제목 아래 월간 『세대』지에 1970년 9월부터 1975년 10월까지 5년 2개월 동안 한 번도 거르지 않고 총 62

---

18) 여기에서 오영탁, 모희규, 조만춘, 변칠두, 서동필은 전사하며, 신동렬, 손정남, 최선화, 우효중은 자살을 한다. 그리고 설규헌, 우동준, 우효석, 조명숙은 전쟁 포로로 죽음을 맞이하게 되고, 한상혁과 킬머는 사고사를 당한다. 또한 최완식, 강윤정은 죽음으로써 비굴한 삶에 대한 대가를 치루기도 한다. 설경민이 부상과 민관옥, 박가연의 정신이상도 육체와 정신의 파괴라는 점에서 이러한 죽음의 연장선상에서 이해할 수 있다.

19) 이에 대해서는 이미 김병익, 서준섭, 김현숙 등에 의해 언급된 바 있다. 김병익은 『남과 북』의 등장인물들은 자기의 생존에 어떤 의미를 부여할 틈도 없이 죽음을 향해 치닫는다. 그 세대가 허용하는 것은 어떻게 사는가, 어떤 의미를 찾아야 하는가 하는 인간적인 고민의 여유가 아니라 오직 삶과 죽음의 급박한 택일뿐이었다'(김병익, 「6·25 콤플렉스와 그 극복」, 936쪽.)고 말한다. 서준섭도 '이야기의 귀결은 등장인물의 대다수가 죽는 것으로 그려지는데, 이 점은 이 전쟁을 바라보는 작가의 시각을 반영한다'(서준섭, 위의 글, 318쪽.)고 말한다. 김현숙도 '주요 인물들의 운명이 대부분 파멸과 죽음이라는 양상으로 완료되고 있다는 점'(김현숙, 위의 글, 30쪽.)을 이 소설의 중요한 특성으로 꼽는다.

회 연재되어 완결된다. 이 작품은 1977년 서음출판사에서 총 7권으로 최초 출판되었다. 이때 제목이 『남과 북』으로 바뀌었는데, 이것은 이후 이 소설의 제목으로 확정된다. 1982년에는 대호출판사에서, 1983년에는 중앙서관에서 총 7권으로 다시 출판된다.[20] 1987년에 문학사상사에서, 2000년에 문학과지성사에서 총 6권으로 개정 출판된다. 이렇게 해서 이 작품의 판본은 총 6개가 된다. 하지만 대호출판사본과 중앙서관본은 표지, 화보, 페이지는 물론 오자, 탈자까지 모두 서음출판사본과 같다. 이들은 모두 같은 판을 가지고 다른 출판사에서 찍은 책으로 추측된다. 그래서 실제적으로는 이 소설의 판본은 세대본, 서음출판사본(이후 서음본), 문학사상사본, 문학과지성사본 등의 네 개가 존재하는 셈이다.[21] 이렇게 볼 때 이 작품은 한 개의 원작이 세 번의 개작을 거쳤다고 할 수 있다.

## 2) 개작에 따른 구조적 변화

### 가) 체재의 변화

『남과 북』의 개작의 과정에서 우선 눈에 띄는 것은 체재의 변화이다. 모든 판본은 총 3부로 되어 있으나 그에 다른 소제목과 장절의 구분은 개작을 통해 큰 변화의 과정을 거쳤다. 각 판본의 체재를 요약 정리하면 다음과 같다.

> 1) 세대본: 총 3부로 나누어 짐. 장절 구분이 있을 뿐 각 부의 소제목이 없다. 제1부(서장, 1-3장), 제2부(4-8장), 제3부(9-11장, 종장). 각 장의 장 번호 바로 다음에 에피그램이 붙음.2) 서음본: 제1부 가장 긴 여름(서장, 1-3장), 제2부 凍土(4-8장), 제3부 生과 死(9-11장, 종장). 세대본의 에피그램이

---

20) 1983년 판본의 경우 발행처는 도서출판 성한으로, 제작공급은 중앙서관으로 되어있다.
21) 이하 세대본, 서음본, 문학사상사본, 문학과지성사본 등으로 표기.

그대로 실림.

3) 문학사상사본: 제1부 가장 긴 여름(서장, 1-4장) 제2부 동의할 수 없는 죽음들(5-8장) 제3부 키가 작아 보이지 낳는 평화(9-11장, 종장). 장절의 변화에 따라 몇몇 에피그램도 바뀜.

4) 문학과지성사본: 서장 제1부 가장 긴 여름(1-4장) 제2부 동의할 수 없는 죽음들(5-8장) 제3부 키가 작아 보이지 낳는 평화(9-11장, 종장) 문학사상사본의 에피그램을 그대로 실음.

결국 이 소설은 두 번에 걸쳐 체재가 개정된 셈이다. 위에서 보듯이 서음본과 문학사상사본에서는 체재의 변화를 보이지만 문학과지성사본은 문학사상사본의 체재를 그대로 따르고 있기 때문이다. 문학과사상사본은 부, 장, 절의 구분도 그렇지만 각 장의 앞에 붙은 에피그램도 문학사상본을 그대로 따르고 있다. 다만 한자를 상당수 없앴다는 점이 다르다. 따라서 이 소설의 체재는 문학사상사본에서 확정되었다고 할 수 있다.

**나) 문장 서술의 수정**

『남과 북』은 개작의 과정에서 문장 자체에도 많은 변화를 보인다. 다음 인용문은 세대본, 서음본, 문학사상사본, 문학과지성사본에 각각 나타나는 이 소설의 서두 부분이다.

오전중에 소낙비가 내린뒤 오후에는 날씨가 수정처럼 맑게 개었다.

경민(薛敬民)은 이층 편집실로 들어서자 곧장 자기 데스크인 외신부(外信部)쪽으로 다가갔다. 사(社) 내에는 기자들이 대부분 퇴근하고 당직기자 대여섯명만이 드문드문 각 부서에 앉아 있었다.[22]

오전중에 한차례 소낙비가 내린 뒤 오후에는 날씨가 수정처럼 맑게 개었다.

---

22) 세대본, 1회, 390쪽.

　경민薛敬民은 이층 편집실로 들어서자 곧장 자기 데스크인 외신부外信部쪽으로 다가간다. 사社 내에는 기자들이 대부분 퇴근하고 당직기자 5, 6명만이 드문드문 각 부서에 앉아 있다.23)

　오전중에 한차례 소낙비가 내린 뒤 오후에는 날씨가 수정처럼 맑게 개었다.
　경민은 이층 편집실로 들어서자 곧장 자기 데스크인 외신부 쪽으로 다가간다.
　사(社)내에는 기자들이 대부분 퇴근하고 당직기자 5, 6명만이 드문드문 각 부서에 앉아 있다.24)

　오전에 한차례 소낙비가 내린 뒤 오후에는 구름이 걷혀 하늘이 맑게 개었다.
　외출에서 돌아온 경민은 이층 편집실로 들어서자 곧장 자기 데스크인 외신부 쪽으로 다가간다. 사내에는 대부분의 기자들이 퇴근하고 당직 기자 대여섯 드문드문 각 부서를 지키고 있다.25)

　세대본과 비교한다면, 서음본은 첫째, '한차례'라는 단어가 삽입된 것, 둘째, 서술어가 현재형으로 바뀐 것,(이 점은 이후 판본에 모두 적용된다. 이는 이 소설을 보다 현실감 있게 만든다는 의의가 있다.) 셋째 한자의 괄호를 없애고 한자의 글자 크기를 작게 바꾸었다는 점이 다르다. 문학사상사본에서는 한자를 줄이고 다시 괄호에 넣었다. 그런데 문학과지성사본에서는 모든 문장을 새롭게 다듬었다. 이러한 예는 단적이지만 전체적으로 보아도 마찬가지이다. 서음본과 문학사상사본에서는 일부의 문장을 약간 다듬는 정도로 수정되었다. 하지만 문학과지성사본의 경우 매우 많은 문장이 수정되었고, 상당한 분량의 문장이 삭제되거나 첨가되기도

---

23) 서음본, 1권, 10쪽.
24) 문학사상사본, 1권, 19쪽.
25) 문학과지성사본, 1권, 25쪽.

한다. 대체로 전반부에서 많은 수정이 가해지고 후반부로 갈수록 수정이
적다.

### 다) 내용의 변화

『남과 북』은 세대본에서 문학사상사본에 이르기까지는 내용상 큰 차이
가 없다. 서음본에서는 세대본의 문장을 다듬는 수준에서의 개작이 이루
어졌고, 문학사상사본에서는, 체제의 변화가 있었지만 내용상 큰 변화가
이루어진 것은 아니다. 하지만 문학과지성사본에 이르러서는 묘사의 수준
을 넘어 내용상으로도 상당한 변화를 보인다. 첫째, 인물에 대한 묘사가
보다 구체화되는데, 이는 인물의 성격 변화를 가져오기도 한다. 둘째, 새
로운 인물이 등장하기도 한다. 새로운 인물은 대체로 북한 사람들이다. 셋
째, 북한 인민군의 행적이 상당 부분 삭제되거나 첨가되며, 중국군에 대한
묘사도 수정된다. 이러한 보완 수정 부분은 매우 자연스럽게 전체와 조화
를 이루고 있는데, 여기서 작가의 장인적 솜씨와 피땀 어린 노력을 확인
할 수 있다. 그럼에도 불구하고 부분적으로 작가의 의도가 필요 이상으로
노출되는 경향도 보인다는 점이다. 하지만 이는 이 작품의 가치를 떨어드
릴 정도로 한계를 넘어서는 것은 아니다.[26]

---

26) 유종호는 작품의 개작 문제를 논의하면서, 이 점을 매우 중요한 문제로 제기한다. 그
는 염상섭의 『만세전』을 예로 들면서 "마음대로 써 보자는 복원 충동은 8·15 이후
의 감격시대에 영합하여, 제3의 텍스트(1924년, 고려공사본)에 있던 반일적 요소를
과장하고 그렇게 함으로써 혹 반일적 민족적 저항적 작가라는 측면을 강조할 위험
성이 있다"(유종호, 「문학의 텍스트 확정」, 『문학이란 무엇인가』, 4판, 민음사, 1991,
24쪽.) 하지만 다행히 『만세전』은 이러한 유혹에서 벗어나 원작의 진정성을 훼손하
지 않는 한에서 개작이 이루어졌다고 평가한다. 『남과 북』 역시 이러한 위험을 안고
개작된 예이다. 이 작품도 이러한 면을 완전히 배제했다고 말할 수는 없지만, 위험
수위를 넘어서는 것은 아니다.

## 3) 문학과지성사본 개작의 의미

### 가) 인물 묘사 혹은 성격의 변화

『남과 북』의 문학과지성사본에서 우선 두드러지게 드러나는 점은 인물 묘사의 변화이다. 여기서 인물 묘사는 대체로 첨가된 부분이 많고, 일부에 한해서 삭제된 경우도 있다. 그런데 이러한 변화가 단순히 묘사의 차원에 그치는 것이 아니라 인물의 성격을 보다 분명하게 한다. 다음은 각각 서음본, 문학사상사본, 문학과지성사본에 나타나는 모희규에 대한 묘사 부분이다.

그 사흘간의 고난 중에 동렬은 희규라는 인간이 어떤 인간인가를 충분히 경험했다. 희규는 과연 소문으로 듣던 대로 놀랄 만큼 우수한 뱃사람 중의 하나였다. 아니 그는 뱃사람이기 이전에 대단히 재미있는 기이한 성격의 인간이었다.[27]

그 사흘간의 어려움과 고난 중에 동렬은 희규라는 뱃사람의 진면목을 알 수 있었다. 소문으로 듣던 대로 희규는 과연 놀랄 만큼 우수한 뱃사람 중의 하나였다. 아니 그는 뱃사람이기 이전에 남자라면 누구라도 좋아할 대단히 재미있는 기이한 성격의 인간이었다.[28]

그 사흘간의 고통스런 선상 생활 중에 동렬은, 우습게 생각했던 뱃사람 모희규에게서 남다른 매력과 놀라운 능력을 발견 했다. 남포 갯가에 떠돌던 유명짜한 소문대로 일등 선장 모희규는 과연 배와 바다에 관한 한 온갖 재주와 능력을 고루 갖춘 뛰어난 배꾼이었다. 아니 그는 뱃사람이기 이전에 남자라면 누구라도 좋아할 기이한 매력을 지닌 독특한 성격의 인간이었다.[29]

---

27) 서음본, 1권, 22쪽.
28) 문학사상사본, 1권, 28쪽.

위의 인용문은 신동렬의 입장에서 서술한 모희규에 대한 묘사 부분이다. 서음본과 문학사상사본에서 모희규에 대한 묘사는 약간의 차이가 있을 뿐이지만, 문학과지성사본에서 그것은 현저하게 달라진다. 첫 번째 인용문에서 모희규는 기이하고 재미있는 뱃사람이다. 여기에서는 모희규의 기인적 성격만이 강조되어 있는데, 그것이 구체적으로 어떤 것인지는 알기 어렵다. 두 번째 인용문에서 '남자라면 누구라도 좋아할'이라는 말이 첨가되어 다소 긍정적인 인상을 부여하고 있지만 여전히 그의 매력이 어디에서 오는지는 알기 어렵다. 하지만 세 번째 인용문에서는, 그의 기이함이 놀라운 능력에서 비롯되며 그것이 그의 인간적인 매력의 근원이 된다는 점을 알 수 있다.

앞의 두 판본이 정도의 차이는 있지만 모희규라는 인물에 대한 소개에 그치고 있다면, 문학과지성사본은 그의 구체적 인상을 통해 성격을 분명히 제시하고 있다. 그런데 더욱 중요한 것은 이러한 성격의 제시가 이후 모희규의 행동에 개연성을 부여한다는 점이다. 그는 재치로 의용군에 끌려갈 위기를 모면하기도 하고, 보통사람을 훨씬 넘는 힘과 패기로 부하들을 제압하기도 한다. 그리고 종국에는 동료 군인들을 사지에서 피신시키고 스스로 의연한 죽음을 맞이한다. 이러한 그의 행동은 위에서 제시한 성격과 잘 맞아 떨어지는 것이다.

이런 점에서 효석이라는 인물에 대해 주의를 기울일 필요가 있다. 그는 모든 판본에서 신중한 사람으로 묘사되지만, 서음본이나 문학사상사본에서는 아직 그 성격이 불명확하고 역할도 매우 미미한 인물이다. 하지만 문학과지성사본에서 그의 성격은 보다 뚜렷해지며, 여전히 중심인물로 부각되는 것은 아니지만 중요한 의미를 지니는 인물이 된다. 여기서 특히 주목되는 점은, 그가 청솔회라는 예술단체에 가입한 적이 있다는 행적이

---

29) 문학과지성사본, 1권, 35쪽.

첨가된다는 점이다. 이로써 명석하고 신중한 품성을 지닌 전도유망한 젊은 예술가라는 그의 성격은 보다 명확해진다. 청솔회는 우익적 예술집단으로 묘사되지만, 그는 이러한 이데올로기를 초월해 있다. 또한 그는 자신의 신념에 어긋난다는 이유로 목숨을 걸고 사회주의 이념에 대한 강요를 거부한다. 여기서 균형 감각 지닌 지식인의 성격도 뚜렷이 드러난다.

이 소설에서 그의 죽음은 중요한 의미를 지니는데, 문학과지성사본에서 이는 보다 확실히 드러난다. 이전 판본에서는 그가 단지 지주의 아들이라는 죄로 인해 죽음을 맞이하는 반면, 문학과지성사본에서는 청솔회와 관련된 사건 때문에 죽게 된다. 우익 예술단체인 청솔회에서 발표한 반공 성명서에 자기도 모르는 사이에 이름이 올라있었던 것이다. 말하자면 그는 좌우 양쪽의 희생양이 되는 셈이다. 그럼에도 불구하고 그는 의연하게 죽음을 맞이한다. 효중이 죽기 전에 "살만한 사람은 전쟁 통에 다 죽구, 지금까지 살아남은 인간들은 죽어 마땅한 빈 쭉정이 같은 인간들뿐이오"라고 하고, 효석이를 가리키며 "개가 우리 집안에선 유일한 진국이오. 헌데 전쟁은 진국을 잡아가구 똥걸레 같은 나허구 효진일 살려 놓았소."[30]라고 토로하는 근거가 여기에서 확실해 진다.

이와 같이 대체적으로 성격 묘사의 변화는, 인물의 성격을 구체화함으로써 인물의 행동에 개연성을 부여하는데 크게 기여한다. 이러한 점에서 가장 주목할 만한 인물이 신학렬이다. 문학과지성사본에서도 신학렬은 이전 판본에서와 같이 극렬한 사회주의자로 등장하지만, 여기에서 그는 보다 인간적인 인물로 새로이 조형된다.

> 민관옥은 곧 시동생인 동렬에게 자기도 탈출 계획에 참가하고 싶다는 의사를 전해 왔다. 시동생은 승낙했다. 동렬은 이미 자기 형에 대해서는 증오와 경멸이외에는 아무런 감정도 품고 있지 않았다. 그는 형을 두발로

---

30) 문학과지성사본, 6권, 267쪽.

걸어다니는 공산주의자라는 흉포한 동물로만 생각했다.31)

　　그러나 그들의 전격적인 결혼은 신혼 초에 이미 불화의 조짐을 보이기
시작했다. 성장과정이 가져다 준 뚜렷한 성격 차이와 서로에게 품고 있던
꿈과 환상이 깨지면서, 그들의 조급한 결혼은 조금씩 틈이 생기기 시작했
고, 급기야 두 사람 사이에는 짧은 대화와 긴 침묵의 고통스런 매일이 반
복된 것이다. 사회주의 혁명 역군으로 마음속 깊이 존경했던 남편 신학렬
에게서 민관옥은 열등감에 사로잡힌 복수심 강한 치졸한 인간의 모습을
발견했고, 학렬은 또 사회주의 신봉자로 자기를 따르던 인텔리 여성 민관
옥에 대해서 부르주아 반동의 위선에 가득 찬 허영과 자만을 역겹게 발견
한 것이다.32)

　　위의 첫 번째 인용문에서 알 수 있듯이 서음본에서 신학렬은 '두발로
걸어다니는 공산주의자라는 흉포한 동물'33)로 묘사된다. 비록 신동렬의
입장에서 서술된 것이지만, 이러한 묘사는 이전 판본 전반에 드러나는 신
학렬의 성격에 부합되는 것이다. 하지만 문학과지성사본에서 이러한 표현
은 사라진다. 그 대신 약 세 페이지에 걸쳐 신학렬의 가족사적 배경이나
민관옥과의 애증 관계를 자세히 서술하고 있다.
　　그의 어머니가 무녀 출신이며 첩이라는 점은 이전 판본에도 나타나지
만, 문학과지성사본에서 그의 가족사적 상처는 더욱 상세히 서술된다. 그
는 일제시대부터 조국 해방에 대비한 사회주의 모임 '북두성'을 조직하여
문명퇴치를 위한 야학을 운영하기도 한다. 민관옥과의 만남도 '북두성'이
루어지는데, 이전 판본에서 그 원인이 불명확했던 민관옥과의 불화가 이

---

31) 서음본, 1권, 30쪽.
32) 문학과지성사본, 1권, 43쪽.
33) 이는 세대본에서 '두발로 걸어다니는 공산주의자라는 이름의 퍽 흉포한 동물'(1회,
　　402쪽.)로, 문학사상본에서는 '두 발로 걸어다니는 <u>출세주의자</u>라는 이름의 흉포한
　　동물'(1권, 33쪽.)로 묘사되어 있다. 이로써 신학렬에 대한 묘사가 이전 판본에서도
　　조금씩이나마 완화되고 있음을 알 수 있다.

와 관련된 것으로 서술된다. 위의 두 번째 인용문은 이러한 심리 잘 보여 주고 있는 대목이다. 여기에서 신학렬의 성격을 예리하게 드러내는 중요한 사건, 즉 그의 아내 민관옥을 소련군 장교에게 넘긴 사건도 진실 여부를 알 수 없는 '허황한 내용'[34])으로 서술된다.[35]) 이로써 신학렬이 벌이는 행동의 심리적 원인을 짐작할 수 있게 된다.

문학과지성사본에서 신학렬은 개인적인 차원에서 성격 변화를 보일 뿐 아니라 사회주의 이념을 대변하는 역할도 담당하게 된다. 다음은 초로 수용소에서 취조를 받는 대목이다.

> "자넨 그 글에서 이번 전쟁을 인본주의와 동포애에 기초한 '겨레 사랑의 전쟁'이라는 좀 별난 말로 표현 했더군. 전쟁이 어떻게 사랑이 되는지 자네의 설명을 좀 듣고 싶네."
>
> (중략)
>
> "겨레 사랑이란 이웃의 고통을 나의 고통처럼 함께 아파하는 것을 말하는 거요. 남조선은 노동자 농민이 인민의 구 할을 차이하오. 그 구 할의 없이 사는 동포가 허기진 배를 끌어안고 인간 이하로 비참하게 살아가고 있소 일 할도 안 되는 자본가와 지주를 위해 인민의 구 할이나 되는 사람들이 헐벗거나 굶주려가고 있단 말이오. 이번 전쟁은 바로 그 굶주리는 구 할의 동포를 구하기 위한 거요. 우리가 왜 아무 까닭 없이 전쟁을 일으켜 같은 동포를 살상하겠소? 헐벗고 굶주리는 구 할의 인민을 압제와 수탈에서 해방시키기 위해, 이번 전쟁은 어쩔 수 없이 우리가 선택한 어려운 결심이었소."[36])

이전 판본에서 신학렬은 단순 과격한 적색 이념을 표방하고 있다면 문학과지성사본에서는 보다 정교하고 인간적인 차원에서 이론을 전개한다.

---

34) 문학과지성사본, 1권, 37쪽.
35) 이전 판본에서도 이 사건은 풍문으로 서술되지만, 마치 공공연한 비밀인 것처럼 표현된다.
36) 문학과지성사본, 5권, 415-416쪽.

그는 비밀 지하신문에 '해방전사의 임무'라는 글을 발표한 바 있는데, 그는 거기서 인간적인 맑시즘을 주장했던 것이다. 이전 판본에서 신학렬은 지하 신문에 이러한 글을 실을 만한 이론가는 아니다. 그에게 이러한 인간주의적 사회주의이념은 찾아 볼 수 없었다. 그는 '노동자 농민을 자본주의로부터 구출'하기 위해 '무산계급의 단합된 실력 행사'[37]라는 단순 논리를 주장할 뿐이다. 하지만 문학과지성사본에서 신학렬은 더 이상 '흉포한 동물'이 아니라 인간적으로 충분히 이해 가능하며 보다 논리적인 사회주의자가 된다.

### 나) 새로운 인물의 등장

문학과지성사본의 개작에서 나타나는 가장 두드러진 특징은 새로운 인물들이 등장한다는 점이다. 상황에 따라 남쪽 인물도 새로이 등장하지만 이들은 큰 의미를 지니는 것은 아니고,[38] 실제적인 의미를 지니는 새로운 인물은 북한 사람들이다. 그 대표적인 예가 문정길, 조명숙, 남재숙이다. 이 중에서도 특히 문정길이 가장 중요한 의미를 지닌다. 이들 사이에서 벌어지는 새로운 사건은 모두 문정길을 중심으로 이루어지기 때문이다. 조명숙이 문정길과의 사이에서 아이를 낳는다는 점에서 남재숙보다는 중요한 의미를 지니지만, 그 역시 남재숙과 더불어 문정길이라는 인물을 조형하는 보조적인 역할을 하는 인물이라고 볼 수 있다.

문정길은 신학렬이 주도한 조직 '북두성'의 회원이기도 하여 신학렬과 일정한 관계를 맺고 있다. 하지만 그는 여러 가지 점에서 신학렬과는 다르다. 그는 일본에서 공과 대학을 나온 지식인이다. 그는 제철소 기계 설

---

37) 서음본, 6권, 338쪽.
　　문학사상사본, 5권, 335쪽.
38) 남쪽 인물 중 새롭게 등장하는 인물로는 청솔회의 총무 차영근, 문정길의 손에 죽는 퇴임 목사, 문정길이 퇴각하며 살려주는 국회의원의 첩 등이다.

비반에서 노동운동을 하던 일본인 다카하시가 검거되면서 두고 간 '자본론' 요약본을 읽게 되면서 사회주의 이념을 받아들인다. 신학렬의 이념이 사회에 대한 보복심리에서 싹텄다면, 문정길은 순수하게 정의로운 측면에 매료되어 사회주의 이념에 경도된 것이다. 그는 사회주의 이념에 대한 신념이 투철할 뿐 아니라, 전쟁 중에도 윤리적 감각을 잃지 않으며 냉철한 판단력으로 과감하게 행동한다.

김병익은 그에 대해 '중요한 것은 그의 이력과 활동이기보다 그를 통해 보여주는 사회주의 사상에 대한 그의 진지한 신념'[39]이라고 말한다. 이러한 지적은 옳다. 하지만 필자의 생각으로는 그의 진지한 이념이 다른 인물들의 생각과 충돌하여 새로운 문제를 던진다는데 보다 중요한 의미가 있다. 예를 들면 문정길이 설박사를 취조하는 장면에서 드러나는 전쟁에 대한 상반된 견해이다.[40] 문정길에게 한국전쟁은 의심할 바 없는 주국 해방 전쟁이지만, 설박사에게 그것은 외래 사상이 빚은 이데올로기의 충돌일 뿐이다. 이러한 충돌은 전쟁을 다면적으로 보게 한다. 하지만 여기서는 진지한 토론이 결여되어 새로운 사고로까지 나가지는 못한다.

이런 점에서 문정길이 정해평과의 만남은 주목을 요한다. 정해평은 중국지원군 상교(장교의 직위)로 일제 때 만주에서 조선독립운동을 하다가 모택동의 팔로군에도 참가했던 조선족 노병이다. 인민군이 민간인을 무차별 포격한 안평리 사건 때문에, 문정길은 그를 만나게 된다.

"내말은 그런 뜻이 아니오? 문동무는 사회주의를 믿소? 이 전쟁이 사회주의의 승리로 끝날 것이라고 확신하오?"

"물론입니다. 확신합니다. 조선은 반드시 해방되고 통일될 것입니다."

정상교가 절레절레 고개를 가로 내두른다. 그의 큰 고갯짓은 부정의 뜻을 강조하는 것일 게다.

---

39) 김병익, 「남북 화해의 기대 속에서 다시 읽는 『남과 북』」, 1338쪽.
40) 문학과지성사본, 2권, 61-65쪽.

"틀렸소 내 생각은 대단히 비관적이오. 조선의 사회주의 통일은 작년 여름 이미 멀리 떠나갔소. 당신들의 부도덕한 처신으로 사회주의 혁명의 기운이 그 싹부터 짓밟힌 거요."

"상교 동무의 의견에 동의할 수 없습니다. 형편은 어렵지만 조선의 사회주의 혁명은 지금 착실하게 진행 중입니다."

"아니오. 당신들의 이번 전쟁에 변명의 여지없이 완패했소. 당분간 조선 땅에 사회주의 혁명은 없을 거요."41)

위의 인용문에서 문정길과 정해평 사이에는 한국전쟁에 대한 엇갈린 평가가 드러난다. 문정길은 조선의 사회주의 혁명 완수에 대해 확신을 드러내지만, 정해평은 이를 단호히 부정한다. 단호히 부정할 뿐 아니라 당분간 조선 땅에 사회주의 혁명은 없을 것이라고 단언한다. 정해평은 중국에서 사회주의 혁명은 인민들의 열렬한 지지를 바탕으로 완수될 수 있었음을 역설한다. 반면 조선 인민군은 사회주의를 외치면서도 "지난 여름에 당신들은 남조선 인민들을 몽둥이로 패서 쫓"42)았다고 신랄히 비판한다. 그는 사회주의를 위해서는 무엇보다 모든 행동이 인민을 위한 것이 되어야 한다는 점을 강조하는 것이다. 결국 문정길은 정해평의 지적을 수락하고 조선 인민군의 잘못을 스스로 인정하게 된다. 결국 문정길을 통해 사회주의의 이상을 보여주고, 다시 정해평과 충돌시켜 이러한 이상을 해체시키고 있는 것이다.

다음은 또 다른 차원에서 이러한 사상적 충돌을 잘 보여주는 대목이다.

"그렇소이다. 당신들의 이상 때문에 죽어간 무고한 사람들을 생각해 보시오. 인간은 도구가 아니며 바둑판 위에 바둑돌도 아니외다. 한 낱개의 인간 속에는 우주를 아우르는 엄청난 의미가 함축되어 있소이다.(후략)"

"(전략) 우리는 포악한 살인마의 집단이 아니며, 전쟁을 즐기지도 않고

41) 문학과지성사본, 4권, 37-38쪽.
42) 문학과지성사본, 4권, 40쪽.

사랑하지도 않습니다. 자본주의의 압제로부터 무산 대중을 해방하기 위해 전쟁은 우리들이 취할 수 있는 유일한 선택이었을 뿐입니다. 오히려 이 전쟁이 대량 살상으로 격화된 것은, 미제국주의자들이 전쟁에 끼어들어 조선의 통일을 방해하고 있기 때문입니다.(후략)"[43]

문정길은 순간 기이하게도 자신이 직접 처형한 목사 출신 노인의 몇 마디 말들이 생각난다. 죽음은 그 죽음의 당사자들에게는 모두가 억울한 피살일 뿐이외다…… 동포를 살상한 당신들의 조는 역사 속에 영원히 오욕의 기록으로 남을 것이외다……[44]

위의 첫 번째 인용문은 퇴임 목사 노인과 문정길의 대화이다. 노인은 총살형을 당하기 하루 전에 문정길에게 최후의 면담을 요청하고, 문정길은 이를 기꺼이 받아들인다. 둘의 대화는 자못 진지하고 심각하다. 노인은 은퇴한 목사답게 생명의 존엄을 주장한다. 그가 말하는 생명이란 우주 전체를 아우르는 유일무일한 가치를 지닌 것이다. 어떠한 훌륭한 목적이라도 생명보다 우위에 둘 수는 없다는 것이다. 따라서 사회주의적 이상이 아무리 높다고 하더라도 생명을 소홀히 한 대가로, 한국전쟁은 결국 역사 속에 오욕의 기록으로 남을 것이라고 한다. 이에 대해서 문정길은 사회주의적 이상을 위해서 일부의 희생은 어쩔 수 없이 받아들여야 하며 궁극적으로 대량 살상의 주체는 미국임을 강조한다. 결국 문정길의 손에 죽고 싶다는 노인의 부탁에 따라, 문정길은 노인을 처단한다. 이를 통해 각자 자신의 신념이 확인되된 것이다.

그런데 보다 중요한 문제는 그 다음에 제기된다. 그는, 붙잡아 두었던 남한 국회의원의 첩을 처리하고 퇴각하려고 지하실로 간다. 거기서 발견한 것은 하체가 알몸이 된 채 살려달라고 애원하는 여인 모습이다. 그는,

---

43) 문학과지성사본, 2권, 220-221쪽.
44) 문학과지성사본, 2권, 225쪽.

사회주의자를 자처하던 부하대원이 궁지에 몰리자 한갓 폭도가 되어 여인을 강간한 것을 보며 분노를 느낀다. 두 번째 인용문에서 보듯이, 이때 문정길은 퇴임 목사의 말을 회상한다. 그는 스스로 아무런 회의 없이 노인에게 총을 쐈다고 생각했으나, 무의식 속에서 그 사건은 그의 이념을 혼란시키고 있는 것이다. 문정길의 작은 심리적 변화를 통해서, 이 소설은 궁극적으로 이념보다 인간이 우선이며 어떠한 사상도 인간의 혹은 생명의 존엄에 앞설 수 없다는 점을 드러내고 있다.

문학과지성사본에서 간과할 수 없는 사건이, 문정길과 조명숙 사이에 아기가 생기는 것이다. 문정길과 조명숙은 위장 부부이지만 결국 둘은 사랑을 하게 되고 급기야 조명숙은 임신을 한다. 조명숙은 만삭인 채로 남한에서 간첩 혐의로 잡히게 되고, 해산을 후 총살된다. 아이러니하게도 아기는 남한 경찰 간부가 키우게 된다. 아이가 북쪽의 친부모와 남쪽의 양부모를 가진다는 점에서, 이 사건은 이데올로기의 경계를 허무는 상징적 계기가 된다. 이는 프롤레타리아 혁명이외에 다른 삶이 없다고 믿었던 문정길이 다른 삶을 인정한다는 사실에서도 잘 나타난다. 여기서도 문정길은 갈등을 통해 사회주의 이념을 넘어서는 가치를 예감하게 된다. 이 소설에서 문정길은 진지한 이념을 지닌 인물로서도 중요한 의미를 지니지만 갈등을 통해 이를 넘어서는 가치를 제기한다는데 더욱 중요한 의미가 있다. 그것은 결국 이념보다 인간이 앞선다는 점이다. 결국 문정길의 새로운 등장의 의미는, 그가 다른 인물들과 사상적으로 충돌하면서 북한의 이념적 정당성을 변호하는 계기를 마련할 뿐 아니라 그 한계까지도 동시에 드러내고 있다는 점에 있다.

### 다) 북한에 대한 태도의 변화

문학과지성사본에서 『남과 북』은 이전 판본에 비해 북한에 대해 호의적 태도를 보인다. 이는 우선 어조에서 드러난다. 이전 판본에서도 적군이라는 말에는 거의 모두 '赤軍'이라는 한자를 병기함으로써 적군(敵軍)이 아님을 강조함으로써, 북한을 무조건 적(敵)으로 간주하지는 않는다. 그런데 이러한 태도는 문학과지성사 개작의 과정에서 더욱 두드러지게 나타난다.

> 「놈들이 벌써 의정부를 밀어부친 모양이지요?」
> 「북쪽에서 내려오는 피난민들 말로는 적들이 벌써 미아리까지 올라왔대요.」[45]

> "인민군들이 벌써 의정부까지 닥친 모양이지요?"
> "북쪽에서 내려오는 피난민들 말루는 인민군들이 벌써 미아리 고개까지 올라왔대요."[46]

위의 인용문에서 보듯이 '놈'이 '인민군'으로, '적'도 '인민군'으로 바뀌었다. 이렇게 북한에 대한 명칭이 바뀐 경우는 매우 많다. '적도赤都 평양'을 '북한의 수도인 평양'으로 바꾸는가 하면, '공산당'이라는 말도 '북쪽 사람들' 혹은 '북녘 사람들'로 바꾸었다. '적도'나 '공산당'에서 느껴지는 이념적 색채를 지움으로써 북쪽에 대한 완화도니 태도를 취하고 있는 것이다. 이러한 변화는 단지 명칭만이 아니라 많은 서술에서도 드러난다. '8월말로 접어들자 차차 흉악한 마각馬脚을 드러내기 시작했다.'[47]라는 의용군 모집에 대한 서술은, '8월 말경부터 전황이 불리해지자 각 전선에 병력 손실이 많아졌고, 그 손실을 메우기 위해 그들은 더 많은 입대 장정을 필요로 했다.'[48]로 바뀌었다. 전자에서 투철한 반공정신까지 엿보인다면, 후자에서는 북쪽 사람들의입장을 이해하는 듯한 어조를 취하고 있다. 이

---

45) 세대본(3회, 415쪽.), 서음본(1권, 170쪽.), 문학사상사본(1권, 138쪽.)은 모두 같음.
46) 문학과지성사본, 1권, 183쪽.
47) 서음본, 2권, 74-75쪽.(문학사상사본, 1권, 354쪽도 같음.)
48) 문학과지성사본, 1권, 465쪽.

러한 어조의 변화는 북한을 대하는 근본적인 태도 변화로 이어진다. 북쪽의 선전 문구를 그대로 싣거나,[49] 인민재판에 의한 무자비한 학살 장면을 삭제하고,[50] 보다 인간적인 인민군의 모습이 추가하기도 한다.[51] 그런데 이러한 호의적인 태도는 이념에 대한 이해의 폭을 넓히는 방향으로까지 나간다.

> "형님은 공산주의가 어떤 거라구 생각하시우?"
> "어떤 거라구 생각하다니?"
> "이번에 실시헌 토지 개혁으루 밤골 논 네 마지기가 우리집 몫으루 떨어진 거 아시우?"
> "안다."
> "세상이 바뀌자 돈 한 푼 내지 않구두 우씨네 상답 네 마지기가 우리 집에 고스란히 떨어졌수. 공산주의 세상이 아니라면 어떻게 이런 일이 있을 수 있겠수?"
> "없는 사람들이 공평허게 갈라 먹자는게 공산주의의 본 뜻 아니냐."
> "형님 나두 전쟁 전에는 공산주의가 천하에 나쁘구 못된 걸루만 생각했수. 헌데 세상이 바뀌구 해방군 전사들이 허는 말을 들어보니 나쁘기는커녕 우리 같은 없는 사람들헌테는 참으루 올바르구 둘두 없이 좋은 주의입디다."
> "나두 대충 들어서 안다. 그래서 여기서두 배움 많구 머리 좋은 사람들은 온갖 압제를 받아가면서두 공산주의 허지 않드냐."[52]

위의 인용문은 문학과지성사본에 새롭게 첨가된 부분이다. 이것은 박수익이 인민군 의용군에 들어가기 전날 밤에 그의 형 박한익과 나누는 대화이다. 박수익은 인민군이 버드내에 들어오자 스스로 나서서 공산주의 활

---

49) 문학과지성사본, 1권, 330쪽.
50) 서음본, 1권, 313-314쪽.
51) 문학과지성사본, 1권, 332쪽.
52) 문학과지성사본, 2권, 23쪽.

동을 하다가 의용군에 지원한다. 그리고 전쟁포로가 되어 거제도 포로수
용소에 갇혔다가 가까스로 살아남는다. 하지만 그가 사회주의 이념에 대
한 신념 때문에 그러한 활동을 한 것은 아니다. 그는 단지 집안의 안위를
위해서 어쩔 수 없이 그러한 활동을 한 것이다. 그의 동생 박노익이 국군
이어서, 그가 그렇게 행동하지 않으면 반동으로 몰려 집안이 풍비박산이
날 위기에 처해 있었기 때문이다. 그는 이념과는 무관한 한 명의 촌부에
불과하다.

위의 인용문은, 그러한 촌부의 마음속 깊은 곳에서 사회주의 이념에 대
한 이해가 싹트고 있다는 점에서 문제적이다. 깊은 내면으로부터 우러나
오는 생각이라는 점에서, 그의 말은 그가 한 활동보다 의미가 있다. 이것
은, 책 속의 논리로 이해하는 것이 아니라 경험을 통한 마음의 움직임이
라는 점에서, 이 소설에 새롭게 삽입된 어떠한 북한에 대한 긍정적 태도
보다도 호의적이다. 그런데 이러한 공산주의에 대한 이해가 그의 형 박한
익의 마음에서도 그대로 일어나고 있다는 것은 더욱 문제적이다. 이것은
말하자면 당시의 민중들의 상당수의 마음에 공산주의에 대한 최소한의
내면적 이해가 싹트고 있다는 점을 말하고 있는 것이기 때문이다.

이렇게 문학과지성사본에서는 북한에 대해 매우 호의적인 태도를 보
이고 있는데, 이와 관련해서 지적할 것은 북한에 대한 태도보다도 중국군
에 대한 태도는 더욱 호의적이라는 점이다. 이전에도 중국에 대해서는 대
단히 호의적이었는데, 문학과지성사본에서 이러한 경향은 더욱 짙어진다.
여기서 중국혁명 당시의 홍군은 '기강과 군기가 엄정하고 훌륭'하며, '인
민에 대한 그들의 태도는 모든 군대의 모범이 될 만큼 친절하고 공손
한'[53] 것으로 새롭게 묘사된다. 중국에 대한 이러한 태도는 다음 장면에
서 잘 드러난다.

53) 문학과지성사본, 4권, 31쪽.

부인은 중공군이 소문과 다를 뿐 아니라 민간인에게는 피해는커녕 극히 친절하고 예의바르다는 것이었다. 그들은 민가에서는 숟가락 한 개도 강제로 취하는 일이 없으며, 길에서 우연히 젊은 여인을 만나도 그녀들에겐 눈길 한 번 주는 일이 없다는 것이다. 비록 말이 통하지 않아 자유로운 의사소통은 불가능하지만, 그들의 태도나 언행으로 보아 그들이 말하는 인민들에게는 폐 끼치는 일이 절대로 없다는 것이다. 따라서 부인은 관옥에게 더 이상 숨어 있지 말고 밖으로 나와, 자기를 거들어 그들의 취사에 협력해 달라고 요구해 왔다. 그들이 제공해주는 양식으로 연명하는 이상, 자기 혼자서만 애쓸 것이 아니라 관옥도 의당 함께 부엌일을 거들어야한다는 것이다. 부인의 이런 강렬한 요청을, 관옥은 더 이상 거절하거나 뒤로 미룰수 없었다. 그녀는 어쩌면 부인의 말이 사실일 지도 모른다고 생각했다. 화남(華南)에서 연안(延安)까지의 대륙을 가로지르는 대장정(長征)을 거치면서도 그들은 연도의 백성들에게는 터럭만한 민폐도 끼친 일이 없는 신화를 가지고 있다. 한국에 출정한 군대 역시 그들과 같은 군대라면, 인민을 위한 사회주의 군대답게 인민을 해치는 일은 없을 지도 알 수 없다.[54]

관옥은 피난 도중 어떤 부인과 함께 사람들이 모두 떠난 마을의 빈집에서 머물게 되는데, 아침에 일어나 이 마을에 중국군이 진주해 있음을 알게 된다. 중국군에 대한 흉악한 소문을 익히 들었던 이들은 집안에 숨지만, 부인은 이내 들키게 되고 관옥만 계속 은거한다. 여기서 문제가 되는 것은 중국군의 태도이다. 뜻밖에도 중국군은 어떠한 위해를 가하지도 않고, 다만 자기들의 취사를 도와줄 것만 요구한다. 위의 인용문은, 부인이 관옥을 안심시키며 함께 중국군의 취사를 도울 것을 설득하자 관옥이 가지는 생각을 수술한 대목이다. 이 사건에 대한 대체적인 내용은 이전 판본과 같지만, 문학과지성사본에는 위의 굵은 글씨와 같은 문구들이 첨가된다. 여기서 문학과지성사본에서 중국군에 대한 호의적인 태도가 더욱 뚜렷해지는 것을 확인할 수 있다. 특히 맨 뒤에 첨가된 부분을 고려하면,

---

54) 문학과지성사본, 3권, 306-307쪽.

중국군뿐 아니라 중국의 사회주의 혁명에 대해서도 깊은 이해와 신뢰의
태도를 보이고 있는 것이다.[55]


## 3. 한국전쟁의 총체적 형상화의 구조

『남과 북』은, 한국 전쟁 발발 직전인 1950년 4월에서부터 휴전이 성립
된 1953년 9월까지 약 3년 반의 기간에 한반도에서 벌어진 일들을 다루고
있는 소설이다. 이 작품에는 약 30여 명의 주요 인물이 등장하며, 헤아리
기 어려울 정도의 주변인물과 미군과 중국군 그리고 소련군 등이 갖가지
사건에 등장한다. 이 소설은, 원고지 약 만 매 가량의 엄청난 분량 안에,
이렇게 다양한 인물들이 한국전쟁이 벌어졌던 시간동안의 다양한 양상들
을 사실적으로 보여주고 있다는 점에서 한국전쟁을 총체적으로 그리기에
적절한 조건을 갖추고 있다. 또한 서울과 버드내 그리고 전황에 따라 달
라지는 전선이라는 세 개의 공간을 주요 배경으로 함으로써, 전방과 후방,
중앙과 지방을 효과적으로 보여주고 있다는 점도 중요한 조건이 된다.[56]
이러한 조건들은 분명히 한국전쟁을 총체적으로 그리기에 가장 적합한
기본 조건이 된다. 하지만 보다 중요한 것은 이러한 기본 조건이 이 소설

---

55) 여기서 한 가지 지적할 것은 인용문 끝의 첨가 부분에서, 다소 애매하지만 작가의
목소리가 노출된다는 점이다. 이 인용문 부분은 전체가 관옥의 의해 초점화되어 있
다. 하지만 마지막 첨가 부분은 관옥의 입장이라기보다 작가의 입장이 그대로 노출
된 듯하다. 물론 관옥이 북두성의 일원이었다는 점을 감안하면, 그녀 이러한 생각을
못할 것은 없다고 생각된다. 하지만 이미 그러한 행적은 과거형이고 이렇게 어려운
상황에 이러한 정치적 이념이 그녀의 머릿속을 비집고 들어온다는 것은 납득하기
어렵다. 이 점은 주18번에서 제기한 문제의 한 예가 될 수 있다.
56) 이외에도 부산과 거제도 포로수용소라는 중요한 공간이 있지만, 부산은 지방이라는
점에서 버드내로 귀속시켜 볼 수 있고, 거제도 포로수용소는 전쟁터의 연장선상으
로 볼 수 있다.

의 구조와 잘 조화를 이루며 한국전쟁을 총체적으로 형상화하고 있다는
점이다.

## 1) 균등한 화소의 배열

이 소설은 한국전쟁을 총체적으로 보여주기에 매우 적합한 구성으로
이루어져 있다. 그 구성이란 수많은 마디들의 균등한 배열을 의미한다. 여
기서 마디는 러시아 형식주의자들이 고안하고 구조주의자들이 세련한 모
티프(motif) 즉 화소(話素)[57]의 개념과 유사하다.

여기서 각각의 화소와 화소 사이에는 한 간이 띄워져 있어 그 경계가
명확하며, 그 사이에는 어떠한 연결의 설명도 없다. 이것은 시퀀스[58]의
배열에 의해 형성되는 영화의 구성과 흡사하다. 이 소설은 전후 관계의
설명을 생략한 채 수많은 화소들을 배열하여 독자에게 제시한다. 여기서
특히 '균등하다'는 말에 주목할 필요가 있다. 화소들은 대체로 비슷한 분
량으로 이루어져있기 때문에 양적으로 균등하다고 할 수 있지만, 질적인
면에서도 그렇다. 이것은 근간화소와 자유화소의 구분이 매우 모호하다는
것을 의미한다. 즉 의미상으로도 화소들의 중요성은 거의 균등하다.

이렇게 배열되는 화소들의 계속적인 진행 과정에서 많은 사건들이 병
치되어 벌어진다. 그런데 흥미로운 점은, 아마도 이것은 근간화소와 자유
화소의 구분이 모호하다는 점과 관련이 있다고 생각되는데, 사건들 역시
대체로 균등하게 진행되며 어떠한 사건들도 가장 중심적인 것이라고 말
할 수 없다는 점이다. 말하자면 한상혁과 설소영 사이의 사랑의 사건이

---

57) 오탁번 이남호, 「플롯의 사건과 배열」, 『서사문학의 이해』, 고려대학교 출판부,
1999, 47-51쪽 참조.
58) 연속 순서라는 뜻에서 시나리오에 구성된 몇 개의 씬을 묶어놓은 단위를 시퀀스라고
한다. 즉 장면이 연속으로 일련의 구획된 부분을 의미한다. 커트는 신을 구성하고 씬
은 시퀀스를 구성함으로써 영화가 형성된다.(『한국 무용 연극 영화 사전』, 예술원,
1985, 295쪽.)

신동렬과 민관옥, 신학렬 사이의 사건보다 더 우위에 있는 것이 아니며, 오영탁, 강윤정, 최완식 사이에서 벌어지는 사건보다 중요한 것도 아니다. 이러한 사건의 진행은 결과적으로 절정이 모호할 분 아니라 높낮이도 매우 미약하다. 화소의 배열에 따라 발생하는 사건들은 서로 교차하고 병행하며 분리되고 합쳐지면서 진행되면서 매우 복잡하게 얽혀 있다.

이렇게 볼 때 이 소설은 수많은 균등한 화소의 그물코들로 짜여진 그물에 비유될 수 있다. 이 소설은 화소라는 그물코들이 모여서 한국전쟁이란 전체적 형상을 그리고 있는 것이다. 이러한 구성적 특징은 그것 자체로 한국전쟁을 총체적으로 그리기에 적합한 요소로 작용하지만, 이 소설의 인물 양상에도 영향을 미친다는 점에서도 중요하다.

## 2) 다양한 인물 혹은 목소리의 병치

이 소설의 구성적 특징은 인물에도 영향을 미친다. 이 소설에 등장하는 30여명의 주요 인물들은 대체로 균등한 중요성을 지닌다. 물론 모두 완전히 같은 정도의 중요성을 지닌다고 할 수는 없지만, 적어도 누가 주인공이라고 잘라 말하기는 어렵다. 여기서 인물들은 모두 제각각 자기의 역할을 담당하면서, 사건에 참여한다. 그들의 성격은 비교적 단순하며, 변화가 적다. 몇몇 논자들이, 이 소설의 인물이 평면적이라고 지적한 이유도 이러한 점에서 이해할 수 있다.[59] 하지만 이 소설은 한 명, 혹은 몇 명의 성격파의 인물을 요구하는 것이 아니라 일정한 역할을 담당할 다양한 인물들에 의존하기 때문에, 이것은 약점이 될 수는 없다. 이 소설은 각각의 인물들의 목소리와 행동이 모여 전체의 의미망을 형성한다.

여기서 주목할 점은, 인물들의 목소리가 독립성을 유지하며 굴곡 없이

---

59) 김병익은 이를 단점으로 지적한 바 있고, (김병익, 「6 ‧ 25 콤플렉스와 그 극복: 홍성원의 소설『남과 북』」, 935-936쪽) 이동하는 장단점을 모두 고려했다.(이동하, 앞의 글, 273-274쪽.) 그리고 김현숙은 하나의 특징으로 기술했다.(김현숙, 앞의 글, 30쪽.)

독자에게 전달된다는 점이다. 그러기 위해서 작가 자신의 설명보다는 수많은 대화가 활용된다. 이 소설은 인물이 직접 말하게 함으로써 인물들의 생각을 직접 드러내는 것이다. 이때 서로 상이한 생각들은 충돌을 일으키고 그 사이에서 의미는 발생한다. 모든 말들은 동등한 지위로 충돌하기 때문에 판단은 독자에게 맡겨지지만, 작가의 교묘한 솜씨를 통해 어떤 말들이 우위를 점하기도 한다. 가령 앞에서 예를 든, 문정길과 퇴임 목사 간의 대화는 서로 팽팽한 긴장 속에서 충돌하고 끝을 맺는다. 하지만 이러한 대화가 문정길의 정신적 갈등 상황에서 회고된다는 점과 목사의 말을 떠올리며 남한 국회의원의 첩을 살려준다는 설정을 통해 퇴임 목사의 말이 우위를 차지하게 되는 것이다.

더욱 주목할 점은 작가의 서술에서도 이러한 인물의 목소리가 어느 정도 독립성을 유지한다는 점이다. 이 소설은 전지적 작가 시점으로 되어 있으면서도, 작가의 개입 없이 객관적 서술을 유지한다. 이것은 어떤 인물에 의해 초점화(focalization)[60]된 서술을 활용함으로써 가능해 진다. 작가의 보는 각도는 특정 인물의 각도와 같은 방향에 놓여 있다. 그래서 작가는 인물의 내면에서 일어나는 모든 일들을 알고 있지만 그들의 생각이나 감정을 그들의 입장에서 서술함으로써, 작가의 개입을 최소화하고 인물의 목소리를 대신 전달한다. 물론 인물의 목소리 속에 작가의 목소리가 아주 미묘하게 개입되거나 누구의 목소리인지 모르는 모호한 경우도 있다.

이 소설에서 활용되는 초점화는 일종의 내적 초점화인데, 그것은 고정 초점화라고 할 수도 있고, 가변 초점화라고 할 수도 있다.[61] 이 소설에서

---

60) 제라르 쥬네트, 「초점화」, 『서사담론』, 권택영 역, 교보문고, 1992, 177-182쪽 참조.
61) 제라르 쥬네트는 초점화를 제로 초점화와 내적 초점화로 나누고 후자를 다시 고정 초점화, 가변 초점화, 복수 초점화로 나눈다. 고정 초점화는 초점화이 변화 없고 한 인물에 고전된 경우이며, 가변 초점화는 『보봐리 부인』의 경우처럼 한편의 소설에서 초점이 변화는 경우이다. 『보봐리 부인』에서는 처음에는 샤를르에게 그 다음엔 엠마에게 그리고 그 다음엔 다시 샤를르에게 초점화된다.(위의 책, 51쪽.)

는 한 개의 화소 안에서는 여러 명의 인물에 대해 초점화되는 경우는 거의 없다.[62] 한 화소 안에는 한 인물에 의해 초점화되든지 객관화된 서술이 공존한다. 그래서 독립된 한 화소만을 놓고 본다면 고정 초점화되었다고 말할 수 있다. 하지만 소설 전체를 두고 본다면, 화소에 따라 다른 인물에 대해 초점화되어 있기 때문에 가변 초점화라고 말할 수 있는 것이다. 정경묘사라든가 인물의 행동 묘사의 경우 객관서술로 벗어나는 경우가 많지만, 어떤 사건에 대한 판단이나 의견이 드러날 경우는 인물의 시점이 명확해지고 따라서 인물의 목소리가 분명해진다. 그런데 대개는 작가의 객관 서술인 듯 보이는 서술도 대개는 꼼꼼히 따져보면 작가는 인물과 같은 지점에서 바라보고 있다는 사실을 알 수 있다.

다음은 앞에서 예를 든 문정길과 퇴임 목사간의 대화가 들어있는 화소의 일부이다.

> 멀지 않은 거리에서 포소리가 쿵쿵 들려온다. 인적이 끊긴 시내 중심가는 온통 검은 연기와 불길이 휩싸여 있다. 불들은 미군기의 폭격에 의한 것도 있지만 대부분은 고의적인 방화에 의한 것이다. 퇴각중인 인민군이 기밀 문서나 여러 증거들을 소각하기도 하고, 더러는 적측의 이용을 막기 위해 파괴를 목적으로 불을 지른 것도 있다.[63]
>
> 온화한 목소리였지만 노인은 침착하고 강렬했다. 여러 의미가 함축된 그 눈빛에서 문정길을 문득 도전의 뜻이 함께 어우러져 있는 것을 발견했다. 노인은 그를 시험하려하고 있었다. 사회주의 국가 건설이 당신의 이상이라면 그 이상을 위해 당신 손으로 사람을 한번 죽여 보라는 뜻이다. 문정길은 그러마고 했다. 다음날 이른 새벽 그는 노인과의 약속을 지켰다. 2미터의 가까운 거리에서 노인을 직접 총살한 것이다.[64]

---

62) 필자가 조사한 바로는 개작된 부분에서 일관성이 약간 흔들리는 경우는 있다.
63) 문지본, 2권, 213쪽.
64) 문지본, 2권, 222-223쪽.

첫 번째 인용문은 이 화소의 시작 부분이다. 이것만으로 판단하면 작가의 객관 서술인 것처럼 보인다. 하지만 바로 그 다음에 "이층 창문 앞에 의자를 붙여 놓고 문정길은 묵묵히 텅빈 거리를 내려다본다"로 이어진다는 것을 고려하면, 문정길의 보는 각도에서 작가가 거리의 정경을 묘사하고 있다는 것을 알 수 있다. 두 번째 인용문은 문정길에 의해 초점화된 서술이다. 노인이 문정길을 시험하고 있다는 것은 전지적 작가의 설명이라기보다는 문정길의 생각을 작가가 대변하고 있는 것이다. 실제로 노인이 시험하고 있는 것이 아니라 문정길이 그렇게 느끼고 있을 뿐이다. 이 화소는 이렇게 처음부터 끝까지 문정길에 의해 초점화되어 있다.

이러한 특성이야말로 이 소설이 다양한 목소리를 독립된 것으로 왜곡 없이 독자에게 전달함으로써 한국전쟁을 총체적으로 보여주는 결정적 장치이다. 이 소설은 이러한 서술을 통해, 한국전쟁에서 일어나는 다양한 양상들을 다양한 인물들의 입장에서 가감 없이 사실적으로 보여줄 수 있는 것이다. 뿐만 아니라 이러한 서술은 서로 모순된 입장들도 공존하게 한다. 이 소설에서 드러나는 판단은 모두 어떤 인물의 판단이다. 그것은 그냥 막연한 서술이거나 작가의 서술 혹은 객관 서술이 아니라 문정길의, 설경민의, 우효석의 혹은 터너의 입장에서의 서술인 것이다.

그런데 여기서 주의를 기울여야할 것은 대화의 차원에서 각각의 인물들의 입장은 직접 충돌하지만 이러한 서술적 측면에서는 서로 병치된다는 점이다. 독립된 화소에서는 한 인물에 대해서 초점화되어 있기 때문이다. 그런데 대화의 층위에서는, 앞의 문정길과 퇴임 목사의 대화에서 밝혔듯이 모든 목소리는 원칙적으로 균등한 지위를 가지지만 작가의 미묘한 기술에 의해 어떤 인물의 목소리가 우위를 점하기도 한다. 하지만 화소의 층위에서는 한 인물에 의해 초점화되어 있기 때문에 대체로 한 인물의 입장을 대변하게 된다. 결국 이 소설은 대화를 통한 인물들의 입장을 충돌시키고, 초점화된 서술을 통해 각각의 독립된 목소리들을 병치시킴으로써 효과적으로 한국전쟁이라는 전체적 그림이 그리는 것이다.


## 4. 죽음의 네 가지 양상과 탄생의 의미

### 1) 전쟁에 의한 비극적 희생

『남과 북』은 근본적으로 비극적이다. 이 소설에서 모든 사랑은 깨어지거나 이루어지지 못하고, 전쟁 뒤에 살아남은 사람들의 삶은 황폐화된다. 무엇보다 이 소설의 비극성은 수많은 인물들의 죽음에 있다. 이 소설에서 죽음의 첫 번째 양상은 이러한 비극적 죽음이다. 그것은 한국전쟁이라는 역사적 사건에 의한 희생이라고 할 수 있다. 이러한 비극적 희생을 고려할 때, 서준섭이 '홍성원은 한국전쟁을 집단의 수난사의 시각에서 바라보고 있다'[65]고 말하는 것도 일단은 수긍할 수 있다. 이러한 비극적 희생을 가장 극명하게 보여주는 것이 바로 최선화의 자살이다.[66]

최선화는 간호보조원으로 전쟁에 참여한 북한 여성이다. 그녀는 국방군에게 잡히지만, 정식 인민군이 아니기 때문에 곧 풀려난다. 풀려나긴 했으나 전쟁의 혹독함을 견딜 수 없어 설경민에게 몸을 허락하게 되고, 둘은 곧 결혼을 하기로 결정을 내린다. 하지만 미군에게 강간을 당하고, 양공주가 되어 경민의 아들 진철을 낳지만, 되돌아올 수 없는 현실에 직면하여 22세라는 젊은 나이로 자살하고 만다. 전쟁이 아니라면 지극히 평범한 행

---

65) 서준섭, 위의 글, 316쪽.
66) 아마도 이후 논의될 모든 죽음을 포함하여, 이 소설에 등장하는 죽음은 모두 정도의 차이는 있으나 어느 정도는 이러한 비극적 희생의 의미가 담겨 있다고 볼 수 있을 것이다. 가령 전투 중에 두 눈과 두 다리를 잃고 절망에 빠져 자살하는 손정남을 비롯한 수많은 병사들의 죽음은 물론이지만, 비록 인간으로서 파렴치한 면을 보이는 강윤정, 최완식 등의 죽음도 전쟁이 아니라면 그렇게 되지 않을 수도 있다는 점에서 한국전쟁이라는 역사적 사건의 희생이라고 할 수 있다.

복을 누리고 살았을 젊은 여인이 만신창이가 된 육체와 분열적 정신을 안
은 채 고통스럽게 스스로 목숨을 끊는 것이다. 최선화는 전쟁 속에서 겪
는 여인의 이중의 수난을 고스란히 안고 있다. 전쟁 속에서 여인들이란
전쟁에 의한 고통과 남성들에게 당하는 성적 침탈이라는 이중적 수난을
겪게 된다.

최선화의 자살은 여인의 수난을 극명하게 드러내 주는데, 그것은 개인
적 의미를 넘어선다는 점에서 중요한 의미를 지닌다. 그녀의 죽음은 한국
전쟁의 비극성을 상징적으로 구현하고 있다. "내 마누라두 양공주야. 부끄
러워 말라구, 우리 모두가 양공주니까……"67)라는 설경민의 말은 이러한
점을 잘 보여준다. 여기서 양공주와 우리 민족은 등가물이 된다. 또한 그
녀 자신은 강대국의 대리전쟁이라는 한국전쟁의 의미를 함축한다. 이는
한국전쟁을 통해서 우리 민족 전체가 육체적으로나 정신적으로나 강대국
의 이념에 유린당하고 있음을 극명하게 드러내는 것이다. 이런 점에서 최
선화의 자살은, 전쟁에서 겪는 여인의 수난사를 고스란히 드러냄으로써
한국전쟁의 비극성을 상징적으로 보여주며, 동시에 한국전쟁 자체의 은유
가 되기도 한다.68)

하지만 그것은, 설경민으로 하여금 한국전쟁에 대한 주체적 자각의 계
기를 마련한다는데 더욱 중요한 의미를 지닌다. 다음은 최선화의 죽음에
대한 소식을 들은 설경민의 반응이다.

---

67) 6권, 15쪽.
68) 이재선은 장용학의 『원형의 전설』을 예로 들면서 한국전쟁에서의 여인의 수난을
강조한다. 여기서 전쟁과 겁탈은 등가화된다는 것이다. 또한 정연희의 「파류상」의
수녀 마들레느, 김동리의 「까치소리」의 영숙이, 전상국의 「아베의 가족」의 어머
니, 이문열의 『영웅시대』의 정인, 김주영의 『천둥소리』의 길녀, 김영현의 「깊은 강
은 멀리 흐른다」의 만기 어머니도 순결모독 및 성폭행의 예가 될 수 있다고 한다.
(이재선, 「전쟁과 분단의 인식」, 『한국현대소설사』, 민음사, 1991, 114쪽.) 이 소설의
최선화의 삶과 죽음 역시 이러한 여인들의 운명과 같은 궤에 놓인다. 또한 박가연이
나 민관옥의 정신이상 역시 이러한 죽음의 연장선상에서 이해할 수 있다.

최선화와 전쟁은 별개가 아니다. 그녀 속에 전쟁이 엉겨 있고, 전쟁 속에 그녀가 피투성이로 갇혀 있다. 둘은 서로 같은 틀 안에 덫에 치인 듯 한 개의 영상으로 겹쳐 있다.

우리의 전쟁이 아니라는 발뺌은 이제 아무런 의미가 없다. 전쟁은 우리의 땅에서 있었고, 우리에게 가장 큰 고통을 주고 있다. 최선화의 죽음이 전달하는 고통은 그래서 더욱 절실한 우리들의 고통이다. 그 고통이 아프다고 느껴진다면 이 전쟁은 바로 나와 우리들의 전쟁이어야 마땅하다.(중략)

"내 뒤로 좀 다라와 다오. 나 우선 내 발루 걸어서 내 아들부터 만나 봐야겠다."

소영이 의자에서 일어나 빈손으로 일어선 오빠를 바라본다. 슬픔으로 일그러진 그녀의 입술에 갑자기 반대의 표정이 점점 크게 번져 나온다. 경민의 등 뒤로 가까이 다가가며 소영이 감정을 누르고 헐떡이듯 입을 연다.

"오빠 걸었어요! 목발 없이 걸었어요!"[69]

소영에게 최선화의 자살 소식을 들은 설경민은 진정한 의미에서 한국전쟁을 최선화와 온전히 하나로 보게 된다. 이것은 '전쟁 속에 그녀가 피투성이로 갇혀 있다'는 생각에서 잘 드러난다. 하지만 여기에서 그치는 것이 아니다. 그는 이제 한국전쟁에 대한 새로운 자각을 하게 된다. 그는, 한국전쟁이 비록 강대국의 대리전쟁임에 틀림이 없지만, 그것이 우리 국토에서 벌어졌고 그 고통을 우리가 떠안아야 한다면 그 해결도 우리가 마련해야 한다는 주체적 자각을 이루게 되는 것이다. 그는 최선화의 고통을 자신의 것으로 끌어안음으로써, 이전에 합리적 이성적으로만 판단하던 전쟁의 고통을 보다 절실하게 느끼게 되는 것이다.[70] 위에서 경민이 목발 없이 혼자서 걷는 장면은 이러한 자각에 대한 은유적 표현이 된다.[71] 이

---

69) 6권, 157-158쪽.
70) 이러한 점에서 최선화의 죽음은 다른 여인의 수난사와 차별된다.
71) 여기서 흥미로운 점은, 설경민의 절름발이라는 육체적 불구는 정신적 불구에 대응된다는 점이다. 그는 한국전쟁에 대해서 예리하고 비판적 시각을 보여주지만, 그의

렇게 볼 때, 최선화의 죽음은 전쟁의 비극성을 가장 극명하게 보여주지만, 그것이 비극으로만 끝나는 것은 아니라는 점을 알 수 있다. 그녀의 비극적 죽음은 설경민에게 전쟁에 대한 역사적 자각의 계기를 마련함으로써 개인의 비극을 넘어 역사적 의미를 지니는 것이 된다.

## 2) 전근대적 지배계층의 몰락

앞서 제기 했듯이 이 소설은 한국전쟁의 영향으로 인한 우리 사회의 변동을 그리고 있다. 이것은 대체로 버드내를 중심으로 이루어지며, 이러한 논의에서 가장 중요시 되었던 인물은 박한익이다. 하지만 여기서 간과할 수 없는 인물이 우효중이다. 우동준의 병사, 우효중의 자살, 우효석의 총살은 모두 우씨 집안의 몰락을 단적으로 보여준다. 박씨 집안의 인물들이 전쟁 중에 아무도 죽지 않는 데 반하여, 우씨 가문은 효진을 제외하고 모두 죽음을 맞이하는 것이다. 우동준과 박포수의 주종 관계는 우효중과 박한익의 관계에서 역전되는데, 특히 이러한 문제를 집약적으로 드러내주는 것이 바로 우효중의 자살이다.

효중은 원로 역사학자 우동준의 장남으로 전쟁이 일어나기 전에 대학 강사로 재직하고 있었다. 그는 전쟁 후 국민방위군에 들어가 국민의 의무를 다하고자 하지만, 국가 정책에 대한 잘못된 판단으로 인하여 그의 노력은 도로(徒勞)에 그친다. 동생 효진이 한익과 결혼을 하자 한익의 곡간에서 곡물을 가져다가 굶주리는 사람들에게 나누어주기도 하지만 결국 한익의 반대로 더 이상 그러한 일을 할 수 없게 된다. '헐벗고 비참한 동

---

한국전쟁에 대한 인식은 궁극적으로 불구이다. 모든 것을 논리화하려는 것 자체가 설경민의 결함이다. 이러한 점은, 그가 최선화를 대하는 태도에서도 드러난다. 그는 최선화에 대해서 사랑이 아니라 책임과 의무만을 생각한다. 그녀를 진정으로 사랑하는 미군 병사 댄의 총에 맞아 성한 다리마저 다치게 되고, 그는 절망에 빠져 두문불출하게 된다. 최선화의 자살 소식을 듣고 그녀의 고통을 자기 것으로 받아들이면서, 이러한 정신적 불구는 수정된다.

포'72)를 위해 한익의 사장실 금고에서 8백 만환을 훔쳐 달아나지만, 사기를 당해 폐인이 되어 빈털털이로 고향에 돌아오게 되고, 급기야 술주정뱅이가 되어 몰락한 가문을 한탄하며 자살한다. 그가 죽자 한익은 다음과 같이 그를 회상한다.

> 슬픔은 없다. 그러나 한익의 가슴속에는 슬픔보다 더 농밀한 비극적 감회가 뭉클 솟는다. 착한 사내다. 그는 많은 공부와 예민한 감수성을 지닌 사람이다. 그리고 그는 고귀한 정의감과 양심이 살아있다. 결국 효중은 요즘같은 난세 보다는 세상이 태평하고 안온한 평화 시대에 살았어야 할 인물이다. 만일 전쟁만 아니었다면 자기와 효중은 아마 지금과는 전혀 반대되는 삶을 살았을지 모른다. 효중이 난세를 괴롭고 고단하게 살아 왔듯이 자기는 오히려 평화로운 시대를 따분하고 지루하고 힘들게 살았을 것이다. 전쟁 그것은 효중에게 견디기 힘든 고난의 시대였지만, 한익에게는 운명을 바꾼 일생일대의 절호의 기회였던 것이다.73)

한익은, 효중이 많은 공부를 하고 예민한 감수성를 지녔으며, 고귀한 정의감과 양심이 살아있는 사람이라고 생각한다. 한익의 말대로 효중은 세상이 태평하고 안온한 평화 시대에 살았으면 뭔가 뜻있는 일을 할 수도 있는 사람이었다. 하지만 그의 현실적 능력은 전쟁과 같은 혹독한 상황을 견디기에는 역부족이다. 전쟁 속에서 그는 자신의 운명을 개척하지 못한다. 그는 갈데없는 무기력한 지식인에 불과하다. 이런 점에서 그는 전쟁 중에 '운명을 바꾼 일생일대의 절호의 기회'를 잡은 한익과는 대조를 이룬다.

효중의 죽음은 우씨 집안의 몰락을 단적으로 보여주는데, 여기에서 특히 필자가 주목하는 점은, 그것이 경제적 몰락을 의미하는 것이기도 하지

---

72) 6권, 136쪽.
73) 6권, 390쪽.

만 동시에 정신적 몰락을 의미하기도 한다는 점이다. 이러한 점에서 그가 '선영(先塋) 앞에서' 목숨으로 끊는다는 사실은 주목을 요한다. 그에게 조상의 무덤은 모든 가치의 표준이 된다.[74] 그의 죽음의 원인은, 전쟁 중에 자신이 아무 일도 할 수 없다는 무기력에도 있지만, 보다 근본적으로는 가문의 몰락을 막지 못한 데 대한 죄책감에서 비롯된다. 결국 효중의 죽음은 전근대적 가치관의 해체를 의미한다. 이렇게 볼 때 한익의 상승 역시 경제적인 측면과 더불어 정신적 의미가 내포되었다고 할 수 있다.

이러한 의미는 그것은 효중의 동생 효진에 의해 잘 드러난다. 효진은 처음에 가문의 경제적 몰락 때문에 한익에게 도움을 받고, 그럼으로써 어쩔 수 없이 한익을 배우자로 선택한다. 하지만 전쟁을 겪으면서 그녀는 가치관 자체의 변모를 경험하게 된다. 그녀는 돈을 이용해 한익을 국회의원으로 만들어서, '멍청한 시골 안주인이 되기보다는 돈과 권력을 함께 쥐고 있는 당당한 정치가의 사모님이 되고 싶'[75]어 하는 것이다. 이러한 그녀의 의식은 한익의 P상업중학교 이사장 취임식에서 잘 나타난다. 그녀는 한익의 연설문을 손수 써 줄 뿐 아니라 연설을 지도하고, 그것이 성공적이었는지를 확인하기까지 한다. 그녀는 한익과 철저하게 가치관을 공유하는 정신적 파트너가 되는 것이다.

효중은 이러한 효진의 태도를 비난한다. 그는 죽기 직전에, 전쟁이 효석과 같은 진국을 잡아가고 "똥걸레 같은 나하구 효진일 살려놓았소. 만일 나 대신에 효석이 녀석이 살아있다면 우리 전통 깊은 우씨 집안이 지금 같은 망신은 안 사두 좋았을 거요"[76]하고 한탄한다. 하지만 효진을 비

---

74) 토지를 기반으로 하는 농촌의 전근대적 양반이 중요시 하는 것은 조상에 대한 제례 (祭禮)를 소홀히 하지 않으며, 가문의 영광을 보존 발전시키는 것이다.(이만갑, 「농촌 사회의 구조와 변화」, 『한국사회론』, 민음사, 1980, 184-189쪽 참조) 우효중은 이러한 문중의식에 깊이 뿌리박고 있다.
75) 4권, 349쪽.
76) 6권, 267쪽.

난하는 근거가 오직 전통 깊은 우씨 집안의 망신에 있다는 점에서 효진에 대한 효중의 비난은 그리 설득력 있는 것이 못 된다. 물론 효진의 변모가 바람직한 것이라고 할 수는 없지만, 보다 큰 문제는 효중 자신의 인습에 매몰된 의식이다. 효중의 절망은 그가 전근대적 가치관을 전혀 비판 없이 묵수(墨守)하는데 있다. 따라서 그의 몰락은 경제적으로도 그렇지만 정신적으로 더욱 중요한 의미를 지니는 것이다.

### 3) 인간 존엄성의 수호

이 소설에 나타나는 죽음의 세 번째 양상은 용기 있는 자의 죽음이라고 말할 수 있는 것이다.77) 이들은 비록 죽는 것을 안타까워하기도 하지만, 그것을 묵묵히 받아들인다. 여기에는 거역할 수 없는 인간의 위엄이 담겨 있다. 그것은 어떠한 상황에서도 포기할 수 없는 인간 존엄의 표현이다. 그래서 죽음을 맞이하는 이들의 태도는 의연할 뿐 아니라 비장하기까지 하다. 이러한 죽음은 궁극적으로 인간의 존엄성을 수호하고자하는 노력이라고 할 수 있는 것이다. 모희규와 오영탁의 죽음이 바로 이러한 죽음을 대표한다.

> 그는 커다란 체구에 걸맞게 잘 먹고 잘 웃기고 모든 일을 좋게만 생각하는 타고난 낙천가다. 자물쇠를 비틀어서 열 수 있는 힘을 가지고도 그는 웬만해서는 좀체 폭력을 쓰지 않는다. 세상 어느 곳에 내던져도 그는 결코 죽을 것 같지 않은 사내다. 그러나 이 죽을 것 같지 않은 사내가 지금 두 손을 쳐들고 자기 발로 죽음을 찾아간다. 농담이나 지껄이는 그에게서는 지금의 이런 행동은 상상도 못 할 엄숙한 행동이다. 모희규도 결국은 죽을

---

77) 아리스토텔레스는 고귀한 죽음에 직면하여, 혹은 죽음이 임할지 모르는 위국(危局)에 처하여 두려워하지 않는 사람을 용기 있는 사람이라 부른다. 그에 의하면 가장 큰 위국은 전쟁이며, 가장 무서운 것은 죽음이다. 그러나 용감한 사람은 어떤 처지에서의 죽음에 대해서나 마음을 쓰지 않는다고 한다.(아리스토텔레스, 『니코마코스 윤리학』, 최명관 역, 서광사, 1984, 97-98쪽 참조.)

때가 있다는 사실이 지금의 허세웅에게는 한없이 깊은 허탈감과 슬픔으로
다가오고 있다.[78]

　　두 통의 총탄이 삽시간에 다 비워졌다. 오 대령은 세통의 탄약을 장전
하며 비로소 자기가 죽음을 맞이할 훌륭한 장소에 도착한 것을 깨닫는다.
전쟁 초에 오대령은 준비되지 않은 죽음의 갑작스런 기습을 두려워했다.
본인도 모르게 닥쳐오는 죽음은 본인은 물론 이 세상에 에 대한 무책임한
직무유기다. 그러나 지금은 닥쳐올 죽음을 두 눈 크게 부릅뜬 채 당당하게
기다리고 있다. 죽음에 뒷덜미를 잡히지 않고 그는 비로소 죽음과 정면으
로 마주할 수 있다.[79]

　　위의 첫 번째 인용문은 허세웅의 입장에서 모희규의 죽음을 서술하는
부분이다. 허세웅의 생각처럼 모희규는 절대로 죽을 것 같지 않은 사람이
다. 그는 재치로 의용군에 끌려갈 위기를 모면하기도 하고, 보통사람을 훨
씬 넘는 힘과 패기로 부하들을 제압하기도 한다. 적과의 전투에서는 물러
남이 없으며, 미군 병사들의 부당한 태도에 대해 과감히 응징하기도 한다.
그는 현실적 능력이 뛰어나지만 이(利)에 밝은 것은 아니며, 패기와 힘과
뛰어난 재치를 지닌 대장부의 풍모를 지닌 인물이다. 그의 죽음은 이러한
인물상에 잘 들어맞는다. 그는 죽음 앞에서 비굴하게 살려고 아등바등하
는 것이 아니라, 자신의 목숨을 바쳐서 부하들을 구하고자 '자기 발로 죽
음을 찾아'간다. 이는 그야말로 용기있는 자의 죽음이라고 할 만하다.[80]
　　위의 두 번째 인용문은 오영탁의 최후를 그의 의식을 통해 그리고 있

---

78) 6권, 217쪽.
79) 5권, 432-433쪽.
80) 정도의 차이는 있으나, 이는 독배를 마시며 의연하게 죽어가는 소크라테스의 죽음
　　을 바라보는 플라톤의 감회와 비교할 만하다.(플라톤, 「파이돈」, 『향연, 파이돈, 니
　　코마코스윤리학』, 최명관 역, 을유문화사, 1966 참조.) 비록 하급 장교지만 부하를
　　위해 스스로 선택하는 모희규의 의연한 죽음은 숭고한 것이며 인간으로서 지킬 수
　　있는 지고의 가치를 드러내는 행위라고 할 수 있다.

다. 오영탁은 무뚝뚝하지만 목숨을 걸고 자신의 임무를 수행하는 성실한 군인이며 동시에 일체의 세속적 욕심을 배제하고 사는 성실한 인간이다. 그래서 그에게는 훈장도 '알록달록한 쇳조각'에 불과하다. 그의 죽음은 이러한 군인 혹은 인간으로서의 성실성을 잘 보여준다. 그는 적의 공세에 몰려있는 사지로 들어가 자신의 부하들을 구하고 홀로 기관총을 쏘며 장렬하게 전사한다. 그가 만약 살려고만 했다면 살 수도 있었다는 점에서 그의 죽음은 자살에 가깝다. 그는 두 눈 크게 부릅뜬 채 당당하게 닥쳐올 죽음을 기다리며 정면으로 마주한다. 여기에는 부정한 아내 강윤정을 죽일 수밖에 없었던 자신에 대한 자책감이 담겨 있다. 그래서 그의 죽음은 윤리적 결단이라고 할 수 있는 것이기도 하다.

오영탁의 죽음은 부하들의 생명을 구하기 위해 자신의 목숨을 스스로 버린다는 점에서, 그리고 죽음을 과감히 수락하고 그것을 의연히 맞아들인다는 점에서 모희규의 죽음과 닮은꼴이다. 그것은 인간 존엄의 가치를 저버리지 않으려는 노력의 소산이라고 할 수 있다. 이들은 모두 전쟁이라는 상황 속에서 자신의 죽음을 통해서 인간이 지켜야 할 최후의 가치를 수호하고 있다. 그러한 이들의 죽음은 영웅적이라고 말할 수 있다. 비록 이들의 죽음이 많은 사람들에게 알려져 역사적 사건으로 남은 것이 아니며 그리하여 칭송의 대상이 된 것도 아니지만, 그들의 태도는 인간의 한계를 넘어서 인간의 가치를 드높이는 숭고한 것이기 때문이다.81) 이 소설에서 전쟁 영웅이란 전쟁에 지대한 공을 세워 이름을 날리는 장성(將星)이 아니라 죽음 앞에서도 인간 존엄의 가치를 잃지 않고 의연히 그것을 받아

---

81) "자료 수집 중에 알게 된 것이지만 6·25에는 영웅이 없다. 아니 영웅은 고사하고 승자(勝者)조차도 찾아볼 수 없다. 이것은 6·25라는 전쟁이 이길 수도 없고 포기할 수도 없는 전쟁이었기 때문이다. 그러나 영웅과 승자는 없었으나 패자만은 분명히 있었다."(홍성원, 「막다른 골목에 몰린 폭력에 대한 호기심」,『남과 북』, 1, 문학사상사, 1987, 16쪽.)고 홍성원은 말한다. 그가 말하는 영웅이란 말하자면 이순신처럼 나라를 지키는데 결정적인 역할을 한 역사적 인물을 의미한다고 생각할 수 있다.

들이는 사람들이라고 할 수 있다.

신동렬의 죽음도 이와 같은 맥락에서 이해할 수 있다. 그는 국방군과 인민군을 가리지 않고 치료해 주고, 그로 인하여 수모를 당하기도 한다는 점에서 인도주의를 대표하는 인물이라고 할 수 있다. 또한 병원에서 무수히 많은 환자를 돌보며, 이를 통해 전쟁의 극단적 참상을 드러내는 역할을 하는 인물이기도 하다. 하지만 결국 그 자신이 눈 멀고 다리가 잘리는 비참한 지경에 이르러 스스로 목숨을 끊게 된다. 하지만 민관옥을 위해 끝까지 내색을 하지 않고, 그녀가 살 수 있도록 법적 혼인을 마친 후 자살을 한다. 그는 죽음 앞에서도 인간의 도리를 다하고 의연히 그것을 받아들임으로써, 인간으로서의 위엄과 가치를 잃지 않는다.[82]

## 4) 이해할 수 없는/있는 죽음

이 소설을 통틀어 가장 인상적인 죽음은 소설의 대미를 장식하는 한상혁의 죽음이다. 한상혁은 휴전이 되고 안정의 시기에 접어들어 더 이상의 피해가 없을 것 같은 때, 박노익의 오발에 의해 죽는다. 휴전이 된 상태에 죽는다는 점에서도 그렇지만, 백발백중의 명사수 박노익의 오발에 의한 것이라는 점에서 그의 죽음은 매우 우연적이다. 이러한 죽음은 얼핏 생각하면 전쟁과 무관한 것처럼 보인다. 하지만 이러한 죽음이야말로 이 소설에서는 한국전쟁의 의미와 부합되는 죽음이다. 그것은 바로 그 우연성에 근거한다.

---

82) 퇴임 목사, 설규헌 박사, 우효석 그리고 조남숙의 죽음도 이러한 죽음과 상통한다. 이들은 만약 자신의 신념을 잠시 접고 상대방의 의지에 조금만 굴복하면 살 수도 있었다. 그러나 목숨을 구걸하지 않고 과감히 죽음을 받아들인다. 이들의 죽음을 고려할 때, 『남과 북』의 등장인물들은 자기의 생존에 어떤 의미를 부여할 틈도 없이 죽음을 향해 치닫는다. 그 세대가 허용하는 것은 어떻게 사는가, 어떤 의미를 찾아야 하는가 하는 인간적인 고민의 여유가 아니라 오직 삶과 죽음의 급박한 택일뿐이었다'(김병익, 「6ㆍ25 콤플렉스와 그 극복」, 936쪽.)는 김병익의 말은 수정되어야 한다.

한상혁의 죽음은, 한국전쟁 자체가 이러한 우연성에 근거한다는 점을 대변한다. 그것은, 이 전쟁이 합리적 이성으로는 온전히 이해할 수 없는 전쟁이라는 점을 상징적으로 드러낸다. 하지만 여기에 어떠한 역사적 필연성도 없다는 것이 아니다. 다만 논리적으로 설명될 수 없는 어떤 나머지 부분이 존재한다는 점에서 우연성이 개입된다는 것이다. 이 소설에서 여러 번 반복되는 '이해할 수 없는 전쟁'이라는 서술이 이러한 점을 잘 보여주며, 이 소설의 2부의 제목이 '동의할 없는 죽음들'로 되어 있는 것도 이러한 이유에서 설정되었다고 볼 수 있다. 이해할 수 없는 죽음이기에 동의할 수 없는 죽음인 것이다.[83]

그런데 이러한 우연한 죽음은 한국전쟁에 대한 상징적 해석이면서 동시에 인생 자체에 대한 해석으로 이해할 수도 있다. 그것은 삶이나 죽음 자체가 이러한 우연성에 근거한다는 점을 암시한다. 이러한 점은 이보다 앞에 등장하는 한상혁 자신의 죽음에 대한 실존적인 성찰과 밀접한 관계가 있다. 다음은 한상혁이 전방까지 찾아온 설소영을 맞아 빈집에 들어간 장면이다.

> "지난번 당신한테 주는 편지에서 나는 절대로 죽지 않을 것이라고 자신 있는 큰소리를 쳤소. 허지만 그건 내 희망이고 말도 안 되는 허풍이었소. 솔직히 말해 나는 이 전쟁에서 살아남을 자신이 없소. 공연히 당신을 속인 것 같아 그 동안 무척 괴로웠소"(중략)
>
> 상혁은 가슴이 답답한 듯 갑자기 자리에서 일어나 천장에 매달린 거미줄을 걷기 시작한다. 그렇다 왜 그들은 모처럼 만나 이 소중한 시간을 축내며 어설픈 말들로 싸워야 하는가? 죽음은 살아 있는 사람에겐 누구에게나 공평하게 돌아간다. 오늘이냐 내일이냐는 차이가 있을 뿐, 어느 누구도

---

83) 킬머의 교통사고도 이에 속하며, 설경민의 부상도 이러한 죽음의 변형으로 이해할 수 있다. 킬머는 한국에 파견되어 모든 임무를 마치고 미국으로 복귀명령을 받고 기다리다가 우연한 교통사고로 죽게 되며, 설경민도 전쟁과는 무관하게 최선화를 사랑하는 댄의 총탄에 부상을 입기 때문이다.

죽음으로부터 자유롭게 놓여 날 수는 없다. 한데 대체 오늘의 죽음은 내일
의 죽음과 어떻게 다른가? 영원과 함께하는 죽음의 저 막막한 의미는 오늘
이든 내일이든 아무런 차이도 없지 않은가?[84]

위의 인용문에서 한상혁은 자신은 죽지 않을 것이라는 믿음이 허황된
것이라는 사실을 소영에게 토로한다. 전쟁 속에서 아무도 현재 살아있다
고 계속 살아 있으리라는 보장은 없다는 자각이다. 하지만 이러한 자각은
전쟁 상황을 넘어서, 인간은 모두 죽는다는 보편적 의미로 발전한다. 그는
오늘이 될 수도 있고 내일이 될 수도 있으나 어찌되었든 인간은 죽는다고
생각한다. 여기에는 죽음이라는 한계상황에서 존재론적 한계를 깨닫는 실
존적 자각의 과정이 담겨 있다.[85] 한상혁의 이러한 자각을 통해, 그가 죽
기 직전에 "아니야, 아니야"하고 뱉는 모호한 말이 어떤 의미를 지니는
지 짐작할 수 있다. 그는 오발에 의한 사고를 단순한 우연이 아니라 운명
적 필연으로 받아들이고 있는 것이다.

이렇게 볼 때 이 소설에 등장하는 이해할 수 없는 죽음들은 이해할 수

---

84) 5권, 381쪽.
85) 야스퍼스는, 인간이 변경할 수도 없고, 제거하거나 피할 수도 없으며, 설명할 수도
이해할 수도 없는 상황을 한계상황이라고 한다. 고통, 투쟁, 죄책 등과 함께 죽음도
한계상황의 하나로 제시되는데, 객관적인 죽음 자체가 아직 한계상황은 아니다. 한
계상황으로서의 죽음의 참된 의미는 자기의 죽음을 분명하게 의식하고 자기의 죽음
과 성실하게 관계하는 개인이 그의 실존적 삶의 한가운데서 죽음의 한계 저 너머에
로 비약할 수 있게 하는 데 있다. 그것은 단순한 현존재로서의 자기가 아니라 실존
적 자기를 의식하는 것이다.(신옥희, 「죽음은 실존의 거울이다-칼 야스퍼스」, 『철학,
죽음을 만나다』, 산해, 2004, 213-230쪽 참조.)
이러한 점에서 준비되지 않은 죽음의 갑작스런 기습을 두려워하며, 본인도 모르게
닥쳐오는 죽음이 본인은 물론 이 세상에 대한 무책임한 직무유기라고 생각하는 오
영탁의 죽음도 이러한 의미가 어느 정도 담겨 있다. 그는 닥쳐올 죽음을 두 눈 크게
부릅뜬 채 당당하게 기다리며 그것을 온전히 자기의 것을 만들려고 하기 때문이다.
또한 '아아, 나는 죽는다. 내가 죽는다. 나혼자 죽는다……'(5권, 342쪽.)라는 독백과
함께 맞이하는 조만춘의 죽음은, 이러한 실존적 자각을 인식의 측면에서가 아니라
현상적 측면에서 잘 보여준다.

없다는 점에서 이해할 수 있는 죽음이 된다. 그것은 한국전쟁 자체가 합리적 이성으로는 온전히 이해할 수 없는 전쟁이라는 이해를 주며, 동시에 인생에도 이해할 수 없는 어떤 부분이 존재한다는 점을 내포한다. 이 소설은 한상혁의 죽음을 통해서 전쟁 혹은 삶과 죽음의 불가사의한 일면을 역설(逆說)적으로 보여주고 있다.

### 5) 탄생의 네 가지 의미

이 소설에는 많은 죽음이 등장하지만 의미 있는 탄생도 있다. 우선 주목할 것은 설경민과 최선화 사이에 태어난 진철의 탄생이다. 최선화의 죽음은 설경민으로 하여금 전쟁에 대한 주체적 자각을 일깨우는 계기가 된다는 점은 이미 밝힌 바 있는데, 진철의 존재는 바로 이러한 점을 공고히 한다. 다음은 최선화가 진철을 낳았다는 사실에 대해 경민의 입장에서 서술된 부분이다.

> 설진철(薛眞哲)…… 최선화의 편지에서 처음으로 밝혀진 바로 경민의 아들의 이름이다. 서울 수복을 눈앞에 두고 영등포 부근의 어느 빈집에서 두 사람의 거친 욕망은 황황하게 연소되었다. 그러나 포연 속에 쫓기듯이 이루어진 그날의 욕망 속에 공교롭게도 설진철이라는 새로운 생명은 잉태되었다. 어쩌면 이 새로운 생명은 이 땅에 찾아든 전쟁처럼 운명적인 것인지도 알 수 없다. "비극을 피할 수 있었을 것을……"하는 것은 비극이 있기 전에나 고려해봄직한 가정사(假定詞)다. 일단 내 앞에 터져버린 비극은 바로 나와 우리들의 비극이다. 그것을 나의 비극으로 만들기 위해 우리는 어떤 가정사도 우리 주위에 거느릴 필요가 없다. 오히려 비극을 내 것으로 단단히 붙잡아야 우리는 그 비극의 고통으로부터 놓여날 수 있다.[86]

경민은 최선화가 양공주가 되어 진철을 낳아 기른다는 소식을 듣고,

---

86) 5권, 99쪽.

'어쩌면 이 새로운 생명은 이 땅에 찾아든 전쟁처럼 운명적인 것인지도 알 수 없다'고 생각한다. 여기서 운명이란 합리적 필연성보다는 비합리적 우연성이라고 말할 수 있는 것이다. 전쟁의 비극이 우연하게 시작되듯이 새 생명의 탄생도 '공교롭게도' 한 번의 우연한 관계로 만들어진다. 여기서 최선화-진철-한국전쟁은 결코 떨어질 수 없는 의미의 고리로 연결되어 있다. 최선화가 전쟁의 비극에 대한 상징이라면, 진철은 전쟁의 상흔 뒤에도 놓칠 수 없는 작은 희망의 상징으로 제시된다. 그 의미는 설경민의 의식을 통해서 드러나며, 그 변모를 통해서 깊어진다. 설경민은 최선화-진철 사이를 매개하면서 최선화의 비극성을 진철의 희망이라는 의미로 바꾸어 놓는 것이다.

두 번째로 주목할 생명의 탄생은 한익과 효진 사이의 아이이다. 다음은 효진의 임신 소식에 대해 효중의 입장에서 서술된 부분이다.

> 효진의 임신. 뜻밖이자 너무나 당연하다. 그러나 이 당연한 사실이 효중에겐 한순간 거대한 망치가 되어 뒤통수를 호되게 후려친다. 그토록 박한 익을 혐오하던 효진이 한익의 아이를 갖다니 생각할수록 기이한 느낌이다. 그러나 기이한 느낌은 한순간에 불과하다. 효중은 자기도 모르는 깊은 안도감과 마음 푸근한 체념을 느낀다. 선산(先山)의 무덤들을 눈앞에 둔 이런 장소에서 효진의 임신 소식을 듣는 다는 것이 그에게는 한층 심상치 않은 느낌으로 다가온다.(중략)
>
> 효진의 뱃속에 잉태된 아이는 이런 의미에서 가장 평등하게 태어나는 아이다. 이 아이의 새로운 탄생으로 우씨 집안의 과거의 광휘는 서서히 망각의 늪으로 빠져들 것이다 마을 사람들은 과거에 효중을 그렇게 불렀듯이 이 아이를 정중히 도련님으로 부를 것이다. 그는 전쟁으로 새롭게 탄생된 새로운 계층의 주인이다. 무수한 선망과 부러움과 축복 속에 이 소년은 우씨 집안을 대신하여 버드내의 새로운 주인으로 씩씩하게 자라 날 것이다.[87]

---

87) 5권 280-282쪽.

위에서 효중의 태도는 이중적이다. 처음에는 '한순간 거대한 망치가 되어 뒤통수를 호되게 후려친다'고 생각하고, 곧바로 '자기도 모르는 깊은 안도감과 마음 푸근한 체념을 느낀다'고 한다. 또한 '효진의 임신 소식을 듣는 다는 것이 한층 심상치 않은 느낌으로 다가온다'고 하고서는, 곧 바로 이를 수긍하며 냉철한 태도로 거기에 의미를 부여한다. 하지만 그의 이러한 이중적 태도는 이율배반적인 것이라고 할 수 없다. 여기서 안도감이란 닥칠 것이 닥쳤다는 의미에서의 안도감이며, 체념은 자신의 노력으로는 박씨 집안과의 역전의 대세를 거스를 수 없다는 의미에서의 체념이다. 이는 결국 효중이 자신의 삶을 포기하는 계기가 된다.

흥미로운 점은 그가 '선산(先山)의 무덤들을 눈앞에 둔 장소에서' 효진의 임신 소식을 들어서 한층 심상치 않은 느낌이 든다는 점이다. 여기에서 그의 정신이 전근대적 가치관을 비판 없이 묵수하고 있음이 재차 확인된다. 하지만 이러한 온전한 몰락이 한익이나 효진으로 대표되는 단순히 현실적 가치만을 좇는 인물들의 득세를 의미하는 것은 아니다. 효중이 생각하듯이 새로 태어나는 아이는 '가장 평등하게 태어나는 아이'이기 때문이다. '전쟁으로 새롭게 탄생된 새로운 계층의 주인'은 새로 태어나는 아이이다. 그 실체는 분명하지 않지만 이 아이가 효중도 효진도 한익도 아닌 전혀 새로운 세대를 형성할 것은 분명하다.

셋째의 탄생은, 개작에서 새로이 등장한 문정길과 조명숙 사이에서 난 아이다. 남한에서 간첩으로 붙잡힌 조명숙은 임신한 아이를 해산하고 처형당한다. 이 아이가 남한 경찰 간부의 손에 키워진다는 설정은, 이데올로기의 경계를 넘어설 수 있는 계기를 마련하는 소설적 장치라고 할 수 있다.

미어지는 가슴속에서도 문정길은 한 가닥 빛 같은 작은 위로가 살아난다. 스물다섯 젊은 나이에 아깝게 순국했지만, 조명숙은 살다간 흔적으로

이 땅에 작은 씨를 떨구고 갔다. 축축하게 적셔오는 문정길의 가슴은 그 씨가 일구어낸 한 가닥 희미한 위안일 것이다. 별 탈이 없는 한 그녀가 남긴 아이는 남조선 경찰의 집안에서 새로운 인간으로 건강하게 성장할 것이다. 혁명을 위해 목숨을 바친 어머니와, 그 어머니를 죽인 반동의 손에 키워질 아들의 운명이, 한동안 문정길의 마음을 혼란스럽게 하고 있다. 조명숙의 아들이자 자기 아들이기도한 그 아이는 그 생부모와는 전혀 다른 자본주의 세계의 부르주아 삶을 살아가게 될 것이다. 프롤레타리아 혁명 외에는 다른 삶이 없다고 생각하는 문정길에게, 그 아이를 통한 또 다른 삶이 존재할 수 있다고 납득되는 것은 무엇인가? 이 소박한 납득조차도 반혁명적인 발상인가?[88]

문정길은, 조명숙이 죽었다는 소식을 듣고 슬픔에 젖어서도 '한 가닥 빛 같은 작은 위로'를 발견한다. 그것은 미래에 대한 희망이다. 그 희망이란 조명숙이 '이 땅에 떨군 작은 씨' 즉 아이이다. 하지만 문제는 아이가 남한 경찰의 손에 키워지게 된다는 점이다. 이것은 프롤레타리아 혁명 외에는 다른 삶이 없다고 생각하는 문정길로서는 인정하기 어려운 사실이다. 합리적 이성으로는 이해할 수 없는 아이의 이러한 위치는 문정길의 마음을 혼란스럽게 만든다. 그는 변모하지 않으면 안 되는 상황에 들어선 것이다. 설경민이 자신의 아이를 두고 모든 합리적 이성을 무너뜨리고 가슴으로 최선화의 상처를 끌어안듯이, 문정길 역시 공산주의적 이념을 넘어 아이의 운명을 수락하게 된다. 이 소설은 말하자면 여기서 남과 북의 화해의 길을 열고 있다. 그의 눈물은 말하자면 이러한 변화의 조짐을 드러내는 상징이라고 할 수 있다.[89]

---

88) 6권, 322쪽.
89) 많은 논자가 지적하듯이, 이 소설은 지나치게 남쪽의 입장에 치우쳐 있다. 이러한 문제는 최초 창작 당시의 정치적 제약과 무관하지 않다. 작가는 2000년 문학과지성사판 개작을 통해 몇몇 북쪽의 인물을 새롭게 등장시키고 사건을 첨삭하여 이러한 문제를 다소 보완하고 있지만, 김병익의 지적대로 전면적 개작이 아니고서는 이러한 문제는 온전히 해결되기는 어렵다.(김병익, 「남북 화해 속에 다시 읽는 『남과 북』」,

여기서 마지막으로 지적할 중요한 새로운 탄생이 있다. 그것은 사실상 아직 수태하지도 않은 생명이기 때문에 탄생이라고 말할 수도 없지만, 그럼에도 불구하고 매우 의미심장하다. 이 소설은 한상혁의 죽음으로 끝이 난다. 그런데 바로 그 직전에 등장하는 삽화에서 설경민은 진철을 데리고 동료 기자 한진웅과 함께 최선화의 무덤에 다녀온다. 이때 이들의 대화를 통해 한국전쟁에 대한 총결산이 이루어진다. 전쟁이 이미 끝났기 때문에 그들의 어조는 비교적 담담하며 다소 냉소적이다. 설경민은 한국전쟁을 '위대한 실패작'이라고 결론짓는다. '3백만의 피를 지불하고도 전쟁은 다시 원점으로 돌아왔'[90]다는 것이다. 그런데 여기서 매우 사소한 듯 보이는 삽화가 이러한 의미를 또다시 역전가능하게 만든다. 그것은 바로 길가에서 우연히 만난 새신랑의 모습을 통해 위트 있게 처리된다.

차가 다시 민가로 밀집된 작은 부락으로 접어든다. 문득 앞길에 양복으로 정장한 사내가 경마(牽馬)까지 잡힌 채 꺼덕꺼덕 조랑말을 타고 가고 있다. 속력을 줄이고 가까이 다가가니 경마잡이와 말 탄 사내가 동시에 이쪽을 힐끗 돌아본다. 한진웅은 그제야 사태를 깨닫고 사내를 향해 큰소리로 고함을 친다.

"어이 새신랑, 결혼 축하하오!"

신랑이 조랑말 위에서 쑥스러운 듯 벌쭉 웃는다. 이번에는 다시 설경민이 급한 목소리로 고함을 친다.

"아들 딸 많이 낳으시오! 일 년에 한 명씩 아홉 명만 낳으시오!"[91]

---

1339-1340쪽.) 하지만 여기서 조명숙이 낳은 아이의 탄생은 이러한 문제의 해결에 크게 기여하고 있다.

90) 민관옥과 신동렬 사이에서 낳은 아이도 전쟁과 관련된 의미를 지니는 것으로 이해할 수 있다. 이 이 아니가 휴전 다음날 낳았다는 점, 그것이 지독한 난산이라는 점은 휴전 협정의 어려운 과정에 대한 은유로 이해할 수 있다. 또한 이 소설에서 드러나는 고아의 의미 역시 이러한 탄생과 관련하여 생각해 볼 수 있다. 그것은 박가연에 의해 제기되어 설소영에 심화된다.

91) 6권, 387-388쪽.

이들은 장가들러 가는 새신랑을 길거리에서 만난다. 전쟁이 끝나자 곧바로 다시 일상적 삶은 시작되고 있는 것이다. 몸단장을 하고 경마까지 잡힌 새신랑의 모습은 경쾌하다. "어이 새신랑, 결혼 축하하오!"라고 하는 한진웅의 축하의 말에 조랑말 위에서 쑥스러운 듯 벌쭉 웃는 새신랑의 웃음은 경쾌한 분위기를 한결 고조시킨다. 이러한 분위기는 "아들 딸 많이 낳으시오! 일 년에 한 명씩 아홉 명만 낳으시오!"라는 경민의 말에 의해 절정에 이른다. 하지만 이것은 분위기의 절정만을 의미하는 것은 아니다. 여기서 이 소설을 지배했던 비극과 회의는 한순간에 날아가 버린다. 이 말은 그 자체로 희망의 목소리가 아닐 수 없다. 최선화의 무덤에 다녀오면서 비극적 심회에 젖어 벌이는 한국전쟁의 참상에 대한 논의는 아직 탄생하지 않은 아홉의 생명들에게서 희망의 예시로 전환되고 있는 것이다.


## 5. 결론


홍성원은 『세대』지에 발표했던 원작 「육·이오」를 세 차례에 걸쳐 수정하여 『남과 북』을 완성했다. 서음본, 문학사상사본, 문학과지성사본이 그것이다. 서음본은, '남과 북'이라는 제목이 확정되었다는 점과 문장을 현재형으로 바꿈으로써 현실감 있는 표현을 얻었다는데 의미가 있고, 문학사상사본은 체재가 확정되었다는 의미가 있다. 문학과지성사본은 내용상 획기적인 수정이 가해진다는 점에서 중요한 의미를 지니는데, 이는 보다 상세한 고찰이 요구되는 것이다.

문학과지성사본의 개작은 세 가지의 특징적 결과를 보여준다. 첫째, 첫째, 인물 묘사가 구체화되어, 인물에 보다 선명한 성격을 부여하고, 결과적으로 인물의 행동에 개연성을 부여한다. 둘째, 문정길로 대표되는 북한 사람들을 새로이 등장시켜 북한 쪽의 상황을 보다 잘 드러나도록 한다. 특히 문정길의 새로운 등장의 의미는, 그가 다른 인물들과 사상적으로 충돌하면서 북한의 이념적 정당성을 변호하는 계기를 마련할 뿐 아니라 그 한계까지도 동시에 드러내고 있다는 점에 있다. 셋째, 북한에 대한 표현을 완곡하게 함으로써 적대감을 완화시켰다. 이는 북한의 명칭의 변화, 표현에 있어서 어조의 변화 등을 통해서도 나타나지만, 이념에 대한 이해 수준의 폭을 상당히 넓혔다는 점에서 더욱 두드러지게 나타난다. 더불어 지적할 것은 중국군에 대한 태도 역시 보다 호의적이라는 점이다.

전체적으로 볼 때,『남과 북』의 문학과지성사본 개작은 의미의 차원에서나 양적인 차원에서 모두 북한 쪽에 보다 많은 배려를 함으로써 남한에 기울었던 원작의 한계를 극복하고 있다고 평가할 수 있다. 이는 남한과 북한의 입장에 대한 균형을 회복함으로써 발표 당시의 정치적 제약을 온전히 해소하겠다는 작가의 노력의 결과라고 할 수 있다. 하지만 여기서 무조건 북쪽을 옹호하는 것은 아니다. 앞서 밝혔듯이 이 판본에서 새롭게 등장하는 문제적 인물 문정길을 통해 북한 한국전쟁에 대한 입장과 사회주의 이념에 대한 정당성과 한계를 매우 예리하게 보여주고 있기 때문이다.

두 가지 측면에서 이 소설의 구조가 한국전쟁을 형상화하기에 적합하다고 판단된다. 화소들의 균등한 배열이라는 구성적 특성 그리고 이에 따른 균등한 인물의 병치와 독립된 다양한 목소리의 병치가 그것이다. 둘째, 세 가지로 분류될 수 있는 죽음과 세 명의 아이의 탄생을 통해 의미망을 완결하고 있다는 점이 그것이다. 이 소설의 개작도 결국은 이러한 구조를 보다 확고히 하고자하는 노력이라고 할 수 있다. 가령 새롭게 등장하는 인물(혹은 새롭게 부여된 성격의 인물)들은 이 소설의 인물의 배열을 보다 균형 있게 하며, 독립된 다양한 목소리를 더욱 다양하게 한다. 결과적으로 이것은 한국전쟁의 총체적 형상화에 보다 완성도를 높이는 것이다.

『남과 북』에서 여러 죽음들은 명확한 분절적 경계로 나뉜다기보다 어느 정도 의미의 교차를 이룬다. 가령 효석의 죽음의 경우 그 자체로 우씨 집안의 몰락을 단적으로 보여주지만, 거기에는 역사적 희생이라는 의미도 내포되어 있다. 또한 자신의 신념을 꺾지 않고 죽음을 받아들이는 그의 태도에는 인간 존엄의 가치가 담겨 있다. 이 소설에는 다양한 죽음이 등장하기도 하지만, 각각의 죽음은 그만큼 다각적인 의미를 지닌다.

죽음과 탄생의 상관관계도 일대일 대응의 공식으로 이루어지는 것은 아니다. 최선화의 죽음과 진철의 탄생, 우효중의 죽음과 효진-한익 사이의 아이는 직접적인 관계를 지니지만, 문정길-조남숙 사이의 아이와 새신랑 의 태어나지 않은 아이는 이 소설 전체의 사건들과 관계되어 있다. 따라서 이 소설에서 죽음은 복합적 의미를 지니며, 새로운 탄생은 죽음의 의미를 심화시키기도 하고 독자적 의미를 지니기도 한다고 할 수 있다.

최선화의 죽음과 진철의 탄생은 한국전쟁의 비극성을 상징적으로 드러내고 있지만, 동시에 설경민을 통해서 주체적 자각의 계기를 마련함으로 한국전쟁의 의미를 심화한다. 우효중의 죽음은 전근대적 가치관의 몰락을 의미한다. 하지만 그것은 효진-한익 사이의 아이를 통해 단순히 현실적 가치만을 좇는 인물들의 득세만을 의미하는 것이 아니라 전혀 새로운 세대를 예고한다. 또한 모희규 등의 죽음은 그것 자체로 인간의 가치를 드높이는 행위가 되고, 한상혁의 죽음은 전쟁 혹은 인간의 삶과 죽음의 불가사의한 일면을 역설적으로 드러낸다. 그리고 무엇보다 문정길-조남숙 사이의 아이는 남북 화해의 가능성을 제시하며, 새신랑의 태어나지 않은 아이는 전후 사회의 미래적 희망을 예시하는 상징이라고 할 수 있다.

이상과 같이 죽음과 탄생이라는 시각에서 이해할 때, 홍성원의 『남과 북』은 다양한 의미를 드러내지만 특히 두 가지 측면에서 주목된다. 첫째 이 소설의 인물들은 자신이나 타인의 죽음 혹은 새로운 탄생에 의하여 인식의 변모를 겪고 있다는 점이다. 그것은 개인적인 차원에서도 그렇지만 역사적 차원에서도 그렇다. 설경민, 한상혁, 문정길이 그 대표적인 예이며,

우효중의 경우는 그것을 견디지 못해 죽음을 맞이한다. 둘째 이 소설이 전쟁의 비극이나 민족의 수난만을 제시하는 소설이 아니라는 점이다. 이는 소설 전체를 통해 다양한 측면에서 드러나지만, 특히 태어나지 않는 새신랑의 아이에서 집약적으로 드러난다.

결국 이 작품은 개인적인 측면에서부터 역사적인 측면 그리고 인간의 본질적인 측면에서 한국전쟁을 두루 성찰하며 총체적으로 그리고 있는 소설이라 할 수 있다.

# 참고문헌

1. 1차 자료

홍성원, 「육이오」, 『세대』, 1970. 9-75. 10.

홍성원, 『남과 북』, 1-7, 서음출판사, 1977.

홍성원, 『남과 북』, 1-7, 대호출판사, 1982.

홍성원, 『남과 북』, 1-7, 중앙서관, 1983.

홍성원, 『남과 북』, 1-6, 문학사상사, 1987.

홍성원, 『남과 북』, 1-6, 문학과지성사, 2000.

2. 논문 및 평론

강진호, 「반공의 규율과 작가의 자기 검열: 『남과 북』(홍성원)의 개작을 중심으로」, 『상허학보』, 15, 상허학회, 2005. 8.

권오룡, 「주체 찾기의 모험과 그 의미; 개작된 『남과 북』에 부쳐」, 『남과 북』, 6, 문학과지성사, 2000.

김명준, 「한국분단소설 연구: 『광장』, 『남과 북』, 『겨울 골짜기』를 중심으로」, 박사학위논문, 단국대학교, 2002.

김명준, 「홍성원의 『남과 북』론」, 『동양학』, 33, 단국대학교 동양학 연구소, 2003. 2.

김병익, 「6·25 콤플렉스와 그 극복: 홍성원의 소설 『남과 북』」, 『문학과지성』, 문학과지성사, 1975, 겨울.

김병익, 「남북 화해의 기대 속에서 다시 읽는 『남과 북』」, 『문학과사회』, 51, 문학과지성사, 2000. 8.

김치수, 「남성문학의 세계」, 『작가세계』, 18, 세계사, 1993 가을.

김현숙, 「홍성원 소설의 『남과 북』 연구-인물 구조를 중심으로」, 『성신어문학』, 7, 성신어문학연구회, 1995. 2.

서준섭, 「한국전쟁, 집단적 비극의 소설화: 홍성원의 『남과 북』론」, 『감각의 뒤편』, 문학과지성사, 1995.

송희복, 「전쟁과 애증 혹은 욕망의 서사시」, 『문학사상』, 1993. 4.

신옥희, 「죽음은 실존의 거울이다-칼 야스퍼스」, 『철학, 죽음을 만나다』, 산해, 2004.

유임하, 「80년대 분단문학, 역사의 진실 해명과 반공주의의 극복: 『남과 북』, 『지리
　　　산』, 『태백산맥』을 중심으로」, 『작가연구』, 15, 2003. 2.

이동재, 「소설의 화법과 한국전쟁(6·25)의 소설적 해석: 홍성원의 『남과 북』」,
　　　『Journal of Korean Culture』, 31, 한국어문학국제학술포럼, 2015. 11.

이동하, 「총체성이 포착을 향한 도전: 홍성원의 『남과 북』」, 『문학사상』, 문학사상
　　　사, 1986. 6.

이만갑, 「농촌사회의 구조와 변화」, 『한국사회론』, 민음사, 1980.

이승준, 「『남과 북』의 개작 연구」, 『우리어문연구』24, 우리어문학회, 2005, 6.

이승준, 「홍성원의 『남과 북』에 나타나는 죽음과 탄생의 의미」, 『어문논집』52, 민
　　　족어문학회, 2005, 10.

정성진, 「홍성원의 『남과 북』 연구」, 석사학위논문, 성신여자대학교, 2001.

진덕규, 「정치의 위선과 전쟁의 진실」, 『홍성원 깊이읽기』, 문학과지성사, 1997.

김현숙, 「홍성원의 소설 『남과 북』 연구: 인물 구조를 중심으로」, 『성신어문학』, 성
　　　신어문학회, 1995. 2.


3. 단행본

유종호, 『문학이란 무엇인가』, 4판, 민음사, 1991.

오탁번·이남호, 『서사문학의 이해』, 고려대학교 출판부, 1999.

제라르 쥬네트, 「초점화」, 『서사담론』, 권택영 역, 교보문고, 1992.

『한국 무용 연극 영화 사전』, 예술원, 1985.

이재선, 『한국현대소설사』, 민음사, 1991.

플라톤, 「파이돈」, 『향연, 파이돈, 니코마코스윤리학』, 최명관 역, 을유문화사, 1966.

아리스토텔레스, 『니코마코스 윤리학』, 최명관 역, 서광사, 1984.


4. 기타

홍성원 외 3인, 「전쟁문학으로서의 「육이오」」, 『세대』, 1975. 10.

홍성원, 「후기」, 『남과 북』, 7, 서음출판사, 1977.

홍성원, 「막다른 골목에 몰린 폭력에 대한 호기심」, 『남과 북』, 1, 문학사상사, 1987.

홍성원·홍정선, 「자신과 세상을 향해 던지는 '그러나'라는 질문」, 『홍성원 깊이 읽기』, 문학과지성사, 1997.

홍성원, 「열린 세상 쪽으로 뚫린 좁고 긴 터널」, 『홍성원 깊이 읽기』, 문학과지성사, 1997.

홍성원, 「보완과 개작에 대한 짧은 해명」, 『남과 북』, 1, 문학과지성사, 2000.

홍성원, 「막다른 골목에 몰린 폭력에 대한 호기심」, 『남과 북』, 1, 문학사상사, 1987.

⋮

『그러나』 연구

『마지막 우상』 연구

# 『그러나』 연구
## - 한일 문제에 대한 역설적 탐색 -

## 1. 서론

홍성원의 『그러나』는 『현대문학』에 1995년 1월부터 1995년 12월까지 총12회에 걸쳐 연재하였고,[1] 1996년 문학과지성사에서 두 권의 장편소설로 출간되었다. 그리고 2010년에는 일본 本の泉社에서 안우식이 번역한 『されど』가 단행본으로 출판된 바 있다. 이 소설은, 현산(玄山) 한동진(韓東振)과 동파(東波) 서상도(徐尙道) 가족 사이의 갈등과 화해를 통해서, 일제강점기의 친일 청산 문제와 해방 이후의 한일 관계 문제를 다룬 작품이다.[2][3]

1910년부터 1945년까지 36년간의 일제 강점은 우리에게 씻을 수 없는 상처를 남겼다. 문제는 일제 강점이 끝난 지 60여년이 지난 오늘날까지 일제 잔재는 청산되지 못했다는 점이다. 그리하여 그것은 우리의 정치, 경제, 사회, 문화와 한일 관계에 끊임없이 현재적 문제로 개입한다. 그것은 현재적인 의미를 강하게 지니는 미해결의 역사적 난제이다. 이러한 난제

---

1) 『홍성원 깊이 읽기』의 「작가 연보」에는 『그러나』가 1994년에 연재가 시작된 것으로 밝히고 있으나 이는 오류이다.(홍정선 편, 「작가 연보」, 『홍성원 깊이 읽기』, 문학과지성사, 1993, 339쪽.)
2) 이 논문에서는 문학과지성사판을 연구 텍스트로 삼았다.(홍성원, 『그러나』, 1, 2, 문학과지성사, 1996.) 이후 인용문에 대해서는 권수와 페이지만 표기하기로 한다.
3) 홍성원의 『그러나』에 대한 연구로는 유임하의(「친일문제의 동아시아적 시각과 해법-홍성원의 장편 『그러나』의 경우」, 『일본학』, 23, 동국대학교 일본학연구소, 2004.)가 있다.

를 해결하고자 많은 논의가 진행되었음에도 불구하고, 그것은 좀처럼 풀릴 것 같지 않다. 시간이 지나면서 역사적 상황은 다각적으로 변화해 왔고, 그것은 우리만의 문제가 아니라 일본과의 관계의 문제이기도 하며, 더 나아가서 오늘날 전지구적 문제의 일부이기도 하기 때문이다.

일제 잔재 청산 문제에 대한 연구는 민족주의적 차원에서 오랫동안 많은 연구가 진행되어 왔다. 이러한 연구에 의하면, 반민특위의 실패, 1965년 비정상적인 한일수교 등을 거치면서 일제 잔재의 청산의 기회를 놓쳐 버렸으며, 이후 행해진 문제 해결의 시도는 청산되지 않은 친일파 정치인들의 방해에 의해 난황에 부딪힐 수밖에 없었다.4)5) 여기에 반대하는 청산 불가의 목소리도 만만치 않다. 이러한 논리에 의하면, 친일행위는 또렷이 정의내릴 수 없으며, 객관적으로 확인할 수도 없다. 오늘을 사는 우리가 당시의 죄과를 판결할 권위를 지녔는가, 친일 청산이 오늘날 우리 사회의 개선과 발전에 도움이 되는가하는 의문을 제기한다.6)7)

---

4) 이에 대한 연구는 해방 이후부터 오늘날까지 지속적으로 진행되어 온 것으로 볼 수 있어 다 거론하기 어렵다. 친일청산 좌절에 대한 연구로는 다음과 같은 논문들을 참조할 수 있다.
   강만길, 「일본의 사죄 성명과 과거 청산 문제」, 『통일시론』, 1, 청명문화재단, 1998.
   이강수, 「친일파 청산 왜 좌절 되었나」, 『내일을 여는 역사』, 16, 내일을 여는 역사, 2004.
   박수현, 「한국 민주화와 친일청산 문제」, 『기억과 전망』, 24, 민주화운동기념사업회, 2011.
5) 민족주의 역사학자들은, 일제강점이 끝난 오늘날까지 학문적인 차원을 넘어 실천적인 차원에서도 일제 청산에 대한 노력을 기울이고 있다. 가령 2005년에 친일반민족위원회가, 2006년에 친일반민족행위자재산조사위원회가 국가기구로 출범하여 활동하였다. 반민규명위는 4년 6개월간 조사활동을 벌여 1,006명에 대해서 친일반민족행위자 결정을 내렸고, 친일재산조사위는 4년동안 활동하여 168명의 친일반민족행위자가 남긴 재산 2,359 필지의 토지에 대해 국가 귀속결정을 내렸다.(이준식, 「국가기구에 의한 친일청산의 역사적 의미」, 『역사비평』, 93, 역사문제연구소, 2010, 91-115쪽.)
6) 복거일, 「친일 문제에 대한 합리적 접근」, 『철학과 현실』, 53, 철학문화연구소, 2002.
   복거일, 『죽은 자들을 위한 변호: 21세기의 친일 문제』, 들린 아침, 2003.
7) 이러한 논의는 식민지근대화론을 주장하는 뉴라이트 운동과 같은 맥락 위에 있다. 특히 뉴라이트 운동은 2004년 전후로 크게 성장하여, 2005년 11월 '뉴라이트 전국연

  그러한 와중에 친일 청산에 대한 제3의 견해가 가세한다. 1990년대 초반부터 에드워드 사이드, 가야트리 스피박, 호미 바바 등의 탈식민지 이론을 바탕으로 우리의 식민지 역사에 대한 새로운 해석을 내리고자하는 노력이 진행되어 왔다. 이들은 뉴라이트 계열의 식민지 근대화론을 부정하는 것은 물론이고, 민족주의 계열의 역사 인식도 식민지에 대한 올바른 이해를 가로막고 있다고 여긴다. 이들에 의하면 그 동안 주류를 차지했던 민족주의 계열의 식민지에 대한 이해가 지배와 피지배, 수탈과 저항, 친일과 반일 등의 이분법적 관계에 매몰되어 있어 전혀 해결 불가능의 결과를 낳는다고 본다. 이러한 이분법을 해체할 때 당대 역사를 바로 이해하고 해결 가능성이 열린다고 생각한다.[8][9]

---

합'을 결성하고 체계적이며 조직적인 운동을 벌인다. 이는 학문적이라기보다 정치적인 색채가 강한데, 2000년대 중반 정치적 지형의 역전으로 인한 보수주의의 상실감과 위기감이 낳은 결과라고 진단할 수 있다.(이에 대해서는, 정해구, 「뉴라이트운동의 현실인식에 대한 비판적 검토」, 『역사비평』, 76, 2006, pp.215-237과 윤해동, 「뉴라이트 운동과 역사인식」, 『民族文化論叢』, 51, 영남대학교 민족문화연구소, 2012, 227-263쪽 참조.)

8) 탈식민지 이론은 기존의 철학, 정치학, 역사학, 정신분석학, 인류학 등 다양한 학문의 종합적 결과로 형성된 복잡다기한 이론이다. 이 이론은 근대 세계사에 대한 새로운 이해를 제공하지만, 극단적인 찬반론 사이에서 여전히 뜨거운 쟁점들을 양산하고 있다. 이 이론이 우리 식민지나 식민지 이후의 역사적 상황을 이해하는 데 많은 도움을 주지만, 일본 제국주의가 서구 제국주의 상황과 완전히 일치하지 않는다는 점에서, 이로써 한일 관계를 설명하는 데는 이론에 대한 조심스런 접근이 필요하다. 더군다나 바트 무어-길버트가 문제 제기하듯이, "탈식민주의 이론이 급진적이고 해방적인 형태의 문화적 실천이 아니라 오히려 최근의 신식민주의적 세계질서의 영향이나 기획과 철저한 공모관계를 형성하고 있"(바트 무어-길버트, 『탈식민주의! 저항에서 유희로』, 이경원 역, 한길사, 2001, 350쪽.)는 지도 모른다. 이론이 체계화되면서 저항의 동력이 퇴색되고, 과거 식민지 문제를 해결하기는커녕 미국 중심의 전지구화로 재편되는 신식민지 상황을 은연중에 합리화하는지도 모르기 때문이다.

9) 우리나라에서 탈식민주의 이론은 1990년대 초반 영문학자들에 의해 소개되어 역사, 국문학, 철학, 신학 등 다양한 분야로 확대되어 현재까지 다양한 분야에서 큰 학문적 성과를 거두었다. 이는 일제 강점과 이후 오늘날까지 벌어지는 세계사적 상황에 대한 새로운 이해를 가능하게 해 주었으며, 다양한 참조사항을 제시하였다. 특히 탈식민지 이론에 비추어 일제 잔재 청산이나 한일 관계 문제를 다룬 대표적인 연구로는

홍성원의 장편소설『그러나』는 이러한 역사적인 문제들을 문학의 차원에서 해결해 보려는 시도라 할 수 있다. 이 소설은 크게 일제강점기의 친일 문제와 해방 이후 한일 관계를 다룬다. 식민지 시대의 작가나 지식인의 세계인식이나 행동양상이 아니라 오늘날까지 이어지는 역사적인 문제를 우리가 어떻게 해결할 것인가를 문제 삼는다. 과거의 역사 그 자체보다 오늘날 우리가 그것을 어떻게 수용해야할 것인가에 초점이 맞추어져 있다. 이 소설은 친일 청산과 해방 후 한일 관계를 문제 삼는다. 본 논문은, 이 소설이 그러한 역사적인 문제들과 그 해결의 길을 어떻게 문학적으로 형상화하는가를 밝히고자 한다.


## 2. '독립지사/친일분자' 의 역전과 해체


『그러나』에서 친일파 청산의 문제는 두 명의 인물, 즉 현산(玄山) 한동진(韓東振)과 동파(東波) 서상도(徐尙道)의 이항대립 구조를 바탕으로 제시된다. 우선 3·1 운동을 주동하여 옥고를 치르고 만주에서 독립운동을 하

<hr>

다음과 같은 논문을 들 수 있다.

윤해동, 「식민지 인식의 '회색 지대': 일제하 '공공성'과 규율권력」, 『당대비평』, 13, 생각의나무, 2000.

하정일, 「한국 근대문학 연구와 탈식민: 친일문학 문제를 중심으로」, 『민족문학사연구』, 23, 민족문학사학회, 2003.

윤해동, 「친일과 반일의 폐쇄회로 벗어나기」, 『당대비평』, 21, 생각의나무, 2003.

이혜령, 「친일파인 자의 이름: 탈식민화와 고유명의 정치」, 『民族文化研究』, 54, 고려대학교 민족문화연구원, 2011.

하정일, 「한일병합 100년, 한국문학의 식민성과 탈식민성: 탈식민과 근대극복」, 『민족문학사연구』, 45, 민족문학사학회·민족문학사연구소, 2011.

김명인, 「친일문학 재론-두 개의 강박을 넘어서」, 『한국근대문학연구』, 17, 한국근대문학회, 2008.

윤해동, 「'협력'의 보편성과 근대국가: '친일반민족행위' 진상규명 작업의 성과와 과제」, 『한국민족운동사연구』, 71, 한국민족운동사학회, 2012.

였다는 점에서 현산은 독립지사의 표상이라 할 수 있고, 일제 때 극렬 친일파로 활동한 것으로 알려져 있는 동파는 친일분자의 표상이라 할 만하다. 즉 현산/동파는 독립지사/친일분자의 대립적 의미를 지닌다.

현산의 친손자 한영훈은 처숙인 형진에게 현산 일대기 집필을 부탁한다. 형진은 자료 수집 과정에서 현산이 말년에 친일을 했다는 결정적 증거가 되는 친필 일기를 입수한다. 중일전쟁 이후 일제의 압박이 심해지자 현산이 변절하여 친일행위를 한 사실이, 그 일기를 통해서 밝혀진다.[10] 이로 인하여 현산의 자리는 독립지사에서 친일분자로 바뀌게 된다. 반면 이 과정에서 동파는 '송암'이라는 새로운 이름을 얻음으로써 친일분자에서 독립지사의 자리에 놓이게 된다. 현산이 만주에서 독립운동을 할 당시 다섯 차례에 걸쳐 독립자금을 헌금한 '송암'이라는 인물이 다름 아닌 동파라는 사실이 밝혀진 것이다. '송암'은 동파의 비밀 유지를 위해 썼던 동파의 또 다른 호(號)이다. 이로써 독립지사/친일분자라는 현산/동파의 대립적 의미는 이제 송암/현산으로 바뀌면서 역전된다.

이러한 문제는 한영훈과 서인규에게서도 유사하게 반복된다. 처음에 독립지사/친일분자의 대립적 표상으로 나타나는 현산/동파의 관계는 후대의 한영훈/서인규로 나타난다. 현산의 친손자인 한영훈은 50대에 이미 재벌로 불리는 입지전적 인물로 현산의 유지를 받들어 민족정신을 일깨우는 일에 힘을 기울이는 것처럼 보인다. 동파의 친손자인 서인규는, 친일파인 조부의 재평가를 도모하는 한편 '약샘골 송사'를 일으켜 한영훈의 애국사

---

10) 만주사변 이후 파쇼화된 일제는 중일전쟁의 장기화로 전시 고도국방국가 확립을 위한 총동원체제를 구축하려 한다. 특히 정신적 총동원이 강조된다. 정신적 총동원의 핵심은 일본인 의식구조의 주축을 이루고 있는 천황제와 국체를 통로로 한 사상통제정책 즉, 전향정책이었다. 정책적으로 개발된 전향정책을 통해 일제는 군국주의를 강화하며 총동원체제를 공고히 하여 팽창하고자 하였다. 현산이 사회주의자는 아니었지만, 현산이 류코의 유혹에 넘어가 변절하게 되는 것은 이러한 배경에서 이해할 수 있다.(이에 대해서는 전상숙, 「일제 파시즘기 사상통제정책과 전향」, 『한국정치학회보』, 39, 한국정치학회, 2005 참조.)

업을 방해하는 인물로 비친다. 한영훈/서인규의 관계는 독립지사의 역사적 대의를 이은 의로운 사업가/자신의 이익만을 꾀하는 친일파의 후예의 대립적 의미를 지닌다.

하지만 소설의 말미에 이르면 한영훈은 현산의 후광을 업고 정계에 진출하려는 속물 정객에 불과하다는 사실이 드러난다. 현산의 일대기 집필, 현산의 동상 건립, 현산문화상 제정 등의 애국사업은 모두 그가 정계로 나아가는 발판을 마련하기 위한 책략이다. 반면 서인규의 행위는, 개인적 영달이나 가문의 영광을 위해서가 아니라 동파에 대한 역사적 재평가를 통해 그를 역사의 음지에서 양지로 끌어들이려는 진실어린 행동이었다. 약샘골 송사나 동파문집 간행 등이 그러한 점을 보여준다. 특히 소설의 말미에서는, 한영훈이 자신의 행위에 대해 반성하며 서인규에게 화해를 청하는데, 그것조차 정치적 진로를 위한 제스처였다는 점이 드러난다. 그리하여 한영훈/서인규의 관계는 위선적 속물 사업가/진실한 반성적 지식인으로 바뀐다. 이는 독립지사/친일분자 사이에서 발생하는 역사의 아이러니가 오늘날에도 지속되고 있다는 점을 암시한다.

그런데 이 소설에서 현산/동파의 관계가 처음의 대립과 그 역전에서 끝나지 않는다는 데, 더욱 중요한 의미가 있다.

"현산 외에 여러 증인들이 동파의 3·1 운동 주동을 증언한 기록이 있는데도 불구하고 해방 후 독립유공자 조사에서는 동파의 3·1 운동 주동 사실은 깨끗이 묵살되었소. 동파에게 결정적으로 불리했던 것은 재판 속기록에 적혀 있는 현산의 증언이오. 당시 현산은 사후 처리를 위해 동파만은 검거되지 않기를 바라는 마음에서 법정에서의 증언을 통해 동파는 만세 폭동에 가담한 사실이 없노라고 거짓 증언을 했소 헌데 해방 후 그 기록을 검토한 사람들은 현산의 증언만을 사실로 채택하여 동파가 3·1 운동을 주동한 사실을 잘못된 것으로 결론을 내려 버린 거요. 말하자면 동파를 위해 현산이 법정에서 거짓 증언을 했던 것이, 훗날 동파의 3·1 만세 운동 주동 사실을 부인하는 결정적 증언으로 채택된 거요. 당시의 현산이나 동파로서는 당연히 후세에 가서는 사실로 밝혀질 것으로 알았던 그 거짓 증언이, 후세에 오히려 사실 아닌 거짓으로 확정되는 역사의 아이러니와 만나게 된 셈이지요."[11]

동파를 보호하기 위한 현산의 거짓 증언은 그의 의도와 달리 동파의 3·1 운동 행적을 가리게 되고, 동파는 극렬한 친일분자로만 남게 된다. 이를 통해 이 소설은 사실과 거짓이 혼동됨으로써 독립지사/친일분자의 대립관계는 불안정한 도식이라는 점을 드러낸다. 더욱이 송암/동파라는 대립은 독립지사/친일분자의 대립관계를 형성하는데, 송암/동파가 실제로는 서상도라는 한 인물이라는 점에서 양자의 대립 관계는 불안정한 것일 수밖에 없다. 따라서 송암/동파가 그렇듯이 독립지사/친일분자도 동전의 양면처럼 안팎의 문제일 수 있다. 이 지점에서 현산/동파나 송암/현산의 독립지사/친일분자의 대립적 의미는 해체된다. 이로써 현산이나 동파는 독립지사나 친일분자라고 불리워지기 이전에 반일과 친일 사이에서 갈등하는 한 자연인으로 복원된다.

이러한 역사의 아이러니는 이 소설에서 시종 문제의 중심에 놓인 약샘골 송사에서도 잘 드러난다. 이 땅은 "할애비는 왜정 때 친일파루 땅을 해먹구 애비는 또 국회의원 지낼 때 이런저런 핑계루 해먹어서 Y군 일대 알짜배기 땅은 죄 서씨 집안 땅이라는 소문"의 근원이 된다. 하지만 '약샘골 땅'이 사실은 송암이 현산에게 보낸 독립자금의 원천이었다는 사실이 밝혀진다. 결국 '약샘골 땅'은 현산/동파와 동파/송암 사이에서 이중으로 이 항대립을 매개하면서 해체하는 역할을 담당하고 있는 셈이다.

---

11) 1권, 130쪽.

## 3. 한국과 일본 사이의 갈등과 화해 가능성

『그러나』는 해방 이후의 한국과 일본의 관계에 대한 문제를 제기하고, 화해의 길을 모색하고 있다. 이 소설은, 특히 사이코를 중심으로 한국과 일본의 관계를 다양한 측면에서 조명한다.

이 소설은 사이코를 둘러싼 여러 인물들의 목소리를 통해서 한일 관계의 문제들에 대한 다양한 인식들을 입체적으로 보여준다. 사이코는 전직 기자 출신 자유기고가로 직업 특성상 그녀의 주위에는 역사적 문제에 대한 다양한 인식을 보여 줄 수 있는 인물들이 많다. 사이코 집에서 벌어지는 토론과 일본 잡지사의 제안에 의해 벌이는 좌담회는 이러한 다양한 목소리를 드러내기에 적절한 문학적 장치가 된다. 전자에는 자유기고가 우치무라, 여성지 기자 사하라, 문화평론가 도쿠다, 시사만화가 나가이 그리고 형진과 사이코가 참여하며, '한일 관계의 과거와 현재'라는 제목 아래 열린 후자의 좌담회에는 전전(戰前) 세대인 육십대, 사십대, 대학생 한명씩이 한일 양측 대표로 참여한다.

한일 간의 대표자들의 생각을 요약정리하면 다음과 같다.

> 일 – 일본이 한국에 시혜라고 생각할 여러 가지 경제적인 투자를 했던 것은 사실이다.
> 한 – 일본이 한국에 투자한 사회 자본은, 한국을 대륙 침략의 병참기지로 만들고 전쟁 물자를 수탈하기 위해 설치한 것이다.
> 일 – 한국은 과거의 일에 너무 민감하다. 통치자가 바뀔 때마다 일본에 과거사에 대한 사과를 요구한다.
> 한 – 비공식적인 사전 협의와 막후 절충 끝에 겨우 일본 수상의 입을 통해 몇 마디의 사죄를 받아낸 뒤에도, 일본은 다른 고위관료를 통해 지난 과오를 정당화하는 발언을 흘리거나 수상의 사죄를 희석시키는 행동을 한다.

일 – 한일합방은 합법적 국제법에 따른 우호적이며 합법적인 조약이다.

한 – 일본의 무력시위 하에 이루어진 강제 조약이어서, 조약 자체가 원천 무효다.

일 – 일본이 조선을 합방하지 않았으면 어차피 서구 열강이 조선을 식민지로 만들었을 것이다.

한 – 가해자의 명백한 폭행을 정황상 피할 수 없는 사건으로 돌리고 있다.

이밖에도 형진과 사이코 그리고 한국현대사학 전공 교수인 형진의 친구 임정식 간의 대화를 통해서, 일본이 전쟁의 가해자임에도 불구하고 원자폭탄 투하로 인하여 도리어 그들이 피해자 의식에 젖어 있다는 점, 우리 애국열사의 훼절이 프랑스의 레지스탕스와 비교할 때 민족 배신으로 비난하고 공격할 수는 없다는 점, 한일 양국 교과서들은 양국 관계를 반목과 대립의 연속인 양 기술하고 있다는 점 등 한일 관계에 대한 다양한 인식들이 드러난다. 여기에 작가는 개입하지 않는다. 그들의 목소리는 각각 독립적이다. 그런데 이러한 다양한 목소리들이 모두 균등하게 드러나는 것은 아니다. 토론과 좌담의 의견들은 대체로 한일 국민의 일반 정서를 대변하고 있다면, 형진과 임정식 그리고 사이코 간의 대화는 그에 대한 논평이 된다.12)13)

---

12) 이 소설은 한일 관계를 소설의 핵심적 주제로 다루고 있지만 이에 대해 직접적인 판단은 유보한다. 이는 어차피 결론을 지을 수 없는 문제인지도 모르기 때문이다. 그리하여 이 소설에서는 이에 대해 다양한 인물들의 목소리에 의해 다양한 인식들을 펼친다. 이는 마치 바흐찐이 도스또예프스끼의 소설을 다성성의 차원에서 분석한 것과 유사하다.(바흐찐, 「도스또예프스끼의 다성악적 소설과 비평문학」, 『도스또예프스끼 시학』, 김근식 역, 정음사, 1988, 9-68쪽 참조.)

13) 어떤 면에서 한일 관계의 근본적인 문제는 2차 세계 대전 이후 일본의 전후 책임 문제에 대한 미국의 방침에서 비롯되었다. 문제 해결이 독일에서는 미, 소, 영, 프에 의한 '다자간 협조주의'에 의해 이루어 졌다면, 일본의 경우 미국에 의한 '양자 간 일방주의'에 의해 이루어진다. 이로 인하여 미, 소, 영, 프가 주도한 뉘른베르크 국제 전범재판과 달리 미국 혼자서 주도한 도쿄 국제 전범재판은 많은 문제를 남긴다. 이 진모는, "아시아적 관점의 부재(아시아를 지배했던 유럽 연합국의 관점이 지배적), 그리고 반인도적 범죄(crimes against humanity)에 대한 불기소, 천황 면책 등은 이후

그런데 흥미로운 것은 위 인용문의 진술들이 한 가지 문제를 양쪽에서 나란히 마주보고 반복하고 있다는 점이다.14) 이는 탈식민주의자들이 우려하는 전형적인 현상이다. 윤해동에 의하면, 한국에서 '수탈론'과 '식민지 근대화론'의 대립적 논쟁이 벌어지듯이 일본에서도 역사 수정주의 논쟁과 역사 주체 논쟁이 벌어지고 있다. 양국의 논쟁이 동일한 역사의 기억을 둘러싼 투쟁이고 서로 영향을 주고 있기 때문이라는 것이다. 그리하여 그는 일제 잔재를 청산하기 위해서는 체제의 민주화를 통해서 민족주의를 탈각하고 냉전 구조를 해체하는 과정으로 나아가야 한다고 주장한다.15) 결국 자기에 갇혀버린 배타적 민족주의가 문제라는 것이다. 현실적으로 민족주의를 완전히 탈각하는 것이 가능한지는 모르겠으나, 민족주의가 배

---

일본 사회의 전쟁 책임의식에 결정적인 영향을 미쳤다"고 한다.(이진모, 「두 개의 전후(戰後)-서독과 일본의 과거사 극복 재조명」, 『역사와 경계』, 82, 부산경남사학회, 2012. 3, 256-257쪽.) 1951년 9월, 2차 세계대전의 승전국인 연합국과 패전국 일본 사이에 체결된 대일평화조약도 문제다. 이 조약은 해방 후 한일관계 형성의 출발점이라는 점에서 중요한 의미를 지닌다. 일본의 침략행위에서 비롯된 과거사 청산문제, 청구권문제, 재일조선인 법적 지위 문제, 어업문제 등이 이 조약문에 반영되었기 때문이다. 그런데 이 조약의 주도권을 잡았던 미국은 한국과 중국이 참여할 경우 '징벌조약'이 될 우려가 있다고 판단하여 이 조약 체결 과정에서 한국과 중국을 배제한다. 여기에 소련의 아시아 공산화 압박에 대한 미국의 우려가 크게 작용하였다. 그리하여 이는 일본이 만족스러워하는 조약이 되었으며 일본 재무장의 길을 열어놓기도 하였다.(박진희, 「한국의 대일강화회담 참가와 대일평화조약 서명 자격 논쟁」, 『한국 근현대정치와 일본』, 선인, 2010, 121-155쪽 참조.) 이후 일본은 침략자로서 근본적 반성이나 진심어린 사과를 하기는커녕 도리어 침략을 정당화하고 침략을 시혜라고 주장하게 된다. 이러한 일본의 태도는 구로다 가쓰히로의 「친미와 친일이 가장 민족적이다」(『한국논단』, 171, 한국논단, 2004.), 「남북 격차는 왜 생겼나·친일 문제의 해법을 찾아서」(『한국논단』, 214, 한국논단, 2007.) 등의 글에 잘 나타난다.
14) 하정일은 임종국의 『친일문학론』의 한 대목을 읽으면서 "식민국의 민족주의와 피식민국의 민족주의가 서로 거울관계를 이루고 있음을 확인하게 되거니와 그런 점에서 민족 주체성 또한 아무런 제한 없이 무반성적으로 사용될 때 언제든지 식민주의와 공모관계로 돌입할 수 있는 양가적(ambivalent) 범주라 할 수 있다"(하정일, 「한국 근대문학 연구와 탈식민」, 『민족문학사연구』, 23, 민족문학사학회, 2003, pp.17-18.)고 말한다.
15) 윤해동, 「친일파 청산과 탈식민의 과제」, 『당대비평』, 10, 생각의나무, 2000, 301쪽.

타적이고 공격적인 이데올로기로 작용하여 한국과 일본 사이 상호 이해
의 걸림돌이 될 수 있음은 분명하다.16)

　이런 점에서 한국과 일본 사이의 갈등 저변에 근본적으로 두 나라 국민
성의 차이가 깔려 있음을 비유적으로 제시하는 대목은 주목할 만하다. 사
이코는 한국의 남대문시장에서 선물용 머플러를 사는 와중에 많은 한국
인과 부딪히게 된다. 타인에게 절대로 간섭하는 일이 없는 일본에서는 전

---

16) 1983년에 발표한 베네딕트 앤더슨의 『상상의 공동체』는 전 세계의 민족 문제에 대
한 많은 쟁점을 남겼고, 탈식민주의 이론과 결합하면서 큰 파장을 일으키고 있다.
이 책은 우리나라에도 큰 영향을 미쳤다. 앤더슨에 의하면 민족은 자체로 제한되어
있으면서 주권을 갖춘 상상의 정치적 공동체이다.(베네딕트 앤더슨, 『상상의 공동체』,
윤형숙 역, 나남, 2002, 19-27쪽 참조) 그에 의하면 민족은 현실적 실체가 아니라
신화화된 상상의 허구이다.
　이에 대해 신용하처럼 비판적 태도를 취하는 학자도 있지만,(신용하, 「'민족'의 사회
학적 설명과 '상상의 공동체론' 비판」, 『韓國社會學』, 40, 한국사회학회, 2006, 32-58
쪽.) 앤더슨의 이론을 극단적으로 밀고가 국사의 해체를 주장하는 학자도 있다.(임지
현, 「'국사'의 대연쇄와 오리엔탈리즘」, 『韓國史學史學報』, 10, 한국사학사학회,
2004, 164-173쪽.) 학계의 흐름은 전자에 비해 후자 쪽으로 기울고 있다. 여러 학문
분야에서 기존의 민족 개념에 대한 다각적인 반성과 성찰이 진행되고 있을 뿐 아니
라 한국과 일본 학자들이 모여 민족사를 해체하고 동아시아의 보편사를 지향하는
연구 성과도 낸 바 있다.(비판과 연대를 위한 동아시아 역사포럼, 『국사의 신화를
넘어서』, 휴머니스트, 2004.)
　문제는 이러한 민족주의가 양면성을 지닌다는 점이다. 민족주의는 평등주의를 지향
하고 식민지 저항의 조건을 형성한다는 점에서 한 사회의 이데올로기로서 긍정성을
지닌다. 하지만 이러한 평등주의의 이면에는 집단주의가 얼굴을 가리고 있고 저항성
의 이면에는 배타성이 감추어져 있다.(윤해동, 「민족주의는 괴물이다」, 『기억과 전망』,
12, 민주화운동기념사업회, 2005, 165-176쪽.) 김인환이 말하듯이, "탈식민주의는 민
족주의의 신화를 벗겨내고 세계에 두루 통하는 보편적 가치를 해명하려는 연구 방
법이다. 실국시대(失國時代)에 독립운동은 구체적이고 보편적인 행동이다. 침략이 불
의이고 나라를 찾는 투쟁이 정의라는 보편적 진리를 부정하고 정의와 불의를 혼동
하는 것은 탈민족주의가 아니라 폐쇄적 파시즘이다. 전근대보다 근대를 일방적으로
높이고 약소국보다 강대국을 일방적으로 높이는 것이 파시스트들의 특징이다. 민족
주의를 내세워 일본을 무조건 미워하는 것은 폐쇄적 민족주의이다. 탈민족주의는 추
상적 기준을 설정하지 않고 그때그때 자신이 구체적인 상처에 충실하게 행동하는
것"(김인환, 「탈민족주의와 탈식민주의」, 『인문정책 포럼』, 경제·인문사회연구회,
2009, 21쪽.)이 중요하다.

혀 경험할 수 없는 일이다. 이는 일본 긴자거리에서 형진이 느꼈던 느낌
과는 정반대의 경험이다. 형진은 거기에서 '칼 숲의 서늘함'을 느낀다.
'남대문시장/긴자거리'는 한일 양국의 차이를 극명하게 드러내는 비유이
다. 한일 양국은 각각 자국의 것은 익숙하고 편한 데 반해, 상대국의 것은
불편할 뿐 아니라 위기감마저 느끼게 만든다. 양국의 국민성의 차이가 이
현상의 한 원인이었을 것이다.[17] 하지만 거기에 무의식적으로 작용하는
배타적 민족주의로 인하여 발생한 타자에 대한 배타 심리가 이러한 인식
을 만들어내는 데 일조했을 수도 있다.[18][19]

여기에서 중요한 의미를 지니는 인물이 기무라이다.

---

[17] 이러한 차이는 한국과 일본 사이의 의식구조, 행동양식을 포함하는 국민성 내지는
민족성의 차이라고 할 수 있을 것이다. 이는 실로 다양하고 복합적인 문제이다.(이
에 대해서는 정동화의 「한국과 일본 국민성의 비교연구」, 『일본연구』, 2, 명지대학
교 일본문제연구소, 1991 참조.) 남대문시장/긴자거리의 차이 속에는 이러한 다양하
고 복합적인 의미가 모두 내포되어 있다고 할 수 있다. 만약 이를 규정할 수 있다면
그것은 온정주의/분수의식(分數意識)으로 나타낼 수 있을 듯하다.

[18] 하지만 이러한 인식의 차이는 서구적 의미에서의 식민지와 피식민지의 관계로만 이
해할 수는 없을 듯하다. 서구의 식민지배자들이 자신들의 권위와 통치를 정당화하
기 위해서 '열등한 타자'를 필요로 한다. 이러한 타자화 작업을 통해서 식민지배자
들은 편협성과 우월주의를 드러낸다.(박종성, 『탈식민주의에 대한 성찰』, 살림,
2006, 29-37쪽.) 근대 이전 조선은 일본에 지속적으로 선진문화를 전해 주었는데, 이
러한 관계는 근대 이후 역전된다. 이로 인하여 조선과 일본은 양자 모두의 심리에
우월감과 열등감이 복합적으로 내재되어 있는 것으로 이해할 수 있다. 여기에 민족
주의의 과잉이 더해져 양자는 화해할 수 없는 복잡한 갈등 구조를 형성한다.

[19] 이런 점에서 사이코는 한국과 일본 사이의 갈등과 화해 가능성을 드러내는 상징적
의미를 지니는 인물이다. 그녀는 한국과 일본에 나란히 혈연을 지니고 있다. 그녀는
한국을 전혀 모른다는 점에서 한국에서 타자다. 일본에서 나고 자랐지만 일본에서
도 역시 타자이다. 처음에 그녀는 남대문시장으로 비유되는 한국의 정신세계를 전
혀 모르는 일본인이었다. 그녀는 소설 결말에 이르러 한국의 정신세계를 이해하고
동경하는 인물이 된다. 그녀는 양가성을 바탕으로 한 혼종성을 지녔다. 이런 점에서
그녀는 인종적 혼종성에서 문화적 혼종성으로 자리바꿈하면서 한일 관계를 매개한
다.(박상기, 「탈식민주의의 양가성과 혼종성」, 『탈식민주의 이론과 쟁점』, 문학과지
성사, 2003 참조.)

"그 좌담은 가해자와 피해자라는 두 집단의 화해를 위해 마련된 것이지
요. 그러나 기무라가 그 좌담에 몰래 숨겼던 또 하나의 목적은 가해자도
때에 따라 피해자가 될 수 있다는 사실의 인지였어요. (중략) 가미가제로
전사한 기무라의 숙부는 그에게 전쟁 영웅이 아니라 전쟁의 진상도 미처
깨닫지 못한 어린 나이에 무참히 전쟁 현장에서 희생된 전쟁 피해자인 셈
이지요. 아버지도 역시 마찬가지예요. 일본의 무사도 정신에 충실했던 아
버지도 천황제 이데올로기의 허구에 속아 자신의 신체 일부를 전쟁의 제
물로 바친 셈이죠. 결국 기무라가 새롭게 찾은 의미는 인간의 존엄성의 파
괴와 희생 위에서는 그 어떤 이데올로기도 의미가 없다는 무의미의 확인
작업이 된 거예요."20)

"누군가 조장하는 과장된 애국심과 서로 간에 쉽게 촉발되는 노여움과
오해 때문이죠. 이런 과장과 격동의 원인이 다수의 뜻에 의한 것이 아니라
는 것이 우리에게 남겨진 작지만 소중한 희망입니다. 기무라 씨가 전한 사
이코의 말이 생각납니다. 모순은 풀기 위해 존재하고 장애는 뛰어 넘기 위
해 우리 앞에 있다……"21)

첫 번째 인용문에서 보듯이, 기무라의 숙부는 태평양 전쟁 중 가미가제
특공대로 전사하였고, 그의 아버지는 태평양전쟁 때 해군 사관으로 전함
을 탔다가 종전 직전 부상으로 퇴역하여 궁성 앞에서 할복을 시도한 인물
이다. 그의 아버지는 그 충격으로 정신병원에 입원하게 되는데 당시 간호
사였던 그의 어머니와 결혼하여 새 삶을 살게 된다. 이러한 환경에서 자
란 기무라는 일본사회를 보다 성숙한 눈으로 볼 수 있게 된다. 여기서 가
해자도 때에 따라 피해자가 될 수 있다는 또 다른 역전과 해체의 역사적
아이러니가 발생한다. 이는 한국/일본, 가해자/피해자와 같은 역전을 의미
하는 것은 아니다. 그것은 원폭 때문에 생기게 된 가해자 일본이 가지는

---

20) 2권, 174쪽.
21) 2권, 253쪽.

피해자 의식도 아니다.

처음에 일본/한국은 가해자/피해자의 자리에 놓인다. 그런데 기무라의 숙부나 아버지의 예에서 보듯이 그들은 일본의 전쟁에 가담해 싸웠다는 점에서 가해자임에 틀림없다. 하지만 그들도 거대한 역사의 흐름 속에서 본다면 무지와 맹신과 광기의 전쟁 이데올로기에 휩쓸려버린 피해자이다. 그들을 피해자로 만든 것은 다름 아닌 제국주의 파시즘이다. 이러한 상황을 바탕으로 두고 볼 때, 가해자/피해자는 제국주의/제국주의 전쟁의 희생양의 대립적 의미를 지닌다. 제국주의적 광기가 일본 자국민을 스스로 가해자(한국에 대한)/피해자(일본 제국주의 이데올로기에 의한)를 만든 셈이다. 자기를 확장하여 타자를 자기화한다는 점에서 제국주의는 민족주의의 공격적 확장이다.22) 한국과 일본의 대다수는 궁극적으로 배타적 민족주의 이데올로기가 공격적으로 확장된 제국주의 피해자인 셈이다. 이러한 점에서 기무라가 "인간의 존엄성의 파괴와 희생 위에서는 그 어떤 이데올로기도 의미가 없다"고 말하는 이유를 알 수 있다.

두 번째 인용문은 이 소설의 마지막 장면의 일부이다. 이것은, 왜 가까운 나라 한국과 일본이 반목과 싸움으로 지낸 기억이 많은가하는 사이코 질문에 대한 형진의 대답이다. '과장된 애국심'은 배타적 민족주의의 심정적 동인이 되기도 한다. 그것은 민족적 우월감/열등감 사이에서 타자를 배제한다. 그러한 애국심이 누군가가 조장한 것이라면 문제는 심각해진다. 그것을 조장하는 자는 소수의 제국주의자이거나 파시스트이다.23) 그것이

---

22) 2차 대전을 일으킬 때, 일본 민족주의는 아시아 약소국을 보호한다는 대동아공영권이라는 보편주의를 가장하고, 패전 후 위축될 때 일본 민족주의는 단일민족의 논리로 후퇴한다.(윤해동, 앞의 글, 171쪽.) 폐쇄적으로 내면될 때 민족주의는 배타적인 속성을 지니지만, 외면으로 확장될 때 그것은 공격적 속성을 지닌다.

23) 애국심 역시 민족주의와 마찬가지로 양면성을 지닌다. 그것은 국가의 내적 통합을 형성함으로써 발전의 동인으로 작용하기도 하지만, 타자에 대한 배타심과 공격성으로 발현될 수도 있다. 특히 배타적 민족주의의 동인으로 작용할 때, 그것은 타자에 대한 극단적인 공격성으로 드러나기도 한다. 1890년(메이지 23년) 공포된 '교육칙

한국과 일본의 '다수의 뜻'이 아니라는 점에서, 이 소설은 양자 화해의 '희망'을 찾는다. 결국 이 소설은 조장되고 과장된 배타적 민족주의 이데올로기를 지양하고, 인간의 존엄성이라는 평범하면서도 당연한 진리로 돌아가 한국과 일본이 서로 맞대면하는 것으로부터 화해의 가능성은 열린다고 보는 것이다.

## 4. 역사의 자리에서 문학의 자리로

『그러나』는 일제강점기의 친일 청산과 광복 이후 한국과 일본 사이의 관계라는 우리 근대사 중 가장 민감한 난제를 다루고 있다.

> "애국지사이자 친일파였던 그를 자넨 우리 역사 속에 어떻게 수용할 거야?"
> "한번 나쁘게 비틀린 역사는 후세 사람들에게 두고두고 애물단지야. 해결의 묘수는 없어. 있는 그대로 방치해 둘 수밖에."
> "그쪽 공부를 해온 자네한텐 그건 명백한 직무유기 아닌가?"
> "유기라도 좋아. 나는 그대로 됐으면 좋겠어. 친일에도 등급이 있어 자발적이냐 피동적이냐. 이권 때문이냐 개인의 영달 때문이냐(……) 인간의 행위에 이런 수치적인 계산이 가능할까? 그것이 불가능하다면 친일과 애

---

어'는 메이지 초기에 제창된 '신화적 애국론'이 권력 이데올로기로서의 '충군애국' 관념으로 수렴된다. 일본 제국주의 시대에 이러한 '충군애국' 관념은 호전적이고 배타적인 것으로 전화(轉化)된다.(이즈하라 마사오(出原政雄), 「메이지 일본에 있어서의 '애국심'론의 형성과 전개」, 『韓國文化』, 41, 이병철, 이경미 역, 서울대학교 규장각 한국학연구원, 2008, 68-68쪽 참조.) 이러한 과장된 애국심은 오늘날에도 지속적으로 재생산된다.(이규수, 「일본의 신민족주의 역사학과 강요된 '애국심' 만들기」, 『韓國古代史研究』, 52, 한국고대사학회, 2008, 155-191쪽 참조.) 한국의 경우 애국심은 식민지시기에 저항의 동인이 되었지만, 오늘날 일본에 대해서는 배타적 경향이 강하게 드러나며, 약소국에 대해서는 공격적인 성격으로 나타나기도 한다.

국을 거론하는 자체가 역사에 대한 또 다른 난폭일 수밖에 없어."[24]

"일대기 포기해."
"포기해야겠지?"
"포기하구 딴 걸 써."
"딴 거 뭐?"
"너 원래 소설가잖아."[25]

위의 두 인용문은 "애국지사이자 친일파였던 그를 자낸 우리 역사 속에 어떻게 수용할 것인가?"하는 문제를 담고 있다. 친일에도 정도의 차이가 있을 수 있고, 개인적인 상황의 차이도 있을 수 있다. 이에 대한 수치적 계산이 불가능한 것은 물론이다. 역사적 당위와 인간적 진실이 충돌하며 모순된 상황에 처할 때, 판단 중지의 상태에 돌입할 수밖에는 없다. 결국 역사학자는 이 자리에서 물러날 수밖에 없다. 그 자리에는 문학이 들어선다.

본래 형진은 한회장으로부터 현산의 일대기를 쓰는 임무를 부여받는다. 하지만 일이 진행되는 동안 현산의 삶을 일대기로 담을 수 없다는 사실을 알게 된다. 일대기란, "후손들에게 자랑스러운 인물일 때만"[26] 존재의 가치가 있다고 할 수 있으나 그럴 수 없기 때문이다. 형진이 현산의 일대기를 쓰는 것은 현산의 명예를 지켜주는 쪽이 아니라 도리어 그의 친일 행적을 드러내는 작업이 된다. 하지만 더 큰 이유는 일대기로는 한 개인으로서 현산의 내면적 진실을 담을 수 없다는 데 있다. 여기서 일대기란 역사적 기술에 대한 은유로 이해할 수 있다. 이제 허구의 글, 즉 소설이 요구된다. 그것은 애국지사이면서 친일파인 현산의 역사적 사실이 아니라 문학적 진실을 담는 작업이 되는 것이다.

---

24) 1권, 141-142쪽.
25) 1권, 143쪽.
26) 1권, 69쪽.

이런 점에서 홍성원의 『그러나』는 형진이 썼을 법한 소설의 현실적 실체라고 해도 좋을 것이다. 이 소설 자체가 바로 그러한 문제를 문학적으로 그려내고 있기 때문이다. 이렇게 본다면 이 소설을 구성하는 다양한 문학적 장치들은 역사적으로 해결하기 어려운 문제들에 대한 문학적 형상화를 위한 도구라고 생각할 수 있다.

## 5. '그러나', 화해의 접속사

끝으로 제기할 문제는 이 소설의 제목 '그러나'의 의미를 새겨보는 것이다. 지금까지 살펴 본 바와 같이 이 소설은 일제강점기를 둘러싼 역사적인 문제를 문학적 관점에서 보려는 노력의 소산이다. 이는 역사적 사실보다는 문학적 진실에 접근하려는 시도라고 말할 수 있는데, 바로 이 소설의 제목 '그러나'는 이러한 의미를 집약적으로 담고 있다.

> "강변공원 준공식날 에다씨 송지명씨 나 이렇게 세 사람이 자네가 흉한 짓 하는 걸 현장에서 함께 봤어. 나이 어린 학생 하나를 자네가 덜미잡아 개 끌 듯이 끌고 가더군."
> (중략)
> "제 모습이 이상하게 비쳤나보군요. 하지만 상황이 급박하고 심각했어요. 녀석이 자기 몸에 신나를 끼얹구 동상 앞에서 분신 자살을 하려구 했어요. 몇 초만 늦었어두 그 녀석은 불에 타죽었어요. 그 녀석 생명을 구해준 게 바루 저란 말이에요."
> 난해한 세상이다.[27]

위의 상황은 '그러나'의 의미를 분명히 보여준다. 강변공원 준공식날 현

---

27) 2권, 198-199쪽.

산 동상 제막식을 둘러싸고 벌어진 몸싸움 도중 한동근은 시위하는 한 대학생을 무자비하게 끌고 간다. 이를 본 사이코와 형진은 정신적 충격을 받는다. 하지만 한동근의 행동이 사실은 분신자살을 하려는 학생의 목숨을 구한 것이었음이 밝혀진다. 형진의 독백처럼 그야말로 '난해한 세상'이다. 혐오스러운 악행이 목숨을 구하는 선행이 된 것이다. 이는 앞에서 살펴본 독립지사/친일분자의 역전과 해체라는 역사의 아이러니 구조와 같다.

'그러나'의 이러한 의미는 이 소설 전체를 관통하면서 곳곳에 배치되어 있다. 소설 첫머리에서, "독립유공자 후예들은 곤궁하게 사는 것으로 알려져 있지만 가끔은 한영훈 동일그룹 회장 같은 예외도 있다"는 서술에 이러한 의미가 담겨있다. 현산의 친일행위가 드러나면서 독립지사의 후손이라는 그의 지위는 박탈되고, 그는 속물 정치인이 된다. 이 서술은 역전을 거듭하면서 자리바꿈하는 한영훈을 통해 '그러나'의 의미를 암시하는 것으로 이해할 수 있다. 동파가 일경의 검거를 모면한 사건에서도 이러한 의미는 드러난다. 3·1 운동 직후 일경의 검거를 모면하도록 동파를 도와준 사람이 다름 아닌 일본 주재소의 순사였다. 그는 가난한 선비로 글만 읽던 사람인데 생계의 수단으로 순사 시험에 합격하여 주재소 순사를 하고 있었지만, 만세 후 만세꾼 십여 명을 그의 헛간과 다락에 숨겨준 '어진 순사'였다.

'그러나'에는 표면에 드러나는 단순한 사실이 아니라 이면에 숨어있는 진실을 보려는 의도가 담겨 있다. 이렇게 사실을 뒤집어 보면 편견이 해체되어 그에 대한 이해가 가능해지고, 이해가 가능해지면 화해 가능성의 길도 열린다. 홍성원이 이 소설의 '작가의 말'에서 말하듯이, 궁극적으로 '그러나'는 역접의 기능을 넘어서 '행복한 화해의 접속사'[28]가 된다. 결국 이 소설은 절대로 좁혀지지 않을 것 같은 한일 간의 관계도 편견의 해체

---

28) 홍성원, 「작가의 말」, 『그러나』, 2권, 259쪽.

를 통해서 개선될 수 있다고 말하는 셈이다. 『그러나』는 전체적으로 '그
러나'에 내재된 역전과 해체의 구조를 통해서 화해의 길을 모색하고 있다.

그런데 '그러나'의 이러한 의미는 단지 이 소설에만 국한되는 것은 아
닌 듯하다. 이른바 '소설공장'이라고 불릴 만큼 왕성한 창작을 통해 방대
한 양의 소설을 발표한 홍성원의 문학세계를 한마디로 단정하기 어렵지
만, 만약 가능하다면 그것은 '그러나'라는 말에 집약된다고 할 수 있을 듯
하다. 그는 소설을 통해서 늘 현실을 뒤집어 해체함으로써 이면의 진실을
드러내고자 노력해왔다고 할 수 있는데, 바로 그러한 의미가 이 '그러나'
라는 접속사에 담겨 있기 때문이다.[29]

## 6. 결론

지금까지 홍성원의 장편소설 『그러나』가 일제강점기로 인하여 발생한
역사적인 문제들을 어떻게 문학적으로 형상화하고 있는가를 살펴보았다.

『그러나』에서 친일파 청산의 문제는 두 명의 인물, 즉 현산과 동파의
대립 구도를 바탕으로 제시된다. 처음에 현산/동파는 독립지사/친일분자
의 대립적 의미로 나타난다. 하지만 현산의 친일 사실이 드러나고 현산에
게 독립자금을 헌금한 '송암'이라는 인물이 동파라는 사실이 밝혀지면서
현산/동파의 대립적 의미는 송암/현산으로 바뀌면서 역전된다. 하지만 독
립지사/친일분자는 안팎의 문제이며 늘 뒤집힐 가능성이 있다. 여기서 역
사의 아이러니가 발생한다. 이러한 문제는 한영훈과 서인규에게서도 반복

---

29) 이런 점에서 홍성원의 마지막 장편소설인 『그러나』는, 그가 다루어 왔던 우리 역사
의 문제에 대한 완결편이라 할 만한 작품이다. 그는 『달과 칼』, 『먼동』, 『남과 북』
에 이어 『그러나』를 통해서 임진왜란 이후 우리 역사의 커다란 문제들을 조명해 왔
다. '그러나'의 의미가 여기에만 국한되는 것은 아니다. 그의 다른 장편소설과 단편
소설들 전체에 그 의미는 관통하고 있다.

된다. 이는 독립지사/친일분자 사이에서 발생하는 역사의 아이러니가 오늘날에도 지속되고 있다는 점을 암시한다.

『그러나』는 8·15 광복 이후의 한국과 일본의 관계에 대한 문제를 제기하고, 그 화해의 길을 모색하고 있다. 이 소설에서는 사이코를 둘러싼 다양한 인물들의 진술을 통해서 한일 관계의 문제들에 대한 인식들을 입체적으로 보여준다. 흥미로운 것은 그러한 진술들이 한 가지 문제를 양쪽에서 나란히 마주보고 반복하고 있다는 점이다. 문제는 자기에 갇혀버린 배타적 민족주의이다. 민족주의가 배타적이고 공격적인 이데올로기로 작용할 때, 그것은 한국과 일본 사이 상호 이해의 걸림돌이 될 수 있다. 이 소설은 조장되고 과장된 배타적 민족주의 이데올로기를 지양하고, 인간의 존엄성이라는 평범하면서도 당연한 진리로 돌아가 한국과 일본이 서로 맞대면하는 것으로부터 화해의 가능성은 열린다고 보는 것이다.

『그러나』는 일제강점기의 친일 청산과 광복 이후 한국과 일본 사이의 관계라는 우리 근대사 중 가장 민감한 난제를 다루고 있다. 이는 분명 역사적인 문제이지만 역사적으로 해결하기 어려운 면이 많다. 역사적 당위와 인간적 진실이 충돌하여 모순된 상황에 처할 때 역사학자는 자신의 자리를 문학에 돌린다. 형진이 현산의 일대기 대신 소설을 쓰려고 하는 이유가 여기에 있다. 그것은 애국지사이면서 친일파인 현산의 역사적 사실이 아니라 문학적 진실을 담는 작업이 된다. 이런 점에서 홍성원의 『그러나』는 형진이 썼을 법한 소설의 현실적 실체라고 해도 좋을 것이다.

이 소설의 제목 '그러나'에는 표면에 드러나는 단순한 사실이 아니라 이면에 숨어있는 진실을 보려는 의도가 담겨 있다. 사실을 뒤집어 보면 편견이 해체되어 그에 대한 이해가 가능해지고, 이해가 가능해지면 화해의 길도 열린다. 궁극적으로 '그러나'는 역접의 기능을 넘어서 '행복한 화해의 접속사'가 되는 셈이다. 결국 이 소설은 절대로 좁혀지지 않을 것 같은 한일 간의 관계도 편견의 해체를 통해서 개선될 수 있다고 말하는 셈이다. 그런데 이러한 '그러나'의 의미는 단지 이 소설에만 국한되는 것은 아니다. 홍성원 소설이 늘 현실을 뒤집어 해체함으로써 이면의 진실을 드러내고자 노력해왔다는 점에서 '그러나'는 홍성원의 문학세계가 집약된 상징적 단어라고 할 수 있다.

# 참고문헌

1. 1차 자료

홍성원, 「그러나」, 『현대문학』, 현대문학사, 1995.1.-1995.12.

홍성원, 『그러나』, 1, 2, 문학과지성사, 1996.

홍성원, 『されど』, 안우식 역, 本の泉社, 2010.


2. 논문 및 평론

강만길, 「일본의 사죄 성명과 과거 청산 문제」, 『통일시론』, 1, 청명문화재단, 1998.

김명인, 「친일문학 재론-두 개의 강박을 넘어서」, 『한국근대문학연구』, 17, 한국근
　　　대문학회, 2008.

김인환, 「탈민족주의와 탈식민주의」, 『인문정책 포럼』, 경제·인문사회연구회, 2009.

박상기, 「탈식민주의의 양가성과 혼종성」, 『탈식민주의 이론과 쟁점』, 문학과지성
　　　사, 2003.

박수현, 「한국 민주화와 친일청산 문제」, 『기억과 전망』, 24, 민주화운동기념사업회,
　　　2011.

박진희, 「한국의 대일강화회담 참가와 대일평화조약 서명 자격 논쟁」, 『한국 근현
　　　대정치와 일본』, 선인, 2010.

복거일, 「친일 문제에 대한 합리적 접근」, 『철학과 현실』, 53, 철학문화연구소, 2002.

신용하, 「'민족'의 사회학적 설명과 '상상의 공동체론' 비판」, 『韓國社會學』, 40, 한
　　　국사회학회, 2006.

유임하, 「친일문제의 동아시아적 시각과 해법-홍성원의 장편 『그러나』의 경우」,
　　　『일본학』, 23, 동국대학교 일본학연구소, 2004.

윤해동, 「뉴라이트 운동과 역사인식」, 『民族文化論叢』, 51, 영남대학교 민족문화연
　　　구소, 2012.

윤해동, 「식민지 인식의 '회색 지대': 일제하 '공공성'과 규율권력」, 『당대비평』, 13,
　　　생각의나무, 2000.

윤해동, 「친일과 반일의 폐쇄회로 벗어나기」, 『당대비평』, 21, 생각의나무, 2003.

윤해동, 「'협력'의 보편성과 근대국가: '친일반민족행위' 진상규명 작업의 성과와 과제」, 『한국민족운동사연구』, 71, 한국민족운동사학회, 2012.

윤해동, 「민족주의는 괴물이다」, 『기억과 전망』, 12, 민주화운동기념사업회, 2005.

윤해동, 「친일파 청산과 탈식민의 과제」, 『당대비평』, 10, 생각의나무, 2000.

이강수, 「친일파 청산 왜 좌절 되었나」, 『내일을 여는 역사』, 16, 내일을 여는 역사, 2004.

이규수, 「일본의 신민족주의 역사학과 강요된 '애국심' 만들기」, 『韓國古代史硏究』, 52, 한국고대사학회, 2008, pp.155-191 참조.

이준식, 「국가기구에 의한 친일청산의 역사적 의미」, 『역사비평』, 93, 역사문제연구소, 2010, pp.91-115.

이진모, 「두 개의 전후(戰後) - 서독과 일본의 과거사 극복 재조명」, 『역사와 경계』, 82, 부산경남사학회, 2012. 3.

이혜령, 「친일파인 자의 이름: 탈식민화와 고유명의 정치」, 『民族文化硏究』, 54, 고려대학교 민족문화연구원, 2011, pp.1-45.

임지현, 「'국사'의 대연쇄와 오리엔탈리즘」, 『韓國史學史學報』, 10, 한국사학사학회, 2004.

전상숙, 「일제 파시즘기 사상통제정책과 전향」, 『한국정치학회보』, 39, 한국정치학회, 2005.

정동화, 「한국과 일본 국민성의 비교연구」, 『일본연구』, 2, 명지대학교 일본문제연구소, 1991.

정해구, 「뉴라이트 운동의 현실인식에 대한 비판적 검토」, 『역사비평』, 76, 2006.

하정일, 「한국 근대문학 연구와 탈식민: 친일문학 문제를 중심으로」, 『민족문학사연구』, 23, 민족문학사학회, 2003.

하정일, 「한일병합 100년, 한국문학의 식민성과 탈식민성: 탈식민과 근대극복」, 『민족문학사연구』, 45, 민족문학사학회·민족문학사연구소, 2011.

하정일, 「한국 근대문학 연구와 탈식민」, 『민족문학사연구』, 23, 민족문학사학회, 2003.

구로다 가쓰히로, 「친미와 친일이 가장 민족적이다」, 『한국논단』, 171, 한국논단, 2004.

구로다 가쓰히로, 「남북 격차는 왜 생겼나-친일 문제의 해법을 찾아서」, 『한국논단』, 214. 2007.

이즈하라 마사오(出原政雄), 「메이지 일본에 있어서의 '애국심'론의 형성과 전개」, 『韓國文化』, 41, 이병철, 이경미 역, 서울대학교 규장각 한국학연구원, 2008.


3. 단행본

박종성, 『탈식민주의에 대한 성찰』, 살림, 2006.

복거일, 『죽은 자들을 위한 변호: 21세기의 친일 문제』, 들린 아침, 2003.

비판과 연대를 위한 동아시아 역사포럼, 『국사의 신화를 넘어서』, 휴머니스트, 2004.

바트 무어-길버트, 『탈식민주의! 저항에서 유희로』, 이경원 역, 한길사, 2001.

베네딕트 앤더슨, 『상상의 공동체』, 윤형숙 역, 나남, 2002.

M 바흐찐, 『도스또예프스끼 시학』, 김근식 역, 정음사, 1988.


4. 기타

홍성원, 「작가의 말」, 『그러나』, 2, 문학과지성사, 1996.

홍성원 홍정선, 「대담-자신과 세상을 향해 던지는 '그러나'라는 질문」, 『홍성원 깊이 읽기』, 문학과지성사, 1993, pp.21-52.

홍정선 편, 「작가 연보」, 『홍성원 깊이 읽기』, 문학과지성사, 1993.

# 『마지막 우상』 연구
## ― 섬의 공간적 의미를 중심으로 ―

## 1. 서론

홍성원의 『마지막 우상』은 『현대문학』에 1983년 7월부터 12월까지 6개월간 연재 완성된 장편소설이다. 1985년 6월 현대문학사에서 단행본으로 출판된 바 있으며, 2005년 문학과지성사에서 수정판이 발간되기도 하였다.[1] 1985년에 홍성원은 이 작품으로 제30회 현대문학상을 수상하였다.

김병익은, 홍성원의 "'소설공장(小說工場)적' 성격은 그 양에서보다, 어떤 소재와 의도, 어떤 장르의 수법이든 소설로서 가능한 것, 소설로 표현되어야 할 것 모두를 하나하나의 완벽성과 문제성을 지니고 소설로 만들어질 수 있다는 그 능력(能力)과 질(質)에서 발휘된다"[2]고 말한다. 홍성원은, 김병익의 말처럼 그 다작에도 불구하고 대체로 '완벽성과 문제성'을 두루 갖추고 있는 작가라고 평가할 수 있다.

---

[1] 이로써 홍성원의 『마지막 우상』의 텍스트는 세 개가 된다. 현대문학 출판본은 현대문학사 연재본과 같다. 2005년에 문학과지성사에서 발간된 텍스트에서는 개작이 이루어지는데, 특히 종장에 상당한 분량이 첨가되었다. 하지만 작품의 의미가 획기적으로 변한 것은 아니고, 대체로 개작의 방향은 이전 텍스트의 의미를 선명하게 하는 데 주력하고 있다. 본 논문에서는 2005년 문학과지성사 본을 연구 대상으로 삼기로 하며, 다른 텍스트는 보조적으로 참조하기로 한다. 이후 문학과지성사 본의 인용은 쪽수만 표시하기로 한다.

[2] 김병익, 「70년대의 최대 작가― 작가 홍성원을 말한다」, 『낮과 밤의 경주』, 재판, 태창문화사, 1981, 11쪽.

홍성원이 지금까지 발표한 20여 편의 장편소설 중 『마지막 우상』은 '완벽성과 문제성'을 갖춘 대표작으로 꼽을 수 있다. 『마지막 우상』은 잘 짜인 구성과 깊이 있는 내용을 갖춘 수작이기 때문이다. 이 소설은 다양한 문학적 장치를 통해서 인간 심리와 사회 권력 그리고 사회 제도와 관습 등의 다양한 문제를 심도 있게 다루고 있다. 그런데 필자의 견해로는, 이 소설의 이러한 성취는 소설의 배경이 되고 있는 가막도라는 공간을 중심으로 이루어지고 있다. 이 소설의 다양한 문학적 장치들은 가막도라는 섬을 중심으로 구체적 의미를 지니기 때문이다. 그래서 섬의 의미를 해석하는 것은 이 소설을 이해하는 방법이 된다.[3]

본 논문은 이러한 점에 착안하여 가막도라는 섬의 공간적 의미를 중심으로 홍성원의 『마지막 우상』의 문학적 의미를 밝혀보고자 한다. 이 소설에서 섬의 의미는 육지라는 대타적 공간과의 관계 속에서 이중적 의미로 드러나며, 이 양자를 매개하는 중간지대를 통해서 그 의미는 심화된다. 따라서 우선 섬의 이중적 의미를 밝히고, 이와 관련하여 중간지대가 어떤 의미를 지니는지를 살펴보겠다.

## 2. 자폐적 공간으로서의 섬

『마지막 우상』의 배경은 가막도라는 섬이다.[4] 일반적으로 섬은 육지로

---

3) 홍성원은 그의 작가적 지위에 비하여 비교적 비평적 관심을 적게 받은 작가이다. 『마지막 우상』은 그 대표 사례에 속한다. 작가 생존 당시까지, 이 소설에 대한 논의로는 김병익의 평론 「지식인 혹은 허위와의 싸움」(『마지막 偶像』, 현대문학사, 1985.)이 유일한 것이었으며, 여타 다른 홍성원의 작가론에서도 전혀 언급되어 있지 않다. 작가가 별세한 후, 김치수는 「개인의 삶에서 역사의 진실까지, 빛나는 대서사의 힘―작고문인 추모 특집 홍성원」(『문학과사회』, 83, 문학과지성사, 2008, 가을.)에서 이 소설을 비중 있게 다룬 바 있다.

4) 이 소설의 배경이 되는 가막도는 실재하는 섬이 아니다. 홍성원은, 이 작품의 모델이

부터 단절되어 있으며 바다로 둘러싸여 있다는 점에서 폐쇄적이다. 그런데 섬 주인의 육지에 대한 태도로 인하여, 가막도는 일반적인 섬보다 훨씬 폐쇄적이다. 이 섬 주민들은 생존을 위해 필요한 최소한의 조건 이외의 모든 외부적인 것을 배제한 채 살려고 한다. 이 섬에는 정기선이 없다. 섬을 오가는 유일한 동력선은 섬 전체 주민의 공동 소유로 되어 있어서, 섬을 들고나는 데에 아무도 자유롭지 못하다. 육지와 통하는 유일한 통신 시설인 무선 송신기조차 노상 고장이거나 불통이어서 있으나마나이다.

그런데 이 섬의 이러한 폐쇄성은 근본적으로 섬 주민들의 자발적인 선택에 의한 것이라는 점에서 특징적이다. 주민들은 섬의 자연적인 조건을 이용하여 스스로 섬을 폐쇄적으로 만들고 있다. 이러한 점에서 이 섬의 폐쇄성은 '자폐적'이다.[5][6]

---

된 섬이 전남 고흥군 관내의 섬 시산도(矢山島)라고 밝힌 바 있다.(홍성원, 「열린 세상 쪽으로 뚫린 좁고 긴 터널」, 『홍성원 깊이 읽기』, 문학과지성사, 1997, 61쪽.)

5) 프로이트는 정신이상을 크게 신경증과 정신증으로 나눈다. 신경증이 자아와 이드 사이의 갈등의 결과인 반면, 정신증은 자아와 외부 현실 사이의 갈등의 결과이다. 이드와 현실 사이의 갈등 상황에서 자아가 현실 편을 들게 되면 신경증이 되고, 이드 편을 들게 되면 정신증이 된다.(지그문트 프로이트, 「신경증과 정신증」, 『억압, 증후 그리고 불안』, 황보석 역, 열린책들, 1997, 197-203쪽 참조.) 자폐증을 질병으로 보는 견해와 장애로 보는 견해가 있다. 질병은 치료 가능하지만 장애는 대체로 평생 겪어야만 한다. 정신분석학적 입장에서 자폐증은 정신증 질환이다. 자폐증을 질병으로 보는 정신분석학은 그 치료를 위해 많은 노력을 기울여 왔고 다소 성과를 거두기도 했다. 하지만 여전히 자폐증의 원인이나 치료 가능성은 불확실하다.(콜레드 쉴랑, 「자폐증에서 제기되는 문제들」, 『아동 자폐증과 정신분석』, 로제 페롱 편, 권정아 · 안석 역, 한국심리치료연구소, 2007, 25-30쪽 참조.) 1943년 캐너는 자폐증을 공식적으로 하나의 독립된 질병으로 취급한다. 그것은 대체로 유아 시기에 발병한다는 특징을 지닌다. 캐너 이래로 '냉정한 어머니'에 대한 상처가 병인이라는 판단이 일반적이었으나, 오늘날에는 그보다 더 이른 시기에 발병한다고 보는 경우가 많아 태아의 불안에서 그 원인을 찾기도 한다. 하지만 아직 그 원인은 불분명하다. 정신분석학적 입장에서 볼 때, 그것은 오이디푸스 콤플렉스가 시작되기 이전 모성과 유아적 자아 사이의 문제에서 발생되는 것으로 보인다. 그것은 일반적인 정신질환보다 더 깊은 뿌리에 근거한다고 할 수 있다.(Gary B. Mesibov 외 2인, 『자폐증 개론』, 박현옥 역, 시그마프레스, 2005, 1-67쪽 참조.)

6) '자폐적'이라는 용어는 환경과 효과적으로 관계 맺지 못하는 것을 의미한다. (Robert

　가막도의 모든 주민은 하나의 얼굴을 지닌 것이 아닐까. 그들은 누구를
대하든 외지 사람에게 모두 같은 얼굴을 만든다. 아무도 그들 세계에 머리
를 디밀거나 마음을 열어 보일 수가 없다. 그들은 섬 전체를 둘러싼 엄청
나게 질긴 보호막을 갖추고 있다. 그들이 용납하는 질서라는 것은, 이 두
꺼운 막으로 구분된 안과 밖 두 세계의 구분 속에서만 가능하다. 자기들의
세계를 지키기 위해서 그들은 바깥 세계에 못할 짓이란 거의 없다. 살인조
차도 그들에겐 대수로운 범죄가 아니다. 그들이 가장 증오하는 사람은 양
쪽 세계를 넘나들며 그들의 보호막을 파괴하려는 사람이다. 그들이 애써
구축한 보호막을 무심한 외지의 틈입자들은 걸핏하면 잡아 찢거나 헝클어
놓곤 한다. 한 번 헝클어진 보호막은 가막도 주민에게는 재앙이다. 서로
다른 법과 질서가 헝클어진 보호막을 넘나들면서 예상치 못한 큰 충돌과
분쟁이 발생하기 때문이다. 가막도에 언제 뭍과 구분되는 보호막이 생겼는
지 인규는 모른다. 인규는 다만 이 시간에 가막도 주민들에게 자신이 이미
외지인 틈입자로 낙인 찍혔음을 감지할 뿐이다.7)

　위의 인용문에는 섬에 대한 인규의 생각이 드러나 있다. 이는 이 섬
의 자폐적 특성을 잘 보여준다. "아무도 그들 세계에 머리를 디밀거나
마음을 열어 보일 수가 없다"든가 "섬 전체를 둘러싼 엄청나게 질긴 보
호막을 갖추고 있다"는 등의 섬 주민의 태도는 타인과의 소통을 거부하
는 자폐증의 일반적인 증상과 흡사하다.8) "한 번 헝클어진 보호막은 가
막도 주민에게는 재앙"일 수밖에 없다는 말에서는, 어떤 일이나 사물의
순서가 흐트러지면 엄청난 혼란을 느끼는 자폐증 환자의 증상을 읽을

　G. Meyer 외 1인, 『이상심리학』, 김영애 역, 하나의학사, 1997, 343-344쪽.) DSM Ⅳ
는 자폐증을 일종의 발달 장애로 보고 있다. 자폐성 장애의 필수적인 증상은 사회적
상호 작용과 의사소통이 비정상적이거나 발달 장애되어 있고, 활동과 관심의 종류가
제한되어 있는 양상으로 나타난다.(American Psychiatric Association, 『정신장애에 대한
진단과 통계 편람-DSM Ⅳ』, 제4판, 이근무 외14인 역, 하나의학사, 1994, 97-104쪽
참조.) 이 섬이 자폐적이라면, 환경은 육지를 의미한다고 할 수 있다.
7) 122쪽.
8) 이는 무표정한 얼굴로 타인을 대하거나 타인과 눈을 마주치기를 거부하는 자폐증 증
상과 유사하다.(Gary B. Mesibov 외 2인, 30-33쪽 참조.)

수 있다.9)

특히 이 섬 주민들이 그들 자신만의 고유의 질서를 가지고 있다는 점은 주목을 요한다. 보호막으로 구분된 안팎의 세계를 분리하여 섬이 철저히 외부로부터 차단되었을 때만, 그 질서는 유지될 수 있다. 섬 주민들은 보편적 질서를 외면하고 자신들의 역사적 관습의 질서에만 의존하여 산다. 그들에겐 오직 이러한 내부의 질서에 의존한 윤리가 존재할 뿐이다. 그래서 그들에게 "자기들의 세계를 지키기 위해서 그들은 바깥 세계에 못할 짓이란 거의 없"으며, "살인조차도 그들에겐 대수로운 범죄가 아"닐 수 있다.

이 섬의 질서나 윤리는 미분화된 전근대적인 방식에 가깝다. 섬의 중요한 결정 사항을 처리하는 장로회의, 쌈이나 달기 혹은 무두질과 같은 전통적인 처벌 방법, 그리고 아편이나 산제와 같은 콜레라에 대한 대처 방식 등은 이 섬의 전근대적 성격을 잘 보여준다. 이 섬의 역사적 시간은 정체되어 있다. 이러한 이유로 인하여, 이 섬 주민들에게는 일반적인 의미에서의 발전이라든가 번영과 같은 사회적 기획은 없다. 이는 마치 자폐증 환자에게 정신적 성장이 없는 것과 같다. 자폐증이 정신의 미발달 정체 상황에 있다면, 이 섬은 사회·역사적인 차원에서 그러하다.

이러한 섬의 자폐증적 성격을 상징적으로 드러내는 것이 아편과 자라목의 석실이다.10) 아편은 그 자체로 현실로부터 벗어나 자기 내부로 도피하는 약물이라는 점에서 정신증의 일종인 자폐증과 상통한다. 육지에서

---

9) 상동적이고 반복적이며 의례적인 행동은 자폐증의 주요한 특징이다. 자폐증의 일종인 캐너 증후군 자폐인은 무슨 일이든 정해진 순서가 흐트러지면 어찌할 바를 모른다. "만약 뭔가 잘못되면, 어떻게"라고 미리 일러 놓지 않으면, 예기치 않게 이런 일이 생겼을 때 패닉 상태가 되어 허둥대거나 불안해지거나 도피하려고 한다.(템플 그랜딘, 『나는 그림으로 생각한다ー자폐인의 내면세계에 대한 모든 것』, 양철북, 2005, 53-54쪽.)

10) 솔섬도 이러한 의미를 공유한다. 솔섬은 이 섬에서 특별히 선택된 사람들만 드나들도록 되어 있다. 아편을 만드는 비밀 장소이기 때문이다. 솔섬ー자라목ー석실ー아편은 모두 이 섬의 자폐적 성격을 드러내는 요소들이다.

금기인 아편이 이 섬에서는 생존을 위한 필수 항목에 해당한다. 이 섬에서 아편은 아플 때는 만병통치약 역할을 하기도 하며 공공시설을 짓는 등 큰돈이 필요할 때는 재물을 대신한다.11) 아편은 육지의 질서와는 전혀 다른 섬의 질서를 대변한다. 자라목이나 그 석실은 아편을 은밀히 숨기는 장소라는 점에서 아편과 동격이다.12)

이 소설에서 섬의 자폐적 증상을 대표하는 인물은 이장 서관수 노인과 의료 담당 윤오복 노인이다. 이 두 인물은 섬 장로 회의의 주축 인물로 아편을 관리하고 있다. 만년 이장인 서관수 노인은 육지로 통하는 유일한 통로인 뒷개에 방축 쌓는 일이나 동력선을 섬 안으로 들여오는 것에 늘 이의을 제기한다. 윤오복 노인은 섬에서 의사 역할을 맡고 있지만 처방하는 약은 대개 아편을 가공한 약재이다. 이들은 섬의 질서에 균열이 생기는 것을 절대로 용납하지 않는다.

이 섬 사람들의 자폐적 태도는 섬의 비극적 역사에 기인한다. 그것은 다음과 같다.

1. 외국인 뱃사람의 박 씨 집안 가해: 침몰 직전의 외국인 난파선을 구조하지만, 외국 선원들은 도리어 박 씨 일가를 몰살시키고 박 씨 집의 두 딸을 납치해 간다.

---

11) 이러한 점에서 아편은 약인 동시에 병이다. 그것은 현실의 보편적 질서 속에서는 약이 될 수 없지만, 오직 이 섬의 특수한 상황에 의해 약이 된다. 흥미로운 것은 자폐증 역시 병이면서 일종의 약이라고 생각할 수 있다는 점이다. 그것은 현실 생활을 불가능하게 만든다는 점에서 병이지만 현실에서 벗어나 자기 내부로 도피하는 또 다른 삶의 방책이라는 점에서 현실적 외상에 대한 약이다.

12) 자라목의 석실은 가슈통 바슐라르의 장롱과 유사한 상징적 의미를 지닌다. 그는 "장롱 속에는, 한없는 무질서에서 집 전체를 보호하는 질서의 중심이 살고 있다. 거기에는 질서가 지배하는 것이다. 차라리 질서가 지배인 것이다. 질서란 단순히 기하학 적인 것은 아니다. 장롱 속에는 집안의 역사를 기억한다"(가슈통 바슐라르, 「서랍과 상자와 장롱」, 『공간의 시학』, 민음사, 1990, 208쪽.)고 한다. 자라목 석실은 아편을 간직한 곳이라는 점에서 질서의 중심이다. 또한 이곳은 가막도의 비극적이며 은밀한 역사를 간직한 곳이기도 하다.

2. 6 · 25 당시의 남북 병사의 전투: 뭍의 전쟁(6 · 25) 때 남북의 병정들이 번갈아 가며 섬을 점령하면서 많은 섬 주민들은 고통을 겪게 된다. 특히 두 명의 북쪽 군사의 죽음에 대한 복수로 다섯 명의 노인을 밀물이 드는 바다에 넣어 죽이는 사건은 치명적이다.

3. 전도사에 의해 간첩으로 몰린 사건: 몇 해 전 전도사가 두 달 살다가 나가서, 스물 세 사람이 간첩 혐의를 쓰고 고생한다. 폭풍을 피해 온 낯선 뱃사람 네댓 명에게 더운밥 두 끼 해준 것이 그에게는 간첩과의 접선으로 비친 것이다.

4. 괴질로 인하여 들어온 의사의 ·횡포와 죽음: 괴질 때문에 뭍에서 온 의사가 고액의 치료비를 요구하여 치료비 때문에 여자 아이가 죽는다. 그러자 섬 주민은 의사에게 비싼 숙박비와 식사비를 요구하여, 섬을 나갈 수 없는 의사는 결국 굶어죽는다.

육지 사람들이 섬에 들어올 때마다 섬은 곤경에 처하게 된다. 섬 주민들의 입장에서 볼 때 육지는 끊임없이 그들을 배반해 왔고, 그리하여 그들은 육지에 적응하기보다 자신들의 물리적 환경을 이용해 스스로 외부로부터 단절된 삶을 택하게 되었다. 섬의 비극적 역사를 거치면서 섬의 자폐증적 질서가 확립된 셈이다. 이러한 역사는 정신증 환자의 정신적 외상에 대응된다. 일반적으로 유아적 자아는 성장 과정에서 겪는 외부와의 갈등을 내면화하면서 사회에 적응하면서 편입된다. 하지만 자폐증 환자는 스스로 외부로부터 마음을 닫아버림으로써 자폐의 상태를 선택한다. 가막도는, 정신 발달이 유아 상태에 머문 자폐아와 같이 스스로 전근대적 사회에 머물며 변화를 거부하는 자폐적 사회라고 할 수 있다.


## 3. 타자적 공간으로서의 섬

『마지막 우상』에서 가막도라는 섬은 자폐적인 공간이면서, 동시에 타자적인 공간이기도 하다. 그것은 내부적 관점에서는 자폐적이라고 할 수 있으나 외부적 관점에서는 타자적이기 때문이다. 섬은 바다를 사이에 두고 육지로부터 이탈해 있기 때문에 물리적으로 육지 밖의 영역에 존재한다. 그리하여 그것은 육지의 중심에서 현저히 벗어나 있을 뿐 아니라 단절적이다. 그것은 중심에 대한 변방의 변방, 즉 타자의 위치에 놓인다. 그런데 가막도는 그 자폐성으로 인하여 일반적 섬보다 더욱 타자적이다. 섬 주민들이 자폐를 선택함으로써 그 단절의 정도는 심화되기 때문이다.

가막도의 타자성은 섬 마을의 역사적 기원과 관계된다. 이 섬에 최초로 이주해 온 각기 다른 다섯 성씨는 "뭍에서의 박해를 피해 바다로 도망쳐 나온 동학도나 천주교도들"[13]로 추측된다. 동학과 천주교는 동/서학이라는 의미에서 대립적이다. 하지만 양자는, 모두 성리학을 정신적 바탕으로 둔 당대 양반을 중심으로 두고 볼 때, 똑같이 타자의 위치에 놓인다. 이들은, 중앙의 거대 주체 권력, 즉 조선의 유가 양반 집단적 옗곽 혹은 그 '밖'에 존재하는 타자들이다. 가막도 섬의 주민들은 태생적으로 중심에서 밀려난 타자적 존재이다.[14]

섬의 타자성은 이 소설의 결말부에서 가장 큰 사건을 형성하는 콜레라를 통해서 극명하게 드러난다.

> "콜레라는 제 일종(一種)에 속하는 무서운 국제 전염병입니다. 세상에 한 번 콜레라가 발표되면 그 시각부터 민심이 들끓고 국가적인 손실도 막대합니다. 결국 이러한 국내외적인 손실 때문에 사실 보도가 유보된 채 엉

---

13) 128쪽.
14) 문학과지성사 본과 달리 현대문학사 본에서는 이 섬 주민의 시조(始祖)를 "뭍에서 피해 바다로 도망쳐 나온 동학교도"(홍성원, 『마지막 우상』, 현대문학사, 1985, 98쪽.)라고 한다. 그런데 동학교도이거나 천주교도이거나 그들은 마찬가지로 타자적 의미를 지닌다. 본문에서 제시했듯이 동학과 천주교는 동/서학이라는 의미에서 대립적이지만 당시 유가 양반을 중심으로 두고 볼 때 양자는 모두 타자의 위치에 놓인다.

똔한 병명이 발표된 것입니다. 방역을 통해 병세의 확산만 어느 선에서 막을 수 있다면, 굳이 병명을 사실대로 밝혀 국가적인 경제적 손실을 불러들일 까닭이 없지 않습니까?"

"하루에도 수십 명씩 사람들이 병으로 죽고 있습니다. 방역 당국은 국민의 소중한 생명보다 경제적 손실에 더 큰 비중을 둔다는 얘깁니까?"

"반드시 그렇지는 않습니다. 생명을 경시해서가 아니라 경제적 손실이 너무 크기 때문입니다. 일단 콜레라가 발표되면 모든 국가적 경제 행동이 마비 상태에 빠집니다.(중략) 더 큰 문제는 국제 사회에 미칠 국가적인 위신의 추락입니다. 전근대적인 후진국형 질병이기 때문에 콜레라는 발병 자체가 국민적인 수치일 수밖에 없습니다."15)

인규가 섬에서 여러 사건을 겪는 동안 전국적으로 콜레라가 번진다. 사실은 콜레라가 육지에서 발병했음에도 불구하고, 중앙 당국은 엉터리 신문보도나 라디오의 악의적인 왜곡 보도를 동원하여 콜레라의 진원지가 가막도라는 거짓 사실을 전국에 퍼트린다. 이에 대한 중앙 당국의 명분은 "막대한 국가적 손실을 막기 위하여"이다. 하지만 이 섬의 손실이나 이익은 국가 전체의 손실이나 이익에 포함되지 않는다. 이로 인하여 가막도에는 '봉쇄 검역권'이 설치된다. 중앙 당국은 석유 보급을 끊고, 우물에 소독약을 뿌리고 주민들을 솔섬으로 이주시킬 계획까지 세운다. 중앙 당국은 섬 주민들에게 어떠한 결정권도 주지 않는다.

중앙 당국의 이러한 태도는 이 섬을 타자로 인식하게 만든다. 섬은 중앙 당국에 의해 소외된 타자이다. 이러한 중앙당국의 의미는 의료진에 의해 구현된다. 중앙 당국은 의료진을 통해서 이 섬을 콜레라의 희생양으로 삼으려고 한다. 중앙 당국이 파견한 의료진은 이 섬에 들어와 섬 주민들의 의지는 무시한 채 오로지 자신들의 질서대로만 행동한다. 결국 의료진은 중앙 거대 주체 권력에 대한 대리표상이 된다. 이 소설은, 의료진을 통

---

15) 375-376쪽.

해서 중앙 당국, 즉 거대 주체 권력의 허위성을 적나라하게 드러낸다.

이 소설에서 콜레라는 이 섬의 타자적 속성을 극명하게 보여준다. 콜레라는 나병이나 정신병과 같이 중심에서 벗어나 있는 타자에 대한 대리표상이다.16) 콜레라가 치명적 질병이라는 점에서 타자적이지만, 중앙 당국이 콜레라라는 치명적 질병을 가막도로 내몬다는 점에서도 그렇다. 서구 근대 사회에서 정신질환을 수용소에 내몰듯이 중앙 당국은 콜레라를 가막도에 내몬 것이다. 이때 섬은 단순한 타자가 아니라 희생양으로서의 타자이다. 질병은 은유적 형태로 파악될 때 사회를 붕괴시킬 치명적인 폭력이다. 그래서 그것은 내몰아야 하는 것이 되는데, 이때 희생양이 요구된다. 희생양에 그러한 폭력성을 담아 몰아냄으로써, 그와 함께 질병도 사라지게 한다. 그것은 일종의 사회 질서 회복의 수단이다.17)

흥미로운 점은 자폐적 성격을 대표하는 아편이 동시에 타자성에 대한 대리표상이 되기도 한다는 점이다. 그것은 금기의 영역에 있다는 점에서 타자적이며, 현실의 질서 밖의 방식으로 현실의 문제를 해결하고자하는 것이라는 점에서 자폐적이다. 이는 섬의 이중적 속성은 을 잘 보여준다.

---

16) 미셸 푸코가 설명하는 것과 같이 정신질환은 근대가 낳은 타자이다. 근대 이전에 정신병자들은 거리를 활보하였으나, 나병 수용소에 나병환자들을 대신해 수용된다. 그들은 근대적 이성에 대립되는 존재이기 때문이다.(미셸 푸코, 「정신질환의 역사적 형성」, 『정신병과 심리학』, 문학동네, 2002, 113-132쪽 참조.) 이러한 점에서 이 소설은 이청준의 『당신들의 천국』과 비교해 볼 만하다. 양자의 배경이 모두 섬이라는 공통점이 있으며, 이 섬은 매우 폐쇄적이다. 하지만 전자가 스스로 폐쇄를 선택함으로써 자폐성/타자성을 공유한다면, 후자는 타인의 의해서 폐쇄되었기 때문에 순수한 타자이다.

17) 하나의 공동체는 위기의 시기에 희생제의를 통해서 그 위기를 극복한다. 이때 공동체의 위기는 전염병이나 가뭄, 홍수와 같은 외부 요인에 의해서 형성될 수도 있고 정치적 갈등이나 종교적 대립과 같은 내적 요인에 의해 이루어질 수도 있다. 그것은 사회적인 것의 근본적인 소멸이나 문화적 질서를 규정하는 '차이들'과 규칙의 소멸 위기이다. 이때 공동체는 희생양(犧牲羊)을 요구한다. 공동체는 집단적 박해를 통해 희생양을 제물로 삼음으로써 집단의 갈등을 해소하고 질서를 복원한다.(르네 지라르, 「박해의 전형들」, 『희생양』, 김진석 역, 민음사, 1998, 26-43쪽.)

섬이라는 하나의 실체는 자폐성/타자성이라는 두 가지 다른 측면을 동시에 지닌다. 결국 가막도의 자폐성/타자성은 서로 대립적이면서도 그 의미를 공유하는 동전의 양면과 같은 의미 구조를 지닌다.

## 4. 섬/육지, 중간지대의 의미

이 소설에서 가막도라는 섬의 의미는 섬/육지의 공간 분할에 의해 형성된다. 자폐성/타자성이라는 섬의 이중적 의미는 육지라는 대타적 존재와의 관계 속에서 형성되기 때문이다. 그런데 이 소설에서 단지 섬/육지의 대립적 구조는 섬의 자폐성/타자성을 드러내는 데 그치지 않는다. 도리어 이 소설의 핵심 주제는 그러한 구조가 어떻게 허물어지는가를 보여주는 데 있다. 여기서 중요한 의미를 지니는 것이 섬/육지 사이의 중간지대인데, 우선 그러한 공간으로 바다를 들 수 있다. 섬과 육지가 그렇듯이 바다도 섬 주민들이 그것을 대하는 태도에 의해 구체적 의미를 지닌다.

이 소설에서 섬과 같이 바다도 이중적 의미를 지닌다. 그것은 섬을 육지로부터 단절시키기도 하지만, 동시에 섬에서 육지로 통하는 통로가 되기도 하기 때문이다.

> 가막도 정착민은 이리하여 다섯 세대가 네 세대로 줄었다. 이 비극을 치른 후로 가막도 주민에게는 한 가지 불문율이 생겼다. 바다에서 무슨 일이 일어나도 그들은 바다 쪽을 쳐다보지 않기로 한 것이다.[18]

> 바다가 가막도를 둘러싸고 있는 것이 아니다. 가막도가 바닷속으로 들어와 바다의 보호를 받고 있는 것이다. 가막도 사람에게 바다는 성(城)이

---

18) 130쪽.

다. 그들은 바다로 성벽을 둘러치고 그 속에 스스로 갇혀 그들의 삶과 안전을 도모한다. 외부로부터 적을 막아주는 튼튼한 성채(城砦)가 가막도의 바다인 것이다.[19]

대부분의 섬들은 육지에로의 동경에 의해서만 존재한다. 그래서 모든 섬들은, 그들을 육지로부터 갈라놓는 바다와 친숙해진다. 바다는 그들에게 극복해야 될 장애이자 섬이 섬일 수밖에 없음을 확인 시켜주는 장벽이다. 그러나 가막도의 바다는 섬 주민들에게 장애가 아니다. 그들은 바다를 방치해 두고 있다. 육지에로의 동경이 없기 때문에 그들은 바다와 친해야 될 이유도 없다.[20]

주민들이 두려워하는 것은 바로 그러한 뭍을 향한 독특한 열병이었다. 특히 어린아이들에게는 뭍은 황홀한 꿈의 세계였다. 그 꿈에서 깨어나기까지 아이들은 한동안 심한 열병을 앓곤 했다. 그 속사정을 아는 부모들은 그래서 더욱 아이들의 뭍 여행을 꺼려했다.[21]

위 앞의 두 인용문은 바다의 이중적 의미를 잘 보여준다. 첫 번째 인용문은, 외국인 뱃사람들에 의해 박 씨 가족이 몰살된 후, 섬 주민이 가진 생각을 간략하게 드러내고 있다. '바다에서 무슨 일이 일어나도 바다 쪽을 쳐다보지 않기로 한', '불문율'은, 바다는 곧 침략로라는 섬 주민들의 인식을 반영한다. 하지만 이로 인하여 바다는 도리어 '성벽'이 되고 '보호막'이 된다.[22] 따라서 섬 주민에게 바다는 침략로/보호막을 의미하게 된

19) 176쪽.
20) 60쪽.
21) 129-130쪽.
22) 이때 바다는 마치 자폐증 환자의 '자폐 캡슐'과 유사하다. 케너 이래로 자폐증에 대한 여러 새로운 의견을 내놓은 프랜시스 터스틴은 자폐증 환자의 가장 큰 특징으로 '자폐 캡슐'이라는 개념을 도입한다. 자폐증 환자에게 '자폐 캡슐'은 삶을 위협하는 것으로 보이는 경험으로부터 도망칠 수 있는 피난처가 사용된다.(프랜시스 터스틴, 『자폐아동을 위한 심리치료』, 이재훈 · 장미경 · 권혜경 역, 한국심리치료연구소, 2001, 30-34쪽.)

다. 가막도 주민이 철저하게 바다라는 침략로를 배제하고 그것을 보호막
으로 삼음으로써, 섬의 자폐성/타자성의 의미는 더 강화된다.

그런데 세 번째 인용문에서 보듯이, 바다는 일반적으로 육지에 대한 동
경을 매개하며 그러한 동경을 실현하기 위해 극복해야 할 장애이다. 섬의
자폐성 때문에 가막도에서는 바다가 육지에로의 동경의 대상이 아니기
때문에 장애도 될 수 없다. 하지만 이것은 비극적 역사를 절실히 인식하
는 성인들에게만 해당된다. 가막도의 아이들은 일반적인 섬 아이들처럼
바다를 통해서 육지를 동경하며 그로 인해 열병을 앓기도 한다.23) 주민들
은 이러한 열병을 두려워한다. 그것은, 바다라는 보호막이 무너짐으로써
섬 고유의 질서가 해체될지도 모른다는 두려움이다.

뒷개, 축방, 배 등은 모두 바다의 연장선상에서 의미를 지닌다. 가막도
서남쪽의 뒷개는 옛날 가막도의 선착장이 있었던 포구로, 육이오 때 있었
던 국방군과 인민군 사이의 치열한 전투 결과 폐촌이 된 곳이다. 뒷개는
비록 폐촌이 되었지만 여전히 가막도의 유일한 동력선이 정박해 있는 곳
이기도 하다. 말하자면 이곳은 섬을 들고날 수 있는 유일한 장소인 셈이
다. 이 뒷개에 축방 쌓는 일이 섬 주민들에서 중요한 논점이 되는 이유가
여기에 있다. 이런 점에서 배는 가장 구체적인 중간지대이다. 따라서 뒷
개, 축방, 배는 바다의 연장선에 놓이는 섬/육지의 중간지대로 침략로/보
호막의 이중적 의미를 바다와 공유한다.

이러한 점에서 주목할 인물은 문호와 인규이다. 문호는 서관수 이장의
조카인데, 서 이장은 자기 아들 한호 대신 문호를 육지로 보낸다. 그는 육

---

23) 이런 점에서 바다는 프랜시스 터스틴이 말하는 '자폐 캡슐'의 의미를 가지기도 하
지만, 도널드 위니캇이 말하는 '중간대상'으로 이해할 수도 있다. 중간대상은 유아
가 심리적으로 현실과 관계를 맺게 하는 중개자이다. 그것은 신생아가 주먹을 입에
집어넣는 행동으로부터 시작하여 곰 인형 등에 애착을 갖게 되기까지 일련의 사건
들 안에서 광범위하게 변용된다.(도널드 위니캇, 『놀이와 현실』, 이재훈 역, 한국심
리치료연구소, 1997, 13-49쪽, 참조.)

지에서 대학을 마치고 군에 다녀온 후 아이 밴 처녀를 데리고 가막도로 들어온다. 그녀는 진통 때문에 육지로 나가려 하지만 동력선 고장으로 진통 끝에 숨을 거두고 만다. 이후 그는 섬을 떠나 육지 고등학교 교사가 된다. 6년 만에 가막도로 돌아와서 섬을 위해 문호가 하고자 한 일은 동력선을 사는 일이다. 하지만 이에 대해 서 이장은 반대한다.

> "세상 인심을 탓할 일이 아닙니다. 축방 공사를 하자는 공론두 결국은 뭍의 대세를 받아들이자는 생각에서 나온 게 아닙니까? 언젠지는 알 수 없지만 믿었던 바다두 곧 헐리구 말 겝니다. 틀어막는 게 능사는 아니구 이제는 우리 쪽에서 조금씩 바다를 열구 나가야 한다는 말씀입니다."[24]
> "바다를 무심히 대할 수 있어야만 가막도를 온전히 건질 수 있습니다. 바다가 점점 좁혀져서 언젠가는 가막도가 뭍에 붙는 날이 올 겝니다. 그때를 대비하지 않으면 가막도는 나중에 더 큰 대가를 지불해야 될 겝니다."[25]

위의 두 인용문에서 보듯이 문호는 축방공사에 대해서 적극적인 태도를 취한다. 축방은 섬의 역사에서 특히 중요한 의미를 지닌다. 축방의 파괴/건설은 섬의 자폐/개방을 의미한다고 볼 수 있기 때문이다. 섬의 비극은 대개 축방에 배가 출현하면서 시작되어 왔다. 하지만 반대로 섬과 육지가 정상적으로 소통을 하려면 축방은 필요하다. 따라서 축방은 트라우마의 공간이다. 축방의 건설 문제는 신경증적 민감성을 유발할 수밖에 없다. 여기서 문호는 바다를 열어서 육지와 정상적인 관계를 맺을 때, 섬의 비극은 더 이상 초래되지 않는다고 역설한다.[26]

이렇게 볼 때 문호는 가막도의 내부 개혁자이다. 그는 섬 태생이지만

---

24) 190쪽.
25) 213쪽.
26) 이런 점에서 바다, 뒷개, 축방, 배는 모두 '침략로/보호막'과 '자폐/개방'이라는 겹이중의 의미 구조를 지닌다.

육지에서 고등교육을 받고 육지에서 삶의 터전을 마련했다는 점에서 중간지대에 속하는 인물이다. 그에게 가막도는 사랑하는 고향이지만, 그는 그 자폐성으로 인하여 사랑하는 여인을 잃었다. 그는 가막도의 비극적 역사를 누구보다 아파하지만 그로 인해 발생하는 가막도의 비정상성에 대해서는 부정적이다. 그는 '섬 쪽에 가까운 중간지대'에 속하는 인물인 셈이다. 그가 섬과 육지를 동시에 잘 아는 중간지대에 속하는 인물이기 때문에 이러한 내부 개혁자가 될 수 있었다고 하겠다.

문호가 내부 개혁자라면 인규는 외부 개혁자이다. 인규는 섬에 머무는 동안 섬의 비극적 역사나 부정적 질서에 대해 속속들이 알게 되며, 섬 고유의 질서로 인하여 죽음에 직면하기도 한다. 하지만 그는 섬의 문제를 해결하기 전에 섬을 떠나지 않겠다고 결심하고 스스로 섬에 남는다. 이런 점에서 그는 '육지 쪽에 가까운 중간지대'에 속하는 인물이다. 섬의 부정적 질서와 육지의 폭압을 객관적으로 이해할 수 있어, 그는 섬/육지의 중재자 역할을 충분히 소화해 낸다. 그는 '단독강화'를 통해 콜레라로 인한 섬/육지의 갈등을 해결할 뿐만 아니라, 가막도 생활 기록을 라디오에 공개함으로써 섬의 근본적인 변혁을 이끌어낸다.

> "이 가막도에는 거짓과 참에 대한 건전한 상식이 빠져 있어요. 그걸 되찾아주기 위해서는 잘못된 가막도 역사부터 고쳐야 될 거예요"
> "그렇게 하기 위해서는 먼저 해야 될 일이 있습니다."
> 그것이 무엇이냐는 오정은의 질문을 인규는 쟁쟁하게 듣는 듯하다. 진실에 대한 든든한 믿음만이 가막도의 온갖 병폐들을 치유할 수 있는 방법이다. 거짓은 그 존재 자체가 이미 옳지 않다. 설혹 진실이 현실을 향해 아무런 힘도 행사할 수 없다고 하더라도, 거짓을 방어할 수 있는 기능이 있는 한 진실의 가치는 그것만으로도 충분하다.[27]

---

27) 422쪽.

위의 인용문은 인규가 가막도 주민과 '단독강화'를 하러가기 전에 오정 은 선생과 나누는 대화이다. 이때 인규가 강조하는 점은 진실의 중요성이 다. 그는 '진실에 대한 든든한 믿음만이 가막도의 온갖 병폐들을 치유할 수 있는 방법이'라고 생각한다. 육지와의 화해를 위해서는 자기 진실에 도달하는 뼈아픈 과정이 요구된다는 것이다. 이러한 생각은 곧 실천으로 옮겨지는데, 그것은 자신의 가막도 생활 기록을 라디오를 통해 낱낱이 공 개하는 것이다. 여기에는 콜레라 사건과 관련된 진실들도 포함되지만, 보 다 근본적으로 그것은 가막도의 숨은 비극의 역사가 주를 이룬다. 이로써 가막도는 육지와 정상적 관계를 회복할 가능성을 찾는다.[28] 정상적 관계 란 섬과 육지 간의 상호 인정을 의미한다. 그것은 섬을 기준으로 본다면 외부와의 화해이고, 육지의 입장에서 본다면 섬의 자존에 대한 인정을 의 미한다.

그런데 흥미로운 점은 섬의 변혁을 몰고 온 것은 콜레라라는 점이다. 콜레라는 지금까지 요지부동이던 섬의 질서에 위기를 가져온다. 그 위기 는 새로운 질서를 요구한다. 그것은 자폐적 증상으로부터 벗어나 온전한 사회로서의 건강성을 회복하는 과정이다. 이때 콜레라는 모든 것을 쓸어 버리고 새로운 질서를 가져오는 대격변과[29] 같은 작용을 한다. 하지만 그

---

28) 이러한 인규의 행위와 그로 인한 가막도의 치유는, 마치 과거의 무의식적 트라우마 를 말로 드러냄으로써 정신질환에서 벗어나는 정신분석적 치유 과정과 흡사하다. 정신분석적 치유는 신경증 환자가 자신의 잊혀진 기억 즉 무의식에 고착된 원초적 외상을 분석의 에게 말로 표현함으로써 이루어진다.(지그문트 프로이트, 「히스테리 의 심리치료」, 『히스테리 연구』, 김미리혜 역, 열린책들, 1997, 345-407쪽 참조.)

29) 대격변이란 질서에서 혼돈으로, 혼돈에서 새로운 안정으로의 진행을 의미하는 근본 적 변화, 자연현상의 제반 질서에 있어서의 난폭한 뒤바뀜이다.(아지자·올리비에 리·스크트릭 공저, 「격변(Cataclysme)」, 『문학의 상징·주제 사전』, 청하, 1989, 93 쪽 참조.) 이러한 점에서 이 소설의 콜레라는 홍성원의 『디·데이의 병촌』의 결말 부에 등장하는 홍수와 흡사한 의미를 지닌다. 거기에서 홍수는 이데올로기적 갈등 의 상징이라 할 수 있는 과부촌을 폐허로 만들면서 동시에 마을의 원한까지도 쓸고 간다. 이때 선경이 보여준 모습은 '원한도 분노도 없는' 인간 그 자체이다. 하지만 이로써 상황이 변한 것은 아니다. 휴전이라는 상황은 여전히 존재하기 때문이다. 홍

자체가 섬에 변혁을 가져오는 것은 아니다. 그것은 변혁의 환경을 조성할 뿐이다. 근본적으로 섬에 변혁을 가져오는 주체는 내부적 개혁자인 문호와 외부적 개혁자인 인규이다. 그들이 섬과 육지를 동시에 이해할 수 있는 중간지대에 속하는 인물이기 때문에 변혁 주체 역할을 담당할 수 있었다.[30] 결국 콜레라가 변혁의 환경을 조성했다면, 문호와 인규는 그 주체의 역할을 했다고 하겠다.

## 5. 결론

지금까지 가막도라는 섬 공간을 중심으로 홍성원의 『마지막 우상』을 살펴보았다. 『마지막 우상』의 배경 가막도는 자폐증적 성격을 지닌다. 하지만 그것은 동시에 타자적 성격을 지니기도 한다. 섬의 내부적 기준으로 볼 때 그것은 자폐적이지만, 육지의 관점에서 볼 때 그것은 타자적이다. 자폐적/타자적이라는 섬의 이중적 의미는 섬과 육지 사이의 관계를 통해서 이루어진다. 이는 섬/육지의 공간 분할을 바탕으로 하고 있다. 그런데 이 소설의 핵심 주제는 이러한 구조 자체에 있는 것이 아니라 그 구조가 어떻게 허물어지는가를 보여주는 데 있다. 여기서 중요한 의미를 지니는

---

수가 가져다 준 것은 상황의 변화가 아니라 의식의 변화이다. 삶의 핵심은 사상이나 이념이 아니라 삶 그 자체라는 실존적 깨달음이 그것이다. 여기서 진정한 화해의 가능성이 생긴다. 이는 김병익이 언급했듯이,(김병익, 「지식인 혹은 허위와의 싸움」, 335-336쪽.) 알베르 까뮈의 『페스트』에 대응시켜 볼 수도 있다. '오랑'이라는 폐쇄적 공간에서 벌어지는 인간의 다양한 행동을 그리고 있다는 점에서 『페스트』는 이 소설과 상당히 일치한다. 하지만 이 소설에서 콜레라가 섬의 변화를 가져오는 매개자가 된다면, 『페스트』에서 페스트는 절대적 상대자가 된다.(알베르 카뮈, 『페스트』, 김화영 역, 열린책들, 1991. 참조.)

30) 한호, 오정은도 중간지대에 속하는 인물이다. 한호가 문호를 보조한다면 오정은 인규를 보조한다고 할 수 있다.

것이 섬/육지 사이의 중간지대이다.

가막도에서 바다는 육지로부터 위해가 가해지는 침략로지만, 그것은 폐쇄되었을 때 육지로부터 위해를 막아주는 보호막이 되기도 한다. 바다는 침략로/보호막의 이중적 의미를 지니는 섬/육지의 중간지대이다. 뒷개, 축방, 배 등은 모두 바다의 연장선상에서 의미를 지닌다. 섬의 역사적 비극이 축방에 배가 출현하면서 시작된다는 점에서, 특히 축방은 중요한 의미를 지닌다. 말하자면 축방은 트라우마의 공간이기 때문에, 축방의 건설 문제는 신경증적 민감성을 유발할 수밖에 없다. 결국 축방의 건설 문제는, 어떻게 바다를 개방함으로써 가막도가 육지와 정상적인 관계를 맺게 되는가 하는 문제를 내포한다.

여기에서 중요한 역할을 담당하는 인물이 문호와 인규이다. 이 둘은 모두 중간지대에 속하는 인물이다. 그렇기 때문에 그들은 섬의 변혁에 결정적인 역할을 할 수 있는 위치에 놓인다. 문호가 내부적 개혁자라면, 인규는 외부적 개혁자이다. 이들은 섬과 육지를 모두 객관적으로 이해할 수 있기에 섬의 변혁을 가능케 한다. 이때 콜레라라는 대격변적 상황은 섬의 변혁에 큰 영향을 미친다. 가막도의 변혁은 육지와 정상적인 관계를 맺는 것이며, 그것은 섬과 육지의 상호 인정을 의미한다. 이는 섬을 기준으로 본다면 외부와의 화해를 의미하며, 육지의 입장에서 본다면 섬의 자존에 대한 인정을 의미한다.

끝으로 한 가지 덧붙일 것은, 가막도의 특징은 단지 이 섬에 국한된 것이 아니라는 점이다. 이는 알레고리적 성격을 지닌다고 할 수 있어 다양한 해석이 가능하다. 우선 이 섬은 우리나라의 역사에 대한 알레고리라고 생각할 수 있다. 섬의 역사는 우리나라의 역사 흡사한 면을 지니고 있다. 작가는 우리 사회가 아직도 미분화의 유아적 자아 상태에 머물러 있지 않은가 하는 반성을 가하고 있는 셈이다. 둘째로 이 섬은 무수히 많은 타자적 공간에 대한 알레고리로 이해할 수 있다. 콜레라 발생 당시 당국의 태도는, 소수자에 대한 다수의 횡포 혹은 거대 주체 권력의 타자에 대한 폭력을 여실히 드러낸다. 셋째 이는 개인의 심리로 축소시켜 볼 수도 있을 것이다. 이때 섬은 반드시 자폐증 환자를 지칭한다기보다 좀더 폭넓게 보아 외부 세계와 불화를 겪는 인간 심리를 대변한다고 생각할 수 있을 듯하다.

이렇게 볼 때 『마지막 우상』은 한 사회가 다른 세계와 관계를 맺으며 건강성을 유지할 수 있는 길이 무엇인가를 제시하고 있다고 할 수 있다. 이 소설은 그 길이 열린 사회를 지향해 가는 것이라고 말한다. 개인과 사회, 소수와 다수, 타자와 거대 주체 권력은 서로에게 열려졌을 때 건강해질 수 있다. 그런데 이를 위해서 무엇보다 먼저 자기 진실에 도달해야 하는 뼈아픈 노력의 과정이 요구된다. 따라서 그 건강성은 진실을 바탕으로 한 개방성과 이를 바탕으로 한 상호 인정을 통해 가능하다고 하겠다.

# 참고문헌

## 1. 기본 자료

홍성원, 「마지막 우상」, 『현대문학』, 현대문학사, 1983. 7-12.

홍성원, 『마지막 우상』, 현대문학사, 1985.

홍성원, 『마지막 우상』, 문학과지성사, 2005.

홍성원, 『디·데이의 병촌』, 創又社, 1966.

이청준, 『당신들의 천국』, 문학과지성사, 1976.

알베르 카뮈, 『페스트』, 김화영 역, 열린책들, 1991.

## 2. 논문 및 평론

김병익, 「70년대의 최대 작가-작가 홍성원을 말한다」, 『낮과 밤의 경주』, 재판, 태
　　　창문화사, 1981.

김병익, 「지식인 혹은 허위와의 싸움」, 『마지막 偶像』, 현대문학사, 1985.

김치수, 「남성문학의 세계」, 『작가세계』, 세계사, 1993. 가을.

김치수, 「개인의 삶에서 역사의 진실까지, 빛나는 대서사의 힘」, 『문학과사회』 83,
　　　문학과지성사, 2008. 가을.

## 3. 단행본

김윤식·정호웅, 『한국소설사』, 개정증보판, 문학동네, 2000.

가슈통 바슐라르, 『공간의 시학』, 곽광수 역, 민음사, 1990.

지그문트 프로이트, 『억압, 증후 그리고 불안』, 황보석 역, 열린책들, 1997.

지그문트 프로이트, 『히스테리 연구』, 김미리혜 역, 열린책들, 1997.

르네 지라르, 『희생양』, 김진석 역, 민음사, 1998.

템플 그랜딘, 『나는 그림으로 생각한다-자폐인의 내면 세계에 대한 모든 것』, 홍
　　　한별 역, 양철북, 2005.

Gary B. Mesibov 외 2인, 『자폐증 개론』, 박현옥 역, 시그마프레스, 2005.

Robert G. Meyer 외 1인, 『이상심리학』, 김영애 역, 하나의학사, 1997.

미셸 푸코, 『정신병과 심리학』, 문학동네, 2002.

콜레드 쉴랑, 『아동 자폐증과 정신분석』, 로제 페롱 편, 권정아·안석 역, 한국심리
　　치료연구소, 2007.

프랜시스 터스틴, 『자폐아동을 위한 심리치료』, 이재훈·장미경·권혜경 역, 한국
　　심리치료연구소, 2001.

도널드 위니캇, 『놀이와 현실』, 이재훈 역, 한국심리치료연구소, 1997.


4. 기타

홍성원, 「열린 세상 쪽으로 뚫린 좁고 긴 터널」, 『홍성원 깊이 읽기』, 문학과지성사,
　　1997.

American Psychiatric Association, 『정신장애에 대한 진단과 통계 편람 제4판－DSM Ⅳ』,
　　이근무 외 14인 역, 하나의학사, 1994.

아지자·올리비에리·스크트릭, 『문학의 상징·주제 사전』, 청하, 1989.

# 찾아보기

저자 이승준

서울에서 태어나, 서울에서 자랐다. 고려대학교 신문방송학과를 졸업하고 같은 대학교 국어국문학과에서 석박사학위를 받았다. 현재 한국항공대학교 교수로 재직하면서 학생들을 가르치고 있다.

## 홍성원 장편소설 연구

**초판 1쇄 인쇄** 2017년 6월 20일
**초판 1쇄 발행** 2017년 6월 30일
**저　자** 이승준
**펴낸이** 이대현
**편　집** 홍혜정
**표지디자인** 이승준

**펴낸곳** 도서출판 역락
**주　소** 서울시 서초구 동광로 46길 6-6 문창빌딩 2층
**전　화** 02-3409-2058, 2060
**팩　스** 02-3409-2059
**등　록** 1999년 4월 19일 제303-2002-000014호
**이메일** youkrack@hanmail.net
**역락블로그** http://blog.naver.com/youkrack3888

ISBN 979-11-5686-925-2 93810

＊사전 동의 없는 무단 전재 및 복제를 금합니다.
＊파본은 구입처에서 교환해 드립니다.
＊책값은 뒤표지에 있습니다.

이 도서의 국립중앙도서관 출판예정도서목록(CIP)은 서지정보유통지원시스템 홈페이지(http://seoji.nl.go.kr)와 국가자료공동목록시스템(http://www.nl.go.kr/kolisnet)에서 이용하실 수 있습니다.(CIP제어번호: CIP2017018378)